JUST ANOTHER MISSING PERSON

Copyright © 2023 by Gillian McAllister
All rights reserved.

Korean translation copyright © 2025 by BY4M STUDIO
Korean translation rights arranged with Curtis Brown Group Limited
through EYA Co.,Ltd

이 책의 한국어판 저작권은 EYA Co.,Ltd를 통해
Curtis Brown Group Limited와 독점 계약한
주식회사 바이포엠스튜디오가 소유합니다.
저작권법에 의하여 한국 내에서 보호를 받는 저작물이므로
무단전재 및 복제를 금합니다.

또 다른 실종자

질리언 매캘리스터 지음 이경 옮김

JUST ANOTHER MISSING PERSON

VANTA

차례

프롤로그　9

1부 올리비아

실종 1일째
1 … 줄리아　　　　　15
2 … 루이스　　　　　51
3 … 줄리아　　　　　59
4 … 줄리아　　　　　70
5 … 줄리아　　　　　94
6 … 올리비아　　　107

실종 2일째
7 … 엠마　　　　　113
8 … 줄리아　　　　119
9 … 루이스　　　　142
10 … 줄리아　　　165
11 … 올리비아　　191

실종 3일째
12 … 엠마　　　　195
13 … 줄리아　　　217
14 … 올리비아　　221

실종 4일째
15 ⋯ 줄리아	227
16 ⋯ 루이스	239
17 ⋯ 올리비아	248

실종 5일째
18 ⋯ 줄리아	251
19 ⋯ 엠마	271
20 ⋯ 루이스	280

실종 6일째
21 ⋯ 올리비아	287
22 ⋯ 줄리아	289
23 ⋯ 줄리아	308
24 ⋯ 엠마	312
25 ⋯ 루이스	317
26 ⋯ 루이스	322
27 ⋯ 루이스	327
28 ⋯ 루이스	331

2부 세이디

실종 371일째
29 ··· 줄리아   357
30 ··· 줄리아   375
31 ··· 엠마   399

실종 372일째
32 ··· 줄리아   409
33 ··· 엠마   424
34 ··· 루이스   437

실종 373일째
35 ··· 줄리아   447

실종 374일째
36 ··· 루이스   457
37 ··· 줄리아   460
38 ··· 엠마   464
39 ··· 줄리아   471

3부 줄리아

실종 1일째
40 ⋯ 루이스　　　　　　**487**
41 ⋯ 엠마　　　　　　　**492**
42 ⋯ 루이스　　　　　　**498**
43 ⋯ 줄리아　　　　　　**507**

19개월 후
44 ⋯ 줄리아　　　　　　**517**
45 ⋯ 엠마　　　　　　　**523**
46 ⋯ 루이스　　　　　　**527**
47 ⋯ 줄리아　　　　　　**530**

어제
48 ⋯ 루이스　　　　　　**541**

감사의 말　　　　　　　**544**

일러두기

- 외래어는 국립국어원의 외래어 표기법을 따랐으나 일반적으로 통용되는 경우에는 관용에 따라 표기했다.
- 본문 속 각주는 모두 옮긴이 주이다.
- 본문 속 볼드체는 원서에서 이탤릭으로 강조한 부분이다.
- 책 제목은 《 》, 영화 제목과 TV 프로그램명은 〈 〉로 표기했다.

프롤로그

제너비브가 황급히 뛰어오는 모습을 보고 줄리아는 뭔가 심상찮은 일이 벌어졌음을 알았다. 제너비브가 주차장 빌딩의 문을 벌컥 열고 들어왔다. 문은 그녀의 뒤에서 어지럽게 앞뒤로 덜컹거리며 벽에 부딪혔다.

'저 아이를 혼자 보내지 말았어야 했는데.'

이것이 줄리아의 뇌리에 스친 첫 번째 생각이었다. 줄리아가 업무 전화를 받는 사이에 제너비브 혼자서 주차비를 정산하러 갔었다. 그리고 지금….

"엄마?"

제너비브가 줄리아를 향해 급히 달려오며 외쳤다. 형광등 아래 비친 제너비브의 얼굴은 겁에 질려 창백했고 눈화장은 번져있었다. 뒤를 돌아보는 시선에는 두려움이 가득했다. 극도의 불안함이 줄리아의 뱃속을 휘저었다. 손, 다리, 어깨를 비롯한 몸의 곳곳에서 맥박이 느껴졌다. 온몸에서 사이렌이 울리는 것 같았다. 문제가 생겼어, 뭔가 잘못됐어. 심장이 두근거리며 이렇게 외치고 있었다. 그때 제너비브가 핏자국이 묻은 손으로 자신의 뒤를 가리켰다.

"이리 와 보세요."

실종 1일 째

**JUST
ANOTHER
MISSING
PERSON**

1
줄리아

줄리아 데이는 옆 테이블에 앉아있는 남자가 자신이 예전에 체포했던 그 사람이 맞는지 기억을 더듬어 보았다. 아내와 두 아이를 대동한 그 남자는 캐러멜 치즈케이크를 주문하는 중이었다. 조명이 어두워서 확실하지는 않지만, 줄리아는 예전에 살인 혐의로 체포했던 남자라고 꽤나 확신할 수 있었다. 그녀는 남편과 딸이 이상한 낌새를 느끼지 못하도록 메뉴판에 시선을 고정했다.

"이 식당, 요즘 한물 가지 않았어요?"

제너비브가 말했다.

줄리아는 장난기 어린 딸을 보며 미소 지었다.

"무슨 소리야?"

아트가 발끈하며 되물었다. 남편 아트의 이름은 밴드 '사이먼 앤 가펑클' 멤버인 '아트 가펑클'에서 유래했다. 영어 교사인 그는 고지식한 학자 타입으로 결단력이 부족한 데다, 아직도 문자 메시지에 고루한 문장부호인 세미콜론을 쓰는 이 시대에 몇 안 남은 사람이다. 그리고 얼마 전까지만 해도 줄리아가 인생에서 가장 사랑한 사람이었다.

살인자로 추정되는 남자의 테이블에 치즈케이크가 나왔다. 줄리아는 케이크를 쳐다보는 남자를 유심히 관찰했다. 그는 휴대폰 두 대를 모두 화면이 보이지 않게 테이블 위에 엎어두고 있었다. 그가 범죄자라는 명백한 증거다. 줄리아의 확신이 강해졌다. 저 눈썹, 어디서 많이 본 것 같은데….

"아시잖아요. 이 식당은 SNS에 너무 많이 올라와서 이제 지겨워요."

제너비브가 대답하며 메뉴판을 집어들었다. 검은색 홀터넥 상의를 하이웨이스트 청바지에 넣어 입고 큼직한 금색 링 귀걸이를 한 이 아이는 정말 예쁘다. 하지만 정작 본인은 어떻게 보이든 개의치 않는다. 그게 바로 제너비브다. 가끔 줄리아는 남의 시선에 흔들리지 않는 여성으로 딸을 키워냈다는 사실이 뿌듯했다. 물론 딸의 그런 면이 마음에 들지 않을 때도 있었지만.

지금은 저녁 7시다. 줄리아는 이 시간에 식당에 앉아있는 자신이 낯설었다. 아무런 돌발상황 없이 여기 와 있다니.

"그래도 여기가 치킨 요리는 잘 하잖아."

아트가 온화하게 대꾸했다. 오늘 외식 장소를 선택한 건 그였으므로, 딸의 비판에 약간 마음이 상했을 것이다.

옆 테이블의 치즈케이크가 거의 없어졌다. '존.' 갑자기 그 남자의 이름이 떠올랐다. 줄리아는 남자를 다시 힐끗 보고 나서 휴대폰을 꺼냈다. 그리고 구글 검색창에 '존, 살인, 포티스헤드'라고 쳤다. 존이 벌써 출소했을 리가 없다. 그는 시내 중심가에서 일어난 잔혹한 칼부림 사건으로 종신형을 받았다. 그리 오래된 일이 아니다.

구글에 검색하자 너무 많은 정보가 나왔다. 다른 검색어를 쳐보려던 순간 휴대폰이 진동했다. 경찰서였다.

"데이 경감님."

줄리아의 휴대폰에서 폭력 사건 담당자의 목소리가 흘러나왔다. 항상 그랬듯 그녀의 심장이 서서히 내려앉기 시작했다.

"방금 고위험 실종자 소식이 들어왔습니다."

이제 줄리아의 심장은 발끝까지 가라앉았다. 그녀는 한숨을 쉬었다. 이 식당의 대표 메뉴인 페리페리 치킨✢ 먹기는 글렀다. 제너비브와 주고받는 농담도 여기서 끝이다. 이제 일해야 할 시간이다. 이게 바로 일의 세계다. 이런 걸 직업이라고 하는 거지, 줄리아는 스스로를 타일렀다.

사건의 자세한 내용을 들은 그녀는 테이블을 멍하니 쳐다보았다. 실종된 스물두 살의 여성. 정신적인 문제는 없고, 어제 CCTV에서 마지막으로 목격됐다. 집에 돌아오지 않자 하우스메이트가 신고했다. 여기까지가 팩트다.

뭔가 숨겨져 있다. 줄리아는 확신했다. 그게 무엇인지 아직 단정할 수는 없지만, 형사로서의 뿌리 깊은 본능이 그렇게 말해준

✢　아프리카식 닭요리로 매콤한 맛과 불향이 특징이다.

다. 어두컴컴한 식당 안에서 그녀는 몸을 떨었다.

"경찰서에 가봐야겠어."

음식이 나오자마자 줄리아가 말했다. 김이 모락모락 나는 옥수수와 둥근 빵, 매시드 포테이토, 치킨…. 그녀는 간절한 눈빛으로 음식을 바라보았다. 그리고 일어서면서 왼쪽에 있는, 아마도 살인자일 그 남자에게 힐끗 시선을 던졌다.

"저 남자 차량 번호 좀 기록해줘."

그녀는 아트와 제너비브에게 낮은 목소리로 속삭였다.

○

줄리아는 경찰답지 않게 성격이 너무 온화했다. 팀원들에게 상황을 브리핑하기 위해 경찰서로 서둘러 들어가면서 그녀는 또다시 그 생각에 사로잡혔다. 급히 움직이던 그녀는 프라이스를 보고 걸음을 멈추었다. 그는 줄리아와 함께 오랫동안 일해온 정보원으로 그녀가 매우 아끼는 사람이었다. 의자에 앉은 프라이스는 마치 누군가가 우주를 잠시 멈춘 것처럼 놀란 얼굴을 한 채 굳어있었다.

줄리아는 여기서 뭘 하고 있는지 물어보려고 했다. 아무리 할 일이 쌓여있어도 궁금한 마음만큼은 억누를 수 없었다. 줄리아는 자신이 소중히 여기는 주위 사람들, 그러니까 모든 사람에 대해 호기심이 흘러 넘치는 타입이었다.

프라이스는 두 발목을 느슨하게 포갠 채 철제 의자 뒤로 한쪽 팔을 걸치고 있었다. 겉으로는 편안해 보이지만 줄리아는 그가 두려워하고 있음을 알았다. 그럴 수밖에 없다. 그는 정보, 즉 가장 위험한 상품을 거래하는 사람이니까. 그의 붉은 머리카락은 젤을 두껍게 바른 탓에 평범한 갈색처럼 보였다. 주근깨가 난 피부는 햇볕에 쉽게 타고 당황하면 얼굴이 금세 빨개졌다. 그는 스코틀랜드 글래스고 출신으로, 열일곱 살에 고향을 떠나 이곳에 온 지 20년이나 지났는데도 특유의 억양만큼은 그대로였다.

"왜 여기 와 있어?"

줄리아는 빈 복도에서 프라이스를 바라보며 물었다. 산업용 청소 왁스 냄새와 경찰서에서 피의자에게 제공하는, 신선함이라고는 없는 저녁식사의 냄새가 났다. 냉장할 필요가 없는 데다 유통기한이 몇 년씩이나 되는 육류를 재료로 쓰는 경우도 많았다.

조명은 대부분 꺼져있었다. 줄리아는 이 시간대의 경찰서가 믿을 수 없을 정도로 낭만적이라는 사실을 깨달았다. 마치 문 닫은 박물관에 혼자 들어와 있거나 정지된 영화의 한 장면 속을 홀로 거니는 느낌이다.

"뭐, 이런 저런 일이 좀 있어서요."

프라이스가 말했다. 그는 영리한 데다 전략적으로 움직이는 사람이다. 이유를 말해주지 않을 것이다.

"무슨 뜻이야?"

줄리아가 물었다. 프라이스는 다른 사람과 말을 섞지 않고 오직 줄리아에게만 정보를 준다. 법망을 피해 요리조리 빠져나가는 그는 아슬아슬하게 살면서도 체포된 적이 한 번도 없다. 그와 줄리아의 거래는 대부분 경찰서 밖에서 이루어졌다.

유치장 담당 경사가 커피 한 잔을 손에 들고 줄리아 쪽으로 걸어왔다.

"내 건 없어요?"

줄리아가 흘끗 쳐다보며 말했지만 경사는 그녀를 무시했다. 줄리아는 뒤돌아서 프라이스를 보며 한숨을 쉬었다. 그리고 사무실 뒤편으로 뚜벅뚜벅 걸어가 탕비실에서 차 한 잔을 탔다. 각설탕 세 개, 우유는 듬뿍. 우유를 넣는 이유는 차를 식혀 안전사고를 막기 위해서이기도 했다. 델 정도로 뜨거운 차는 무기가 될 수 있으므로 유치장 안에서는 허용되지 않았다. 따뜻한 찻잔이 줄리아의 손가락을 데워주었다. 차를 쭉 들이켜고 싶은 마음이 간절했다. 아까 식당에서 마신 한 잔이 오늘 마신 차의 전부였다. 하지만 그녀는 유혹을 뿌리쳤다. 할 일이 너무 많았다. 프라이스에게 무슨 일이 있는지 알아내야 한다. 식당에서 본 살인자에 대해서도 조사해야 한다. 그리고 무엇보다 실종된 여자를 찾아내는 일이 시급했다.

줄리아가 차 한 잔을 가지고 돌아오자 프라이스는 벌써 그녀를 향해 손을 내밀고 있었다.

"오, 감사합니다."

그는 찻잔을 받아 들며 감탄하더니 곧장 차를 홀짝였다.

"설탕까지 넣었네요. 팁을 드려야 할 것 같은데 공짜의 10퍼센트면 얼마죠?"

프라이스가 너털웃음을 터뜨리며 말했다. 프라이스는 냉소적인 사람이지만 한 가지는 분명했다. 만약 입장이 바뀌었다면 그도 줄리아에게 차를 건넸을 것이다. 줄리아는 유치장 담당 경사의 시선을 피했다. 오늘 밤 침대에 누웠을 때 프라이스가 오늘 하루 혹은 이번 주에 뜨거운 차를 마시긴 했을지 걱정하느니 차라리 그와 무슨 관계인지 의심하는 동료의 눈총을 받는 편을 택하겠다. 한밤중에 잠 못 이루며 무언가에 집착하는 것은 줄리아의 주특기였다. 대낮에도 별반 다르지 않았다.

"행운을 빌어. 알았지?"

그녀가 말하자 프라이스는 찻잔을 들어올리며 말없이 건배를 했다.

팀원들에게 브리핑하기 전에 줄리아는 사무실에 들러 시내 칼부림 사건의 살인자에 대한 파일을 찾아보았다. 존이었다. 아까 그녀가 떠올린 사람은 존이 맞았다. 존 기븐스. 줄리아는 안전요원에게 연락해 그가 아직 브리스톨 교도소에 수감 중임을 확인했다. 식당에서 본 건 다른 사람이었나 보다. 줄리아는 두 손으로 얼굴을 감쌌다. 이제 실종사건을 들여다볼 차례다. 그런데 벌써 저녁 8시다. 경찰 일을 그만두고 그냥 슈퍼마켓에서 일하는 건 어떨까? 하지만 사실은 경찰 일만큼 다른 일을 사랑할 수 있을지 자신이 없었다. 그리고 사랑하는 대상과 균형 잡힌 관계를 유지할 수 있는 사람은 없는 법이다.

☼

줄리아는 브리핑 룸 화이트보드에 실종된 올리비아의 폴라로이드 사진을 붙였다. 브리핑 룸은 낡고 오래되었다. 격자 모양의 나무 패널 천장 아래, 바닥에는 끔찍한 카펫이 깔려있다. 어떤 이유에서인지 청소담당자는 이 방을 자주 정리하지 않는다. 그래서 온갖 것들이 오래 방치되어 있다. 치우지 않은 커피잔, 영국 남부 해안도시인 이곳 포티스헤드 특유의 축축한 습기를 머금은 냄새, 그리고 오래된 수사기록이 담긴 서류 뭉치들.

1970년대 스타일의 버티컬 블라인드가 밤하늘을 가리고 있었다. 줄리아는 그것을 바라보며 어쩌면 인생에서 가장 많은 시간을 이곳에서 보낸 게 아닐까 자문했다. 비록 아이와 함께였던 따뜻한 식당에서 나온 것은 아쉬웠지만, 사실 이곳은 그녀에게 일터 이상이었다. 줄리아에게 사무실은 집이나 마찬가지였다. 그녀는 그 사실을 받아들이고 집에서처럼 신발을 벗어던졌다. 그리고 최소한 여기 있는 시간만큼은 자신의 본분을 다하겠다는 자세로 수사에 집중하기 시작했다. 어느새 그녀는 다른 모든 것을 제쳐두고 일 생각으로 가득한 형사가 되어있었다.

이윽고 팀원들이 피곤해 보이는 얼굴로 속속 도착했다. 몇몇은 아직 출발하지 못한 것 같았다. 그들은 저녁 모임 자리, 데이트, 부모님과의 식사 도중에 이곳으로 소환되었을 것이다. 포티스헤드 경찰서에는 중대 사건 전담팀이 없었다. 사건의 위험도가 높다고 판단되면 여러 팀의 형사와 분석가들이 긴급 소집되었다. 줄리아는 괜찮은 사람들이 모이기를 기대했다. 그녀가 생각하는 '괜찮은 사람들'이란 결국 자신이 좋아하는 사람들이었고, 어쩔 수 없이 그들에게 마음이 갔다.

줄리아는 올리비아의 사진을 바라보았다. 금발 머리에 날씬한

체형으로 코를 찡긋하는 표정이 특히 매력적이었다. 줄리아는 벌써 떨어지려는 폴라로이드 사진을 꾹 눌러 다시 고정시켰다. 사진을 붙일 때 쓴 블루택✤ 점착제는 오래되고 말라버려 거의 무용지물이었다. 예산의 한계였다. 이 사진은 올리비아의 여권 사진이었는데, 지나치게 꾸민 티가 나는 인스타그램 속 사진들과 달랐다. 인스타그램 속 올리비아는 하트 모양 선글라스를 쓰고 아이스크림을 들고 있었다. 활짝 웃는 얼굴에 덧니가 보였다. 어쩌면 그런 완벽하지 않은 모습이야말로 젊은이들이 가진 눈부신 매력일지도 모른다.

한 사람의 본질은 결코 사라지지 않는다. 줄리아는 올리비아의 눈을 들여다보며 생각했다. 실종, 즉 부재로 인한 고통은 뒤에 남겨진 사람들의 몫이다.

줄리아는 올리비아의 운명이 어떻게 될지 몰랐지만 자신의 운명은 이미 알고 있었다. 밤새 잠들지 못할 것이다. 그리고 가족에게 수사에 대한 극비사항들을 지나치게 많이 이야기할 것이다. 줄리아를 쏙 빼닮은 제너비브는 이 사건에 집착할 것이고 아트는 내색하지 않겠지만 소외된 기분을 느낄 것이다.

두 명의 분석가가 어젯밤 체포된 남자에 대해 이야기하고 있었다.

"장식용 불상이었다네."

데이비드가 브라이언에게 말했다.

"불상이라니!"

✤ 클레이처럼 자르고 뭉칠 수 있는 재질의 점착제로, 벽에 못이나 테이프 없이 깔끔하게 물건을 부착할 수 있다.

"포렌식 결과 분명히 그 남자가 불상을 자기 몸에⋯."

"이제 그만."

줄리아가 웃음을 참으며 말했다. 그녀는 그 사건에 대해 전부 다 알고 있다.

"불상 얘긴 그만하면 됐어."

"제발 괜찮은 사건이라고 해주실래요?"

줄리아가 가장 좋아하는 형사 조너선이 말했다. 두 사람은 15년 동안 같이 일한 사이다. 그는 줄리아 팀의 분석가로 커리어를 시작해 경찰로 편입했다. 그가 통신 보고를 담당하는 까마득한 후배였을 때에도 줄리아는 점심시간에 그와 함께 낮은 담장 위에 앉아 샌드위치 먹는 것을 좋아했다. 그녀는 자신과 비슷한 부류를 만나서 기뻤다. 아주 꼼꼼한 성격인 데다, 정신적으로 그리고 물리적으로도 항상 집에 일거리를 싸들고 간다는 점에서 조너선과 줄리아는 판박이였다. 조너선이 경찰이 되자 줄리아는 인맥을 통해서 그를 중대 범죄 수사팀으로 데려오는 데 성공했다.

줄리아는 대답하지 않고 애매한 표정을 지었다.

"그렇다는 뜻으로 알게요."

조너선이 말했다. 그는 줄리아만큼이나 집요했다. 분석가 경력을 살려 마법처럼 단시간에 정보를 찾아냈다. 그의 전략은 오로지 묻고 또 묻는 것이었다. 통신 회사든 항공사든 어디에서나 통하는 방법이었다. 그는 얼마든지 기다릴 수 있다고 말하곤 했다. 그래서 수화기를 어깨에 걸치고 반복되는 통화 연결음을 들으며 컴퓨터 자판을 두드릴 때가 많았다.

브리핑 룸은 몹시 추웠다. 카펫 위로 스며드는 냉기 때문에 스타킹을 신었는데도 발이 시렸다. 4월 말인데 1월만큼이나 추웠다. 줄리아가 두 번째로 좋아하는 형사 네이선이 창밖을 내다보는 그녀에게 말했다.

"내일 눈이 온대요. 말도 안 되지만."

"사건현장에서는 눈이 보존제로 최고지."

조너선이 곧바로 대꾸했다.

"보존제 얘기는 그만하고 살아있는 사람을 찾는 데 집중하자고."

줄리아가 목소리를 높였다.

"혹시 작년 그 사건과 비슷한가요? 솔직히 그거 두 번은 못 하겠던데요."

줄리아는 조너선의 솔직함이 고마웠다. 그녀도 같은 생각이었다. 지난해 봄에 세이디라는 여성이 실종되었는데, 세이디 역시 집에 가는 길에 CCTV에서 목격된 것이 마지막이었다. 유일한 희망은 자기 여권을 챙겨갔다는 것인데, 공항에서 사용된 기록은 없었다. 조사는 몇 달동안 계속되었고, 세이디를 목격했다는 증언도 나왔으나 결국 아무런 소득이 없어 모두가 실망감을 감추지 못했다. 그들은 더욱 총력을 기울여 광범위하게 수사했다. 방대한 통신 정보를 수집하고 해당 지역의 성범죄자 몇 명을 체포하고 심문했다. 범위를 넓혀 가능성이 낮은 단서들까지 추적했다. 최근 재수사 논의가 있었으나 정보가 너무 부족했기 때문에 의미가 없었다. 재수사는 일반 대중이 실종사건에 대해 자세히 기억하고 있을 때에만 가능했다.

그 순간 갑자기 조너선이 실수로 카펫에 차를 엎질렀다. 아마 그 자국은 영원히 남아있을 것이다. 이런 게 경찰 일의 민낯이다. 박진감 넘치는 자동차 추격도, 짜릿한 스파이 활동도 없다. 경찰 업무란 대개 지루한 사무실에서 막연한 압박감을 견디며, 동시에 돌아가는 업무들을 놓치지 않으려고 애쓰는 일이다. 그 외 특별한 점이 있다면, 차마 보기 힘들지만 놀랍기도 한 삶과 죽음의 현장을 마주하며 트라우마를 겪게 된다는 것이다.

각고의 노력을 기울였지만 세이디는 결국 발견되지 않았다. 세이디의 가족은 경찰이 게으르다며 비난을 퍼부었고, 줄리아의 남편은 가정생활에 소홀한 그녀에게 불만을 쏟아냈다.

줄리아는 세이디 사건에 대한 수사가 종결된 다음 날을 생생히 기억한다. 아무도 수사 종결을 받아들일 수 없었다. 팀원들은 이미 두 번 검토한 일을 다시 들여다보며 마지막까지 최선을 다했다. 모두가 절박하게 매달렸다. 수사가 종결된 날, 줄리아는 곧바로 집으로 돌아가 대낮에 침대에 누워 채광창 너머 하늘을 바라보았다. 그녀는 남편의 생일을 깜빡했다. 자동차 안전 검사 시기도 놓쳤다. 매달 참석하던 북클럽에도 네 번 연속으로 빠졌다. 북클럽 멤버들은 경찰이 아니었으므로 그녀의 사정을 이해하지 못했다. 그녀의 머릿속에는 실종된 세이디라는 여자, 밝혀지지는 않았지만 아마도 추측대로일 소름끼치는 결말, 그리고 세이디를 찾지 못한 스스로를 향한 원망뿐이었다.

그때 풀 경사가 브리핑 룸에 들어왔다.

"죄송합니다. 방금 마약 거래상을 보석금으로 내보냈는데 잘

해결되면 좋겠어요."

줄리아는 프라이스가 풀려났다는 소식에 마음이 놓였다. 그는 공짜 차를 얻어 마시며 꿋꿋하게 자기 길을 간다. 항상 어떻게든 넘어지지 않고 일어선다. 다시 경찰서에 붙잡혀온다 해도 결국 또 빠져나갈 것이다.

줄리아는 빨간색 마커펜으로 화이트보드를 가로지르는 화살표를 그렸다. 펜이 움직일 때마다 끽끽 소리가 났다. 마치 그녀가 유리잔을 두드린 것처럼 방 안이 조용해졌다.

줄리아는 입을 열었다.

"지금까지 들어온 정보야. 올리비아 존슨은 스물두 살이고 별명은 '리틀 오little o'. 마케팅 일을 하고 있어. 4월 27일에 올리비아는 공유주택 임대차 계약서에 서명을 했어. 그리고 그저께인 4월 28일, 포티스헤드 중심가에 있는 그 집으로 이사를 했지."

걱정스러운 얼굴을 한 네이선과 고개를 들고 굳은 의지를 다지는 조너선의 모습이 보였다.

"그날 밤, 올리비아는 방에서 짐을 일부 풀었고 다음 날 아침 브리스톨 시티 센터에 있는 '리플렉션'이라는 마케팅 회사에 면접을 보러 갔어. 그 전에는 어디에서 일을 했는지 아직 모르지만, 새 집주인에게 보낸 메일에 따르면 월튼 베이에서 이사를 왔다고 해. 면접을 본 날 밤, 늦은 시각에 올리비아는 하우스메이트에게 와달라는 문자를 보냈어. 문자 끝에는 친근함을 표시하는 키스 이모티콘 'x'가 있었고 장소에 대해서는 언급이 없었어. 그런데 올리비아는 문자를 보내기 전 포티스헤드 시내 중심가의 CCTV에 찍혔어. 영상이 확보된 거지. 오늘 아침에 하우스메이트가 실종 신고를 했고. 이 정보들이 모이는 데 시간이 좀 걸렸지만 그동안 전화로 올리비아의 아버지와 인터뷰를 했는데 꽤 도움이 됐어."

줄리아는 올리비아가 하우스메이트에게 보낸 문자가 가장 마음에 걸렸다.

'이리 와줘. x'

줄리아가 보기에 그 문자는 분명히 도움이 필요한 여성의 구조 요청이었다. 어떤 것들은 경찰이라서가 아니라 여성이기 때문에 알 수 있다.

팀원들은 줄리아가 수집한 정보를 함께 검토했다. 올리비아의 친구, 동료, 그리고 인스타그램으로 추측한 그녀가 즐겨 찾는 곳들. 그다음 줄리아는 팀원들에게 업무 내용을 나눠주면서 제너비브가 이 사건을 얼마나 흥미로워할지 떠올렸다.

"이건 브리핑 참석자들에게만 주는 정보야."

최근 줄리아는 제너비브에게 이렇게 말하며 선을 그었다. 예전에는 가끔씩만 엄마의 일에 관심을 보였던 제너비브가 요즘은 자칭 '진짜 범죄'에 푹 빠져 있었다. 바로 줄리아가 '직업'이라고 부르는 그것에 말이다.

"경찰이 될 생각은 하지 마."

줄리아는 제너비브에게 말했다. 모든 걸 고려해볼 때 제너비브가 경찰 일에 점점 더 흥미를 보이는 게 걱정스러웠다. 하지만 일단 다음에 대화를 나눠보기로 하고 미뤄둔 상태였다.

풀은 줄리아가 시작도 하기 전에 끼어들었다.

"왜 이 사건이 위험하다는 거죠?"

줄리아는 놀라지 않았다. 그는 줄리아와 정반대 성향으로, 모두와 의견이 다르더라도 비난에 개의치 않고 자기 주장을 펼치는 사람이었다.

"반대로도 생각해 보자는 거예요."

풀은 줄리아가 무슨 생각을 하는지 다 알고 있다는 듯 이렇게 덧붙였다. 맙소사. 술, 담배를 끊더니 딴지를 걸면서 스트레스를 푸는 건가? 인생 좀 편하게 살아라. 그녀는 마음속으로 비난을 퍼부었다.

"정신적 문제가 없는 매력적인 여성이 밤에 혼자 있었던 것으로 추정되고, 하우스메이트에게 와달라는 문자를 보냈어. 조사해 볼만한 가치가 있지 않을까?"

줄리아는 속마음을 말하는 대신 이렇게 대꾸했다. 하지만 어쩔 수 없이 목소리가 날카로워졌다.

"좋아요."

풀은 항복한다는 듯 두 손을 들더니 이내 한 손으로 자신의 민머리를 쓰다듬었다.

"그렇게까지 열 내실 필요는 없잖아요."

줄리아는 풀과 의논해서 계획을 세웠다. 줄리아와 팀원들은 CCTV와 휴대폰 기록을 수집하고, 실종자의 부모를 정식으로 인터뷰할 것이며, 하우스메이트들을 심문하고, 아주 세밀하게 증거를 탐색할 것이다. 언제나처럼 그녀의 전략은 일찍부터 최대한 많은 시간과 예산을 투입하는 것이다. 그리고 골든타임 원칙을 지킨다. 즉각적인 대응을 제대로 하면 나머지는 저절로 따라온다. 그녀는 원칙을 지키지 않는 사람을 이해할 수가 없었다. 줄리아에게는 정보가 아주 많이 필요했다. 결국 올리비아가 숨어있는지, 납치되었는지 혹은 죽었는지는 정보가 알려줄 것이다. 다른 결말은 없다.

 줄리아는 일이 잘 풀리기를 간절히 바라며 사무실로 돌아왔다. 그리고 해야할 일에 착수했다. 신발을 벗어 던지고 일에 집중하니 만족감이 차올랐다. 하지만 식당에 두고 온 딸과 남편을 생각하면 죄책감이 밀려왔다. 올리비아는 제너비브보다 겨우 몇 살 많을 뿐이다. 제너비브에게도 이런 일이 충분히 일어날 수 있다.

○

 줄리아는 팀원들에게서 일대일 대면 보고 받는 것을 좋아했다. 그리고 그들의 문서나 보고서를 물리적인 실체로, 즉 출력된 종이로 받아보는 것을 선호했다. 이 때문에 다른 경감들보다 업무량이 더 많아지지만 어쩔 수 없었다. 이메일이나 CCTV 자료 화면이 아니라 종이 문서를 봐야 비로소 감이 왔다.

 조너선은 줄리아의 사무실에 앉아 작년에 그녀가 사비로 설치한 블라인드 너머 창밖을 냉담한 시선으로 내다보고 있었다. 줄리아는 사비를 들여 사무실을 꾸미는 일이 흔치 않다는 걸 알았지만 경찰서 측에서도 그녀를 말리지 않았다. 이제 그녀는 하얀색 우드 블라인드를 완전히 내려 바깥세상을 전부 가릴 수도, 활짝 열어 햇볕을 들일 수도 있다. 오른쪽 벽면 전체를 가득 채운 창문과 아름다운 블라인드는 마치 집처럼 아늑한 분위기를 만들어 주었다. 줄리아의 사무실은 깔끔한 사각형 공간으로, 코너의 책상은 그녀가 사비로 마련한 여러 가지 물건으로 가득했다. 넥스트✤에서 구입한 조명, 애플의 매킨토시 컴퓨터 등 줄리아의 취향이 반영된 제품들이었다. 한마디로 이 사무실은 줄리아의 방을 통째로 옮겨놓은 것이나 다름없었다.

몇 시간 후, 밤 10시가 막 지났을 때였다. 줄리아는 검색 담당자와 분석가, 포렌식 팀을 모아 점점 더 큰 조직을 꾸려가고 있었다. 그녀는 커다란 검은 테 안경을 벗고 눈을 비비는 조너선을 흡족하게 바라보았다. 조너선이 다시 안경을 집어드는 순간, 손에 낀 결혼반지가 책상에 부딪혀 쨍그랑 소리를 냈다.

조너선의 아내가 아기를 낳은 건 불과 몇 달 전이었다. 줄리아는 그에게 휴가를 주어 강제로 사무실에서 내보냈다. 일주일이나 일찍 복귀한 조너선의 눈은 생기로 반짝였고, 갑작스럽게 바뀐 자신의 삶에서 새롭게 찾은 기쁨으로 가득했다. 그는 아기를 사랑했지만 동시에 일중독자였다. 줄리아 역시 마찬가지였다. 신생아가 주는 따뜻하고 달콤한 행복조차 일에 대한 그녀의 열정을 꺾을 수는 없었다. 문제를 해결하고, 증거를 수집하고, 사람들을 도와 가장 파악하기 어려운 진실에 한 걸음씩 다가가는 이 일을, 그녀는 너무나 사랑했다.

줄리아는 의자에 다리를 꼬고 앉았다.

✤ 영국의 홈인테리어 및 생활용품 브랜드

"지금까지 파악된 사실을 말해봐."

그녀의 말에 조너선이 응답했다.

"잘 들어보세요. 유감스럽게도 올리비아는 전형적인 아이 세대 I Generation✥인 것 같아요."

"아이, 뭐라고?"

"온라인 활동이 엄청나게 많은 Z세대라는 거죠. 물론 올리비아는 특정 세대 전체를 한데 묶어 이름 붙이는 걸 싫어하겠지만요."

"갑자기 엄청 늙은 기분이네."

줄리아가 건조하게 말했다.

"인스타그램으로 시작할게요."

조너선은 바로 이럴 때를 대비해 줄리아가 마련해 둔 일명 '심문 의자'에 앉았다. 두 사람은 조너선이 모니터에 띄운 올리비아의 인스타그램 화면을 주시했다. 조너선은 말로 설명하기보다 직접 보여주기를 좋아했는데, 이전에 줄리아에게 털어놓았듯 사실 사람들과 이야기하는 것을 별로 좋아하지 않기 때문이었다.

올리비아의 인스타그램 계정에는 셀카, 꽃, 책더미 등의 사진이 위트 있는 글과 함께 올라와 있었다.

"이것들 좀 프린트해 줄 수 있어?"

줄리아가 부탁했다.

"모니터로 볼 수도 있지만, 실물로 직접 보고 싶어서. 올리비아의 이메일, 트위터 메시지 등 뭐든지 다."

✥ 영미권에서 인터넷이 등장한 1990년대 이후 출생한 세대를 지칭하는 표현으로, I는 '인터넷'의 약자이다.

"그러실 줄 알고 미리 준비했죠."

조너선은 인쇄물이 담긴 파일을 들어 보였다.

"그래도 전 꼭 경감님을 디지털 인간으로 만들 겁니다."

줄리아는 반쯤 웃으며 애매하게 미소 지었다.

"아니, 아니야. 그럴 필요 없어."

줄리아는 침대에 누워 책장을 넘기는 행위에서 진정한 행복을 느끼는 사람이었다. 종이 사이사이에 숨겨진 비밀들이 밤공기 속으로 날아가 버릴지라도, 손끝에 닿는 감각이 좋았다.

"좋아요. 그럼 마지막 사진을 볼까요? 어젯밤 포티스헤드 시내의 스타벅스에서 찍은 게 분명해요. 그렇죠? 여기 스타벅스 로고가 있는 창문 보이시죠? 올리비아는 'VSCO'라는 사진 보정 앱을 사용했어요."

조너선은 중년 형사지만 젊은 세대가 온라인에서 은밀하게 활동하는 방식들을 꿰뚫고 있었다. 틱톡 트렌드, 인셀✢, 텀블러✢✢로 하는 집단 자살 등 모르는 게 없었다.

"여기 보세요."

조너선이 사진 하나를 확대했다. 스툴 위에는 눈에 띄는 레몬색 코트가, 창가에는 커피와 노트북이 놓여있다. '여름인 척하기'라는 문구도 함께 적혀있었다.

"이것과 똑같은 코트를 입은 여성이 찍힌 CCTV 영상을 확보

✢ 'Involuntary celibate(비자발적 독신주의자)'의 약자(Incel)로, 연애를 하고 싶어도 하지 못하는 남자들이 모인 커뮤니티 집단을 일컫는 영미권 신조어다.

✢✢ 인스타그램, 트위터, 페이스북을 합쳐 놓은 형식의 소셜 네트워크 서비스

했어요. 이 스타벅스 매장에서 불과 몇백 미터 떨어진 곳이죠."

줄리아는 치밀어오르는 두려움을 억누르며 침을 삼켰다. 지난 봄 이후로 CCTV만 보면 제너비브가 떠올랐다. 더 정확히 말하면 제너비브가 한 일이 생각났다.

"미용실 앞에서 찍혔어요. 레몬색 코트 맞죠? 길에서 걸어가는 여자요."

위에서 촬영된 영상은 선명하지 않았지만 컬러였고, 줄리아가 보기에도 이 여성은 분명히 올리비아였다. 특유의 밝은 머리색, 그러니까 뿌리에 다른 색이 보이지 않는 자연 금발이었다. 그리고 사진과 같은 코트를 입고 있다. 줄리아는 영상을 멈추고 확대했다. 이 순간이 마지막이라는 걸 올리비아는 알고 있었을까?

"동의해. 올리비아 맞네."

"그렇죠. 어젯밤 8시 30분이에요. 그런데 이상한 점이 있어요."

조너선은 영상을 다시 재생했다. 올리비아는 번화가에서 오른쪽으로 돌아 골목 안으로 걸어갔다. 두 사람은 그녀가 사라진 뒤의 영상을 5분 동안 지켜보았다. 저녁 늦게 상점을 찾은 쇼핑객들, 퇴근하는 몇몇 직장인들과 술집으로 향하는 사람들이 왔다갔다 하는 모습이 보였다. 늘 그렇듯 조너선은 증거가 스스로 말을 하도록 내버려두었다.

"그게 뭔데?"

줄리아의 질문에 조너선은 휴대폰에서 구글맵을 열었다.

"여기가 그 골목이에요. 블라인드맨스 레인Blindman's Lane, 어울리는 이름이죠.✥"

그는 구글맵의 '스트리트 뷰'로 그 골목의 실제 모습을 보여주었다. 줄리아가 휴대폰 화면을 보고 있을 때 조너선의 아내에게서 문자 메시지가 왔다. 작은 사진 아이콘과 함께 이런 문구가 떠있었다. '또 재우고 있음.'

줄리아는 아기에 대한 소식일 거라고 추측했다.

"골목 끝이 막혀있어요."

조너선은 이렇게 말하며 알림 창을 쓸어 넘겼다.

"막다른 골목이에요, 보세요."

아니나 다를까, 그 골목의 끝은 벽돌로 전체가 덮인 아파트 벽면이다. 문도, 접근 가능한 창문도 없다. 아무것도.

"올리비아는 이 골목으로 사라진 다음 다시 나오지 않았어요. CCTV 영상 5시간 분량을 빨리감기로 보면서 확인했거든요."

"지금도 막혀 있을까? 혹시 구글맵 업데이트가 안 되어있는 거 아니야?"

"제복 입은 경찰 네 명이 확인해 줬어요. 그리고 제가 직접 가봤죠. 여기서 얼마 안 걸려요."

그는 엄지손가락으로 골목 방향을 가리켰다.

"사다리도 없어? 방화문도? 지하로 통하는 수직통로도?"

줄리아가 구글맵을 확대해 보며 물었다.

"없어요, 아무것도."

조너선은 대답하면서 구글맵을 닫고 아내에게서 온 문자메시

✤ '블라인드 blind'에는 막다른 골목이라는 의미도 있어 실제 막다른 골목인 그곳에 어울린다는 뜻

지를 확인했다. 줄리아가 추측한 대로 아내와 아기의 사진이 보였다. 아기는 이제 4개월쯤 되었다.

"진짜 귀엽네."

"우리를 아주 들었다 놨다 해요. 이 녀석 사전에는 잠자는 시간이라는 게 없어요."

"걱정 마."

줄리아는 제너비브를 떠올리며 웃음을 지었다.

"15년이나 16년 후에는 해가 중천에 뜨도록 안 일어날 테니까."

웃음기를 담은 조너선의 눈이 줄리아의 눈과 마주쳤다.

"'스누'라는 제품을 샀어요. 자동으로 흔들어 주는 침대래요."

"그래, 효과가 있으면 좋겠네. 그런데 나도 그 골목을 봐야 할 것 같아. 그렇지?"

조너선은 지체없이 손끝으로 문을 가리키며 마치 손님을 안내하는 주인 같은 제스처를 취했고, 곧 그녀를 뒤따랐다. 그는 신사도 빼면 시체였다.

문제의 골목까지는 겨우 400미터 거리였다. 두 사람이 경찰서를 나서는데 화재 경보기가 울렸다. 최근 들어 자꾸 오작동을 일으키는데 아직도 수리 전이었다. 그들은 경보음을 무시하고 빠르게 목적지로 향했다. 줄리아의 머릿속은 어지러웠다.

'당신 머릿속에선 끊임없이 독백이 들리겠지.'

표면적으로는 아직 그녀의 남편인 아트가 했던 말이다. 이상하게도 그녀는 몇 년째 이 문장을 기억하고 있다.

밖은 얼어붙을 듯 추웠다. 공기는 드라이아이스처럼 차갑고 거리는 고요했다. 포티스헤드의 밤문화는 팬데믹 이후로 아직 회복되지 않았다. 어쩌면 팬데믹에서 회복한 사람은 아무도 없을지도 모른다. 적막한 거리에는 서리가 내려있었고 발밑의 보도블록에서도 냉기가 느껴졌다.

"큰 사건이 될 것 같은 예감이 들어요."

조너선이 운을 떼우더니 말을 이었다.

"자료가 많이 필요할 거예요. 올리비아의 소셜 미디어에 참고할 만한 내용이 많죠. 1년 넘게 매일 게시물을 올렸으니까요. 그런데 사라질 만한 어떤 이유도 보이지 않아요."

"올리비아는 어떤 스타일이야?"

"흠."

조너선이 잠시 말을 골랐다. 그는 성격 분석에 탁월했다.

"자기 주장이 강하고 좌파 쪽이에요. 명랑하기도 하고요. 사진과 함께 올리는 글을 보면… 목소리가 진짜로 들리는 것 같달까요."

줄리아는 고개를 끄덕였다. 그녀는 벌써 올리비아가 좋아지기 시작했다.

문제의 골목은 쉽게 알아볼 수 있었다. 경찰 테이프로 봉쇄된 현장을 지원 경찰관✤ 두 명이 지키고 있었다. 그렇지 않다고 증명될 때까지는 모든 곳이 범죄 현장이 될 수 있지만, 줄리아는 지원 경찰관이 두 명이나 배치됐다는 사실에 놀랐다. 소도시인 포티스

✤ 영국에는 지원 경찰관Police Community Support Officer, PCSO이라는 독특한 제도가 있는데, 정규 경찰관이 아닌 치안 보조 인력이라 일반인 신분이다. 시민경찰이나 자율방범대에 비유할 수 있다.

헤드는 다른 여러 지역들처럼 예산이 부족했다. 인력도 부족해서 큰 사건이 생기면 인근의 브리스톨, 에이번, 서머싯에서 인원을 차출해 팀을 꾸려야 할 정도였다.

줄리아는 걸음을 멈추고 서서 골목을 바라보았다. 지원 경찰관들은 눈썹을 으쓱하며 아는 체했지만 그뿐이었다. 경찰 조직에 속한 사람들은 줄리아가 갑자기 현장에 나타나도 놀라지 않는다. 조너선을 동반해도 그러려니 한다. 줄리아는 함께 일할 동료를 선택하는 데 매우 까다로웠다. 하지만 사실, 누구나 그래야 하지 않을까?

골목의 왼쪽에는 미용실이 있었는데, 오래된 돌벽에 수년간 물이 묻어 손상된 자국이 보였다. 오른쪽에는 펍이 있다. 붉은 벽돌로 마감된 비교적 새 건물이지만 그래도 40년은 된 것 같았다. 두 상점의 한가운데에 바로 그 골목이 있었다.

완전히 막다른 길이었다. 골목 끝의 벽돌 건물은 4층에서 5층 정도 높이였다. 줄리아는 뒤로 물러서서 주변을 한 바퀴 돌기 시작했다.

"이 건물에서 골목으로 통하는 입구는 없어요."

조너선은 줄리아와 나란히 걸으며 말했다. 줄리아는 조너선도 이미 주변을 한 바퀴 돌아봤다는 사실에 놀라지 않았다. 어떤 일이 생기면 그 이유를 알고 싶어하는 사람이 있고 그렇지 않은 사람이 있다. 다행히도 조너선은 전자였다. 그가 신축 아파트를 가리켰다. 그 건물은 골목 뒤편 전체를 벽처럼 가로막고 있었다.

"최근에 지어진 건 아니겠지?"

"어제 완공되기라도 했을까봐요?"

조너선이 웃으며 대꾸했다.

"그래, 아니겠지."

줄리아는 답을 바라고 질문을 던진 것이 아니었다. 조너선도 굳이 대답하지 않았다. 두 사람은 다시 골목 입구로 돌아왔다. 그때 줄리아의 휴대폰이 진동했다. 동생 빌에게서 온 문자 메시지였다. 솔직하고 유머러스하며 항상 어린아이 같은 녀석이 변호사라는 사실이 믿기지 않았다. 빌이 수년 전에 형사 소송에서 민사 소송 담당으로 자리를 옮긴 덕분에 남매가 상대편으로 만나는 불상사는 일어나지 않게 되었다. '청구서 초안을 쓰면서 〈베이사이드 얄개들✥〉 보는 기분이 얼마나 끝내주는지 알아?' 빌이 보낸 문자였다. 줄리아는 미소 지으며 휴대폰을 주머니에 넣었다.

줄리아는 방호복을 챙겨 입었다. 원칙대로, 원칙대로, 원칙대로. 그녀가 항상 주문처럼 되뇌는 문구였다. 범죄자가 줄리아의 실수로 풀려나는 일은 절대 없을 것이다. 마찬가지로 무고한 사람이 그녀의 실수로 유죄를 선고받는 일도 결코 없을 것이다.

줄리아는 경찰의 출입 통제 테이프 아래로 몸을 숙여 골목 안으로 향했다. 골목 끝 아파트 벽을 장갑 낀 손으로 훑어보았지만, 건물이 맞닿은 부분에는 한치의 틈도 없었다. 진입로는 전혀 보이지 않았다. 아파트의 가장 낮은 창문조차 최소 6미터 높이였다. 줄리아는 초조하게 주변을 둘러보았다.

아무것도 없었다. 사다리의 흔적도, 맨홀 뚜껑도, 배수구도 없었다. 아무것도. 올리비아는 빈손이었다. 조너선 말로는 드나든 차

✥ 1989~1993년 미국 NBC에서 방영한 하이틴 시트콤 드라마로, 2020년 속편이 나왔다.

량도 없었다.

골목 안에 있는 물건이라고는 공업용 파란 쓰레기통 두 개가 전부였다. 몇 년 전 뉴스에서 본 사건이 떠올랐다. 이번과 비슷한 경우였는데, 스코틀랜드 경찰이 쓰레기통을 확인하지 않은 바람에 참극이 발생했었다. 쓰레기통 안에는 술 취한 청년이 있었고, 매립지로 운반된 지 이틀 뒤에 발견되었다.

"쓰레기통은 비어있나요?"

줄리아가 지원 경찰관에게 물었다.

"CCTV 영상을 확인한 이후 골목을 오간 사람은 없습니다."

'에드'라는 지원 경찰관이 대답했다. 그는 겨우 스무 살 정도 된 젊은이로, 차에 단백질 파우더를 넣어 마시며 운동에 열심인 타입이었다. 줄리아는 그런 모습이 무척 귀엽다고 생각했다.

"좋아요. 아무도 출입하지 못하게 하세요."

"물론이죠."

에드가 근육을 자랑하며 말했다.

"쓰레기통도 건드리지 말고 그냥 둬요. 이걸로 운동하는 것도 안 돼요."

그 말에 에드가 깔깔 웃었다. 줄리아는 장갑 낀 손으로 쓰레기통 하나를 잡아당겼다. 가벼웠다. 뚜껑을 열고 안을 들여다보니 아무것도 없었다. 한 번도 사용하지 않은 듯 깨끗했고 세척액 냄새도 나지 않았다. 나머지 통에는 맥주 캔 하나가 들어있었는데 오래되었는지 어두운 갈색 얼룩이 흘러나와 있었다.

줄리아는 머릿속 목록에 쓰레기통 지문 수색과 법의학 감식을 추가했다. 마음속으로 목록을 만드는 일은 살아 숨 쉬는 것만큼 자연스럽다. 신비롭지만 체계적인 방식으로 우선순위가 정리된다. 큰 항목들은 자연스럽게 표면으로 떠오르고, 미세한 항목들은 바닥으로 가라앉는다. 이 목록은 한밤중, 샤워할 때 혹은 남편의 말을 들어야 할 때도 자동으로 조정된다. 줄리아는 대부분 올바르게 우선순위를 정리하지만 여전히 어딘가 부족하다고 느낀다.

줄리아는 바닥을 꼼꼼히 살펴보았다. 오래된 껌과 자갈 몇 개뿐이다. 혈흔이나 무기, 싸움의 흔적은 아무것도 없었다.

"그렇군."

그녀는 떠나기 전 마지막으로 현장을 다시 바라보며 중얼거렸다. 추위가 뼛속까지 스며들었다. 해야 할 일이 많았지만 이곳에서 할 수 있는 일은 모두 끝났다.

줄리아의 목소리를 듣고 골목 입구에 나타난 조너선이 말했다.

"진짜 이상해요, 그렇죠?"

"정말 그러네. 납득되는 게 하나도 없어."

줄리아가 당황스러워하며 말했다.

"창밖으로 밧줄이라도 던진 걸까요?"

조너선이 대꾸했다. 이런 유머감각이야말로 줄리아가 그와 함께 일하기를 좋아하는 이유였다. 줄리아는 다시 고개를 쭉 빼고 골목을 찬찬히 살폈다. 뭔가가 스쳐 지나간 흔적이나 자그마한 구멍이라도 발견되기를 기대했지만 역시 아무것도 없었다. 흠 없이 말끔한 벽돌과 그 사이사이를 메운 회반죽뿐이었다.

"이 골목의 CCTV 영상을 샅샅이 봐야겠어."

"네, 보내드릴게요. 제가 전부 확인했는데, 올리비아가 골목으로 들어가 다시 나오지 않은 건 확실해요."

조너선이 천천히 대답했다.

○

줄리아는 밤 11시가 넘어서야 경찰서를 나섰다. CCTV 영상을 한 번에 네 개씩 띄워놓고 보느라 눈이 침침했다. 모든 카메라에 찍힌 영상을 하나도 빼놓지 않고 꼼꼼히 확인했다. 눈도 거의 깜빡이지 않고 조너선이 본 모든 장면을 다시 검토했다.

말이 안 되지만 조너선의 말대로였다. 올리비아는 골목 안으로 들어가서 나오지 않았다. 그 안으로 들어간 다른 사람은 없다. 쓰레기통이 운반된 적도 없다. 새벽 2시에 여우 한 마리가 들어갔다 나온 게 전부였다. 자동차도 사람도 없었다. 줄리아는 골목에 위치한 펍에 연락해서 그 쓰레기통을 사용한 적이 없다는 사실을 확인했다. 내일 아침에는 미용실에도 물어볼 작정이다.

"그럼 왜 쓰레기통이 거기 있죠?"

줄리아가 질문하자 펍 주인은 만족스러운 답변을 내놓지 못했다. 쓰레기통은 줄리아의 머릿속 목록 중간쯤에 놓인 채 여름의 성가신 파리처럼 계속 그녀를 괴롭혔다. 생각을 좀 해봐. 줄리아는 스스로에게 애원했다. 틀에서 벗어나 생각해 보라고.

줄리아는 경찰서에서 800미터쯤 떨어진 곳에 주차해 둔 낡은 차를 향해 걸어갔다. 공간이 있음에도 멀리 주차하는 데는 이유가 있었다. 이 지역의 범죄자들이 경찰서에 드나드는 경찰들의 차량 영상을 찍어 유튜브 어딘가에 올리기 때문이었다. 줄리아는 그 영상에 나오고 싶지 않았다.

줄리아는 이마를 문질렀다. 가족과 함께 머물렀던 식당에서 나온 것이 백년 전 일처럼 아득했다. 그녀의 일과 삶의 밸런스에 대해 남편 아트가 했던 말이 맞을지도 모른다. 아트는 변기에 앉아 소설 책을 읽는 학자 타입으로 종종 옳은 말을 했다. 하지만 옳다고 해서 상처를 주지 않는 것은 아니다.

죄책감을 느끼며 줄리아는 제너비브의 마지막 온라인 흔적을 확인했다. 2분 전이다.

'아직 안 자?'

문자를 보내자 줄리아의 바람대로 제너비브가 즉시 전화를 해왔다.

"당연하죠."

"나도야."

줄리아는 미소를 지으며 대답했다. 선글라스를 쓰고 카메라 앞에서 포즈 취하기를 좋아했던 변덕쟁이 꼬마가, 이제는 늦은 밤에 전화로 수다를 떨 수 있는 어른이 되다니 감회가 새로웠다. 줄리아는 눈을 감았다. 제너비브를 위해 한 그 일을 후회하지 않는다.

"범죄자들은 잘 있어요? 참, 아까 그 손님 차 번호 적어놨는데 알려드려요?"

"넌 구세주야."

줄리아는 이제 쓸 일이 없다는 걸 알면서도 딸이 불러주는 번호를 받아 적으며 덧붙였다.

"오늘 사건의 실종자가 너보다 겨우 몇 살 많더라."

"이제 가족 외식은 당분간 없겠네요?"

제너비브가 묻자 줄리아는 생각에 빠졌다. 제너비브의 문제는 좀처럼 자기 감정을 드러내지 않는다는 것이다. 그래서 줄리아는 제너비브가 하는 말을 토대로 그 안에 숨은 감정을 캐내고, 발굴하고, 이론을 세워야 했다. 최근 들어 더더욱 제너비브의 마음을 종잡을 수 없었다.

"미안해. 그럴 것 같아."

줄리아가 대답했다. 제너비브의 말투를 보아하니, 딱히 기분이 상한 것 같지는 않았다. 다행이었다.

"엄마 먹을 것 좀 포장해 왔어?"

"아뇨, 전부 다 먹어버렸어요."

제너비브는 망설임 없이 말하고는 이렇게 덧붙였다.

"지금 미친듯이 벼락치기 공부 중이에요."

겉보기엔 냉소적이지만 사실 제너비브는 순종적인 편으로, 열심히 노력해서 제도에 편입되려는 타입이었다. 하지만 그 애가 실제로 무슨 생각을 하고 있는지 누가 알겠는가?

차가운 4월의 공기 속, 줄리아가 걸으면서 내뱉는 숨이 구름처럼 공중에 퍼졌다. 공원을 가로지르는 그녀의 뒤에서 철문이 바람에 흔들리며 끼익거렸다. 하늘은 짙은 보랏빛이었다. 주변에는 아무도 없었다. 하지만 혼자라는 건 줄리아의 착각이었고, 사실은 또 다른 누군가가 있었다.

지난 크리스마스에 아트는 모든 걸 털어놓았다. 이런 일이 벌어질 것을 알았어야 했는데. 그녀는 여름부터 가을까지 남편을 거의 보지 못했던 것이다.

부드러운 아침 햇살이 비추는 날이었다. 온화한 날씨 속에 비가 조금씩 내렸고 중간중간 해가 고개를 내밀었다. 거리는 온통 조용했지만, 집집마다 향수 어린 연말 행사의 설렘이 가득했다. 칠면조 요리, 이스트 세븐틴의 크리스마스 노래 〈스테이 어나더 데이✢〉, 20년째 이맘때면 꺼내는 크리스마스 장식 같은 것들. 제너비브는 선물 포장을 푸는 중이었고 줄리아는 아침 10시인데도 이미 소파에 앉아 양배추를 체에 받친 채 한 장 한 장 벗겨내고 있었다. 줄리아는 아트가 부엌으로 걸어 들어가기 직전 제너비브가 알렉사✢✢ 스피커에 대고 '머라이어 캐리 말고 다른 거 틀어줘.'라고 말한 장면을 기억했다. 제너비브가 선물을 풀고 있는데 분위기를 깨면서 갑자기 자리를 뜨는 남편을 보고 놀라 그를 따라갔었다.

부엌에 들어서자 아트는 줄리아를 응시하며 이렇게 말했다.

"나 누구랑 잤어."

그 와중에도 그는 문법에 집착하며 한마디 덧붙였다.

✢ 영국 보이그룹 '이스트 세븐틴'이 1994년 발표한 크리스마스 노래로, 당시 머라이어 캐리의 'All I Want for Christmas is You'를 제치고 영국 차트 1위에 오르며 인기를 끌었다.

✢✢ 아마존에서 개발한 인공지능 플랫폼

"다른 사람이랑."

그건 줄리아가 이제껏 살면서 들어본 최악의 말이었다. 조리대 위에 손을 올려놓고 힘주어 누르는 바람에 아트의 손가락 끝이 하얗게 변해있었다.

줄리아는 뇌도 감정도 사라진 대체 우주에 떨어진 듯 멍해졌지만, 과거에도 미래에도 똑같이 내렸을 법한 선택을 했다. 남편에게 다시는 말 걸지 말라고 한 것이다. 그리고 정말 두 사람은 그 뒤로 대화를 나누지 않았다. 이제 그들의 결혼은 형식만 남은 껍데기에 불과했다.

줄리아는 그에게 떠나라고 말하지 않았다. 그녀는 정지된 시간 속에 머무르고 있었다. 두 사람은 서로의 소리가 들릴 만큼 얇은 벽 하나를 사이에 두고 각자 옆방에서 따로 잤다.

일주일 후 제너비브가 이상한 낌새를 알아챘다.

"**무슨 일**이 생긴 게 분명하네요."

십대 청소년다운 제너비브의 반응에 그들은 상황을 털어놓을 수밖에 없었다. 그러자 제너비브는 줄리아에게로 돌아서서 말했다.

"사람이 실수할 수도 있는 거 아니에요?"

오 이런, 십대들의 말은 얼마나 잔인한지. 무방비 상태였던 줄리아는 방탄조끼라도 껴 입고 싶었다. 물론 제너비브는 그해 초에 자신이 저지른 실수에 대해 말하고 있는 게 분명했다. 줄리아는 갑자기 작년 한 해를 통째로 바꾸고 싶다는 생각이 들었다.

"어디세요? 거의 다 왔어요? 핫초코 한 잔 탈까 하는데…."
지금 제너비브가 묻는다.
"이제 차에 거의 다 왔어."
"심각해요? 실종사건이요."
"아주."
"오, 어떻게 된 거예요?"
"실종자가 골목길로 사라졌는데 막다른 길이야. 탈출구도 없고. 어떻게 된 건지 수수께끼 좀 풀어줄래?"
줄리아는 이미 지나치게 관심을 보이는 딸에게 너무 많은 말을 하고 있다고 자책하면서도 멈출 수가 없었다.
"와우, 정말 이상하네요. 이 사건은 틱톡 탐정들이 필요하겠어요."
줄리아는 웃음을 터뜨리며 대답했다.
"정말 그럴지도 모르겠네."
"그런 속담 있잖아요. 시체 하나는 숨길 수 없지만 100조각으로 자르면 숨길 수 있다던가?"
"너무 끔찍하잖아, 제너비브."
줄리아가 말했다. 예전에 제너비브는 줄리아의 일이 지루하고 답답하다고 여겼었다. 시시한 범죄자들을 체포하느라 가족 식사에서 빠지기나 하는 한심한 직업이라고. 하지만 지금은 완전히 달라졌다. 시체 처리 방법까지 이야기하고 있지 않은가. 줄리아는 제너비브의 변화 때문에 불안했다.

"10분 안에 도착할 거야, 사랑해."

줄리아는 전화를 끊었다. 집까지는 10분도 걸리지 않는다. 시련은 있었지만 어쨌든 새 집이다. 아트의 그 사건 이후 그들은 이사를 했다. 이건 아니다 싶으면서도 여전히 가족으로서 오래 살아온 집을 떠나 함께 삶의 터전을 옮겼다. 두 사람은 계속 각방 생활을 하면서 (줄리아의 경우에는) 이 상황에 대해 심사숙고하는 중이었다. 그 와중에 줄리아가 오랫동안 찾아 헤매던 집을 발견해 버렸다. 당시 두 사람 모두 더 나은 방법을 생각해 내지 못했기 때문에 함께 이사를 했다.

상당한 비용이 들긴 했지만 이제 그들은 그동안 갈망하던 꿈의 집을 갖게 되었다. 슈가 로프 해변이 내려다보이는 포티스헤드의 새로 지은 반독립식 주택✜. 겨울 태풍 시즌이면 모래가 날아와 창문을 서리 낀 유리처럼 뿌옇게 만들고 온갖 틈 사이로 들어와 집 곳곳에 쌓인다. 하지만 그 모든 것이 상상할 수 없을 만큼 아름다웠다.

줄리아는 공원 밖으로 나왔다. 공원을 둘러싼 철제 울타리는 안개에 가려진 산꼭대기처럼 잘 보이지 않았다. 울타리의 날카로운 끝부분도 완전히 어둠 속에 묻혀있었다.

그때 발자국 소리가 들렸다. 줄리아는 훈련받은 대로 소리에 반응하지 않았다. 그리고 그녀는 경찰로서 자신이 가진 권력을 되새겼다. 배지를 내밀며 범인을 체포할 수 있는 힘. 그녀는 감히 건드

✜ 두 채의 집이 한쪽 벽면을 사이에 두고 나란히 붙어있는 단독 주택

릴 수 없는 존재다. 일정한 속도로 걸으면서 휴대폰 불빛을 켰다. 누군가가 그녀에게 강도짓을 하려는 거라면 그렇게 하라고 일부러 유인하려는 속셈이었다.

줄리아는 어깨 너머로 슬쩍 뒤를 돌아보았다. 후드티를 입은 남자다. 그런데 열여섯, 열일곱 정도밖에 안 되어 보이는 어린애다. 줄리아는 자신이 체포한 적이 없는 아이이길 빌었다.

남자의 몸짓 하나하나에는 세상에 대한 불만이 묻어났다. 그는 두 팔을 앞뒤로 흔들며 걸었는데, 후드를 푹 눌러쓴 채 가진 건 시간밖에 없다는 듯 천천히 움직였다. 줄리아는 이런 남자를 수없이 많이 만나봤다. 그들을 체포했고, 정보를 얻어내기 위해 압박했다. 피해자 영향 진술서✛를 작성하고, 그들의 부모, 그들의 자녀를 만나기도 했다. 저 남자 역시 줄리아의 적이 될 확률이 높았다.

남자의 반응을 보려고 재빨리 왼쪽으로 방향을 틀었다. 그는 보일 듯 말 듯한 미소를 띤 채 줄리아를 지나쳐 걸어갔다. 줄리아는 그의 뒷모습을 지켜보았다. 그는 딱 한 번 뒤를 돌아봤다. 부디 저 아이가 자신을 보살펴 줄 보호자가 있는 집으로 돌아가기를.

줄리아는 자동차 키를 더듬어 찾은 후, 차에 최대한 가까이 다가가 잠금장치를 풀었다. 그리고 차에 타면서 안도의 한숨을 내쉬었다. 차 안에서는 제너비브가 먹은 맥도날드 햄버거 냄새가 났다.

피부에 닿는 자동차 시트가 차가웠다. 줄리아는 올리비아를, 그녀가 어디에 있을지를 생각하며 마음을 가라앉혔다. 올리비아가 느

✛   범죄가 피해자에게 어떤 영향을 주었는지 기록한 문서

겼을 여성으로서의 본능적인 두려움, 그리고 하우스메이트에게 보낸 문자를 떠올렸다. 나도 위험에 처하면 그런 문자를 보내게 될까?

줄리아는 시동을 걸고 라이트를 켠 다음 히터를 틀었다. 컵 홀더에서 휴대폰 진동이 울렸지만 무시했다. 제너비브가 뭔가 떠올랐다며 전화했을 게 뻔했다.

휴대폰 진동이 멈추자마자 줄리아는 무언가를 느꼈다. 어떤 존재감. 아니, 부재의 결여라고 해야 더 정확할까? 자신이 혼자가 아니라는 감각이었다. 하지만 줄리아는 실종사건을 담당할 때면 으레 이런 기분을 느끼곤 했다고 스스로를 달랬다. 젊고 매력적인 여자가 사라져서, 시간이 늦어서, 계절에 맞지 않게 추워서 괜히 이상한 느낌이 드는 거라고. 아트가 집에 있긴 하지만 자신을 기다리는 건 아니기 때문이라고.

하지만 단순한 불안을 넘어 어떤 직감 때문에 그녀의 뒷목이 떨려왔다. 뇌 깊은 곳에서 본능이 밤공기를 가로질러 경고 신호를 보냈다. 차 안에 누가 있다. 줄리아는 셋까지 센 다음 눈을 들어 백미러를 보았다. 복면을 쓴 남자가 뒷좌석에 앉아있었다. 그는 입을 열어 한 마디를 내뱉었다.

"운전해."

2
루이스

나는 아직 그 사실을 모르고 있다. 하지만 이제 곧 네가 실종됐다는 전화를 받을 것이다. 나는 사무실 뒷방에서 혼자 일하는 중이다. 너무 지루한 나머지 오스카상을 받는 내 모습을 진지하게 상상하고 있다. 이번에는 아직 제목을 정하지 못한 어떤 인기 영화 속 배역으로 상을 받게 되었다. 이런 놀이 덕분에 모닝 커피를 마실 때까지 남은 45분을 견딘다.

"가장 감사하고 싶은 사람은 과거의 나 자신입니다."

나는 여권 갱신서를 지정된 봉투에 넣고 밀봉하면서 이렇게 말했다.

흠. 할리우드에서도 이건 너무 심하다고 생각할까?

너는 내가 중얼거리는 말을 재미있어하며 가끔 놀이에 참여하곤 했다. 이 모든 것을 가능하게 해준 놀라운 특수효과 팀에 대해 떠들어대다가, 문득 네가 이 여권 사무실에서 나와 함께 일하는 것을 얼마나 싫어했는지 떠올렸다. 하지만 나는 너와 함께하는 것이 좋았다. 너는 내가 그토록 갖고 싶었던 냉소적인 직장 동료였다. 학교를 갓 졸업하고 진로를 탐색 중이던 스물 한 살의 너는 네 아빠가 이렇게 하루하루를 보내는 것을 알고 놀라워했다. 헝클어진 금발 머리에 도넛을 입에 물고 나를 보며 이렇게 말하던 네가 지금도 눈에 선하다.

"지금이 그나마 하루 중 최고의 순간인데 고작 맛없는 도넛을 먹는 게 다네요."

우리는 함께 집에 가서, 일을 제대로 못하는 동료들과 스테이플러에 이름표를 붙이는 그들의 사소한 행동에 대해 이야기하며 네 엄마를 지루하게 만들곤 했다. 우리는 만들다가 망친 여권 한 무더기를 집으로 가져와서 손님용 침대 밑에 몰래 숨겨둔 적도 있다. 들킬까 봐 몇 주 동안 우리는 두려움에 떨었었지.

봉투 작업이 끝나자 오스카 수상 연설을 멈추었다. 커피를 마시기 전에 여권 신청서를 확인하고 새로운 사진을 기존 여권 사진과 비교해야 한다. 새 사진, 기존 여권. 주전자 물을 끓이러 갈 때까지 25분이 남았다.

나는 어떤 종류든 단조로운 일을 감당하지 못했다. 열 살, 스무 살, 서른 살에도 내가 무슨 일을 하고 싶은지 몰랐다. 자물쇠 수리, 소셜 미디어 등 퇴근 후 수많은 강의를 들었지만 대부분 일을 잊기 위해서였다. 몇 년에 걸쳐 온갖 것들을 배웠지만 진정으로 하고 싶은 일을 찾지는 못했다.

그때 휴대폰이 울렸다. 화면에 뜬 건 저장된 연락처가 아니라 모르는 숫자들이었다. 무슨 일이 벌어질지 예상할 수 없었다.

"여보세요?"

나는 전화를 받았다. 뒷방에서는 신호가 잘 잡히지 않아 주방 쪽으로 걸어갔다. 그리고 몇 년째 흔들리고 있는 문손잡이를 손끝으로 고정시켰다. 공공기관에서는 절대 수리를 하는 법이 없다. 이곳에서는 타닌✜ 향이 난다. 동료들은 모두 차를 마신다. 최근에 커피 머신을 사자고 다시 한번 제안해 봤지만, 마치 주전자에 폭탄을 넣자는 말을 들은 듯한 반응이었다.

"여보세요."

여자 목소리다. 나는 뭔가 잘못됐다는 것을 즉시 알아차렸다.

"죄, 죄송해요. 저 몰리예요. 저…."

네 하우스메이트다. 나는 이제껏 몰리와 대화를 해본 적이 없다. 내가 집세 보증금을 내주었기 때문에 몰리가 나를 알고 있을 뿐이다. 왜 나에게 전화를 한 거지? 긴장해서인지 온몸이 뜨거워졌다. 네 엄마의 말대로 열까지 세어볼까. '이런, 루이스. 당신은 너무 극단적이야. 도대체 중간이 없다니까.' 내 인생의 사랑, 사리 분별이 명확한 네 엄마 욜란다는 이렇게 말하곤 했다.

나는 하나, 둘, 셋까지 세고 마음을 가라앉힌 뒤 물었다.

"무슨 일 있니?"

"안 좋은 소식을 드려서 정말 죄송한데…."

내 마음속에는 살인, 사고, 심장마비 등 온갖 단어가 떠올랐다.

✜ 떫은맛을 내는 식물 성분. 차나 와인 등에 들어있다.

젊은 사람이 갑자기 쓰러져 죽는 경우도 있지 않은가? 넷, 다섯, 여섯. 나는 숫자를 세며 다시 마음을 추슬렀다. '우리는 온갖 나쁜 가능성을 생각하지, 루이스. 하지만 무시해야 돼.' 욜란다는 가끔 이렇게 조언했다.

그러나 바로 다음 순간, 몰리의 입에서 그 말이 흘러나왔다. 네가 실종됐다고. 말하자면 네가 어디 있는지 모른다고. 눈앞의 사무실 주방이 잠시 흐려졌다. 사물의 가장자리가 희미해졌다가 곧 다시 선명해졌다. 나는 중심을 잡기 위해 눈에 보이는 사물들에 집중하려고 애썼다. 한쪽 구석에 코스트코 티백이 가득 든 대형 자루가 있었다. 이유는 모르겠지만 모든 동료가 휴가만 끝나면 가지고 오는 자석들이 잔뜩 붙어있는 냉장고도 보였다. 나는 심호흡을 하고 물었다.

"뭐라고? 언제부터?"

"어젯밤에 집에 안 들어왔어요. 전… 우리는 걔가 어디 있는지 몰라요. 전화드려서 죄송해요. 그러니까… 저를 거의 모르시잖아요. 하지만…."

끔찍한 타로 카드가 드러나기를 기다리는 것처럼 우주가 그 기괴한 손을 드러내기를 기다렸다. 카드가 마구 뒤섞이듯 온갖 이미지가 내 머릿속을 돌아다녔다. 끔찍한 손이 두 개, 세 개, 목 매달린 사람. 악마.

아니야, 내 '리틀 오'는 안 돼. 네가 아기였을 때 네 입은 사랑스럽고 행복한 작은 알파벳 오o 모양이었다. 그러다가 웃을 때면 체셔 고양이처럼 입이 귀에 걸렸다. 그렇게 해서 네 별명은 '리틀 오'가 되었다. 너는 이십대가 되었지만 여전히 그대로다. 행복하고 낙

천적이고 재미있는 사람. 평등을 외치면서도 샴페인은 절대 포기 못하는 타입. 결코 미워할 수 없는 사랑스러운 아이.

"우리 딸이 어디 갔는지 아니?"

"모르겠어요."

"전부 말해보렴."

나는 주방 문을 단단히 닫았다. 어딘가에서 쿵 하는 소리가 들렸지만 무시했다.

"어젯밤에 집에 들어오지 않았어요. 그리고… 휴대폰이 꺼져 있어요."

몰리는 같은 말을 반복했다. 나는 어울리지 않게 냉장고 위에 걸려 있는 시계를 힐끗 확인했다. 항상 그렇듯 분 단위까지 시각을 정확히 알고 있는데도.

"문자 보내봤니?"

나는 방어적인 태도로 목소리를 높였다. 너의 실종은 풀어야 할 수수께끼이고 빨리 고쳐야 할 문제다. 이건 말도 안 되는 실수다.

"전송이 안 돼요."

문득 네 모습이 떠오른다. 네가 너무나 좋아하는 그 끔찍한 마스크팩을 얼굴에 붙이고 셀카를 찍어 나에게 보냈었지. 손가락으로 브이 자를 만들고 얼굴에 팩을 붙인 너는 〈양들의 침묵〉의 한니발 렉터✢ 같았다. 내가 그 말을 했더니 너는 장난스럽게 이를 드

✢ 영화 〈양들의 침묵〉의 주인공 한니발 렉터는 사람을 이빨로 물어뜯는 잔인한 살해범으로, 교도관들은 그에게 특수 마스크를 씌운다. 여기서는 딸의 얼굴에 붙인 마스크팩이 한니발 렉터의 마스크를 연상시켰다는 뜻이다.

러내고 무서운 표정을 지은 사진을 다시 보내왔지.”
"그러니까 밖에 나갔는데 전화기가 꺼져있다는 거지?”
나는 몰리에게 물었다. 한 번도 만난 적 없는 스무 살 여자애와 이야기하고 있다니. 나는 전자레인지에 비친 내 모습을 바라보았다. 빼빼 마른 마흔둘의 남자가 태어나서 처음 겪는 공포에 휩싸인 얼굴을 하고 있었다.
"어떻게 해야 할지 모르겠어요. 경찰에 신고해야 할까요?”
"신고해 줘. 나도 할게.”
나는 지루한 광장이 내려다보이는 창문 쪽으로 몸을 돌렸다. 낡고 이끼 낀 보도, 봄인데도 시들어가는 식물들, 창백한 하늘. 하얀 블라인드가 쳐진 듯한 세상을 올려다보며 나는 네 남자친구 앤드루를 떠올렸고, 그에게서 연락이 없었는지 물어보았다.
"아뇨, 없었어요. 제가… 앤드루한테 연락해 볼게요.”
"그래.”
"처음에 욜란다 아주머니한테 전화했었는데 음성 안내로 넘어가더라고요. 메시지는 안 남겼어요.”
"알았다. 내가… 연락해 볼게.”
"네.”
몰리가 힘없이 대답했다.
나는 전화를 끊었다. 아드레날린이 온몸을 뒤덮었다. 벌써 머릿속에 여러 가지 가능성이 떠올랐다. 너는 밖에서 밤을 보내다가 멋진 새 남자를 만났을지도 모른다. 그리고 휴대폰을 잃어버린 거다. 아니면 맹장염? 자동차 충돌사고? 기억상실증? 하지만 그랬다면 분명 누군가에게서 전화가 왔을 것이다. 너는 내가 아는 사람 중 최고의 소통 능력을 갖추고 있다. 무슨 일이 있다면 너는 직접 내게 전화를 했거나 누군가에게 전화를 부탁했을 것이다. 아니면 누군가가 네 휴대폰을 보고 나에게 전화했을 것이다.

나는 코트를 집어 들고 주방을 하릴없이 빙글빙글 돌기 시작했다. 그리고 마치 영화 속 한 장면처럼 전화번호를 눌렀다.

"999✤입니다. 어떤 긴급 서비스가 필요하십니까?"

"경찰이요."

나는 주방을 나선 후 사무실 밖으로 나가며 교환원에게 말했다.

"어떤 긴급 상황이시죠?"

교환원의 질문을 듣고 머릿속에 떠오르는 건 엉뚱하게도 네 엄마가 널 임신하기까지 걸린 시간이었다. 19개월. 너무 자세한 정보일 수도 있지만, 욜란다가 열여덟 번째 생리를 했던 날 나는 화장실 안에서 문을 걸어 잠그고 울었다. 그때는 4주 뒤에 화장실에서 또 다른 의미의 눈물을 터뜨리게 될 거라는 사실을 알지 못했다. 임신테스트기에 뜬 두 줄에 행복한 눈물이 터졌고 우리 둘은 날아갈 듯 기뻤다. 우리는 너를 기다리며 보낸 힘겨운 시간들을 잊은 적이 없다. 그 뒤로 아이를 또 가질 수 없었던 우리는 너를 크리스마스 장식용 유리 방울처럼 깨질세라 애지중지 키웠다.

"어떤 긴급 상황이시죠?"

교환원이 재차 물었다. 하지만 나는 옛 기억을 떠올리느라 대답

✤   영국의 긴급 신고 전화번호

을 하지 못했다. 임신 기간 내내 나는 욜란다의 뱃속에 아기가 있다는 것을 믿을 수 없었다. 이상하지만 정말 그랬다. 나에게는 아기의 존재가 너무나 추상적으로 느껴졌다. 네가 태어나 욜란다의 가슴에 안겼을 때, 그리고 고사리 같은 작은 손이 온 힘을 다해 내 손가락을 잡았을 때 비로소 네 존재가 현실이 되었다.

"제 딸이 실종되었습니다."

마침내 내가 말했다.

"딸의 하우스메이트 말로는… 그 애가 집에 안 들어왔답니다. 담당자 좀 바꿔주세요. 제 딸은 그럴 애가 아니에요."

"알겠습니다. 더 자세한 사항을 알려주시면 순찰대를 보내서 초기 진술을 받도록 하겠습니다. 주소가 어떻게 되세요?"

교환원은 친절하게 응대했다.

나는 어느새 밖에 나와있었는데 언제 나왔는지는 기억나지 않았다. 바깥 공기는 신선하고 쌀쌀했다. 나는 너와 같은 공기를 마시고 있었다. 분명히 그럴 것이다. 그런 생각이 스쳐 지나갈 무렵, 나는 고장난 주방 문손잡이를 꽉 쥐고 있음을 깨달았다. 그리고 그 손잡이를 있는 힘껏 단단히 잡아보았다.

3
줄리아

줄리아는 여러 사건을 다루면서 다음과 같은 사실을 깨달았다. 진짜 위기가 닥치면 우리 뇌의 안쪽 깊은 어딘가에 방이 하나 열려서 본인도 모르게 상황에 맞게 대처하게 된다. 평소라면 생각도 못 했을 난국도 헤쳐나간다. 줄리아는 으스스한 고요처럼 느껴지는 안개 속에서 그 사실을 냉정하게 알아차렸다.

그녀는 백미러 속의 남자와 다시 한번 눈을 맞추고 고개를 끄덕이며 자동차 기어를 조정했다. 그렇다. 일단 순순히 요구에 응하면서 그 틈에 정보를 최대한 많이 수집해야 한다. 만약 살아남는다면 남자를 신고하고 신원을 파악해서 체포해야 한다. 그리고 이 모든 과정을 들켜서는 안 된다. 이런 범죄에서 가해자는 피해자가 너무 많은 것을 목격했다고 느낄 때 제거하는 경우가 많기 때문이다. 너무 많은 정보는 오히려 독이 된다.

"어디로 갈까요?"

줄리아가 남자에게 물었다. 오른쪽을 가리키는 그녀의 손이 자신도 모르는 사이에 떨리고 있었다. 남자의 복면은 단단히 여며진 채 빈틈없이 얼굴을 가리고 있었는데 눈이 평범한 갈색인 것을 보니 머리카락도 갈색일 것 같았다.

줄리아는 아무렇지 않은 척하며 찻길 쪽으로 시선을 돌렸다가 다시 남자 쪽을 살폈다. 검은 코트 안에 마른 어깨의 윤곽이 보였다. 그는 호리호리했다. 뒷좌석에서 높이 솟은 다리를 보니 키도 큰 것 같다.

줄리아의 몸이 떨리기 시작했다. 날개뼈 사이로 땀이 흘러내려 허리 아래쪽으로 미끄러졌다. 그녀는 입술을 핥으며 생각했다. 남자는 분명 원하는 게 있을 것이다. 그게 무엇인지, 어떻게 그것을 줄 수 있을지 알아내기만 하면 된다.

줄리아는 남자의 갈색 눈을 다시 바라보았다. 그는 틀림없이 적이다. 용의자, 범죄자, 아니면 갱 소속일까? 어쩌면 그녀가 아는 사람일 수도 있다. 맙소사, 그녀에게는 셀 수 없을 만큼 많은 적이 있다. 모든 경찰이 그렇듯이.

그의 눈가에는 잔주름이 몇 개 있는데 깊지는 않다. 아마 줄리아와 비슷한 나이일 것이다.

잠시 후 그가 말했다.

"주소가 있어."

오, 그렇군. 위장된 목소리다. 의도적으로 낸 거친 목소리가 약간 우스꽝스럽다. 줄리아가 아는 사람이거나, 신원을 들키지 말아야 한다는 것을 알 만큼 똑똑한 범죄자가 틀림없었다.

"17번지, 이스트 뷰 레인."

남자가 말하자 줄리아의 몸에 전율이 일었다. 올리비아 존슨의 주소다.

○

"알았어요."

줄리아는 침착한 목소리로 대답하며 시속 30킬로미터로 차를 몰았다. 바로 뒤에는 평범한 시민이 운전하는 차가 따라오고 있었다. 줄리아는 갑자기 차에서 내린 다음 뒤따라오는 차를 정지시킬 수도 있다. 바로 앞 컵홀더에 꽂혀 있는 휴대폰으로 999에 전화를 걸어 모든 경찰력을 마음대로 동원할 수도 있다. 그러고 나서 올리비아의 집으로 간다면, 그곳은 이미 경찰들에게 둘러싸여 있을 것이다.

그런데 이 사실들이 오히려 줄리아를 불안하게 만들었다. 이 남자는 전부 알고 있을 것이다. 그는 미치지 않았다. 오히려 침착하게 상황을 꿰뚫고 있다. 줄리아의 차에 침입하는 방법까지 알고, 지금은 뒷좌석에 차분히 앉아서 상황을 완벽하게 통제하고 있다.

그는 왜 줄리아가 도움을 요청하지 않을 거라고 생각할까? 도로는 2차선으로 넓어졌다. 줄리아는 백미러를 확인할 핑계를 만들기 위해 오른쪽으로 차선을 옮겼다. 그녀는 백미러 속의 남자를 위아래로 훑어보았다. 분명 무기를 지니고 있을 것이다.

마침내 공포가 줄리아의 가슴속에서 빠르고 뜨겁게 타오르기 시작했다. 그녀는 아트를, 그리고 그와 아직 나누지 못한 모든 이야기들을 떠올렸다. 그리고 제너비브. 줄리아는 늘 둘째를 가지고 싶었으나 제너비브만큼 사랑하지 못할까 봐 걱정했다. 하지만 어떻게 제너비브를 사랑하지 않을 수 있겠는가? 줄리아는 제너비브가 자신의 딸이라서 사랑하는 게 아니라, 제너비브라는 사람을 있는 그대로 사랑했다.

줄리아는 뒷좌석의 남자가 지금 자신을 죽인다면 아트와 제너비브가 놀랄지 궁금했다. 두 사람은 어느 정도 예상하고 있지 않을까? 언젠가 줄리아의 직업이 그녀를 조금씩 빼앗아가다 못해 통째로 데려가 버릴 거라고.

"왜 거기예요?"

줄리아가 물었다. 기어를 3단에서 4단으로 바꿨다. 이제 시속 55킬로미터다. 지극히 평범해보이는 도로 위에는 우버 택시와 버스가 달리고 있었다.

"당신도 알잖아."

기어 5단. 간선도로에 진입했다. 빨간 불빛들이 흐릿하게 도로를 메우고 있다. 밤인데도 놀랄 정도로 붐빈다.

"내가 말하는 곳에 차를 세워."

남자가 말했다. 줄리아는 그의 목소리에서 익숙한 무언가를 느꼈다. 분명히 어디선가 들어본 목소리였다.

우회로에서 첫 번째 출구로 나갔을 때 남자는 뒷좌석에서 뭔가를 찾기 시작했다. 그 부산스러움에 주의가 끌렸다. 남자는 줄리아가 늘 차 안에 걸어두는 정장 재킷들에 가려져 전혀 보이지 않았다. 재킷이 그를 완벽히 가려주었다. 남자는 뭔가 소리를 내고 있다. 줄리아는 운전하면서 귀를 기울였다. 금속 소리다. 줄리아의 뒷목에 끔찍한 소름이 끼치면서 모든 털이 바짝 곤두섰다. 그가 곧 본색을 드러낼 거라고 줄리아는 확신했다.

멀리 떨어진 자동차에서 랩 음악이 흘러나왔다. 길을 따라 울려 퍼지는 비트 때문에 남자가 내는 소리가 잘 들리지 않았다. 줄리아는 목덜미의 연약한 피부에 닿는 차가운 금속과 총의 격발음을 떠올렸다. 음악의 베이스 소리와 함께 그녀의 심장이 쿵쿵거렸다. 어쩌면 경찰이 된 이후 줄곧 이런 순간을 기다려왔는지도 모른다.

줄리아의 차가 깜빡이는 가로등 아래를 지날 때, 섬광이 비추자 백미러 속 남자의 눈동자가 갈색에서 잿빛으로 번쩍였다. 줄리아는 꿈을 꾸는 것 같았다. 환각제를 먹었거나 열이 나는 것 같기도 했다. 방금 전의 침착함은 온데간데없이 사라지고 공포만 남았다.

다음 교차로를 지나면 올리비아의 집이 나온다. 줄리아는 좌회전 깜빡이를 켜고 차선을 바꾸었다. 뒷좌석의 남자는 가만히 있었지만, 줄리아는 경찰로 둘러싸인 올리비아의 집에 도착하기 전 그가 곧 무언가를 할 것임을 알았다. 머리를 굴려보려고 애썼으나 이토록 무겁고 폭력적인 침묵 속에서는 도저히 불가능했다. 자기 자신과 남자의 숨소리만이 들려왔다.

줄리아는 백미러로 남자를 살피며 2분 정도 더 운전했다.

눈앞에 올리비아의 집이 보였다. 줄리아는 자신도 모르게 그 집을 평가하고 있었다. 빅토리아 양식 테라스, 좋군. 이웃들이 뭔가 들었기를.

집 밖에 경찰차 두 대가 서 있었다. 문 앞에는 지원 경찰관 한 명이 있었는데, 확실하지는 않았지만 줄리아가 잘 아는 해리라는 남자 같았다.

"사람들에게서 떨어진 채로 계속 가."

남자가 한 손을 앞으로 휙 내밀어 도로 앞쪽을 가리켰다. 줄리아는 운전을 하면서 머릿속으로 계획을 세웠다. 경찰로 20년을 보냈음에도 불구하고 속내를 숨기는 것이 어색했다. 그녀가 솔직하다는 사실은 모두가 알고 있었다. 즉, 시간을 끌지 않고 자신의 패를 바로 공개하는 타입이었고 인터뷰에서도 거짓말을 하지 않았다. 줄리아는 모두가 같은 정보를 공유하고 있어야 일이 잘 풀린다고 믿는 사람이었다. 하지만 오늘은, 적어도 지금은 그럴 수 없었다.

과학 수사팀 차량이 주차되어 있었다. 에린이 팀원들과 함께 집 안에 들어가 있을 것이다. 올리비아의 방을 수색할 준비를 하고 있거나 이미 시작했을 것이다. 올리비아가 무엇을 가져갔고 무엇을 남겼는지, 그리고 몸싸움의 흔적이 있는지 확인할 터였다.

하지만 줄리아의 차에 탄 이 남자는 어떤 증거를 남길까? 아마도 신원불명의 피부와 머리카락 섬유조직이 있을 테고, 차량 번호 인식 카메라에는 재킷 뒤에 가려진 남자 대신 차량 번호판만이 찍혀 있을 것이다. 줄리아는 평생 동안 인정사정없이 증거를 찾아 헤맸지만, 지금 펼쳐진 상황을 보면 과학 수사라는 게 도대체 무슨 소용인지 알 수가 없었다. 만약 지금 저 남자가 줄리아를 납치한다면 그녀에게 무슨 일이 벌어졌는지 그 누구도 알 수 없을 것이다. 남성의 DNA가 발견되겠지만, 저 남자에게 전과 기록이 없다면 그 DNA는 친구, 동료, 정비공 그 누구의 것이라도 될 수 있었다.

줄리아는 안전벨트로 손을 뻗어 당장 도주할 채비를 했다.

그러자 남자가 줄리아의 손목을 잡았다. 그는 장갑을 끼고 있었다.

줄리아가 원하던 상황이었다. 하지만 그럼에도 실제로 신체 접촉이 일어나자 온몸에서 땀이 솟았다. 남자가 손을 떼기 직전 줄리아는 재빨리 움직였다. 손톱으로 남자의 팔을 긁었다.

"내리지 마."

남자는 자신의 팔을 힐끔 쳐다보며 조용히 말했다. 줄리아가 한 짓을 알아챘을 텐데도 별로 신경 쓰지 않는 듯했다.

"저기 주차해. 오른쪽에."

"알았어요."

줄리아가 말했다. 적어도 이제 자신의 손톱 밑에 그의 DNA가, 구체적인 증거가, 쓸모있는 무언가가 있다. 남자가 주머니에서 무엇을 꺼내든, 어떤 일이 벌어지든 증거가 남아있다. 설사 그녀가 죽더라도 공식적으로 남은 몸싸움의 흔적이 있으니 경찰은 그를 잡을 수 있을 것이다. 그리고 그녀가 살아남는다면 직접 그를 추적할 수 있다.

줄리아는 깜빡이를 켜고 속도를 늦춘 다음, 길가의 빈 자리에 주차했다. 올리비아의 집과 경찰들로부터 한참 떨어진 곳이었다. 시동을 끄자 침묵이 맥박처럼 고동치고 두려움이 공기를 가득 채웠다. 줄리아의 몸에서는 시큼한 냄새가 풍겼다. 공포로 인해 연소되어버린 아드레날린의 냄새였다.

몇몇 사람들이 바에서 집으로 돌아가고, 차 트렁크에서 야식을 꺼내고, 전화를 걸고, 차 문을 잠그고 있었다. 모두가 여전히 모자나 스카프, 장갑을 착용하고 있다. 마치 겨울의 한 장면을 그린 엽서 같은 풍경이었다. 가로등의 감귤색 불빛, 창문에 불이 밝혀진 집들. 평범한 일상이 그들 주변을 맴돌았다. 방금 무슨 일이 일어났는지 아무도 눈치채지 못했다.

"이거 받아."

남자가 말했다. 서부 지역 특유의 억양과 발음으로 추정컨대 이 지역 사람임이 분명했다. 그는 한 손으로 작은 금속 상자를 내밀었다. 주머니에 넣은 다른 손에 무기를 숨기고 있을지도 몰랐다.

"안에 지시문이 있어."

남자는 할 일을 마쳤다는 듯 뒤로 몸을 기댔다. 상자를 만지는 줄리아의 손이 덜덜 떨렸다. 도시락처럼 잠금장치가 달려있었다. 손끝에 닿는 차가운 금속 잠금장치를 열어젖히자 종이 한 장이 보였다. 그 밑에는 비닐 백에 이중으로 포장된 유리잔과 역시 이중 포장된 담배 한 개비가 놓여있었다.

줄리아는 어깨 너머로 남자를 돌아보았지만, 그의 눈에는 아무런 감정도 없었다.

줄리아는 종이를 펼쳐보았다.

줄리아 데이. 올리비아 존슨을 살해한 혐의로 매튜 제임스를 기소해

라. 법의학 수사를 위해 그의 DNA가 묻은 증거물을 동봉한다. 그의 주소는 포티스헤드 글래스고 플레이스 1번지다.

줄리아는 종이를 내려다보며 빠르게 눈을 깜빡였다. 머리가 팽팽 돌아갔다. 누군가에게 살인 누명을 씌우라니. 경찰은 뇌물수수, 부패, 내부 범죄에 대비해 훈련을 받는다. 첫 번째로 해야 할 일은 누군가에게 말하는 것이다. 최대한 빠른 시간 안에 담당 부서에 신고해야 한다. 하지만 줄리아의 머릿속에서는 상황 해결에 도움이 되는 여러 가지 방법들을 쉴 새 없이 떠올리고 있었다. 이를테면 여기서 빠져나갈 수 있는 방법이나 이 메모가 손글씨로 쓰여져 있어 필적 감정이 가능하다는 사실 등등. 한편 실종자를 찾는 데 집착하고 있는 머릿속 다른 부분에서는 그다지 도움이 안 되는 생각들을 떠올렸다. 글래스고 플레이스는 올리비아가 사라진 골목에서 아주 가깝다는 것. 겨우 한 블록 거리다.

그러다 마침내 줄리아는 가장 중요하고 명백한 사실에 도달했다. 이 남자는 올리비아가 어디에 있는지, 그리고 죽었는지 살았는지 분명히 알고 있다. 또한 누군가에게 누명을 씌우려 한다. 가장 명확하게 설명할 수 있는 것들이 대개 진실이다.

이건 나랑 아무 상관없는 일이야, 줄리아는 맹렬하게 생각했다. 경찰 내에서 표적이 될 만한 약점은 없다. 그녀는 뇌물을 받을 사람이 아니다. 절대로. 빚진 적도 없다. 돈이나 권력, 마약을 원하지도 않는다. 소셜 미디어도 멀리한다. 부패한 행동을 한 적도 없다.

"사람 잘못 고르셨어요. 전 못합니다."

줄리아가 떨리는 목소리로 남자에게 말했다.

"이런 식이면 안 되지, 줄리아."

남자의 목소리는 거의 슬픔에 잠긴 듯했다. 저 목소리를 어디서 들어봤더라? 줄리아는 눈을 감고 그 목소리를 마음속에서 다시 재생시키려 해봤지만 잘 되지 않았다. 마음속에서 고요함은 사라지고 폭풍이 일기 시작했다.

줄리아는 눈을 떴다.

"저한테 협박은 안 통해요. 전 부패한 경찰이 아닙니다. 그리고 무슨 일이 일어났든 올리비아를 찾아낼 겁니다."

허세일지는 모르지만 기이하게도 줄리아는 거의 그렇게 믿고 있었다. 그녀는 주머니 속에 감춰진 남자의 왼손을 계속 주시했다. 그는 언제라도 줄리아를 공격할 수 있고, 그렇게 되면 줄리아는 끝장날 것이다. 하지만 줄리아는 굴복할 수 없다. 백기를 들거나 항복할 수 없다.

"두고 보세요."

줄리아가 덧붙였다.

남자는 잠시 가만히 백미러에 비친 그녀를 쳐다보았다. 줄리아는 올 것이 왔다는 직감이 들었다. 그는 자신의 패를 내보일 것이다. 그가 여기 온 이유겠지. 줄리아는 생각하기 전에 본능적으로 알아차렸다.

그리고 남자가 한 문장을 내뱉자, 그 순간 모든 것이 달라졌다.

"제너비브가 뭘 했는지 알고 있어."

남자는 들릴 듯 말 듯 속삭였다.
"당신이 한 일도."

4
줄리아

"뭐라고요?"

줄리아는 감정을 드러내지 않으려고 애쓰며 말했다. 말도 안 된다. 저 남자는 알 수가 없다. 줄리아가 제너비브를 위해 무엇을 했는지는 이 세상에서 그들 단 두 사람만이 알고 있다. 아트조차 모른다.

"당신이 제너비브가 한 짓을 감쪽같이 숨겼잖아. 쟤과 CCTV 말이야."

줄리아의 마음은 얼어붙은 길바닥처럼 고요하게 굳어있었지만, 그녀의 몸은 남자의 말에, 특히 그 이름에 격렬하게 반응했다. 위장이 불타는 것 같다. 줄리아는 실제로 뜨겁게 불타서 연기가 나는 것 같다고 느끼며 배를 내려다보았다.

그날 밤, 제너비브가 그 일을 저질렀던 밤과 똑같은 정도의 충격이었다. 가끔 줄리아는 잠이 들려고 할 때 주차장에서 문이 쾅 닫히던 그 소리가 다시 들리는 듯했다. 그 소리에는 사람의 목소리처럼 풍부하고 미묘한 분위기가 있어서 가슴이 철렁했다. 새 집으로 이사한 후 줄리아는 다시는 그 문 소리를 듣지 않아도 된다는 것에 안도했다. 하지만 그건 그저 스스로에게 건넨 헛된 위안일 뿐이었다. 절대로 그 일을 과거에 묻어둘 수 없다는 사실이 지금 드러났다. 흔들거리는 그 문은 과거에서 현재로 넘어오면서 저 뒷좌석의 남자를 데려왔다.

"어떻게 아시죠?"

줄리아는 단도직입적으로 물었다. 남자는 그녀의 질문을 무시하며 말없이 차 문을 가리켰다. 줄리아는 그의 팔 동작을 기억해두기로 했다. 그 움직임에는 뭔가 연극적인 데가 있었다.

"증거가 있나요?"

줄리아가 다시 물었다.

"CCTV에 찍힌 당신 딸."

"제가 봐야겠어요."

줄리아가 말했다. 남자가 그 영상을 가지고 있을 리 없다. 불가능하다. 줄리아가 진작 없애 버렸기 때문이다. 현장에서 다른 카메라가 있는지도 꼼꼼히 확인했다. 분명히 그랬다.

"기꺼이 관람 일정을 잡아드리지."

빈정거리는 그의 어조에 줄리아는 온몸이 얼어붙는 듯했다.

"당신이 올리비아를 데리고 있나요?"

만약 그렇다면 아직 그가 올리비아를 죽이지 않았기를 바라며 물었다. 만약 줄리아가 이 남자라면, 그리고 올리비아를 죽였다면, 고작 유리잔과 담배 한 개비를 증거물로 제시하지는 않았을 것이다. 시신을 보여주었을 것이다.

올리비아에게 아직 시간이 있기를.

남자는 줄리아의 옆으로 손을 뻗어 운전석 차 문을 열었다. 그녀는 소스라치게 놀랐다.

"행운을 빌어요, 줄리아."

남자가 속삭이듯 말했다. 그는 바깥 공기를 들이마실 뿐, 더 이상 움직이지 않았다. 그 순간 그의 왼손이 드러났다. 무기는 없었다. 안심해야 마땅했지만 줄리아는 그러지 못했다. 남자가 그녀를 시켜 현장에 증거를 남기도록 했기 때문이다. 그것도 지금 당장.

만약 줄리아가 협조하지 않으면 그는 제너비브가 한 일을 경찰에, 그리고 온 세상에 알릴 것이다.

지금으로부터 정확히 1년 전, 안개 낀 봄날 저녁에 제너비브는 강도를 당했다. 지금 생각해 보면 그다지 중요하지 않은 전화였지만, 그날 줄리아는 절도 혐의 기준에 대해 업무 통화를 하는 중이었고 제너비브가 주차비를 정산하러 갔다. 제너비브는 자기 주장이 강한 편이었다. 키가 크고 운동을 잘하는 열다섯 소녀로, 살면서 큰 어려움을 겪어본 적이 없었다. 주차장에서 어떤 젊은 남자가 다가오자 제너비브는 방어적인 태도를 보였다. 남자는 몇 시인지 묻더니 이어서 길을 물었다. 만약 줄리아가 그 자리에 있었다면, 다른 층에서 손가락으로 한쪽 귀를 막고 다른 쪽 귀로는 상사의 말을 듣고 있지 않았다면, 아마도 제너비브에게 당장 소지품을 버리고 도망치라고 말했을 것이다. 강도질이 예상되는 너무 뻔한 수법이었으니까.

하지만 줄리아는 거기에 없었다. 그 강도, 잭이라는 하찮은 범죄자는 제너비브의 휴대폰으로 손을 뻗었고 제너비브는 저항했다. 제너비브는 주먹 쥔 손가락 마디 사이에 열쇠를 끼운 채 잭의 목을 그었다. 공격받을 때는 이렇게 하라고 줄리아가 알려준 대로였다. 잭은 피를 흘리며 계단 위에 쓰러졌다. 제너비브는 그의 경정맥을 손상시켰다. 불운과 나쁜 판단이 결합된 결과였다. 그 직후 제너비브는 줄리아에게로 도망쳤고, 그녀 뒤에서 문제의 그 문이 쾅 소리를 내며 닫혔다.

줄리아는 황급히 계단을 올라가 로비의 낡은 공중전화로 구급차를 불렀다. 그리고 세 가지 행동을 했다. 당시로선 그게 옳은 일이며 엄마답게 딸을 보호하는 방식이라고 여겼지만 지나고 보니 섬뜩할 정도로 이기적인 행동이었다. 먼저, 거의 의식을 잃고 피를 흘리고 있는 잭에게 만약 이 일을 신고하면 마약 범죄로 종신형을 살게 만들겠다고 협박했다. 나중에 생각해 보니 그가 죽기 전 들은 마지막 말이었을 것 같아서 줄리아는 자신이 혐오스러웠다.

그다음 줄리아는 CCTV가 설치된 선반을 부수고 카메라를 꺼내 집으로 가져와 영상을 조작했다. 손상된 영상은 경찰 수사 기록에 포함되었고, 누가 봐도 쓸모없는 영상이라는 걸 알 수 있었다.

그런데 그 남자는 어떻게 원본 영상을 본 것일까?

마지막으로 줄리아는 잭이 죽을 것이라 짐작하고 구급차가 도착하기 전에 제너비브와 함께 그곳을 떠났다. 집으로 돌아가는 내내 잭에게, 그의 유령에게 쫓기는 기분이었다. 죄책감 때문이었는지도 모른다.

그런데 잭은 죽지 않았다. 수술과 수혈 끝에 목숨을 건졌다. 병원 측에서 잭의 상처가 치명적인 건 아니었다고 경찰에 알려주었다. 줄리아는 사무실 책상에 앉아 충격으로 눈을 깜빡이며, 잭이 자신의 협박을 제대로 들었기만을 바랐다.

며칠 뒤, 잭은 경찰서에 찾아와서 고소하겠다고 위협하며 고함을 쳤다. 하지만 결국 그는 그러지 않았다. 나흘 후, 감염 증세로 입원했다가 패혈증으로 악화되었기 때문이다. 그는 입원한 지 사흘 만에 죽었다. 줄리아는 뉴스에서 그 소식을 본 순간을 결코 잊지 못할 것이다. '**주차장 칼부림 사건 피해자, 19세에 패혈증으로 사망**.'

사건 후 일주일 만에, 한순간에, 줄리아의 딸은 살인자가 되었다. 하지만 수치스럽게도 곧바로 안도감과 함께, 목격자가 증언할 수 있는 폭행 혐의보다 목격자가 죽어서 증언이 불가능한 살인 혐의에서 빠져나오는 것이 훨씬 쉽다는 생각이 들었다. 줄리아가 해야 할 일은 잭이 누군가에게 말했는지 확인하는 것뿐이었다. 몇 주가 지나고 몇 달이 지나도 별일이 없자 줄리아는 그가 아무에게도 말하지 않았다고 생각했다. 하지만 이제는 확신할 수 없었다.

배심원단은 분명히 제너비브의 행동이 잭의 죽음을 초래했다고 판단할 것이다. 물론 잭이 살아난 직후에는 그 상처 때문에 죽을 것 같지는 않았고, 제너비브와 그의 죽음은 상관없어 보였지만. 운이 더럽게 없었다. 물론 제너비브의 잘못된 판단도 한몫했지만 그의 죽음은 운이 나쁜 탓이었다. 강도를 당했기 때문에 약간의 감형을 받을 수도 있지만, 제너비브의 반격 방식과 사고 현장을 떠난 행동은 상식적인 선을 넘어섰다. 당시 줄리아는 사건 현장을 떠나는 것이 옳다고 여겼으나 지금은 확신할 수 없었다.

칼부림 사건이 늘 그렇듯 줄리아가 담당하게 되었고, 그녀는 최대한 빨리 그 사건을 종결시켰다. 잭은 경찰서를 수시로 드나드는 건달이었고 범죄자였으며 주변에 적도 많았다. 줄리아는 그의 친구와 지인들에게 몇 가지 질문을 하고 떨리는 손으로 대답을 받아 적은 후, 이것은 작은 사고에 불과하다는 결론을 내렸다. 그녀는 잭의 주변인들이 실제로 무슨 일이 일어났는지 모르고 있다고 판단할 만큼 충분한 증언을 수집했다. 그가 아무에게도 진실을 말하지 않았다고 생각해도 무방했다.

줄리아는 아트에게도 이 일을 알리지 않았다. 사건 당일 밤 차를 타고 집으로 돌아가는 길에, 창백한 얼굴에 겁에 질린 눈을 한 제너비브가 아빠에게는 말하지 말아달라고 부탁했다. 줄리아는 제너비브와 자신을 위해 그렇게 하겠다고 약속했다. 안 그래도 아트가 못마땅해하는 줄리아의 직업이 딸의 범죄행위에 직접적인 영향을 미친 것 같았기 때문이다. 이제는 아트에게 비밀로 한 것이 과연 옳은 판단이었는지 확신할 수 없었다.

하지만 지금, 누군가가 알고 있다. 남편조차도 모르는 일을 낯선 누군가가 안다.

줄리아는 뒷좌석의 남자를 쳐다보았다. 잭과 관련이 있는 게 분명했다. 잭에게는 사람들에게 말할 시간이 며칠이나 있었다. 줄리아는 잭이 말하지 않았을 거라고 추측했지만 틀렸을 수도 있다. 그런데 왜 그 사건이 이제야 튀어나온 걸까? 올리비아와는 무슨 상관이 있을까? 줄리아는 이 남자가 그 사건을 어떻게 알게 되었고 어디까지 알고 있는지에 대해서는 그만 생각하고, 눈앞에 닥친 선택지에 집중하려고 애썼다. 그녀는 백미러에 비친 자신의 얼굴을 보았다. 제너비브는 엄마를 닮아 옅은 푸른 눈동자를 가졌다. 워커스 센세이션스✤를 좋아하고, 재치 있는 말을 잘하며, 소셜 미디어에 여러 회사들에 대한 불평을 올리면서 쿠폰을 기대하는 아이다. 제너비브가 바라는 것은 오직 근사한 정장을 입을 수 있는 직업이었다. 그리고 무엇보다도 남편을 원했는데, 줄리아는 그 점이 수치스러웠다. 제너비브는 인기에 전혀 관심이 없는 탓에 인기가 있었다. 그리고 댄스플로어에 가장 먼저 나서는 아이였다. 정확히 말하면 1년 전까지는 그랬다. 아트에게 자신이 '확실히' 핵전쟁을 해결할 수 있다고 말한 적도 있다. 정원에 사는 고슴도치들을 위해 고양이 사료를 뿌려놓기도 한다. 그리고 자신이 저지른 폭행을 후회했다(줄리아와 제너비브는 절대로 '살인'이라고 말하지 않았다). 제너비브는 그 주차장으로 연결된 길을 피해 다녔고, 그 일에 대해 이야기하려 하지 않았다. 둘 사이에서 그건 총기만큼이나 금지된 주제였다.

✤ 영국의 대중적인 과자 브랜드

줄리아는 차에서 내려 길을 따라 걸어갔다. 발걸음이 바람에 흩날리는 가을 낙엽처럼 이리저리 사정없이 흔들렸다. 마치 광대 신발을 신은 것 같았다. 모든 것이 비현실적으로 느껴졌다.

생각하자, 생각을 해야 해. 줄리아는 마땅히 이 일을 신고해야만 했다. 누군가에게 누명을 씌우기 위해 증거를 심어두는 건 말이 안 된다.

하지만… **생각하자, 생각을.** 그러나 아무리 머리를 굴려봐도 다른 방법이 없다.

만약 줄리아가 그 남자의 지시를 이행하지 않는다면, 그 남자는 제너비브의 일을 온 세상에 폭로해 버릴 것이 분명했다. 그는 진지했다. 줄리아의 차에 침입했고, 증거로 사용할 DNA를 구해왔으며, 그녀의 가장 치명적인 비밀을 알아냈다. 줄리아는 이 진퇴양난의 상황에서 빠져나갈 방법이 없었고, 결정을 내릴 시간조차 없었다.

줄리아는 고개를 돌려 차를 힐끗 보았다. 어떻게 해야 할까? 경찰서의 동료들에게 모든 걸 고백해야 하나? 제너비브는 폭력과 도주 혐의로 최소한 10년은 철창 신세를 지게 될 것이다. 줄리아 또한 자신의 직업을 이용해 살인을 은폐한 죄로 형을 살게 되겠지만, 형량이 어느 정도일지는 가늠조차 할 수 없다. 유사한 사례를 막기 위한 본보기로 줄리아도 10년형을 받을 가능성이 있었다.

겉보기에 줄리아의 차는 완전히 평범해 보였지만, 그 안에는 남자가 조용히 누운 짐승처럼 숨어있다. 줄리아는 다시 몸을 돌려 두 개의 빅토리아풍 테라스 사이로 난 골목을 빠르게 뛰기 시작했다. 그녀의 옆에 있는 두 채의 집은 1층에서 연결되어 있었다. 불이 꺼진 복도는 캄캄했고, 축축한 날씨 탓에 건물 벽돌이 젖어 있었다. 차가운 공기가 소용돌이쳤다. 줄리아는 두 손을 머리 위에 올린 채 제자리에서 한 바퀴 돌았다. 온몸이 땀으로 흥건했다.

아무리 생각해 봐도 줄리아는 도저히 할 수 없었다. 부패 경찰이 될 수는 없었다. 그녀의 신념에 정면으로 어긋나는 일이다. 아직 어딘가에 살아있을지도 모르는 올리비아에 대한 살인 혐의를 누군가에게 뒤집어 씌울 수는 없다. 올리비아를 찾아야 한다.

하지만 줄리아는 마음속으로 이미 결론을 내리고 있었다. 가끔은 마음이 너무 빨리 작동하지 않기를 바랐지만 순식간에 해답이 나왔다. 선택의 여지는 없었다. 제너비브를 지킬지 포기할지의 문제였다. 줄리아에게 제너비브보다 중요한 것은 없었다. 이것이 바로 모성애다.

그래서 줄리아는 마음을 정했다. 올리비아가 죽었든 살았든 일단 그녀를 찾을 때까지는 저질러 보기로 했다. 절벽에서 뛰어내리는 셈이다. 줄리아 스스로는 자각하지 못했지만, 작년 주차장 사건 이후 꾸준히 벼랑 끝을 향해 걸어왔던 것이다. 이제 한 걸음만 더 내디디면 된다.

차가운 밤공기가 피부를 날카롭게 할퀴었다. 반쯤 녹은 눈송이들이 공중에 떠다녔고 가로등의 흐릿한 불빛 주위로 눈발이 흩날렸다. 종잡을 수 없는 데다 피하기도 어려운 날씨는 마치 경고 메시지 같았다. 봄이 이렇게 추울 수 있다니.

"안녕하세요."

줄리아는 현장을 감시하고 있는 지원 경찰관 해리에게 인사했다. 달리 무슨 말을 해야 할지 알 수 없었다. 그는 젊었고 스무 살 정도로 보였다. 키가 크고 각진 얼굴이 잘생겼다. 열여덟 살의 아트가 이랬을까. 그와 결혼한 지 너무 오래되어서 결혼 전의 모습은 가물가물하다. 하지만 결혼식 날의 아트는 기억에 남아 있다. 분명히 다렸다고 말했지만 다림질되지 않은 셔츠를 입고 그녀를 바라보던 그의 눈.

줄리아는 등 뒤에서 느껴지는 협박범의 뜨거운 시선을 무시한 채 집을 올려다봤다. 올리비아의 집이다. 파란색 현관문에 놋쇠 손잡이가 있다. 안타깝게도 이곳엔 녹화 기능이 있는 초인종도 없고 두 개의 테라스를 포함한 어떤 곳에도 CCTV가 없었다.

"안을 좀 둘러보려고요."

줄리아는 해리에게 어색하게 말했다.

"얼마든지요."

해리의 간결한 대답에는 완벽한 신뢰가 담겨있었다. 줄리아는 수치심에 달아오른 얼굴로 범죄 현장 출입 기록부에 서명을 했다.

대도시에서나 작은 마을에서나 모든 경찰에게는 부패할 기회가 있다. 줄리아는 수천 파운드를 벌 수도 있었다. 고개를 끄덕이거나 윙크를 하면서 검문 면제해 주기, 범죄자 정보 빼돌리기, 무기 거래 등 방법은 다양했다. 어떤 경찰이든 마음만 먹으면 쉽게 할 수 있는 일들이었다. 하지만 줄리아는 한 번도 일탈해 본 적이 없었다. 그런 생각조차 해본 적이 없었다. 그녀 주변에는 부패한 경찰이 딱 한 명 있었는데, 입수한 마약을 빼돌리다가 10년 전에 해고되었다.

줄리아는 방호복과 신발 커버가 쌓인 더미 쪽으로 손을 뻗어 그것들을 착용했다.

벌써 어떻게 해야 아무도 몰래 증거물을 심을 수 있을지로 생각이 뻗어나갔다. 이런 식으로 되는 건가? 부패한 경찰들 모두 이렇게 시작하는 건가? 처음에는 거절하지만, 점차 원하는 게 생긴다. 그러고는 어떻게 빠져나갈지 계획을 세우기 시작한다. 줄리아의 윗입술에 땀이 맺힌다. 그럴 리가 없어, 이건 내가 아니야, 정말 아니야.

지원 경찰관이 지키고 있는 집은 전형적인 학생용 주택이었다. 가족적인 분위기는 전혀 없고 계단과 복도는 텅 비어있었으며 공동 주거 공간 특유의 분위기가 났다. 벽에는 아무것도 걸려있지 않고, 바닥에는 지루한 회색 카펫이 깔려있다. 입구의 테이블 위에는 피자 전단지만 놓여있다. 줄리아는 누군가가 마지막으로 살았다고 알려진 주거 공간에 들어갈 때마다 항상 비슷한 느낌을 받곤 했다. 그럴 때면 그녀는 모두 내보낸 다음 혼자 조용히 돌아보며 눈 속에 공간을 담았다.

줄리아는 안으로 들어가면서 복도 거울에 비친 자신의 모습을 봤다. 올리비아가 외출하기 전에, 혹은 줄리아의 차에 있는 그 남자에게 끌려가기 전에 쳐다보았을 거울이었다. 줄리아는 거울 테두리를 살펴보았다. 먼지 하나 없이 말끔했다. 흥미롭군. 여럿이 거주하는 집의 공동구역이 이렇게 깔끔한 경우는 드물다. 줄리아는 혹시 거울 뒤에 마약이 숨겨져 있는지 확인해 보았다. 누군가가 실종되거나 납치당했을 때 마약 문제가 얽혀 있는 경우가 많았기 때문이다. 언젠가 모델하우스에서 습관적으로 마약을 찾는 바람에 아트가 어이없다는 듯 눈을 굴리며 웃음을 터뜨린 적이 있다.

줄리아는 거울을 다시 벽에 걸었다. 어쩔 수 없이 거울 속에 비친 눈동자를 보게 되었는데, 오늘 밤은 그 속에서 오직 제너비브만 보였다.

올리비아는 더 나은 대우를 받을 권리가 있었다. 그녀의 부모, 가족, 남자친구, 그녀가 사랑한 누구라도 마찬가지였다. 하지만 줄리아는 그들에게 용의자가 있다고 알려야 할 것이다. 어쩌면 일어난 적도 없는 살인에 대해 용의자가 있다고 밝혀야 한다. 시신도 아직 발견되지 않았는데 말이다.

줄리아는 카펫도 없이 못 두 개가 튀어나와 있는 나무계단을 올라가기 시작했다. 그때, 휴대폰이 울렸다.

"여보세요."

줄리아가 말했다. 전화를 건 사람은 자기 위치에서 부지런히 일하고 있을 조너선이었다.

"오투$_2$[✢]가 통화 기록을 공개했습니다. 브라이언이 바로 조사할 겁니다."

줄리아의 예상대로였다. 시계를 확인하니 밤 11시 40분이 지나

✢ 영국의 대표적인 통신회사

있었다. 원래 경찰 일이란 게 이렇다. 실종자의 통화 기록을 받고도 조사를 진행하지 않고 아침까지 내버려두는 사람이라면 형사라는 직업과 어울리지 않는다.

"그런데 지금까지 휴대폰이 꺼져있어요. 새벽 1시 30분에 꺼졌는데 배터리가 다 된 걸 수도 있고 일부러 끈 걸 수도 있죠. 마지막 신호가 잡힌 곳은 세 개의 도로 근처였어요. 글래스고 플레이스, 패터데일 애브뉴, 그리고 셀비 클로스죠. 모두 그 골목 근처입니다. 그쪽 집들을 차례대로 방문해서 문을 두드려 봐야 합니다."

글래스고 플레이스라면 매튜 제임스의 주소다. 줄리아의 머리가 빠르게 돌아가며 상황을 파악하려고 애썼다. 매튜는 손쉬운 희생양에 불과한 걸까? 근처에 산다는 이유로? 그게 아니라면 뭘까?

"사람들을 좀 보낼게. 고마워."

줄리아는 대답하면서 계단 꼭대기에 이르렀다. 층계참은 춥고 현관문은 열려 있었다. 올리비아의 범죄 현장, 그리고 지금은 줄리아의 범죄 현장인 그곳을 바람이 휩쓸고 지나갔다. 줄리아의 팀원들과 인터뷰를 마쳤을 하우스메이트들은 나가고 없었다.

"다른 특이사항은 없어?"

줄리아는 주변을 샅샅이 훑어보며 조녀선에게 물었다. 벽에 붙어있는 종이에는 사인펜으로 '에이바 파이팅!'이라고 써 있고, 그 밑에는 분홍색으로 자동차가 그려져 있었다. 바닥에는 핑크 플로이드의 레코드판이 들어있는 LP플레이어가 자리했고 천장에는 흰색 조화로 장식한 조명이 블루택 점착제로 고정되어 있었다.

"음, 올리비아는 그 집으로 이사 가기 직전에 휴대폰을 업그레이드하고 통신사를 바꿨어요. 마케팅 회사 '리플렉션'의 번호와 일치하는 번호로 전화를 건 기록이 있고요. 그 회사에서 올리비아에게 보낸 면접 안내문을 보고 싶다고 요청해 두었습니다."

"새 집, 새 통신회사에 새 휴대폰이라… 이상하지 않아? 그러고 나서 갑자기 실종됐다니."

줄리아가 중얼거렸다. 아직 남아있는 형사로서의 본능이 올바른 길을 알려주는 등대처럼 밝게 타오르고 있다는 사실에 안도감이 들었다.

"이상해요. 아주 의심스럽죠."

조너선이 동의했다.

"그래도 좋은 의미로 수상해요. 아마 도망친 거겠죠? 올리비아의 아버지는 동의하지 않지만요."

"맞아."

줄리아가 말했다. 두 사람은 평소처럼 서로의 의견을 공을 던지듯 주고받았다. 줄리아는 때로 다른 누구보다도 동료들과 더 가까워지게 된다고 생각했다. 줄리아와 조너선은 서로를 가장 잘 이해하는 관계였다. 하지만 지금 조너선은 줄리아가 무슨 생각을 하는지, 무엇을 하려고 하는지 꿈에도 모르고 있다.

줄리아는 전화를 끊고 복도에서 머뭇거렸다. 어디가 올리비아의 방인지는 분명했다. 복도 끝에 있는 문 하나만 빼고 모든 문이 열려있었기 때문이다. 복도 끝의 문 안쪽에서 인기척이 나더니 과학 수사관이자 줄리아의 가장 오랜 친구인 에린이 밖으로 나왔다. 10년지기 동료인 에린은 흰색 방호복에 파란색 장화를 신고 있었다. 줄리아의 머릿속은 에린 몰래 가짜 증거품이 든 금속 상자를 코트 안에 숨기고 있다는 생각으로 가득했다. 에린과 눈이 마주쳤는데, 자신이 증거를 조작하려고 한다는 사실을 에린이 까맣게 모르고 있다는 것을 믿을 수가 없었다.
"아직 시작 안 했어. 해 뜨면 사진 찍고 싶어서. 편하게 들어가 봐."
에린이 문을 가리키며 말했고 줄리아는 안도감과 함께 수치심이 들었다. 금속 상자를 쥔 줄리아의 손이 떨렸다. 에린은 인간관계를 기피하는 사람이었지만 줄리아에게는 거의 모든 것을 이야기했다. 줄리아는 에린이 예금을 얼마나 초과인출했는지 알고 있었다. 에린은 아이들을 여러 명 키우느라 경제 사정이 빠듯했다. 줄리아는 에린과 남편의 잠자리 빈도뿐 아니라, 그 숫자가 남편의 기대치에 못 미친다는 것도 알고 있었다. 줄리아는 에린을 바라보며, 살면서 이렇게 부끄럽고 죄책감이 든 적은 없었다는 생각을 했다.
"그래, 한번 볼게."
줄리아는 작은 목소리로 말했다.
"안에 물건이 별로 없어."
에린이 이렇게 말하며 어깨를 으쓱하자 흰색 방호복의 어깨 부분에 주름이 생겼다.
"올리비아는 짐을 풀다 말았어. 반 정도 푼 것 같아. 열쇠도 휴대폰도 지갑도 없더라고. 신분증은 두고 갔어. 나머지는 가져간 것 같아."
"의도적으로 떠난 것 같다는 거지?"
"맞아. 그래도 어쨌든 어떤 남자가 올리비아를 죽였을 가능성이 높아."

에린은 다시 한번 어깨를 으쓱했다. 에린은 비관적으로 치우치는 경향이 있긴 했지만, 평소 좋은 직감을 가지고 있었다. 줄리아는 에린을 호기심 어린 눈으로 바라봤다. 에린은 팔짱을 끼고 머리를 옆으로 살짝 기울였다.

"하우스메이트들이 올리비아가 나가는 걸 못 봤대. 네가 그 사람들과 인터뷰를 해봐야 할 거야. 내가 간단히 이야기해 보긴 했지만."

에린이 복도에 있는 다른 방들을 가리키며 말했다. 하우스메이트들은 당분간 이 집에 다시 돌아오지 못하고 다른 곳에서 지내야 할 것이다.

"그 사람들이 별로 도움은 안 될 거야. 올리비아는 겨우 이틀 전에 이사 왔으니까. 하지만 그래도… 좀 이상해. 올리비아가 하필이면 하우스메이트들에게 문자를 보냈다는 게. 아마 이 근처에 있었다는 뜻이겠지?"

줄리아는 곧바로 고개를 끄덕였다. 하우스메이트들은 올리비아가 집을 나간 뒤 무슨 일이 일어났는지 알 수 없고, 문자만 받았을 뿐이다. 게다가 그들은 거짓말을 하고 있을지도 모른다. 그들을 백 퍼센트 믿을 수는 없다. 그런 생각을 하자 줄리아는 마음이 복잡해졌지만, 하우스메이트들은 체포되지 않을 것이다. 적어도 줄리아가 체포할 일은 없다. 설령 그들이 거짓말을 했더라도.

에린은 올리비아의 방 반대편 끝에 있는 방을 향해 손짓했다. 이 정도 크기의 집에서는 보기 드물게 그 방에는 작은 발코니가 있었다. 연철로 된 발코니에는 작은 테이블과 의자가 놓여있었고 막스 앤 스펜서✣에서 사온 식물이 시들시들하게 죽어가고 있었다. 상쾌한 바람이 불어왔다.

두 사람은 발코니로 나갔고, 에린은 담뱃불을 붙였다. 그들만의 의식이었다. 에린이 담배를 피우는 동안 줄리아는 이런저런 생각을 했다. 줄리아는 깨끗한 과학 수사용 방호복과 해로운 담배가 모순적인 조화를 이루는 이 시간을 좋아했다.

"올리비아는 자기 방 문을 잠그지 않았어. 열쇠는 가져갔는데 문은 열려있었고."

에린이 담배를 한 모금 빨며 말했다.

"이상하지? 이 집에 새로 이사 온 걸 생각하면."

에린은 고개를 뒤로 젖히고 용이 숨을 쉬듯 콧구멍에서 두 줄기의 연기를 뿜어냈다. 줄리아는 몸을 떨기 시작했다. 추위 때문인지 자신이 숨기고 있는 계획 때문인지는 알 수 없었다.

"특별히 설명해 줄 건 없어?"

줄리아가 물었다. 과학 수사관들은 정보를 모으는 데 탁월하다. 사람들은 경찰 앞에서는 긴장하지만 과학 수사관들에게는 경계심을 늦추는 경향이 있었다. 그리고 에린은 줄리아를 신뢰했기 때문에 아직 확실하지 않은 정보를 가지고 비공식적으로 수다 떠는 것을 좋아했다. 사실 에린은 **공식적인 기록**을 전혀 믿지 않았다.

밤공기 속에서 담배 연기가 긴 꼬리를 그리며 위로 올라갔다.

✣ 영국의 마트 체인

"핏자국도 없고 몸싸움을 벌였다는 증거도 없어. 뭔가를 뒤엎거나 가져간 것도 아니고. 눈에 띄는 증거물도, 서두른 흔적도 없지. 내 생각에는 어딘가로 가려고 올리비아가 이곳을 떠난 것 같아."

에린은 회색 연기를 한 번 더 뿜으며 말했다.

"도대체 어디로 갔는지 누가 알겠어?"

"동감이야."

줄리아가 침울하게 말했다.

"어쨌든 우리가 정상적인 생활로 돌아가려면 두 달에서 네 달은 걸릴 거야."

에린의 말에 줄리아는 아무 말 없이 자신을 혐오하면서, 이리저리 춤추며 흩어지는 연기를 바라보았다. 평소 같으면 농담으로 받아쳤겠지만, 오늘 밤은 입을 다물었다.

"괜찮은 거야?"

에린이 가볍게 물었다.

"어, 왜?"

줄리아가 약간 놀라며 말했다.

"긴장한 것 같아서."

줄리아는 에린의 질문이 만들어낸 교차로에 잠시 서 있다가 자연스럽게 그 길을 건넜다.

"음, 너만 괜찮으면 이제 가서 한번 봐야겠어. 네가 작업 세팅하기 전에."

줄리아는 이렇게 말하고는 금속 상자를 몸 가까이 끌어당겼다. 에린이 눈치채기만 한다면 손을 뻗어 발견할 수도 있을 것이다.

에린은 벽돌 위에 담배를 비벼 끈 다음, 범죄 현장에서 멀리, 발코니 밖으로 던졌다. 증거를 탐색하는 조사원들에게 발견되지 않게 하기 위해서였다. 줄리아는 담배꽁초가 자유낙하하는 모습을 바라보며 앞으로 해야 할 일을 생각했다.

"당연히 괜찮지."

에린이 두 번째 담배에 불을 붙이면서 흔쾌히 말했다.

"사진은 찍었어?"

줄리아는 물건들을 얼마나 잘 숨길 수 있을지 생각하며 물었다.

"아니, 아직."

줄리아는 고개를 끄덕였다. 세상이 그녀 주위를 빙빙 도는 듯했다. 완벽한 기회다. 그 남자는 이걸 알고 지시한 걸까?

"금방 올게."

줄리아는 자리를 뜨면서 에린에게 말했다. 아무 일 없다는 듯 완벽하게 평범한 목소리로.

줄리아는 복도를 지나 올리비아의 방으로 들어갔다. 그리고 연한 색의 나뭇결이 드러난 소나무 문을 닫았다. 방 안은 어수선했다. 더블 침대는 왼쪽 벽에 바짝 붙어있다. 줄리아는 이 침대가 혼자 쓰는 것임을 곧바로 알아차렸다. 노란색 침대시트는 막 포장을 뜯은 새 제품처럼 빳빳하고 반듯했다. 줄리아는 그 위에 손을 얹어 보았다. 면수가 낮은 저렴한 제품이었고 포장할 때 생긴 접힌 자국이 아직도 그대로 있었다.

벽에는 체 게바라 포스터가 붙어있었다. 조너선이 말한 것처럼 올리비아는 왼손잡이가 맞았다. 줄리아는 포스터를 붙일 때 쓴 블루택을 꼼꼼히 살펴보았다. 최근에 직접 붙인 것이 분명했다. 창틀은 깨끗이 닦여있었고 창턱 위에는 아무것도 없었다. 나무로 만든 오래된 옷장은 한쪽 문이 열려있다. 문에 붙어있는 거울이 빛을 받아 수면 위처럼 반짝거렸다.

줄리아는 금속 상자를 꽉 쥐었다. 이 일을 하는 순간, 감옥에 갈 수도 있는 범죄를 한 번 더 저지르게 된다. 더 나쁜 것은, 단순히 법규 위반을 넘어 자연법이나 도덕률 같은 더 깊고 본질적인 법을 어기게 된다는 점이다. 만약 줄리아가 이 일을 하지 않는다면 제너비브는 철창 신세를 지게 될 것이다. 10년이 될지, 15년이 될지 알 수 없다. 배심원들이 그 사건을 과실치사로 볼지 살인으로 볼지에 달려 있다. 감수하기에는 너무 큰 위험이라는 것을 이미 사건 당일 밤에 알아차렸다. 줄리아 자신도 몇 년은 수감되겠지만 사실상 무기징역을 사는 것이나 다름없을 것이다. 감옥에서 경찰이라는 이유로 초주검이 되도록 얻어맞을 테니까. 줄리아는 자신의 생존 때문에 이 일을 하고 있다는 걸 부인할 수 없었다.

올곧은 신념 외에 다른 선택지는 생각도 하지 않던 줄리아는 이제 거울 앞에서 다른 사람으로 변하고 있었다. 그녀는 거울에 비친 자기 모습이 이미 달라졌다고 생각했다. 방호복 속의 금발 머리는 마구 헝클어졌고 턱은 긴장으로 떨렸다.

줄리아는 금속 상자를 더듬어 찾기 시작했다. 그 안에 든 유리잔과 담배 한 개비를 보니, 올리비아를 찾는 건 너무 순진한 행동 같았다. 어쩌면 이건 줄리아를 협박한 그 남자가 올리비아를 죽인 단순한 사건인지도 몰랐다. 혹은 그가 올리비아를 납치했을 수도 있다. 줄리아는 침을 삼켰다. 올리비아는 어딘가에 살아있는데 줄리아가 여기에 둘 위조 증거물이 수사를 엉뚱한 방향으로 끌고 갈지도 모른다.

줄리아는 자신이 하려는 일이 내키지 않았다. 스스로가 혐오스러웠다. 마치 친절이라는 명목으로 잔인한 결정을 내리도록 강요받은 것 같았다. 고통스러워하는 누군가의 목을 부러뜨리는 기분이었다.

줄리아의 눈에 눈물이 차올랐다. 그녀는 휴대폰을 꺼내 제너비브에게 문자를 보냈다. 과학 수사용 장갑 때문에 터치가 잘 되지 않아 오타가 났지만 그래도 그냥 보냈다.

'일이 느저지고 이쎄.'

비록 줄리아는 제너비브와 함께 있지 않았지만, 또 한 번 식사 도중 그 애를 남겨두고 떠났지만, 그 아이를 버렸지만, 제너비브는 발랄한 답장을 보내왔다.

'엄마 오실 때까지 기다릴게요! x'

그 문자를 보고 줄리아는 이 일을 해야겠다고 결심했다. 제너비브를 위해서다. 그리고 내일이 되면 올리비아를 찾기 위해 가능한 모든 노력을 기울일 것이며, 모두를 위해 사건을 마무리 지을 것이다.

◦

줄리아는 창틀을 힘주어 올렸다. 담쟁이덩굴이 건물 전면을 뒤덮으며 자라고 있었다. 아래층의 지원 경찰관은 이쪽을 보고 있지 않았다. 줄리아는 길 건너편과 주위를 힐끔거리며 금속 상자 안에서 담배 한 개비를 꺼냈다. 피운 흔적이 있는 끝부분을 건드리지 않도록 조심했다. 그곳에는 매튜 제임스의 DNA가 묻어있다. 누군지는 모르지만 불쌍한 매튜.

줄리아는 담배를 바깥쪽 창틀 위에 올려두고 바람에 날아가지 않도록 모서리에 끼워 넣었다. 마치 건방진 범죄자가 무심코 버린 것처럼 보였다. 수색팀은 분명히 이것을 찾을 것이고 과학 수사관이 검사를 해볼 것이다.

너무 쉬웠다. 어처구니없을 정도로 쉬워서 이런 속임수가 더 자주 일어나지 않는 게 놀라울 정도였다. 아니지, 이런 일은 생각보다 많을 수도 있다.

줄리아는 다음 순서로 유리잔을 꺼냈다. 그리고 아직 아무도 발견하지 못한 것이 자연스러울 정도로 침대 밑 깊숙이 굴려 넣었다. 올리비아가 이곳을 뜨기 직전, 매튜라는 남자가 여기서 술을 마시고 있었다는 결론이 나오기에 충분했다. 이제 됐다. 이것이 전부였다. 두 가지 물건, 조작된 DNA, 속임수.

줄리아를 비롯한 경찰들은 수많은 부패 관련 교육을 받는다. 그녀는 '검문 검색 훈련'이라는 수업을 기억했다. 점심시간 직전에 교관이 줄리아의 동료에게 칼을 들이밀며 자기가 시키는 대로 하지 않으면 할머니를 죽이겠다고 말했다. 시뮬레이션이었지만 그래도 너무 무서웠다. 교관은 공개 페이스북 페이지에서 정보를 빼냈다고 설정했다. 아이들과 배우자, 부모와 조부모의 이름을 알아내서 경찰을 부패시키려는 의도였다. 이 수업을 통해 경찰들은 빠르고 정확하게 교훈을 얻었다. 온라인상에 개인 정보를 올리지 말고, 자신을 위태롭게 만들 만한 약점을 드러내지 말아야 한다는 것.

줄리아가 그 교훈을 **따랐을까?** 물론 소셜 미디어를 멀리할 수 있고, 빚이나 범죄, 어떤 종류의 분쟁에도 휘말리지 않을 수 있다. 하지만 때로는 의도치 않은 상황이 생기기도 한다.

줄리아는 한 발짝 뒤로 물러서서 방 안을 살펴보았다. 평범하게 방을 둘러봐서는 유리잔과 담배 모두 눈에 들어오지 않는다. 에린은 아무것도 의심하지 않을 것이다. 이제 됐다. 줄리아는 다른 사람이 된 기분을 느끼며 방을 떠났다. 이제 일은 벌어졌고 운명을 기다리는 수밖에 없다.

"별거 없지?"

줄리아가 올리비아의 방에서 나오자 에린이 물었다.

"맞아. 그래도 이상한 사건이야."

줄리아는 이렇게 대답하며 등이 땀으로 축축해지는 것을 느꼈다. 그녀는 망설였다. 에린에게 말할 수도 있다. 정말 말해버릴까. 저 밖에 남자가 있다고. 그의 무기는 총이나 칼이 아니라 비밀이라고. 하지만 말하고 나면 어떤 일이 일어날지 너무도 분명했다. 매튜 제임스를 기소할 필요가 없어지겠지만 그 대신 줄리아와 제너비브가 기소될 것이다.

"그놈을 잡을 수 있을 거야."

에린이 말했다. 그리고 줄리아가 나가는 것을 보며 한마디 덧붙였다.

"잘 자."

봄밤의 안개 속에서 주황색 가로등 불빛이 희미하게 빛났다. 줄리아는 그 남자가 근처에 있는지 보려고 자기 차 주변의 길거리를 스캔하듯 살펴보았다.

"범인이 남자인지 여자인지는 모르지."

줄리아는 잠시 생각하다가 문지방을 넘으며 말했다.

"항상 남자잖아. 안 그래?"

"그렇지."

줄리아는 대답하며 에린의 말이 맞기도 하고 틀리기도 하다고 생각했다.

5
줄리아

줄리아는 추위에 떨며 차를 향해 달려갔다. 손잡이를 잡아당기자 차 문이 열렸다. 남자는 사라지고 없었다. 차 안의 공기는 다시 가뿐해졌다. 그녀는 혼자다. 안도감이 파도처럼 밀려오듯 그녀를 휩쓸고 지나갔다. 남자는 조수석에 메모를 남겼다. 둥글고 여성스러운 손글씨였다. 줄리아는 종이를 뒤집어 보았다. 지문이 잘 남지 않는 것으로 악명 높은 평범한 흰색 종이였다. 그래도 물론 줄리아는 지문을 채취해 볼 생각이었다. 종이 위에는 딱 아홉 글자가 있었다.

협조에 감사드립니다.

줄리아는 차가운 운전석 시트에 머리를 기대고 혼자 생각에 잠졌다. 경찰에는 필적 분석 시스템이 없지만, 이 종이에 분말을 뿌려서 지문을 찾아낼 수는 있다. 계획을 세워야 했다. 다음 단계로 넘어가야 했다.

운전대를 잡은 줄리아는 아드레날린으로 가득 차서, 내달리는 자신의 마음을 추월하겠다는 듯 집을 향해 질주했다. 빠른 속도로 달리는 동안 그녀의 머릿속에는 두 사람의 인생이 망가졌다는 생각만이 가득했다. 자신과 매튜의 인생. 올리비아까지 포함한다면 세 사람의 인생이었다.

○

줄리아는 집 안으로 들어갔다. 모든 조명이 켜져있었다. 십대들이란. 제너비브는 아직 아래층 복도 오른쪽의 주방에 있었다. 주방의 스포트라이트 조명이 만든 복도 바닥의 완벽한 직사각형 빛 안에 그림자 하나가 서 있다.

"대체 지금이 몇 시예요?"

그림자가 엉덩이에 손을 얹었다.

"사정이 좀 있었어."

줄리아가 변명하듯 읊조렸다.

"이것 좀 봐주세요. 말도 안 되고 무례한 사건이에요."

제너비브가 외쳤다. 가시 돋친 듯한 목소리가 너무나 그녀다워서 줄리아는 제너비브를 꼭 끌어안고 싶어졌다. 제너비브는 잭 사건 이후로 더 건방져졌다. 줄리아는 일종의 자기방어 메커니즘이라고 생각했다. 안 그래도 자기 고집을 꺾지 않고 상대와 대립하는 성격인 제너비브는 이제 가끔씩 전투적인 태도를 보였다.
"무슨 일인데?"
줄리아는 주방으로 들어서며 물었다.
"냉장고에 있던 그릭요거트 통이 텅 비었어요. 아빠가 위층에 숨어있는 게 아니라면, 경찰 및 형사증거법에 의거해서 자백을 하셔야 할 거예요."
제너비브가 선언하듯 말했다. 줄리아와 똑같은 금발 머리가 제너비브의 얼굴 옆으로 흘러내린다. 줄리아는 딸에게서 자신을 그대로 빼다 박은 듯 닮은 특성들을 발견할 때면 놀라움을 금치 못했다. 머리색과 모발의 질감뿐만 아니라 머리 옆쪽, 항상 뻗치는 부분까지도 줄리아와 똑같았다.
"경찰 및 형사증거법 어쩌고 하는 소리를 직장이 아니라 집에서까지 듣게 될 줄은 몰랐네."
줄리아는 눈앞에 닥친 문제들을 뒤로하고 엄마 모드로 매끄럽게 전환한 자신의 모습에 놀라며 말했다. 항상 그래왔다. 임신으로 인해 그녀의 뇌에 완전히 다른 부분이 생겨난 것 같았다.
위층에서 아트의 목소리가 들려왔다.
"애초에 조금밖에 없었어."
그러자 제너비브가 맞받아쳤다.
"실망했어요. 남은 게 좀 있을 줄 알았는데 없더라고요. 저한테 이런 감정적인 고통을 주신 걸 사과하셔야 해요."
"곧 나아질 거야."

아트가 소리쳤다.

제너비브는 두 개의 머그잔에 끓는 물을 붓고 핫초코를 넣었다. 그리고 조리대에 기댔다. 주방 창문이 열려 있어 파도 소리가 들려왔다.

"내일 학교 가야 하는데 너무 늦었네."

줄리아가 말했다. 자정이 훌쩍 지나 있었다. 제너비브는 엄마를 향해 눈을 깜빡거렸다. 요즘에는 거의 하지 않는 행동이었다. 허세나 투덜거림으로 무장해도 제너비브의 상처받기 쉬운 연약함이 숨어있었다.

"세포 유사분열에 대한 과제를 해야 하는데 뜬금없이 오래된 드라마 캐릭터들을 검색하고 있었어요."

제너비브는 마치 그게 줄리아의 잘못인 것처럼 말했다.

"알지, 그런 거."

줄리아는 딸을 계속 바라보며 말했다. 정말 그 마음을 이해했다. 줄리아 자신도 맹렬히 집중하거나 완전히 흥미가 없거나 둘 중 하나였다. 줄리아는 혼신을 다하지 않는 일을 직업으로 삼은 사람들을 이해할 수 없었다. 이를테면 파일 정리나 전화 응대 업무 같은 것들 말이다. 줄리아라면 아마 30분 이상 버티지 못할 것이다. 하지만 일에 대한 열정이 있다고 해서 그 직업을 높이 평가해야 할까?

"너무 지루해요. 대체 왜 유사분열에 대해서 알아야 하는 거죠? 그런 게 살면서 필요해요?"

제너비브가 머그잔을 쥔 손에 힘을 쥐며 말했다.

"별로 쓸 일은 없지."

줄리아는 희미하게 웃으며 대답했다. 잭 사건에 대해 누구에게 말한 적이 있는지 제너비브에게 묻고 싶었다. 내일은 잭이 그 사건을 발설한 적이 있는지 잭의 다른 지인들을 추적해볼 것이다. 하지만 줄리아는 매튜 제임스에 대해 생각하고 있었다. 유리잔과 담배에서 나온 DNA가 남성의 것으로 판명되면 그다음에 그것이 매튜의 DNA라는 사실을 증명해야 한다. 흔적이 남을 테니 줄리아가 직접 확인할 수는 없지만 만약 매튜의 DNA가 경찰 시스템에 기록되어 있지 않다면 매튜를 범인으로 몰 수 없다. 그러면 어떻게 지문의 주인공과 매튜를 일치시킬 수 있을까?

"정말 말도 안 돼요. 제가 만약 커리큘럼을 짠다면… 뭔가 유용한 걸 배우게 할 거예요. 대출받는 법 같은 거? 아니면 운전하는 법이라도요."

제너비브는 신나게 재잘거렸다. 줄리아는 혀를 깨물었다. 사실 그녀도 백 퍼센트 동감이었지만 제너비브를 자극하고 싶지 않았다. 몇 마디만 거들어 주면 제너비브는 파업에 나설 것이다. 그리고 아마도 커리큘럼을 새로 짤 것이다.

줄리아는 아트가 듣지 못하도록 목소리를 낮추었다.

"물어볼 게 있어."

1단계 돌입. 제너비브는 잭에 대한 이야기임을 눈치챈 것 같다. 표정이 갑자기 어두워졌다.

"뭔데요?"

제너비브는 경계하는 태도로 물었다.

"작년. 그리고 그 사건 말이야."

두 사람이 그 일을 지칭하는 표현이다. 그 사건에 대해 이야기할 때 그들은 한 발짝만 더 나아가면 깨지는 얼음 호수 위를 살금살금 걷듯 극도로 조심했으며 신중하게 단어를 골랐다. 상처, 살인, 은폐 같은 단어는 금지였다.

제너비브는 몸을 기대려는 듯 주방 조리대로 손을 뻗었다. 그녀의 창백한 시선이 줄리아를 향했다. 허세도 재치 있는 농담도 모두 자취를 감췄다.

"네….'

"혹시, 이럴 수도 있나 해서….'

"뭐가요?"

제너비브의 입술이 하얗게 질렸다. 화장을 했는데도 땀 때문에 이마가 번들거렸다. 만약 제너비브가 용의자라면 줄리아는 그녀가 유죄라는 데 돈을 걸 것이다.

"혹시 그 일에 대해 아는 사람이 있을까?"

"네?"

"그러니까… 누구한테 얘기한 적 있어?"

줄리아는 제너비브를 진정시키려 두 손을 들어올리며 물었다.

"비난하려는 게 아니야. 하지만 만약이라도 네가 그랬다면 엄마가 알아야 해."

줄리아는 복잡하게 얽힌 수수께끼를 풀어야 했다. 줄리아, 제너비브, 그리고 잭에게서 뻗어나온 세 개의 축이 있고 그중 하나는 뒷좌석의 그 남자와 관련이 있을 것이다.

"말도 안 돼. 얘기 안 했어요."

바로 이게 방어 메커니즘이다. 제너비브의 창백했던 얼굴이 붉어졌다. 줄리아는 딸의 표정을 유심히 살폈다.

"제가 뭐 하러 얘기하겠어요?"

제너비브가 덧붙였다. 제 엄마처럼 지나칠 정도로 논리적이다.

"나야 상관없지. 그냥 알고 싶어서 그래. 무슨 문제가 있는 건 아니고."

제너비브는 입을 삐쭉거렸다. 줄리아는 제너비브가 거짓말을 하고 있다고 생각하지 않았다. 당황한 것뿐이다. 거짓말쟁이들은 쓸데없이 자세한 얘기를 시시콜콜 늘어놓지 않던가?

"아무한테도 얘기 안 했어요."

제너비브가 줄리아를 똑바로 바라보며 말했다.

"엄마가 시킨 대로요."

"그래 알았어."

제너비브는 줄리아에게서 등을 돌렸다. 왜 그런 질문을 했는지는 묻지 않았다.

"최근에 갑자기 생각나서 물어본 거야."

줄리아는 구차한 설명을 덧붙였다.

"저도 덕분에 다시 생각났네요."

"미안해."

"유사분열보단 차라리 강도 사건 생각하는 게 낫죠."

예상치 못한 제너비브의 블랙 유머에 줄리아는 그날 저녁 처음으로 진심이 담긴 웃음이 나왔다.

"그 사람을 다시 떠올리게 해서 미안해."

줄리아의 말 속에는 '너에게 강도질을 한 사람'이자 '네가 살해한 사람'이라는 뜻이 담겨있었다.

제너비브의 눈이 반짝 빛났다.

"사실, 저는 항상 그 사람을 생각 해요."

"정말?"

제너비브가 즉시 등을 돌린 것을 보니 줄리아의 반응이 너무 과했거나 너무 빨랐던 것이 분명했다. 줄리아는 이런 감정들이 쌓여 사소한 자극에도 폭발할 수 있다는 걸 알고 있다.

"분위기 깨서 죄송한데 이제 너무 피곤해요."

제너비브는 여전히 몸을 돌린 채 말했다.

"내일 계속해도 돼요? 오늘 미처 못한 얘기가 있었다면요."

"물론이지."

줄리아는 진심이 아니었지만 이렇게 대답했다. 자신이 담당하는 범죄 사건에 관심을 보이는 제너비브의 심리를 정확히 이해할 수 없었다. 제너비브는 강도 사건 이후로 범죄 수사에 더 깊은 관심을 갖게 되었는데 거의 강박적으로 보일 정도였다.

"시미셰이커."

제너비브가 몸을 돌리지도 않고 머리 위로 손을 흔들며 인사하고는 줄리아가 미처 대답하기도 전에 주방을 나갔다. 제너비브의 어린시절 줄리아가 조용한 시간을 갖고 싶어지면 틀어주곤 했던 TV 프로그램 〈더 핌블스〉에 나오는 오래된 인사말이었다. 두 사람은 방영이 끝난 뒤에도 유튜브로 반복해서 볼 만큼 그 프로그램을 좋아했다. 가족 안에서 변하지 않고 유지되는 것들이 있듯이 줄리아와 제너비브는 거기서 나온 인사말을 지금도 그대로 사용했다.

"시미셰이커."

줄리아는 즉시 같은 말로 응답했지만 목소리는 나직했고 슬픔이 배어있었다.

제너비브가 자기 방으로 가는 계단을 오르기 시작했을 때 아트가 계단 꼭대기에서 나타났다. 분위기가 순식간에 바뀌었다. 줄리아는 아트를 올려다보았다. 아트를 볼 때마다 시간이 몇 초씩 멈추는 것 같았다. 제너비브가 아트를 스치고 지나갔다. 아트의 불륜 이후에도 부녀 관계는 상처를 입지 않은 것처럼 보였다. 제너비브가 한 일을 아트가 모르기 때문에 그런 것인지 줄리아는 가끔 궁금했다. 아트와 함께 있을 때면 제너비브는 그 사건을 잊을 수 있었다. 아트가 불륜을 저질렀다고 해서 망쳐버리기엔 부녀 관계가 너무 소중했다.

"왔어?"

아트가 줄리아에게 다가오며 조용히 말했다. 언제나처럼 그의 머리카락과 옷매무새는 흐트러져 있었다. 그는 아무리 노력해도 단정해지지 않는 사람이었다.

줄리아는 서둘러 주방으로 들어갔다. 제너비브가 올라간 위층에서 불이 켜지고, 문이 열렸다 닫히는 소리가 들려왔다. 그러는 한편 들리거나 보이지 않아도 아트가 거실에 있다는 것을 **느낄** 수 있었다. 종종 그러듯 줄리아는 아트와 같이 잔 그의 동료 엘르를 떠올렸다. 줄리아와 아트 모두 엘르와 잘 아는 사이였다. 여러 번 저녁 식사를 함께했고 새해 전야도 같이 보낸 적이 있다. 하지만 줄리아는 절대로 엘르를 신뢰하지 않았다. 알고 보니 정말 그럴 만했다. 그리고 줄리아는 그 일이 우연한 사고였으며 항상 엘르와 하룻밤을 보내고 싶다고 생각했던 건 아니라는 아트의 말도 믿지 않았다. 줄리아는 두 사람이 주고받은 문자 메시지를 본 적이 있었다.

'어떤 기분인지 알아. 7주차라 그럴 거야'

엘르가 보낸 문자였다. 아트는 휴대폰에 비밀번호를 설정해 두지 않아서 줄리아가 우연히 그 문자를 보게 됐다. "7주차가 뭐야?"라고 묻자 아트는 "얘기하자면 길어. 내부에서만 통하는 농담이야"라고 했었다.

그 뒤로 엘르는 두 사람이 함께 일하던 학교를 떠났다. 아트는 그녀의 번호를 지웠다고 말했고, 그 일은 그렇게 일단락되었다.

줄리아는 주방 조리대를 닦았다. 사실 지난 4개월 동안 그 어느 때보다 청소를 많이 했다. 오븐 장갑을 당겨 주름을 펴고 오븐 손잡이 위에 걸쳐놓았다.

줄리아는 잠시 움직임을 멈추고 혼자 서 있었다. 그제야 자신에게 일어난 일의 무게감이 갑자기 밀어닥쳤다. 마치 지옥으로 통하는 문을 연 것 같았다. 그녀는 팔꿈치를 조리대에 기대고 심호흡을 했다. 하느님 맙소사. 그녀는 이런 일을 겪을 만큼 잘못 살아오지 않았다. 삶의 모든 고비마다 그녀는 좋은 엄마와 좋은 경찰로서의 의무를 다하기 위해 최선을 다했다. 정말 그랬다. 하지만 오늘은 그 두 가지 역할이 서로 부딪혔다. 아트는 이 세상에서 그녀를 이해해 줄 수 있는 유일한 사람이지만 그에게 진실을 말할 수는 없다. 그러기엔 너무 늦었다. 만약 그에게 비밀을 알려준다면 줄리아와 아트는 서로의 잘못을 거래하게 될 것이다. 그녀는 상황이 어떻게 전개될지 잘 알았다. 이미 그녀의 신뢰를 잃은 사람에게 비밀을 털어놓는다는 게 어떤 의미인지 알고 있었다.

줄리아는 고개를 저으며 마음을 가다듬으려 애썼다. 날카로운 공포와 수치심을 억누르고 생각을 해보려고 했다. 몇 분 후, 그녀는 아무 일도 없었다는 듯 몸을 곧게 펴고 필요한 물건 몇 가지를 챙기기 시작했다. 복면을 쓴 그 남자를 찾아서 그가 줄리아에 대한 정보를 어떻게 알았는지 밝혀내고, 그가 가진 증거물을 빼앗기 위해서였다.

줄리아는 뻣뻣하고 어색한 동작으로 아트가 있는 거실을 지나친 다음, 혼자 쓰고 있는 위층 침실로 올라갔다. 방에 들어서자마자 매일 저녁 그랬듯 빌어먹을 옛 추억이, 예전에 아트와 함께했던 그들만의 의식이 생각났다. 예전 집에는 침대 위에 채광창이 있었다. 그들은 블라인드를 열어둔 채 별을 바라보며 잠들기 전 그날 있었던 일을 두런두런 이야기하고는 했다. 줄리아가 고민을 말하면 아트는 그 고민을 말끔히 해결해 주었다. 이제 새 집에는 채광창도 없고 둘만의 친밀한 시간도 없다.

줄리아는 아트가 위층으로 올라오는 소리를 들었다.

"잘 자."

아트가 허공에 던지듯 말했지만 줄리아는 대답하지 않았다. 아트야말로 줄리아가 제너비브를 위해 한 일이나 줄리아가 처한 딜레마를 이해해 줄 수 있는 유일한 사람임에도 불구하고, 그녀는 대답을 하지 않았다. 할 수가 없었다. 너무 늦었다.

창문 너머로 파도 소리가 들렸다. 썰물이 나가는 소리. 물결은 마치 태피터✤ 드레스가 사락거리는 듯한 소리를 냈다. 들어가고 나가고, 들어가고 나가고. 바닷속 무도회장에서 누군가가 춤을 추는 것 같았다.

줄리아는 욕실로 가서 손톱깎이를 꺼낸 다음, 주방에서 가져온 알코올 손 소독제로 손톱깎이를 닦았다. 그리고 그 남자를 할퀴었던 손톱 밑을 손톱깎이로 조심스럽게 긁어냈다. 긁어낸 부스러기는 같이 챙겨온 작은 밀폐 용기 안에 넣었다.

줄리아는 과학 수사 전문가는 아니지만 평범한 사람들보다는 확실히 많이 알고 있었다. 밀폐 용기를 냉장고에 넣기 위해 계단을 내려오면서 줄리아는 이 정도면 충분하다고 생각했다. 불빛에 용기를 비춰본 후, 그녀는 그것을 냉장고 제일 안쪽, 페스토 소스 병과 피망 사이에 과학 표본처럼 놓아두었다. 둥글게 말려있는 작고 하얀 피부 조직. 남자와 줄리아의 것이다.

침대로 간 그녀는 최근 들어 필요해진 독서용 안경을 썼다. 분석가들이 올리비아의 광범위한 온라인 활동을 검토할 것이다. 줄리아도 지금 시작할 참이다. 분석가들과 발맞춰 올리비아가 올린 글을 읽을 것이다.

올리비아를 찾는 데 진정으로 도움이 될 만한 것은 온라인밖에 없기 때문이다. 만약 올리비아가 살아서 발견되면 문제가 사라지

✤ 평직으로 짠 견직물. 광택이 있으며 바스락거리는 소재로 블라우스, 드레스 등을 만드는 데 쓰인다.

겠지만, 죽은 채로 발견되면 줄리아는 올리비아의 온라인 활동을 토대로 살인 사건을 수사할 수 있다.

아트가 방에서 나와 욕실로 갔다.

"화장실 **독차지하지** 마세요!"

제너비브가 소리쳤다. 아까 쌓인 감정이 폭발한 것이다. 제너비브에게는 공격이 가장 큰 방어일지도 모른다. 아트는 십대의 호르몬 때문이라고 생각했다.

"그냥 밖에 있는 양동이 쓰라는 거야?"

그가 묻자 제너비브가 말했다.

"저 레티노이드 발라야 돼요."

"화장품 이름이 무슨 질병 이름 같네."

제너비브의 목소리, 심지어 아트의 목소리를 듣자 줄리아의 마음이 벅차올랐다. 가끔 화를 내기는 하지만 제너비브의 정서가 괜찮다는 사실이 기뻤다. 제너비브가 자신이 저지른 일에 대해 너무 큰 부담을 느끼고 있지 않아 다행이었다. 줄리아는 스스로 어떤 대가를 치렀든 딸을 보호할 수 있었음에 감사했다.

올리비아의 사건 서류 첫 장을 넘기며 줄리아는 무모한 생각을 했다. 과거로 돌아가더라도 똑같이 할 것이라고. 선택의 여지가 없었다. 자신에게 너무나 소중한 존재를 두고는 누구도 위험을 감수하지 않는 법이다.

6
올리비아

인스타그램

사진 창턱 위의 꽃병에 꽂힌 작약 한 다발.

글 나만 그런가? 아니야. 온 세상이 그래, 난 알아. 4월에 작약을 사서 물뿌리개에 꽂아두는 사람이 나 혼자는 아니지. 하지만 가끔은 기본에 충실한 것이 가장 좋은 방법이라고 말하고 싶어. 미안하지만 안 미안해.

트위터

포티스헤드 해변에서 베프가 '고강도 인터벌 운동'하는 걸 보면서 추로스 여덟 개째 연속 흡입 중, 저 운동의 요란함에 혀를 차고 있음. ㅋㅋ

사람들은 왜 운동을 하지? 사무실 책상에 앉아 근육을 뽐낼 일이 뭐가 있다고?

페이스북

게시물　　　　미식가의 밤을 위한 추천 메뉴?

더그 애덤스의 댓글　완전 포티스헤드네.

보낸 메일함

4월 28일

발신자 LittleO@gmail.com　수신자 amymichelleP@hotmail.com
그는 괜찮고 다 좋은데, 모르겠어. 가끔 이상해. 어쨌든 내일 보자. 남자친구보다 여자들끼리의 우정이 중요하지.

4월 28일

발신자 LittleO@gmail.com　수신자 lucy@reflections.co.uk
알려주신 대로 면접에 응하겠습니다. 기회를 주셔서 감사합니다. 확인하고 싶은 게 있는데요, 면접 때 어떤 서류를 가져가야 할까요? 그리고 아주 중요한 질문 하나 드려도 될까요? 기후 위기에 맞서기 위해 귀사는 어떤 일을 하고 있나요? 이런 질문 죄송하지만 저에게는 중요한 문제입니다.

4월 28일

발신자 LittleO@gmail.com　수신자 lucy@reflections.co.uk
아니요, 괜찮습니다. 몸만 갈게요. 재생에너지에 대한 정보 감사합니다. 면접이 기대됩니다.

문자

올리비아 다음 주 목요일 맞죠?

아빠 당연하지.

올리비아 이사 오게 돼서 기뻐! 거기 고양이가 있다던데?

애니 나도 네가 오는 게 기대돼. 고양이가 있긴 한데 키우는 건 아니야. 이 근처를 돌아다니는 녀석인데 여기에 살진 않아.

올리비아 완전 귀엽다.

애니 그래도 골칫덩어리야. 이 녀석 때문에 고양이 사료를 사기 시작했거든. ㅋㅋ

올리비아 이사 가면 나도 사료 사올게!

애니 우와, 너 정말 순식간에 이사 오네.

올리비아 그렇지?

실종 2일 째

**JUST
ANOTHER
MISSING
PERSON**

7
엠마

오늘이 두 번째 상담 치료 날이야. 네가 하겠다고 한 거지, 내가 권한 건 아니었어. '매튜 제임스, 104호실'이라는 예약 확인 문자가 왔네. 지난번에 주방에서 네가 상담 치료를 받으면 어떨까 물었을 때, 내 심장은 말 그대로 쿵 내려앉았어. 상담이 누구에게나 필요한 건 아니잖아. 안 그러니?
"오, 그렇구나."
나는 확인하듯 물었지.
"그런데 왜?"
사실 진심으로 반감이 든 건 아니었어. 그저 깜짝 놀랐을 뿐이야. 수줍은 데다 속내를 잘 드러내지 않고 몽상가 기질이 있는 너는 툭하면 껍질 속으로 숨고는 했지. 너는 삶은 어렵고 비밀을 털어놓는 건 더 어렵다고 생각하는 사람이야. 그러니까 부정적으로 반응한 건 내 잘못이었어. 다행히 너는 쾌활하게 맞받아쳤지. 너는 종종 그래. 다른 사람들은 잘 알아차리지 못하지만, 너는 숫기 없고 쭈뼛대는 성격에도 불구하고 상황을 긍정적으로 받아들이곤 해.

"뭐, 배우고 성장할 수 있으니까요."

너는 반쯤 농담으로 가볍게 말했지. 그리고 낮게 쿡쿡 웃었어. 주방 조리대에 기댄 채 팔짱을 낀 너는 정말로 관심 있는 척하는 표정을 지었어. 너의 파란 눈과 검은 머리가 내 눈에 들어왔지.

상담이라니. 너는 나를 향해 눈을 두 번 깜빡였고, 내가 20년 동안 사랑한 짙은 눈썹을 파르르 떨며 내 반응을 기다렸어.

"아니, 나쁘다는 건 아니야. 미안해. 난 좋다고 생각해."

나는 설득력 없는 목소리로 말했어. 내가 정말 그렇게 생각했을까? 맞아. 난 상담도 괜찮다고 생각해. 나는 마음이 힘들 때 어떻게 하더라? 미친 듯 일하기? 온라인 맘카페 돌아다니기? 아이를 키우다 보면 자신의 민낯을 얼마나 자주 마주하게 되는지 너는 알까?

"정말요?"

너는 조리대에 팔꿈치를 기대고 있었어. 그 대리석 조리대는 내가 운영하던 부동산 회사 '쿠퍼스'가 흑자로 올라선 다음 해에 직접 산 거야.

"당연하지. 그냥, 나는…."

이어가지 못한 말 속에는 이런 뜻이 담겨있었어. 우리의 사생활을 낱낱이 알게 될 상담치료사를 조심하라고.

"상담 치료예요. 광신도 집단 같은 게 아니라."

너의 매력적인 미소가 다시 나타났어. 다른 사람들에게도 그 표정을 보여주면 좋겠는데. 학교에서 인기가 없었던 너는 항상 집에 와서 혼자 점심을 먹었다고 말했지. 내 마음은 너무 아팠어. 마치 커다랗고 슬픈 구름이 마음속에 가득 들어찬 듯 답답했지.

그리고 지난주에 이어 지금 우리는 다시 여기 와 있어. 나는 상담치료사 사무실 밖에서 너를 기다리고 있지. 사실 여기 와 있는 것도 나쁘지 않아. 그런데 최근에 너는 외출을 많이 하더라. 내가 물어보면 넌 '친구들이랑 만나요'라고 짧게 대답했지.

상담치료사 사무실은 포티스헤드 중심가 뒤쪽에 있었어. 길을 찾는 방법이 좀 복잡했지. 아티장 베이커리를 지나 왼쪽으로 돈 다음 웨이트로즈 슈퍼마켓을 지나서 초록색 문을 찾을 것. 네가 매주 여기로 데려다 달라고 해서 난 그렇게 하고 있어.

너를 기다리다 보면 옛 추억이 몽글몽글 떠올라. 아기 친구들 모임, 축구 시합, 그리고 등하교 픽업. 당시에는 이런 일들이 귀찮았고 끝이 없을 줄 알았는데 결국은 점점 사라지더니 없어졌어. 내가 얼마나 운이 좋았는지 그때는 몰랐어. 육아가 고된 노역처럼 느껴졌지. 난 타이머를 맞춰놓은 것처럼 하루하루 정신없이 달리면서 소중한 '자유 시간'만을 기다렸어. 나에게 자유 시간이란 네가 잠자리에 든 후, 날씨가 어떻든 정원에서 담배 한 개비를 피우는 시간이었지. 생각만큼 즐기지는 못했는데도 나는 그 시간만을 고대했어.

그렇게 쉬고 나면 다시 일로 돌아갔지. 고객과 스케줄 잡기, 좋은 매물과 급매물 알아보기 등등. 하지만 그런 것들도 이제 다 끝났어. 쿠퍼스는 작년에 팔렸으니까. 최소한 지금은 파티에서 부동

산 중개인들의 농담을 들어줄 필요는 없어졌어.

너는 초록색 문에서 나와 건물들을 지나쳐 차 안에 들어와 털썩 앉았어.

"어땠어?"

"좋은 것 같아요. 제 생각에는요."

네가 말했어. 솔직히 네가 더 자세히 이야기해 줄 거라고 기대하진 않아. 넌 평생 그랬으니까. 아기일 때조차 풍부한 감정을 잘 드러내지 않고 억누르고는 했지. 너는 2년 전에 받은 모욕을 마음속에 담아두고 있으면서도 겉으로는 잊어버린 척하는 사람이야.

"배우고 성장하는 중이야?"

농담처럼 말했지만 사실은 너를 압박하는 거야. 난 항상 다른 사람들보다 네 속마음을 잘 끌어내잖니.

"어느 정도는요."

너는 시트에 몸을 기대며 작년 그 일 이후로 기르고 있는 턱수염을 만지작거렸어. 수염 때문에 너는 완전히 다른 사람처럼 보이고는 해.

"어떤 느낌이냐면요…."

너는 라디오를 이리저리 건드렸어. 뭔가 할 말이 있다는 뜻이지.

"그냥 들어주는 사람이 있다는 게 좋아요. 제 얘기 속에 나오는 사람들을 전혀 모르는 누군가가 들어준다는 게요."

"누구에 대해서 이야기하는데?"

결국 나는 못 참고 물었지.

"엄마에 대해서 할 말이 많죠."

너는 나를 장난스럽게 흘겨보며 말했어.

"하하."

웃을 일이 아니지만 나는 냉소적으로 웃었어. 만약 네 말이 진짜라면 어쩌지? 나는 차를 운전하면서, 70파운드짜리 3단 기어 수동 자동차를 몰던 때를 떠올렸어. 가난한 싱글맘이었다가 부자 싱글맘이 되었고, 작년에 일어난 그 일들 때문에 사업을 그만두고 다시 가난해진 이 모든 상황을 생각하니 조금 우습더라. 난 네가 상담치료사에게 그 일을 전부 이야기했는지 묻고 싶었지만 참았어. 너도 알다시피 우리 둘은 한 팀으로 세상에 맞서고 있잖아. 지금껏 항상 그랬지. 난 네가 다른 누군가를 끌어들이지 않았으면 해.

넌 잠시 망설이며 라디오 다이얼을 만지작거리다가 나를 똑바로 바라보았어.

"저는 사실… 그 일이 있은 뒤로요. 음, 이제 다시 괜찮아진 것 같아요."

네 말에 나는 감정이 북받쳐서 눈을 몇 번 깜빡거렸어.

"우리 이제 새롭게 출발할 수 있을 거예요."

"정말 다행이야."

난 이렇게 말했지. 진심이야. 오 세상에, 네 옆모습을 보고 있자니 나와 닮지 않았는데도 마치 내 모습을 보는 것 같았어. 내가 너를 얼마나 사랑하는지 넌 절대 모를 거야. 언젠가 너에게도 아이가 생기면 조금은 알 수 있겠지. 아이를 보호하기 위해 무엇을 할 수 있는지, 아이에게 얼마나 깊고 순수한 사랑을 느끼는지 말이야. 만약 누군가가 네게 '아이를 살리려면 지금 바로 이 기차 앞에 뛰어드세요'라고 하면 아마 넌 뛰어들 거야. 그냥 그렇게 돼. 한 치의 망설임도 없을 거야.

"태국 음식 사러 갈까요?"

넌 손가락을 튕기며 말했지.

"거기 있잖아요. 기억나세요? 우리 한 번 갔었던 작은 식당인데… 엄마는 스위트콘 어쩌고 하는 메뉴를 시켰잖아요."

"오, 그런데 너 배우면서 성장하고 있다고 하지 않았니? 테이크 아웃 음식에 대해서는 안 배웠어?"

내가 웃으면서 말하자 넌 이렇게 대답했지.

"이건 절대적으로 상담치료사가 권장하는 거예요."

나는 깔깔 웃느라 숨이 찼어. 네가 상담 시간에 작년 일에 대해 말했는지, 이미 상담치료사에게 털어놓았는지 궁금한 마음은 여전히 그대로였지만.

8
줄리아

줄리아는 접시 돌리기를 하듯 여러 일들을 동시에 처리하고 있다. CCTV 확인처럼 보통은 경감이 하지 않는 일들은 물론이고, 차량 번호판 인식 카메라 보고서와 통신 기록, CCTV 자료 보고서 내용을 조합해 사건 경위를 검토하는 일 등 경감으로서 통상적으로 할 일까지 전부 다 하고 있다. 증거 탐색반과 계속 소통했고, 올리비아의 남자친구에 대해서 조사했으며(올리비아는 이메일에 '가끔은 이상한 사람이야'라고 썼는데, 남자친구 이야기 아닐까?), 올리비아가 사라진 골목이 정확히 어떤 용도로 사용됐는지 알아보았다. 커피를 끊임없이 마시면서 틱톡을 보기도 했다. 올리비아 사건은 어젯밤 전국 뉴스에 보도되었고 얼마 지나지 않아 틱톡에도 등장했다. 온갖 추측이 난무하고 있었다. 골목 끝이 헬리콥터 이착륙장이라는 설(가능성 없음), 특수 부대가 밧줄을 타고 내려와 구조 작전을 펼쳤다는 설(좋은데?), 그리고 당연히 유령 이야기도 있었다.

줄리아는 언론에 공식적인 입장 발표를 해야만 했다. 매우 드문 경우였지만 이런 일로 카메라 앞에 설 때마다 마치 TV 드라마에 출연하는 듯한 기분이었다. 매번 하는 말은 똑같았다. '그녀의 안위가 매우 염려되며, 우리는 가능한 모든 수단을 동원하고 있다, 만약 뭔가 단서를 아시는 분이 있다면…' 등등. 하지만 사실 줄리아는 경찰서 밖에서 마이크를 켠 채로 모든 진실을 쏟아내고 싶었다.

저는 올리비아가 어디 있는지 모르겠고, 제가 지금 무슨 짓거리를 하고 있는지도 도통 모르겠어요. 거짓말을 하고 속임수를 쓰도록 강요받고 있어요.

줄리아는 매튜 제임스에 대해서도 조사해 봤다. 국립 경찰 컴퓨터PNC✤를 사용하면 흔적이 남으므로 페이스북으로 찾는 수밖에 없었다. 포티스헤드에는 매튜 제임스라는 사람이 세 명 있었는데, 둘은 대략 40대의 중년이었고 나머지 한 명은 열아홉 살이나 스무 살 정도로 짙은 머리색과 매끄러운 올리브빛 피부를 가진 청년이었다. 줄리아는 페이스북에서 그 청년의 사진을 보고 또 보았다. 맥주 한 잔을 들고 있는 그의 눈에 햇살이 비치고 있었다. 오 하느님, 줄리아는 그가 바로 그 매튜가 아니길 바랐다. 그는 너무 어렸다. 나머지 두 명 중 하나이기를.

조너선이 줄리아의 사무실 앞에 도착했다.

"정말 힘들어 보이시네요."

✤ Police National Computer의 약자. 영국의 법 집행기관에서 사용하는 데이터베이스

그는 뻬딱하게 서서 아무 생각 없이 손가락으로 문손잡이의 금속 부분을 따라 원을 그리며 말했다.
"너도 그래."
조너선이 씩 웃었다.
"완전 지쳤어요. 항상 그렇죠, 뭐."
"나도 마찬가지야. 어쨌든 오늘은 진짜 피곤해 보이는데?"
줄리아도 미소를 지었다.
"아기가 잠을 안 자요."
조너선이 이렇게 말하며 줄리아를 향해 시선을 돌렸을 때, 그의 안경이 빛을 받아 렌즈가 순간 하얗게 변했다.
"오, 저런. 그래도 그때가 정말 소중한 시간이야."
줄리아는 아트와 제너비브와 그녀, 오직 셋이 함께했던 꿀처럼 달콤한 신생아 시절을 떠올렸다. 부드러운 타월로 만든 아기옷, 우유에 취해 잠든 밤들, 서로에게 충실하던 시절.
"다들 그렇게 말하지만 밤새우는 게 안 힘든 건 아니에요."
두 사람의 눈이 마주쳤다.
"나도 알아."
"죄송해요. 그냥 피곤해서요."
조너선이 머리를 쓸어 넘기며 말했다. 그는 메신저백을 내려놓고 줄리아 옆의 심문용 의자에 털썩 앉았다. 줄리아는 조너선이 아내와 사랑에 빠지기 전, 아이를 갖기 전의 모습을 기억했다. 눈가에 잔주름도 없고 주말마다 외출을 즐기던 조너선을. 하지만 지금 그는 영락없이 줄리아와 같은 40대로 보인다. 인생이란 참.

조너선이 가방을 열고 여러 사람들 간의 관계를 표시한 마인드맵 종이를 꺼냈다. 온갖 사진과 이름이 복잡하게 연결되어 있었다.

"제가 만든 올리비아의 사회관계 지도예요."

그가 설명했다.

"훌륭하네."

줄리아는 갑자기 불안 속에서 가끔 찾아오는 비이성적인 희망이 차오르는 것을 느꼈다. 어쩌면 올리비아를 찾는 데 조너선이 도움이 될지도 모른다. 그리고 올리비아가 살아있는 채로 발견되면… 문제는 해결된다. 그래야만 한다. 그렇게 되면 매튜는 기소되지 않을 것이다. 피해자가 없는 범죄로 기소할 수는 없을 테니까. 그렇지 않은가?

"여기 있는 사람들 전부에게 메시지를 보내봤어요."

조너선은 줄리아의 책상에 마인드맵을 펼치며 말했다. 사실 경장이 할 일이지 조너선 같은 경사가 직접 할 일은 아니었지만, 조너선은 이런 면에서 줄리아와 똑같았다. 자신이 만족할 때까지 모든 것을 직접 통제하고 싶어하는 스타일이었다.

"아직 답장은 없어요. 올리비아와 이메일, 문자를 주고받은 사람들도 마인드맵에 포함시켰는데, 모든 관계가 겹치지는 않았어요. 예를 들면 올리비아는 에이미 드 숀에게 이메일을 많이 보냈지만, 페이스북에는 그 친구의 흔적이 없어요. 'Amz'라는 이니셜을 쓰는 사람이 에이미 드 숀과 동일인물일 수도 있지만, 제 생각엔 아닌 것 같아요."

"ABC 원칙 알지?"

줄리아가 확인해 주었다.

"알죠."

ABC란 '아무것도 가정하지 말고 아무것도 믿지 말고 모든 것을 의심하라Assume nothing, Believe nothing, Challenge everything'의 약자로, 형사가 지켜야 할 가장 중요한 규칙 중 하나다.

"남자친구 말이에요. 고강도 인터벌 운동하는 모습을 보고 올리비아가 트위터에 썼었잖아요."

조너선이 말했다.

"그랬지."

줄리아는 올리비아의 남자친구가 지금 자신에게 가장 큰 골칫거리일지도 모른다고 생각하며 수치심을 느꼈다. 줄리아는 그를 뒤쫓게 될 것이다. 어쨌거나 그를 조사해야 한다. 항상 남자친구가 범인인 건 아니지만, 그런 경우가 많았기 때문이다. 이번에는 제너비브를 지키기 위해, 범인은 매튜 제임스여야만 했다. 그리고 살인사건이어야만 했다. 하지만 살인 혐의를 적용하는 건 어렵다. 줄리아는 자신이 가진 증거가 충분하지 않다는 사실을 알고 있다. 현장에서 나온 DNA는 도움이 되겠지만 시신이 없다. 시신 없이도 살인 혐의를 적용하는 경우가 전혀 없는 건 아니지만 쉽지 않다.

"제가 올리비아의 남자친구를 데리고 올게요."

"그래."

줄리아가 조용히 대답했다.

"하지 말까요? 경감님이 그를 추적할 거라고 생각했거든요."

"물론 나도 알아보고는 있어."

줄리아는 방어적으로 말했다.

"그 친구를 데려와. 그날 밤 어디 있었는지도 알아보고, 알겠지?"

줄리아는 조너선의 주의를 분산시키기 위해 덧붙였다.

"요즘 밤마다 온갖 것들을 찾아보고 있어. 올리비아의 소셜 미디어 말이야. 그 애는 아주… 뭐랄까. 모든 게시물 하나하나에서 어떻게든 성격이 보여."

"그렇죠? 전 올리비아가 마음에 들어요."

줄리아는 올리비아의 남자친구를 떠올리며 한숨을 내쉬었다. 정말 범인이 그 사람이면 어쩌지?

"연락처 가지고 있어? 그 남자친구."

줄리아는 앞서 나가고 싶은 마음을 참지 못하고 물었다.

"저한테 맡기세요."

조너선의 대답에 줄리아는 말이 안 되는 걸 알면서도 순간 안도감을 느꼈다.

"과학 수사팀이 뭐 발견한 거라도 있어?"

줄리아가 물었다.

"좀 있어요. 누구 물건인지 혹은 어떤 DNA가 나왔는지는 아직 모르지만요. 어쨌든 이거 한번 보세요."

조너선은 종이 한 장을 보여주었다. 종이에 적힌 사람들 이름 옆에는 초록색 체크 표시나 빨간색 x표시가 그려져 있었다.

"이 사람들에게 보낸 이메일은 전송 실패였습니다."

그는 x표시를 가리키며 말했다.

"그리고 이 사람들에게는 전송됐고요."

이번에는 초록색 체크 표시를 가리켰다.

"그리고 이 사람은,"

그는 '더그 애덤스'라는 사람 옆에 표시를 했다.

"방금 저에게 전화했습니다."

"이 사람이 누군데?"

줄리아가 물었다.

"올리비아를 몇 년 동안 만난 적이 없는, 그냥 가벼운 페이스북 친구인데요, 비교적 최근에야 올리비아를 친구 추가했다고 저에게 말하더라고요. 올리비아의 페이스북 계정은 만든 지 얼마 안 됐어요. 1년이 조금 지난 정도죠. Z세대가 이제야 계정을 만들었다는 게 이상하긴 해요. 페이스북은 유행이 좀 지났거든요. 어쨌든 올리비아가 대학생일 때 여름 몇 달 동안 더그와 함께 임시직으로 일한 적이 있어요. 더그는 회사 이름이 정확히 기억 안 난다면서, 런던에 본사가 있지만 '보스톤'이라는 단어가 들어간다고 했어요."

"무슨 일을 하는 회사지?"

"데이터 입력이요. 그래도 시간상 순서를 맞춰보는 데는 도움이 됐어요. 올리비아는 노팅엄 대학교에 갔다가 다시 포티스헤드로 돌아왔어요. 심리학을 전공했고요. 그리고 마케팅 쪽으로 방향을 틀기 전에 소소한 임시직 몇 가지를 거쳤죠. 그중 하나가 더그와 함께한 일이었어요."

"그래, 좋아. 모든 정보는 다 도움이 되지. 조사를 계속해줘. 좀 이상하긴 하네."

"뭐가요?"

"뭐냐면…."

줄리아는 조녀선으로부터 종이를 건네받았다.

"인간관계가 아주 좁아. 그렇지 않아? 보통 휴대폰 번호를 잊어버리면 페이스북으로 친구들에게 연락을 하잖아. 내가 보기에 올리비아는 친구가 별로 없어. 페이스북으로 연락하는 친구도 몇 명 안 돼."

"올리비아는 스스로를 '네오 러다이트✢'라고 했어요."

"맞네."

줄리아는 작게 웃음을 터뜨리며 말했다.

"맞는 말인 것 같아."

조녀선이 자리를 뜨자 줄리아는 사무실 문을 닫고 손톱 밑에서 긁은 과학 수사용 증거물을 꺼냈다. 전문가인 에린에게 물어볼 수는 없다. 만약 물어보려면 길거리에서 괴한을 만났다든가 하는 핑계를 대야 할 것이다. 그리고 점점 더 많아지는 질문을 감당해야 한다. 줄리아는 에린의 도움을 받지 않고 모든 과정을 스스로 통제할 수 있는 방법을 택했다.

손톱 밑에서 긁어낸 하얀 증거물을 잠시 바라보며 골똘히 생각하던 줄리아는 온라인으로 사설 연구소에 신청서를 제출했다. 가명을 사용했고 결혼 전 이름으로 만든 직불카드를 쓰기로 결정했다. 이메일 주소로는 오래전에 쓰던 메일 계정을 입력했다. 그리고

✢ 기술 발전에 반대하는 사람. 1800년대 초반 방직기가 등장해 노동자의 일자리를 줄인다는 이유로 영국에서 일어났던 기계 파괴 운동 '러다이트'에서 따온 말이다.

편지에 적당히 꾸며낸 내용을 적고 비용을 결제한 후 증거물을 포장해서 밖으로 나갔다. 모퉁이에 있는 우체통을 향해 길을 걷는데 머리카락이 바람에 흩날렸다. 줄리아는 아무에게도 들키지 않기를 바라며 필사적으로 계속 뒤를 돌아보았다. 특히 뒷좌석에 탔던 그 남자가 보면 안 될 일이었다.

증거물을 발송하고 돌아오는 길에 정보원 프라이스에게 전화를 걸었다. 그가 찾아오기 전에 직접 정보를 묻는 것은 처음이었다. 두 사람의 관계는 뻔한 방식으로 시작되었지만 그동안 단 한 번도 트러블이 없었다. 처음에 프라이스는 마약 거래를 하다 붙잡혔는데 흉기를 소지하고 있었다. 줄리아는 흉기 범죄 혐의를 면제해 주는 대가로 마약 공급책에 대한 정보를 요구했다. 프라이스는 그 제안에 응했고, 시간이 흐르면서 어느 한쪽에 속하지 않는 자신의 입장을 적극적으로 즐기게 되었다. 그는 위험을 좇는 것을 좋아했고, 기소가 기각된 후에도 오랫동안 밀고를 계속했으며, 일종의 비도덕적 규범에 따라 일부 범죄자에 대해서만 정보를 주었다. 줄리아는 그 기준이 무엇인지 명확히 알 수 없었다.

줄리아와 프라이스의 관계를 못마땅하게 여기는 유일한 사람은 아트였다. 그는 소유욕이 무척 강해서 항상 프라이스에게 다른 속셈이 있다고 생각했다.

"잭 하퍼라고 알아?"

프라이스가 전화를 받자 줄리아가 말했다.

"도둑, 강도. 작년에 어떤 문제에 휘말려서 죽었어."

"넵."

프라이스가 대답했고, 그가 잭을 알고 있다는 사실에 줄리아는 놀라지 않았다. 프라이스는 범죄 세계에 연줄이 많은 사람이었고 뛰어난 기억력을 갖고 있었다. 그는 지금까지 그녀가 만나본 최고의 정보원이었다.

"자주 연락하던 사람이야?"

"마스 오 메노스Más o menos."✢

"영어로 말해."

프라이스에게는 외국어 표현을 종종 사용하는 습관이 있는데, 대부분 상대를 혼란스럽게 하기 위한 의도였다.

"잭이 가깝게 지내던 사람은 또 누가 있어?"

"그 친구는 기껏해야 좀도둑이었어요."

프라이스는 차라리 연쇄 살인범이 더 낫다는 듯 잭을 폄하했다. 줄리아는 대꾸할 가치도 없다고 생각했다. 그녀가 알아야 할 것은 잭이 죽기 며칠 전에 이야기를 나눴을 법한 사람이 누구인지였다. 그것을 알아내면 차에 탔던 그 남자와 관련된 실마리를 찾을 수 있을 것이다.

"잭의 친구들은 누가 있었지? 친한 친구뿐 아니라 조금 먼 사이도 포함해서."

"형이 있었던 것 같아요. 친구라 할 만한 사람은 없었고요. 그런데 형 이름을 몰라서 찾기가 힘드네요."

줄리아는 한숨을 쉬었다.

✢ '대체로, 대충, 대략'이라는 의미의 스페인어

"흠."

"무슨 일인데요, 데이 경감님?"

그의 목소리가 다정하게 들린다고 줄리아는 생각했다. 이런 점이 바로 프라이스의 특징이었다. 줄리아는 왜 그가 어떤 사람들에게는 충성스럽고 다른 사람들에게는 그렇지 않은지 알 수 없었다. 하지만 적어도 그가 자신에게 헌신적이라는 사실은 알 수 있었다. 쉽게 정보 제공을 중단하고 배신할 수 있었음에도 그는 그러지 않았다. 줄리아가 아는 바에 따르면 그는 그녀가 말해 준 어떤 것도 자신의 범죄에 써먹지 않았고, 오직 그녀에게만 정보를 주었다. 프라이스는 그들 사이의 섬세한 관계를 존중했다. 줄리아가 경찰로 일하던 초기에 힘들어하는 기색을 보이자 프라이스가 그녀에게 수선화 한 다발을 보낸 적이 있었다. 메모는 남기지 않았다. 줄리아는 프라이스가 그녀의 차 앞유리에 꽃다발을 올려놓고 가는 모습을 보았다. 아마 그녀를 놀라게 하고 싶지 않았던 것 같다.

"아무것도 아니야. 좀 어려운 사건이 있어서."

"연락 주세요."

그가 말했다. '도움이 필요하면 연락 달라'는 말을 짧게 줄여서 표현한 것이다. 역시 프라이스는 줄리아를 다그치지 않았다.

"당연히 그래야지."

"그리고, 경감님?"

"응?"

"몸조심하세요, 알겠죠?"

잭이 죽고 나서 이틀 뒤, 줄리아가 빌을 만났을 때 들은 말과 똑같았다.

그날은 계절에 맞지 않게 25도였다. 빌의 코끝이 햇볕에 그을려 있었다. 빌은 줄리아와 전혀 닮지 않았다. 줄리아는 금발인데 빌은 숱 많은 검은 머리였고, 그날은 아니었지만 보통은 턱수염을 가득 기르고 있었다. 몸집이 곰처럼 커다란 빌은 조용히 그녀에게 손을 흔들었다. 그가 사놓은 테이크아웃 커피 두 잔이 낮은 담장 위에 올려져 있었다.

"안녕."

빌이 인사하고서 곰 발바닥 같은 손으로 줄리아에게 커피를 건네주었다.

"비공식적인 조언이 좀 필요해."

그녀가 말하자 빌이 특유의 우렁찬 웃음을 터뜨렸다.

"오, 스몰 토크 없이 바로 본론이야?"

빌은 수트 차림에 재킷은 입지 않았고 운동화를 신고 있었다. 사무실에서는 운동화를 신지 않을 것 같았지만 확신할 수는 없었다.

"그래, 미안."

줄리아는 얼굴을 붉히며 본론을 잠시 뒤로 미뤘다.

"일은 좀 어때?"

"뭐, 바쁘지. 공짜로 해주는 비공식 업무가 너무 많아."

빌은 줄리아를 장난스레 쳐다보면서 말했다. 줄리아는 쓴웃음을 지어보였다.

"그런 일 말고는, 알잖아. 돈다발을 세고 있지. '이의 있습니다' 라고 외치면서…."

"물론 그렇겠지."

"누나는 어때?"

"알잖아, 고속으로 자동차 추격도 하고 총격전도 벌이고… 중간중간 도넛도 먹지."

빌이 크게 웃자 뜨거운 바람에 웃음소리가 휩쓸려갔다.

두 사람은 나란히 보조를 맞췄다. 영화 〈트루먼 쇼〉에 나올 법한 완벽한 하늘에 태양이 높이 떠있었다. 줄리아와 빌이 각각 스물세 살, 스물한 살일 때 그들의 부모는 두 달 간격으로 세상을 떠났다. 엄마는 암이었고 아빠는 자살이었다. 그 뒤로 1년도 되지 않아 빌은 법학 쪽으로 진로를 바꾸었고 줄리아는 경찰이 되었다. 자신이 경찰의 길을 선택한 데는 분명히 심리적인 이유가 있었을 테지만 줄리아는 그게 무엇인지 확신할 수 없었다. 아마도 무언가를 찾아내는 일에 매력을 느꼈던 것 같다. 손에 잡히지 않는 것을 명료하게 만드는 과정도 좋았다. 줄리아에게 전문 지식이 있었다면 최소한 아버지의 죽음은 막을 수 있었을지도 모른다. 어떻게든 자살하려는 낌새를 알아차렸을 것이다.

빌은 마음만 먹으면 다른 사람의 마음을 읽는 데 탁월한 재능이 있었다. 아니나 다를까, 그는 줄리아가 원하던 이야기로 자연스럽게 화제를 돌렸다.

"무슨 조언이 필요한데?"

빌의 시선이 줄리아를 스쳤다.

두 사람은 모퉁이를 돌았다. 번화가가 사라지고 항구가 나타났다. 바람이 거셌다. 세찬 바람이 그들의 얼굴을 때리고 지나갔다.

마치 바람에 몸이 날아갈 것 같았다.

"할 말이 뭐야? 나 30분밖에 없어. 법원에 서류 제출할 게 있거든."

"샤를레한테 부탁하면 안 돼?"

샤를레는 빌의 우아한 새 비서였다. 빌은 최근에 샤를레가 자기 인생을 완전히 정돈해줬다고 말한 적이 있다.

"샤를레는 내 바지를 다림질하느라 바빠."

빌이 슬쩍 미소 지으며 농담을 던졌다.

"만약 내가 강도를 당했다 쳐. 반격을 했는데… 강도를 폭행한 거야."

줄리아의 말을 들으며 빌은 커피를 홀짝거렸다. 곰곰이 생각할 때 나오는 그의 버릇이었다. 가끔 줄리아는 이 사람이 정말 자기 동생인지 믿을 수 없었다. 내 아기 같은 동생이 수트를 입고 있다니. 멋진 척 허세를 부리고, 서로 농담을 주고받고, 둘 다 마흔이 넘었는데도 매일 누나에게 심슨 사진을 보내주는 동생이지만, 빌은 전문 지식을 가지고 있었다. 줄리아의 지식과 관련있으면서도 또 다른 종류의 전문 지식이었다. 빌은 시럽을 잔뜩 뿌린 카페라테를 홀짝이며 머릿속 지식을 뒤지고 있었다.

"강도가 누나한테 어떤 종류의 공격을 했는데? 누나는 어떻게 반격했어? 그 강도가 죽었어?"

그는 가벼운 어조로 물었지만 눈에는 호기심이 가득했다. 빌과 줄리아는 비슷한 구석이 있었다. 어릴 때부터 유난히 소문과 뒷이야기에 관심이 많았고 지금은 세상에서 가장 추잡한 두 개의 직업에 각각 종사하고 있다. 어쨌든 이론적으로는 그렇다.

포티스헤드 항구 근처의 맑고 푸른 봄빛에서 잔잔한 물 냄새가 났다. 줄리아는 모든 것을 잊고 싶다는 마음으로 그 빛 속으로 몸을 기울였다.

"그러니까… 강도가 휴대폰을 가져가려고 해서 내가 손에 열쇠를 끼우고 휘두른 거지. 이렇게."

줄리아가 손짓으로 목을 긋는 행동을 적나라하게 재연하자 빌의 눈이 커졌다.

"왜?"

그가 한 단어로 간단하게 물었다.

"무서워서."

"강도가 공격할 것 같아서?"

줄리아가 얼굴을 찡그렸다.

"아마 그렇겠지. 공포에 사로잡혀서. 그런데 그 직후에 피해자는 달아났어."

"흠."

"만약 강도가 살았다 쳐. 상처가 보기보다 깊지 않았던 거야. 그런데 나중에 죽었어. 패혈증으로."

"상처 때문에?"

"그렇지. 이럴 때 정당방위가 인정될 가능성이 얼마나 될까?"

"휴대폰을 뺏으려 한다고 누군가를 죽일 순 없어. 그건 분명해, 누나."

빌은 줄리아를 미심쩍은 눈으로 쳐다보았다.

"상대의 행동에 걸맞은 대응이어야 해."

줄리아는 고개를 푹 숙였다.

"알아."

빌은 입술을 꾹 다물었다가 조용히 말했다.

"이런 거 잘 알잖아, 안 그래?"

"맞아."

빌은 줄리아에게 시선을 고정했다.

"형량이 얼마나 될까?"

"무기징역. 만약 감형돼도 10년형이겠지."

이미 알고 있었다. 줄리아가 알고 있는 것과 정확히 일치하는 정보였다. 하지만 직접 들으니 도움이 되면서도 상처를 받은 묘한 기분이었다.

"고마워."

"언제든지 물어봐."

헤어질 때 빌은 평소보다 그녀를 더 오래 바라보았다. 몇 초가 흐르고 나서 그는 줄리아의 어깨를 토닥였다. 그녀는 이미 경찰서 쪽으로 몸을 돌리고 있었다.

"누나. 난 이 일에 대해서 아무것도 모르는 거야. 알지? 내 일이 그렇잖아."

"그럼 알지."

줄리아가 대답했다.

빌은 줄리아와 눈을 맞추며 말했다.

"몸 조심해, 알았지?"

줄리아는 올리비아의 아버지와 이야기할 준비를 해야 했지만, 사무실 뒤편의 증거물실로 향했다. 그녀가 가장 좋아하는 장소다. 20년 동안이나 증거를 추적했음에도 아직 멈출 생각이 없다. 지금은 올리비아를 찾는 일이 무엇보다 중요하다. 그녀는 무거운 방화문을 밀어 열고 신발을 벗은 뒤 어두컴컴하고 먼지가 가득한 방 안으로 들어갔다.

널찍하고 따뜻한 방이다. 이곳에 올 때마다 줄리아는 세이디 사건을 수사하던 당시 아트가 딱 한 번 찾아왔던 일이 생각났다. 표면상으로는 줄리아의 업무가 길어지자 함께 보낼 시간을 갖기 위한 방문이었지만, 실제로 아트는 선반을 알파벳순으로 다시 정리하는 일을 했다.

O. 존슨 1번부터 10번. 줄리아는 올리비아의 증거물을 빠르게 찾아냈다. 첫 번째와 두 번째 상자에는 그녀의 옷이 들어있었다. 줄리아가 처음으로 한 생각은 옷이 별로 없다는 것이었다. 아마도 나머지는 이사 때문에 어딘가 창고에 따로 보관되어 있겠지. 제너비브의 옷은 이것의 열 배는 되었다. 하지만… 그건 그냥 제너비브라서 그런 건지도 모른다.

줄리아는 투명한 플라스틱 과학 수사용 가방에서 연한 분홍색 블라우스를 꺼냈다. 목선이 사각형으로 된, 유행이 지난 디자인이었다. 다음은 아란 니트‡ 점퍼였는데 큼직한 연녹색이었다. 그녀는 방 안쪽의 텅 빈 금속 선반 위에 옷을 펼쳐놓았다. 햇빛이 덜 들어와서 오래된 증거물 상자의 냄새가 더 진하게 배어있었다. 분홍색 블라우스와 녹색 점퍼, 청바지 두 벌, 검은 티셔츠 두 벌, 슬로건 문구가 쓰인 티셔츠. 아마 올리비아는 도주할 계획이었던 것 같다. 줄리아는 그 옷들을 보며 미간을 찡그린 채 생각에 잠겼다. 평소에 입는 옷이라고 하기엔 너무 적었다. 그녀는 올리비아의 아빠에게 딸의 물건이 보관된 장소가 따로 있는지 물어봐야겠다고 생각했다.

다음으로 줄리아는 옷의 상표를 확인했다. 흠. 디자이너 제품도 있고 길거리 상점에서 산 것도 있었다. 그런데 눈에 띄는 것은 옷들이 제각각 사이즈가 다르다는 사실이었다. S사이즈부터 XL사이즈까지 모두 있었고, 심지어 하나는 XXL사이즈였다.

인스타그램을 보면 올리비아는 옷을 잘 입는 스타일이었다. 사이즈가 다양한 이유는 어쩌면 일부러 크게 입기 위해서일 수도 있다. 넉넉한 핏을 선호하는 젊은이들이 흔히 그러니까. 줄리아는 그러면 안 된다는 걸 알면서도 휴대폰을 꺼내 제너비브에게 전화를 걸었다. 신호음이 세 번째 울렸을 때 제너비브가 전화를 받았다. 점심시간이라 주변의 떠들썩한 소음과 함께 바람 부는 소리가 들렸다.

"너 옷 살 때 일부러 여러 사이즈로 사니?"

줄리아가 물었다.

"어, 엄마 안녕."

✣   아일랜드 서쪽의 아란 제도에서 유래한, 굵은 짜임으로 만든 방한용 양모 편물

제너비브는 인사한 다음 좀 더 조용한 곳으로 이동했다. 바람소리가 사라진 걸 보니 아마도 실내인 듯했다.
"아뇨."
제너비브는 단순 명료하게 답했다. 경찰의 딸답게 구구절절한 설명 없이 간단한 대답이다.
"오버사이즈 점퍼 같은 것도 안 사?"
"안 사요. 보통은 정사이즈로 사는데 옷 자체의 핏이 오버사이즈인 거예요. '보이프렌드 핏' 같은 거 알죠?"
"아, 알았어. 보이프렌드 핏. 이해됐어."
"그게 다예요, 형사님?"
"응, 이게 다야. 실종된 올리비아 옷 사이즈가 다양하길래."
줄리아는 웃음을 머금고 말했다.
"얼마나 다양한데요?"
"S사이즈에서 XL, XXL사이즈까지."
"그건 정말 이상한데요. 그중에 올리비아 인스타에 나온 옷도 있어요?"
제너비브가 신중하게 말했다.
"아니, 이 옷들은 못 본 것 같아. 올리비아는 자기 사진보다는 주로 사물들을 찍어서 올리거든."
"올리비아한테 맞는 사이즈가 뭐예요?"
"말했으니까 S사이즈에서 M사이즈가 맞을 거야."
"저랑 똑같네요. 그런데 전 XL사이즈는 안 입어요. 아무리 크게 입는다고 해도요."

"나도 같은 생각이야."

줄리아는 옷들을 훑어보며 말했다. 어쩐지… 뭔가 이상했다.

전화를 끊고 증거물 상자를 들여다봤다. 주목할 만한 다른 물건이 없었다. 몇 안 되는 소지품들, 구식 알람시계, 몇 장 찢어진 빈 노트, 베개 스프레이, 여권과 그 안의 선명한 사진.

줄리아는 옷들을 살펴보며 생각에 잠겼다. 이 사건에는 몇 가지 이상한 점이 있다. 새로운 직장, 새로운 집. 그리고 페이스북에서도 뭔가를 발견했다. 올리비아가 포스팅한 지 거의 1년이 지난 미식가의 밤 관련 게시물에 최근 더그 애덤스가 댓글을 달았다. 뭔가 의미가 있을 수도 있고, 아무 의미가 없을 수도 있다. 하지만….

어쩌면 복면을 쓴 그 남자는 올리비아가 직접 보낸 것이 아닐까? 줄리아는 옷을 개서 다시 상자에 넣으며 생각했다. 그녀는 어디서 왔을지도 모를 온갖 생각들을 즐기곤 한다. 만약 어쩌면….

그런데 이게 말이 되는 생각인가? 줄리아는 그 자리에 멈춰 서서 혼자 생각을 정리해 나갔다. 만약 누군가 다른 사람이 올리비아를 데려갔거나 죽였다면 왜 콕 집어서 매튜 제임스에게 누명을 씌우려는 것일까? 어쩌면 하우스메이트들이 올리비아의 옷이나 다른 것들에 대한 해답을 가지고 있을지도 모른다. 올리비아와 만난 지 얼마 안 됐다고 해도 목격자들이다. 이미 팀원들이 인터뷰하긴 했으나, 줄리아가 직접 이야기를 나눠보지는 않았다. 그녀는 협박범을 찾는 데 성공하진 못했지만 무언가 생산적인 일을 하고 있다는 사실이 좋았다.

줄리아는 증거물실에서 나오면서 올리비아의 집을 다시 찾아가야겠다고 생각했다. 그때 조녀선이 맞은편에서 복도를 따라 걸어오고 있었다.

"올리비아의 남자친구와 이야기해 봤어요."

조녀선이 올리비아의 개인 물품과 서류, 액세서리 등이 담긴 무거운 증거물 상자를 옮기며 말했다.

"그래서?"

줄리아가 물었다. 갑자기 조녀선과 마주치리라고는, 문제의 그 남자친구에 대해서 의견을 나누게 되리라고는 전혀 예상치 못했기 때문에 당황했다. 그녀는 자신의 목소리가 떨리는 것을 느꼈다.

"그 사람은 지금까지 본 것 중 최고의 알리바이를 가지고 있었어요."

조녀선이 차분하게 말했다.

"외국에 있었거든요. 올리비아가 실종되기 전후로 그 사람 여권이 두 개의 공항을 통과했어요. 유감스럽지만 그날 밤 그가 다른 곳에 있었을 가능성은 없어요."

줄리아의 어깨가 안도감에 축 늘어졌다. 조녀선은 유감일지 몰라도 그녀는 아니었다.

"그래, 계속 조사해 보자."

줄리아가 말했다.

"그래야죠."

조녀선은 엉덩이로 증거물실 문을 밀어 열고 나서 줄리아의 반응을 유심히 살폈다. 평소대로라면 줄리아는 알리바이를 자세히 캐묻고 싶어 했을 것이다. 무엇을, 왜, 어디서? 하지만 오늘은 그러지 않았다.

"올리비아의 예전 하우스메이트들을 조사해 보셨나요?"

"하려고 생각 중이야."

줄리아가 말했다. 할 일이야 늘 많았지만, 이렇게까지 아무것도 못 한 적은 드물었다. 올리비아를 찾고, 자신을 협박한 남자를 찾고, 제너비브를 보호하는 등 감당해야 할 일이 너무 많을 뿐이다.

조너선은 줄리아에게서 몸을 돌렸다.

"그 사람 만나보니 어때?"

조너선이 증거물실로 들어가기 직전에 줄리아는 참지 못하고 질문했다.

"올리비아의 남자친구 말이야."

"평범해요. 내성적이고요."

"패닉 상태는 아니고?"

조너선이 입꼬리를 살짝 내렸다.

"단정하기 어렵네요. 감정을 잘 안 드러내는 타입이라서요."

"아, 그래."

줄리아가 가볍게 대꾸했다.

"원하신다면 그 사람에 대해 더 조사할 수도 있어요. 감시 붙이고 그런 방식으로요."

"아니, 그럴 필요 없어."

줄리아가 날카롭게 말했다.

그때 갑자기 상사인 알피 경정이 모퉁이 너머로 모습을 드러내며 말을 걸었다.

"일은 잘돼 가나?"

겉보기엔 그냥 이리저리 돌아다니다가 우연히 마주친 것 같지만, 그는 아마도 줄리아를 지켜보고 있었을 것이다. 줄리아는 알피가 얼마나 오래 거기 있었는지 전혀 짐작할 수 없었다.

"물론이죠."

"올리비아의 남자친구에 대해 더 자세히 조사하지 않을 거라고?"

"그럴 필요 없어요. 알리바이가 너무 확실하거든요. 그렇지?"

알피의 물음에 줄리아가 조너선을 바라보며 말했다.

"맞아요."

조너선이 차분하게 대답했다. 그들 세 명은 사람이 거의 오가지 않는 복도에서 작은 삼각형 모양을 그리며 서 있었다. 줄리아는 어색함을 참을 수가 없어서 적당히 둘러대고 자리를 떴다. 하지만 자신의 등에 꽂히는 알피의 시선이 계속 느껴졌다.

9
루이스

일요일 이른 아침. 너는 오늘로 이틀째 실종 상태다. 우리는 경찰서에서 기다리고 있다. 지금 우리가 하는 일이라고는 온갖 다양하고 고통스러운 형태로 기다리는 것뿐이다. 우리는 구체적인 진술을 하기 위해 이곳에 왔다는 걸 알지만, 몸과 마음은 최악의 소식을 듣기 위해 왔다고 본능적으로 생각한다. 맹세컨대 만약 내가 이대로 조사실로 불려가 총에 맞을 예정이라 해도 기분은 별반 다르지 않을 것이다. 욜란다는 내 옆에 있고 우리는 손을 꼭 맞잡고 있다.

어제 몰리에게서 소식을 듣고 욜란다에게 전화했지만 받지 않았다. 결국 집에 가서 직접 소식을 전해야 했다. 욜란다는 내가 30분 전에 겪은 과정을 그대로 똑같이 겪었다. 이건 말이 안 돼, 뭔가 실수가 있을 거야, 분명히 그 애는….

그날 밤, 그러니까 어젯밤, 우리는 전혀 잠을 자지 못했다. 〈환상특급✢〉 속 한 장면처럼 밤을 꼬박 새웠다. 현관문을 열어둔 채 너를 기다렸다. 하지만 새벽 두 시, 세 시, 네 시가 되도록 아무 소식이 없었다.

욜란다와 내가 처음 만난 건 엘리베이터에 갇혔을 때였다. 너는 이 이야기를 참 좋아했지. "로맨틱 코미디 같아요"라고 네가 그랬잖아. 우린 엘리베이터 안에서 단 둘이 네 시간 동안 갇혀있었다. 벽에 등을 기대고 앉아 신발을 벗고 발을 앞으로 쭉 뻗은 채로 하염없이 문이 열리기를 기다렸다.

우리는 욜란다가 유일하게 갖고 있던 '웨더스 오리지널'이라는 캐러멜을 나눠 먹으며 각자 좋아하는 것들에 대해 이야기했다. 영화, 음식, 책, 날씨. 우리는 공통점이 전혀 없었다. 욜란다는 풍부하고 짭짤한 맛의 이탈리아 음식을 좋아했고, 자신의 감정을 숨기는 타입이었다. 나는 음식에 별로 관심이 없어서 무엇으로든 배만 채우면 되는 사람이었고, 감정을 숨기기는커녕 네가 알다시피 툭하면 흥분하는 타입이다. 책으로 말하자면 그녀는 부커상 수상작들을 좋아했고 나는 리 차일드✢✢를 좋아했다. 그녀는 20도의 맑은 날씨를 좋아했고 나는 극단적인 날씨를 좋아했다. 폭풍, 30센티미터까지 쌓이는 눈, 도로를 녹여버리고 뉴스에 나올 정도로 심한 폭염 같은 날씨 말이다. 영화 취향도 극과 극이었다. 그녀는 깊은 사

✢   미국 CBS에서 1959년~1964년 방영된 미스터리 스릴러 드라마
✢✢ '잭 리처' 시리즈로 세계적인 명성을 얻은 영국의 범죄 소설가

유가 담긴 외국 영화를, 나는 멍청한 액션 스릴러를 좋아했다.

하지만 그럼에도 불구하고, 우리는 아코디언 모양의 문이 달린 그 구식 엘리베이터 안에서 가장 희귀한 것을 발견했다. 바로 화학작용이었다. 내가 말하는 건 단순한 추파가 아니라(놀라지 마라), 상대를 매혹시키는 짜릿한 농담이다. 하루빨리 결혼 하고 싶게 만들고, 말다툼 도중에 웃음을 터뜨리게 하며, 코 고는 소리에 밤 늦게까지 잠을 설쳐도 참게 하고, 절대 일어나지 않을 거라고 생각했던 일들까지도 견딜 수 있게 만드는 사랑의 힘 말이다.

하지만 오늘 우리에게 그런 것은 없다. 경찰서 안에는 깊은 침묵 뿐이다.

버건디색 카펫 두 장이 로비를 따라 깔려 있는데, 둘 다 끝부분이 너덜거린다. 범죄자들과 삶이 정지 상태에 있는 사람들이 사용하는 낡아 빠진 커피 자판기가 한쪽 구석에 놓여있다. 등받이에 구멍이 많이 뚫린 긴 의자는 마치 체처럼 보인다. 주변의 모든 것이 혼란을 가중시킨다. 이미 힘든 상황에 처해 있는 사람에게 바닥에 못으로 고정된 불편한 의자에 앉으라는 것은 부정적인 감정을 더해 줄 뿐이다.

"이쪽으로 오세요."

경찰 한 명이 문 뒤에서 고개를 내밀며 말했다. 키가 작고 머리가 벗겨진 그는 비교적 젊은 편이다. 그가 데이 경감의 오른팔이 아니기만을 바랄 뿐이다. 나는 건장한 경찰이 우리 문제를 맡아 주길 바란다. 담배 피우는 알코올 중독자라도 좋다. 코르크판에 온갖 단서를 적은 메모들을 붙여놓고, 한밤중에 퍼뜩 영감이 떠올라 깨어나는 그런 경찰을 원한다.

우리는 그 경찰을 따라 회의실로 갔다. 새것 같은 냄새가 나는 회색 카펫, 의자 세 개와 빈 테이블, 그리고 한쪽 구석에는 하얀 CCTV 카메라가 있다. 안에는 수트를 입은 채 한쪽 소매로 테이블 위의 차 얼룩을 닦고 있는 여성 경찰 말고는 아무도 없다. 그녀는 나와 눈을 마주치고 고개를 끄덕였다.

네 사건을 담당하는 데이 경감임이 틀림없다. 마른 체격에 금발, 지적인 눈, 이분이었으면 좋겠다. 친절하면서도 스트레스에 찌들어 보인다. 훌륭한 형사처럼 보이는 조합이다.

"줄리아 데이 경감입니다."

그녀는 의자에서 살짝 몸을 일으키더니 손을 내밀어 악수를 청했다.

"그냥 줄리아라고 불러 주세요."

"로버트 풀 경사입니다."

머리가 벗겨진 남자가 말했다. 그가 의자에 앉자 무릎에서 삐걱거리는 소리가 난다. 제길, 이 사람이 데이 경감과 한 팀이로군. 그는 시간을 낭비하기 싫다는 듯 바로 펜 뚜껑을 열었다.

데이 경감은 아무것도 하지 않고 우리를 유심히 바라보았는데, 표정 안에 담긴 생각을 읽어내기 어려웠다.

"9시 39분, 인터뷰 시작합니다. 언제 따님을 마지막으로 보셨습니까?"

데이 경감에 대한 상념에 빠져 있을 때 풀 경사가 끼어들었다.

"3일 전입니다. 지금 같이 살고 있지 않아서요."

"그렇습니까?"

풀 경사가 욜란다에게 시선을 돌렸다.

"그날 저는 그 애를 못 만났어요."

욜란다가 작은 목소리로 말했다. 목소리가 기어들어가는 걸 보니 그날 딸을 만나지 못한 것을 후회하는 듯했다. 그녀는 그날 늦게까지 일했다. 나는 너와 함께 〈셀링 선셋✤〉을 시청했다. 크리스틴이 검은 웨딩드레스를 입는 게 나오는 에피소드였다. 그때 넌 나에게 얼굴을 돌리고는 이렇게 말했다. '오, 세상에, 검은 웨딩드레스라니 너무 멋있네요.'

"그럼 언제 마지막으로 따님의 연락을 받으셨나요?"

풀 경사가 다시 물었다.

그때까지도 줄리아는 아무 말이 없었다. 그녀는 검은 머리를 어깨 아래로 길게 땋아 늘어뜨린 욜란다를 계속 바라보고 있었다. 욜란다는 땋은 머리 끝부분을 만지작거리며 아무에게도 시선을 주지 않았다. 예전부터 항상 똑같은 머리 스타일이었다. 하지만 땋은 머리를 제외하면 그때 그 엘리베이터의 여자와 지금의 욜란다는 다른 사람 같다.

"전 어제 딸에게 문자를 보냈습니다. 이번 주 목요일에 집에 오기로 되어있어서요. 그 앤 목요일마다 왔거든요."

내가 대답하자 풀 경사가 나를 보았다. 그는 아무것도 받아적고 있지 않았다.

✤ 넷플릭스의 리얼리티 예능 프로그램으로, 미국 LA 고급 부동산 업계의 화려한 일상이 등장한다.

"보통은 그랬어요."

욜란다가 정정했다.

"목요일마다 항상 오는 건 아니었어요. 그렇지?"

이렇게 말하는 욜란다의 턱 근육이 파르르 떨렸다. 그녀는 이런 식으로 질문의 정확한 성격을 파악하는 데 익숙할 것이다. 사회복지사로서 민원인들과 함께 경찰 인터뷰에 응하는 경우가 많기 때문이다.

"마지막으로 따님을 봤을 때 어떤 상태였습니까?"

"괜찮아 보였습니다. 평소처럼 수다스러웠죠."

내가 말했다.

그리고 드디어 데이 경감이 처음으로 입을 열었다. 쉬고 갈라진 목소리가 나와 그녀는 헛기침을 했다.

"따님은 어떤 성격인가요?"

"음, 자신감 넘치는 성격이에요. 그렇지?"

나는 욜란다를 보며 말했다.

"네, 정말 그래요. 그리고… 도덕을 중시해요."

"좌파죠."

"음식을 좋아해요. 재밌고요."

"그렇습니다. 그리고 패션에 관심이 많죠. 신발을 좋아하고요. 지속가능한 환경과 좋아하는 물건을 쇼핑하는 사이에서 항상 고민을 하죠."

내가 말하자 데이 경감은 나와 눈을 마주쳤다. 살짝 치켜올라간 그녀의 눈에는 다정함이 담겨있었다.

"알겠습니다."

데이 경감은 짧게 대답했다. 우리의 딸 사랑이 적나라하게 드러나버린 것 같아 난데없이 부끄러움이 밀려왔다. 마치 우리의 사랑과 고통이 만천하에 공개된 느낌이었다.

"마지막으로 따님을 만난 날 밤에 무엇을 하셨습니까?"

풀 경사는 아주 자연스럽게 다음 질문으로 넘어갔다.

그 순간 갑자기 나는 깨달았다. 우리는 용의자였다. 이제 모든 게 분명해졌다. 실제로 아버지가 고소당하는 경우도 많지 않은가?

"그게 사건과 무슨 관련이 있죠?"

내가 묻자, 욜란다는 테이블 밑에 있는 내 다리에 손을 얹었다.

"저희는 식사를 하고 TV를 봤습니다."

나는 욜란다의 의중을 눈치채고 사무적인 말투로 대답했다. 그러자 욜란다는 손을 다시 테이블 위로 가져갔다. 결혼반지가 돌아가서 보석이 테이블에 딱 소리를 내며 부딪혔다. 그녀는 벌써 살이 빠졌다. 스트레스를 받으면 제일 먼저 식욕을 잃는 사람이지만 요리를 그만두지 않는다. 욜란다는 요리를 하고 또 하지만 전혀 먹지는 않는다.

"뭘 드셨습니까?"

풀 경사가 물었다.

나는 곧바로 땀을 흘리기 시작했다. 경찰의 힘이라는 게 이런 건가? 파티든 학부모의 밤이든 어디서든 경찰이 단 한 마디 질문만 해도 듣는 사람은 자신이 곧 체포될 거라고 생각할 것이다.

"음, 글쎄요…."

머뭇거리던 중에 갑자기 생각이 났다. 넌 기억할까? '헬로 프레쉬'라는 끔찍한 밀키트 말이다. 시간을 절약해준다고 홍보하지만 사실은 시간을 잡아먹는 골칫덩이지.

"땅콩호박 리소토요. 헬로 프레쉬에서 나온 제품인데, 아시죠? 재료를 전부 보내줘서 요리만 하면 되는…."

"네, 알아요."

데이 경감이 말했다. 입 양쪽에 보조개가 패여있었다.

"헬로 프레쉬가 싫다는 개인 감정까지 얘기할 건 없어."

이렇게 말하는 욜란다의 얼굴에 간만의 미소가 스쳤다. 그녀가 나를 흘깃 쳐다보았는데 순간적으로 엘리베이터의 그 여자가 보였다.

"시간을 아껴준다고 하지만 빌어먹을 치즈 포장을 뜯는 데 한참 걸리죠."

나는 투덜거렸다.

"제가 있었다면 직접 요리했을 거예요."

욜란다의 부드러운 말투가 마음에 들었다. 덕분에 분위기가 다시 차분해졌기 때문이다. 통제가 잘 안 되는 나의 익살과 악담을 떠나 다시 너에게로 화제가 돌아갔다.

어쨌든 리소토는 형편없었다. 우리는 평소에 각자가 무엇을 먹는지 문자로 보내주고(네가 최근에 포티스헤드 해변에서 먹은 추로스를 보낸 것처럼) 상대방의 음식에 대해 10점 만점에 몇 점인지 점수를 주는 놀이를 했었다. 한번은 네가 내 크루아상에 11점을 줬었지. 그 날은 우리 둘 다 리소토에 2점을 주었다.

"TV프로그램은 뭘 보셨습니까?"
"〈셀링 선셋〉이요."
수치스럽게도 이것이 풀 경사가 받아 적은 첫 번째 대답이었다.
"그리고 〈독스 비해이빙 배들리✥〉를 봤죠."
"알겠습니다. 그날 따님은 어때 보였나요?"
"평소와 똑같았습니다."
내 눈이 흐려지기 시작했다. 너는 그날 완전히 평소 모습 그대로였다. 장애인 차별과 주택시장의 불공정성에 대해 비판했고 테일러 스위프트의 노래 가사를 나에게 읽어주기도 했다. 너는 식감이 블루택이라는 점토형 점착제 같다고 불평하면서도 리소토 2인분을 먹어 치웠다. 평소의 네 모습 그대로였다.
"안색이 나쁘거나 뭔가 숨기려는 기색이 있거나 휴대폰을 보지 못하게 가리거나 하지는 않았습니까?"
"그렇진 않았어요. 그런데…."
데이 경감이 말없이 고개를 들어 나를 보았다. 그녀의 눈이 내양쪽 눈을 번갈아 바라보며 미세하게 춤추듯 움직였다.
욜란다는 한숨을 쉬었다. 내가 무슨 말을 할지 알았기 때문이다. 그녀는 극단적인 생각을 하는 타입이 아니었지만 나에 대해서는 훤히 꿰고 있다.
"잠시만요. 따님이 몇 시에 떠났습니까, 루이스?"
풀 경사가 말했다. 그는 이제 메모를 하고 있었다. 꼼꼼하게 규

✥ 넷플릭스의 예능 프로그램. 반려견의 문제행동을 교정하는 이야기를 다룬다.

칙을 고집하는 바람에 오히려 중요한 디테일들을 놓치는 타입인 것 같았다. 데이 경감은 그를 흘겨보았지만 제지하지 않고 두었다.

"모르겠어요."

내 이름이 등장하자 마음이 불편했다. 드라마 〈이스트엔더스✢〉에서처럼 내가 범죄에 연루된 사람은 아니지 않은가.

"걔가 차를 가지고 집에 간 게 아마 11시 30분쯤 됐을 거예요."

이렇게 말하면서 나는 야외 조명이 켜지고 네 머리가 거미줄처럼 빛나던 장면이 떠올랐다. 너를 마지막으로 본 게 그때였다.

"따님과 아버님 두 분만 계셨습니까?"

이미 알고 있을 텐데도 풀 경사는 이렇게 물었다.

"네, 맞아요. 이미 말씀드렸잖아요. 저는 급한 민원 업무가 있어서 집에 없었어요."

욜란다가 말했다.

"무슨 일을 하시죠?"

데이 경감이 흥미를 보이며 물었다.

"사회복지사예요."

데이 경감은 이해한다는 듯 고개를 끄덕인 다음 나에게로 시선을 옮겼다.

"조금 전에 하려던 말씀이 뭐였죠?"

그녀는 몇 분 전에 내가 하던 말을 이어나가도록 유도했다.

"그 애한테 남자친구가 있습니다."

✢ 런던 이스트엔드 지역에 사는 이웃사람들의 이야기를 그린 BBC 드라마로 폭력, 살인 등 어두운 주제를 다룬다.

이 말에 마치 내가 테이블 너머로 수류탄을 넘겨준 것처럼 두 경찰의 몸놀림이 완전히 달라졌다. 풀 경사는 자세를 고쳐 앉았고, 데이 경감은 몸을 앞으로 바짝 기대고 내 눈을 똑바로 바라보며 말했다.

"남자친구에 대해 말씀해 주세요."

"앤드루 자모스라고 하는데, 별로 괜찮은 녀석이 아닙니다."

너는 몇 달 전에 앤드루를 만났다. 퇴근 후 어떤 모임에서였다. 나에게 자세히 이야기 해주었던 걸 기억하는지 모르겠다. 시시한 파티에서 빠져나와 시원한 발코니로 나갔는데 거기서 낭만적인 첫 만남이 이루어졌다고 너는 말했다. 직장인들 연애가 다 그런 식이지. 바람 좀 쐬려고 밖으로 나가자 거기 그 남자가 있었다. 그는 너에게 파티가 지루해서 나왔냐고 물었고 너는 그렇다고 했다. 너는 볼이 빨개지고 발에 감각이 없어질 때까지 그와 함께 밖에서 두 시간을 보냈다. 직장 동료들이 왔다갔다 했지만 너는 그와 함께 계속 수다를 떨었다. 너무 말이 잘 통해서 숨 돌릴 틈도 없었다고 했지. 서로 번호를 주고받지는 않았지만 일주일 후에 그가 소셜 미디어에서 친구 신청을 했다.

그 뒤로 겨우 2주가 지났을 때 나는 앤드루를 만나게 됐다. 그가 나와 악수하려고 몸을 기울인다고 생각했지만 알고보니 내 뒤의 현관문을 밀어 열려고 한 거였다. 남의 집 문을 그렇게 서슴없이 열다니.

그로부터 2주 후, 너는 그 남자와 평생을 함께 할 거라고 했다.

욜란다가 끼어들어 말했다.

"나쁜 애는 아닌 것 같은데… 뭐랄까, 불안정해 보이고 사회성이 좀 떨어져요."

욜란다 말로는 직장에서 그런 타입을 많이 봤다고 했다. 나보다는 공감 능력이 있는 것 같다.

"재수 없는 놈이에요."

내가 말했다.

하지만 정확히 어떤 면에서 그런 건지 말하기는 어려웠다. 각각의 일화들은 사소하고 아무 일도 아닌 것처럼 보였지만 분명히 의도적인 행동이었다. 연인 사이에서 이루어지는 강압적 통제라고 볼 수도 있었다.

데이 경감은 곧바로 풀 경사의 손에서 펜을 빼앗아 가더니 중요한 내용이라는 듯 해당 항목에 표시를 했다.

"사귄 지 얼마나 됐죠?"

"길어봤자 3개월이에요. 불안정한 관계라고 할 수 있죠."

"불안정하다고?"

욜란다가 물었다.

"제 생각에는요, 조사해 볼만한 가치는 있어요. 하지만 솔직히 말하면 저는 둘 사이를 걱정해 본 적은 없어요."

그녀가 땋은 머리에서 흘러내린 검은 머리카락을 귀 뒤로 넘기며 말을 이었다.

나는 팔짱을 꼈다.

"저는 걱정했습니다."

"남자친구라는 그분과 이야기해 보겠습니다."

데이 경감이 나를 보며 말했다.

"좋습니다."

"그래도 앤드루한테 과하게 집중하지는 마세요."

욜란다는 재빨리 말하더니, '내 말에 감히 딴지 걸지 마'라는 표정으로 나를 보았다. 나는 잠자코 있었다.

"관계가 불안정하다는 게 무슨 뜻인가요?"

데이 경감이 물었다.

"불안정하지 않아요."

욜란다가 말했다.

"언쟁이 많았습니다."

나는 신중하려고 애쓰며 말했다. 너를 돕기 위해 하는 말임에도 나는 여전히 죄책감을 느꼈다. 마치 너의 일기장을 다른 사람에게 보여주는 듯한 기분이었다.

"이유가 뭘까요?"

"제 생각에는… 예를 들면 그 녀석이 이렇게 말한 적도 있어요. **'나 축구 경기하는 거 보러 올 거야, 말 거야?'** 올리비아가 이미 다른 계획이 있다고 말했더니 이러더군요. 전 이 말이 잊히지가 않아요, **'나는 신경 쓰지 마'** 그러더니 층계참에서 딸을 막아서더군요. 제가 봤어요."

"그렇군요. 물리적으로 길을 막았다는 거죠?"

"네, 맞습니다."

"그 사람이 종종 위협적인 행동을 했다고 보십니까?"

"제 딸을 서서히 무너뜨렸어요. 주로 그런 말들을 하면서요."

내가 이 말을 하자 욜란다가 앉는 자세를 바꿨다. 나는 말을 계속했다.

"그놈은 딸애가 자기랑 똑같이 행동하면 과민 반응이라고 비난했어요. 통제하려는 의도가 명백히 보였는데… 아시죠? 원래 친자식조차 마음대로 안 되잖아요."

"슬프지만 그렇죠."

데이 경감이 건조하게 말했다.

"하지만 그게 논쟁으로 이어졌나요?"

"물론이죠. 한번은 딸애가 뭔가 중요한 일에 늦어서 그 녀석이 화가 난 적이 있습니다. 자기 친구들을 처음 만나는 자리였던가 그랬어요. 녀석은 화가 나서 딸에게 전화하더니 지금 어디냐고 으르렁댔죠. 딸은 저와 함께 있었거든요. 겨우 10분 정도 꾸물거리고 있을 뿐이었어요."

나는 입술을 깨물었다. 어떻게 해야 경찰에게 이 일의 심각성을 전달할 수 있을지 알 수 없었다. 그 녀석은 배려라고는 눈꼽만큼도 없이 네 의견을 무시했다. 그놈은 너를 마치 더운 여름날 얼굴 주변에서 윙윙거리는 파리 대하듯 했다. 그의 어조, 위선적인 태도. 이런 것들은 연기처럼 실체가 없다. 하지만 그걸 떠올리기만 해도 나는 독감에 걸린 것처럼 몸이 뜨거워진다.

"게다가 딸이 따로 약속을 잡을 때마다 그놈은 그걸 망쳐 놨어요. 식중독이든 뭐든 핑계를 대며 아픈 척을 하다가 딸이 약속을 취소하면 기적적으로 회복됐죠."

"그 사람이 이성을 잃고 따님에게 격분한 적이 있을까요?"

데이 경감이 물었다. 그녀는 목소리를 약간 높여야만 했다. 경찰서 지붕을 때리는 빗소리가 들려왔기 때문이다.

"잘 모르겠습니다."

나는 솔직하게 말했다.

"하지만 행동 패턴이라는 게 있지 않습니까? 그 녀석은 딸애를 조종할 수 있다고 생각했어요. 한번은 둘이 일찍 와서 저녁을 먹는데 딸의 휴대폰이 울렸어요. 그랬더니 녀석이 손을 뻗어 폰을 꺼버리더군요."

"흠."

데이 경감이 생각에 잠긴 듯한 소리를 냈다.

"이런 일도 있었습니다."

나는 이제 절박해졌다. 데이 경감에게 진상을 알려주고 싶어서 몸이 달았다.

"지난번에 그 애들이 만난 지 두 달 되는 기념일인지 뭔지 하는 날이었는데, 그놈이 이렇게 말하는 걸 들었어요. '**분명히 말할게. 넌 오늘 그 사람들 못 만나. 나랑 있어야지**'"

"그럼 따님의 친구들까지 조종하려는 건가요?"

"그렇습니다. 딸애가 실종되기 직전에 녀석이 이런 말을 했어요. 전 그때 농담이라고 생각했죠. '**오, 진짜로 너를 어딘가에 숨겨 놓고 혼자 간직하고 싶다**'"

이 말을 들은 데이 경감의 눈이 번쩍 빛났다.

"그게 무슨 뜻일까요?"

"저는 지나가다 우연히 들었어요. 낭만적인 표현 같기도 하지만… 불길하죠."

"당신한테는 그런 거지."

욜란다가 말했다.

데이 경감은 그럴 수도 있고 아닐 수도 있다는 의미로 입술을 삐죽거렸다. 이렇듯 신체 언어만으로 우리는 무언가 감정을 느낄 수 있다. 증명하기는 어렵지만 의중을 파악할 수는 있다.

"그 말을 할 때 앤드루는 딸의 손목을 꽉 쥐고 있었습니다. 제가 봤어요. 그러다가 제가 보고 있다는 걸 알고는 놓아버리더군요."

"언제 있었던 일인가요?"

"1주일 반 전쯤요."

"그럼 실종되기 1주일 전쯤이군요."

데이 경감은 나에게 시선을 고정한 채 말했다.

"맞습니다."

"앤드루가 그랬다고?"

욜란다가 나를 보며 말했다. 그녀가 움직이자 향수 냄새가 방 안에 퍼졌다. 구식 머스크 향이다. 나는 욜란다가 향수를 뿌렸다는 것 자체가 놀라웠다.

"당신이 보고 있는 걸 앤드루가 알았을 때, 걔가 우리 딸 손을 놓아버렸다는 말은 한 적 없잖아."

"아니, 얘기했어. 왜 그걸 의심해?"

나는 부드러운 말투를 유지하려고 애썼지만 실패했다. 우리 딸에 대해 내가 했던 말을 내 아내가 기억하지 못하다니 믿을 수 없었다.

"저기, 일을 어렵게 만들려는 건 아니지만, 우리 딸은 늦은 밤에 혼자 밖에 있었어. 그러니까 어쩌면…."

마치 술을 급하게 마신 듯 욜란다는 거친 목소리로 말을 이었다.

"걔는 어딘가에 **붙잡혀** 있을 수도 있어. 그런데 당신이 한 가지 생각에만 사로잡혀서 거기에 집착하고 있는지도 몰라. 당신 가끔 그러잖아."

항상 그렇듯이 욜란다가 걱정할 때면 나는 크게 영향을 받는다. 나는 의자를 뒤로 홱 밀었다. 제길. 어딘가에 **붙잡혀** 있다고? 그 단어에는 뭔가 불길함이 담겨있었다. 만약 네가 납치됐다면 더 나쁜 상황이다.

"걘 괜찮을 거야."

나는 반쯤은 히스테릭하게 말했다.

"괜찮다고."

"모든 골목을 샅샅이 조사할 겁니다."

데이 경감이 말했다.

"이것만 여쭐게요. 둘의 관계가 진전이 빨랐나요, 루이스?"

고맙게도 데이 경감은 내가 집착하는 경향이 있다는 욜란다의 말을 무시했다. '**당신 가끔 그러잖아**'

"네, 확실히 그랬습니다. 한순간이었죠."

나는 욜란다를 보지 않고 말했다.

"방금 만난 사이였는데 순식간에 그 녀석이 딸의 삶에서 가장 중요한 부분이 되어버렸죠."

"알겠습니다. 그게 따님이 직장을 그만둔 이유일까요?"

"그런 것 같진 않습니다. 그건 아니에요. 그냥 임시직이었으니까요."

"그런데 따님이 만나는 친구들이 훨씬 줄어들기도 했죠."

데이 경감은 이렇게 말하면서 풀 경사의 메모장에 뭔가 읽기 어려운 내용을 적었다.

"같이 사는 하우스메이트들은 아세요?"

"하지만, 데이 경감님….."

내가 끼어들었다.

"줄리아라고 불러 주세요."

"줄리아, 제가 추측하는 시나리오에 증거가 많이 없다는 건 압니다."

나는 간절하게 테이블 너머로 몸을 기울이며 맞은편에 앉은 데이 경감을 진지하게 응시했다. 그때 갑자기 나는 그녀의 손가락 끝이 떨리고 있음을 알아챘다. 연주가 끝난 후 기타 줄이 몇 초 동안 잠시 떨리듯 미세한 움직임이었다.

"하지만 제가 본 장면들이 자꾸 마음에 걸려요."

"앤드루에 대해서 자세히 알려주시면 여기로 데려와서 조사하겠습니다. 하우스메이트들도 다시 와서 공식적인 인터뷰를 할 겁니다."

데이 경감은 줄 쳐진 종이 한 장을 건네주었다.

"여기에 다 적어 주세요. 따님의 친구들, 남자친구, 최근 몇 주 사이에 따님이 만났을 거라고 생각되는 사람이 있으면 다 써 주세요. 아시겠죠?"

"네, 알겠습니다."

나는 그 녀석의 이름을 제일 위에 적었다. **앤드루 자모스. 남자 친구.**

"특히 주목하겠습니다."

내가 그의 이름에 밑줄을 긋자 데이 경감이 말했다. 나는 네 친구들 이름을 여러 개 적고 나서 욜란다에게 종이를 넘겼고 그녀는 두 명을 더 추가했다.

"데이 경감님."

줄리아가 나에게로 눈길을 돌렸다.

"그 애가 무사할 가능성이 얼마나 될까요?"

풀 경사가 불편한 듯 앉는 자세를 바꾸었지만 나는 그에게는 관심이 없었다. 밴드의 프론트맨이나 CEO, 운동선수처럼 이곳에서 실권을 쥔 사람은 데이 경감이었다. 카리스마를 지닌 사람들이 대개 그렇듯이.

밖에서는 비가 더 세차게 내렸다. 양철 지붕에 구슬이 떨어지듯 요란한 소리가 났다. 그 때문에 인터뷰의 분위기가 더 혼란스러워졌다.

"루이스."

욜란다가 입을 열었지만 나는 그녀의 의중을 읽어낼 수 없었다. 그녀도 답을 알고 싶을까? 욜란다의 뜻을 확인하지도 않고 그런 질문을 하면 안 된다는 걸 알면서도 나는 도저히 참을 수 없었다.

"지금은 그런 질문을 할 때가 아닙니다."

풀 경사가 끼어들었다.

나는 곧바로 그를 개자식으로 분류해 무시하기로 했다.

"이 단계에서는 90퍼센트가 무사히 집으로 돌아옵니다."

데이 경감은 나에게 대답을 해주는 친절을 베풀며 부드럽게 말했다. 나는 그녀의 눈에 눈물이 고인 것을 보고 깜짝 놀랐다. 그녀는 눈을 깜빡이더니 감정의 동요를 감추려는 듯 차를 홀짝였다.

90퍼센트. 마치 누군가가 내 몸에서 뼈를 깔끔하게 끄집어낸 듯 나는 어깨를 툭 떨어뜨렸다. 90퍼센트라니. 그 정도면 해 볼만하다. 90퍼센트는 높은 확률이다. 어떤 시험에서든 A를 받을 수 있는 성적이다.

"감사합니다. 정말 감사합니다."

나는 안도감으로 인해 지나치게 친근한 태도로 즉시 대답했다.

"90퍼센트라니요."

나는 아무 생각 없이 지갑을 열었다. 창가에 앉아있는 네 모습이 찍힌 작은 사진이 들어있었다. 해변에서 하트 모양 선글라스를 쓰고 아이스크림을 들고 있는 그 사진, 너도 알겠지. "너무 복고풍이죠." 내가 이 사진을 한 장 더 달라고 해서 지갑 안에 넣을 때 넌 이렇게 말했었지만 나는 상관없었다.

너는 여기 내 손안에 이렇게 확실하게 있는데 어떻게 온데간데 없이 사라질 수 있지? 이 사진을 찢어버릴 수도 있겠다는 생각이 든다. 마치 도리언 그레이✤처럼 이걸 찢으면 네가 다른 곳에서 나

✤ 오스카 와일드의 소설 《도리언 그레이의 초상》에서 주인공 도리언은 젊음을 그대로 유지하는 대신 초상화 속의 도리언이 점점 나이가 들어간다. 사진(초상화)과 현실의 인물 사이의 서로 반대되는 관계를 이 소설 속 이야기에 비유한 것이다.

타날지도 모른다. 너의 초상화를 죽이면 진짜 너는 자유를 얻을지도 모른다.

나는 데이 경감을 보았다. 그녀는 네 사진을 지그시 내려다보고 있었다.

"사랑스럽네요."

데이 경감이 말했다.

욜란다는 여전히 사진을 보지 않은 채 턱을 떨고 있었다.

"알아요. 개도 잘 알죠."

나는 살짝 웃으며 말했다.

내가 이 말을 했다고 언짢아하지 않길 바란다. 왜냐하면 사실이니까.

자리에서 일어나면서 네가 살아있을 확률이 90퍼센트면 10퍼센트가 남는다는 생각을 했다. 이게 내 머리가 작동하는 방식이다. 처음엔 안심했다가 다음 순간 '하지만'이라는 단어가 떠오른다. 이미지들이 재생된다. 너는 인적이 드문 길을 걷고 있다. 네가 실종된 그날 밤은 비가 내렸다. 젖은 거리가 빗물에 반짝인다. 차 한 대가 오더니 너를 태워주겠다고 한다. 네가 위험에 처했다는 걸 깨닫기도 전에 저는 이미 차에 타서 도로를 달리고 있다. 문이 잠긴다. 운전하는 사람은 그제서야 본색을 드러낸다.

나는 지갑을 치우려고 손을 뻗었다. 하지만 사진 속의 네 눈이 나를 쳐다보는 것 같았다. 나는 도지히 지갑을 닫고 너를 치워버릴 수가 없었다. 눈물 때문에 목이 메였다. 사진 속의 작은 너에게 이렇게 말하고 싶었다. **집에 돌아와. 제발 돌아와, 리틀 오. 우린 네가**

필요해.

"이 사건에 최고의 수사관들이 투입됐습니다, 루이스."

풀 경사가 말했다.

"밤사이에 휴대폰 켜 두세요. 분명히 전해드릴 소식이 있을 겁니다."

"우린 안 자고 있을 거예요."

내 대답에 풀 경사는 잠시 뜸을 들이더니 대답했다.

"네… 아마 그러시겠죠. 만약 주무시면 벨 소리를 크게 해 놓으세요."

나는 대인관계 기술이 훨씬 뛰어난 데이 경감 쪽을 힐끗 보았다. 그녀는 문에 달린 창문 너머로 휴대폰을 들고 손짓하는 어떤 경찰관을 쳐다보고 있었다.

"아, 죄송해요. 죄송합니다."

데이 경감이 중얼거렸다. 그녀는 이마를 찡그렸다. 갑자기 그녀는 휴대폰을 흔드는 그 동료 경찰 때문에 집중력을 잃은 듯했다. 아니, 집중력을 잃은 게 아니다. 뭐지? 나는 그녀의 눈을 유심히 바라보았다. 뭔가가 두려운 게 있나?

"이해하셨죠?"

풀 경사가 마침내 무대를 차지한 대역 배우처럼 말했다. 갑자기 나는 그가 할리우드 영화에나 나올 법한 닭살 돋는 말을 하는 게 아닐까 하는 생각에 사로잡혔다. 예를 들면 '**딸을 집으로 데려옵시다, 루이스.**' 같은. 하지만 그는 아무 말도 하지 않았다. 그 대신 그는 이제 더 할 일은 없다는 듯 손짓하며 우리를 내보냈다. 우리만의 지옥으로 보낸 것이다. 우리는 경찰서 밖의 젖은 거리로 나왔다.

거센 바람이 부는 전형적인 봄 날씨였다. 이제 빗줄기는 가늘어졌고, 햇빛이 스톱모션 영화처럼 빠르게 구름 뒤로 들어갔다 나왔다 했다. 냉랭한 공기, 뜨거운 태양, 차가운 비. 날씨도 우리처럼 어떻게 해야 할지 갈피를 못 잡고 있었다.

하늘을 올려다보다가 갑자기 무언가가 기억이 났다. 확신하건대, 지난 목요일에 너는 나에게 하고 싶은 말이 있었다. 너는 부엌에서 재료를 다듬던 중 손을 머리 쪽으로 가져가면서 나를 불렀다. 하지만 내가 말해보라고 채근하자 더 이상 말하지 않았다. 아래를 내려다보며 양파를 다지는 너의 얼굴은 붉어져있었고 눈은 시큰거리는 듯했다. 너는 양파 때문이라고 했다.

손에 잡히는 뭔가도 없고 경찰에게 유효한 증거도 없었지만, 저 위의 구름처럼 분명히 존재하지만 잡을 수 없는 무언가가 있었다. 나는 계속 위를 올려다보며 그게 무엇인지 찾으려 애썼다.

너는 저 밖 어딘가에 홀로 있다. 아니면 끔찍하게도… 혼자가 아닐 수도 있다.

나는 차로 욜란다를 집에 데려다주고 나서 다시 경찰서로 돌아갔다. 양파를 다지던 너에 대해서 말해주려고. 하지만 내가 도착할 때쯤, 데이 경감이 그곳을 떠나고 있었고 나는 처음으로 그녀를 뒤쫓게 되었다.

10
줄리아

그날 밤 줄리아는 잭의 형을 찾아보려고 했지만, 흔적을 남기지 않고 국립 경찰 컴퓨터를 사용할 방법이 없었다. 구글 검색으로는 아무것도 나오지 않았다. 줄리아는 두 손으로 턱을 감싸고 생각에 잠겼다. 잭을 아는 누군가가 왜 지금까지 아무런 행동을 하지 않다가 이제야 줄리아에게 접근하는지 이해할 수가 없었다. 그리고 그것이 올리비아와 무슨 관련이 있는지도 도통 알 수 없었다.

어쩌면 매튜가 올리비아에게 **뭔가를** 했고 그래서 올리비아가 그에게 누명을 씌우려는 것인지도 몰랐다.

밖으로 나오니 달이 떠있고 그 주변엔 안개가 끼어있었다. 거리는 조용하고 어두웠다. 줄리아는 복면을 쓴 남자를 찾아보기로 마음먹었다. 해가 지는 하늘에는 노을이 분홍색과 주황색 줄무늬를 그리고 있었는데, 목성의 다채로운 색상과 무늬를 연상시켰다. 공기 중에는 포티스헤드 특유의 축축한 냄새가 배어있었다. 1월 아침 같기도, 크리스마스 같기도 했다. 줄리아는 차에 타서 제일 먼저 뒷좌석을 확인했다. 이 습관이 앞으로도 계속될지 궁금했다.

그녀 주변의 세상은 평범하게 흘러가고 있었다. 줄리아는 올리비아의 하우스메이트들을 추적하느라 하루를 꼬박 써버렸다. 올리비아의 아빠는 그녀에게 연락하겠다고 했다. 하지만 지금 줄리아에게 시급한 일은 협박범을 찾는 것이다. 그녀는 횡단보도 앞에서 차를 세웠다. 그리고 길을 건너려고 하는 남자가 그 협박범이라고 상상했다. 차에서 내려 그를 위협하고 체포하고 조용히 시킬 수 있다면 어떨까.

줄리아는 작년에 있었던 수사와 세이디에 대해 생각했다. 제너비브가 강도를 당한 것은 세이디 수사가 시작된 첫 주, 한창 일이 진행되고 있을 때였다. 그날 줄리아는 세이디의 지인들을 전부 인터뷰하기로 되어있었다. 그 일이 있고 며칠 동안 그녀는 사무실에서 제너비브가 괜찮은지, 잭이 찾아오지 않았는지(그는 결국 찾아왔다), 확인하고 또 확인했다. 하지만 분명 그녀는 잘못된 것에 집중하고 있었다. 세이디는 끝내 발견되지 않았는데 아마도 줄리아가 다른 일에 정신이 팔려 있었기 때문일 것이다. 이전에는 인터뷰를 누락한 적이 한 번도 없었다. 그리고 며칠 후 잭이 죽었을 때 그녀는 이틀 동안 패닉 상태가 되어, 자신이 챙겨야 할 통신사 보고서와 법의학 보고서 일을 조너선에게 맡겼다. 하지만 직접 하는 일을 다른 사람에게 넘기면 탈이 생기게 마련이다.

지금까지도 줄리아는 죄책감을 느끼며 가끔 세이디의 페이스북 게시물들을 넘겨본다. 세이디를 찾았어야만 했던 사람으로서 건네는 일종의 사과였다.

어쨌든 누군가가 제너비브에 대해 알게된 것으로 보아 줄리아의 노력은 좌절된 것 같았다. 그리고 이제 올리비아 사건이 일어났다. 역시 실종되었고, 세이디 사건과 같거나 다른 이유로 수사에 성공하지 못했다.

노부부가 팔짱을 끼고 천천히 길을 건너고 있다. 노을이 붉게 타오르는 하늘을 배경으로 두 사람의 실루엣이 보였다. 줄리아는 그들을 바라보았다. 가끔 이렇게 수많은 범죄 사건에 둘러싸여 있을 때면, 누군가가 저 나이까지 무탈하게 살아남았다는 사실이 놀랍게 느껴진다. 어떤 상처도 없이 행복한 모습으로, 범죄 피해자가 된 적도 없고 감옥에 갇힌 적도 없이 살다니. 경찰로 20년을 일하다 보면 평온한 삶이 오히려 드물게 느껴진다.

줄리아는 그녀의 낡은 차(아직 바꿀 생각이 없다)를 운전해서 정확히 그날 밤 주차했던 장소로 갔다. 그리고 차에서 내려 차가운 공기 속에서 천천히 주변을 수색했다. 형사라면 어디에 도착하든 가장 먼저 5분 동안 주변을 관찰해야 한다. 그렇게 하면 놀랍게도 마지막 순간에는 무언가를 발견하게 된다.

줄리아가 우선 살펴봐야 할 곳은 현관 스마트 도어벨, 주유소와 그 안에 딸린 편의점이었다. 이런 곳에는 CCTV가 설치되어 있다. 그녀는 여기서부터 조사를 시작하기로 했다. 비공식적으로, 고통스럽지만 혼자 노력해봐야 한다.

줄리아가 주유소 안에 있는 편의점 문을 밀고 들어가자 종소리가 딸랑거렸다. 신문과 차량용 방향제 냄새가 났다.

"포티스헤드 경찰서에서 나왔습니다."

그녀는 주유소 직원에게 말했다.

"실종자 수사와 관련해서 여기 CCTV를 좀 볼 수 있을까요?"

손쉬운 거짓말이었지만 어떻게 보면 전혀 거짓말이 아니었다. 줄리아는 경찰 배지를 보여주지도 않고 이름을 밝히지도 않았다. 만약 신상 정보가 노출되면 그녀는 CCTV 카메라에 찍힌 자신의 모습을 부인할 수가 없다. 행적이 추적되지 않도록 최대한 노력해야 한다.

주유소 직원은 놀란 듯 그녀를 바라보며 눈을 깜빡였다. 갑작스런 경찰의 등장에 충격을 받은 듯했다. 혹은 경찰이 호리호리한 금발일 거라고는 예상하지 못했을 수도 있다. 직원은 스물다섯 살쯤 되어 보였고 한쪽 귀에 링 귀걸이를 달고 있었다. 머리에 쓴 검은색 비니는 양 옆이 파이 가장자리처럼 말려 올라가 있었다.

"잠시만요, 제가 주인이 아니라서요."

그는 손을 들어올리며 말한 다음 담배와 스크래치 카드 진열장을 지나 매장 뒤쪽으로 사라졌다. 줄리아는 프링글스와 초콜릿 바, 와이퍼 용액이 있는 진열대, 그리고 커피 자동판매기 사이를 천천히 서성이며 기다렸다. 하지만 사실은 매장 뒤쪽에서 흘러나오는 목소리를 듣고 있으면서도 안 그런 척 태연히 행동하려 애쓰고 있었다. 오래된 습관이었다. 관심 없는 척하며 귀를 기울이면 많은 정보를 얻을 수 있다.

"어느 날짜 영상이요?"

주인이 나타나서 말했다. 줄리아가 대답하자 그는 다시 매장 뒤로 들어갔는데, 바로 그때 줄리아의 휴대폰이 울렸다. 제너비브에게서 연락이 올 때면 울리는 경쾌한 효과음이었다. 줄리아는 평소 습관대로 휴대폰을 열었다.

'틱톡에서 올리비아에 대한 얘기가 쏟아져 나오고 있어요.'

제너비브의 문자였다.

'온갖 이론을 내세우는 아마추어 형사들이 많네요.'

줄리아는 쓴웃음을 지었다. 그녀는 이 시대의 경찰들이 직면하는 이 이상한 현상에 개의치 않았다. 사실은 즐기기까지 했다. 대다수의 경찰들은 인정하지 않겠지만, 소셜 미디어를 통해 수사에 기여하는 Z세대들은 가끔 실제로 도움이 된다. 즐거움을 주기도 하고.

'몇 가지만 말해 봐.'

그녀는 제너비브에게 답장을 보냈다.

범죄에 대한 제너비브의 관심에 불을 지펴서는 안 되지만 참을 수가 없었다. 모두에게 최악의 결과는 제너비브가 경찰이 되는 것이다. 줄리아는 누구도 마약중독자가 되면 안 되는 것처럼 그 누구도 경찰이 되지 않기를 바랐다. 자신은 이미 버린 몸이었지만 제너비브까지 그럴 필요는 없지 않은가? 범죄를 저지른 딸이 경찰이 되는 일은 없을 것이다. 설마.

줄리아는 둥근 얼굴에 뺨이 불그레한 주유소 주인에게로 몸을 돌렸다. 그는 검지와 중지 사이에 끼운 USB 몇 개를 마치 뇌물인

양 그녀에게 건네주었다.

추운 밖으로 다시 나온 줄리아는 가게들을 지나 차를 주차해 둔 곳으로 걸음을 재촉했다. 손에 쥔 USB에서 영상 파일을 복사할 계획이었다. 경찰서 안은 혼란스럽기 그지없어서 곳곳에 물건들과 USB들이 널려 있다는 점이 그녀로서는 감사할 따름이었다. 아무도 그녀가 하는 일을 의심하지 않을 것이다. 수색팀이 이미 CCTV를 확인했을 가능성이 높지만, 여자만 찾아보았을 것이다.

줄리아는 11시 30분에 경찰서에 도착해 USB 안에 담긴 영상을 하나씩 틀어보기 시작했다. 커피를 한 잔 더 마셨다. 이번에는 신발뿐만 아니라 양말까지 벗어 던지고 오래된 카펫 위에 맨발을 올려놓았다. 주변의 센서등이 꺼졌지만 줄리아는 그것을 다시 켜기 위해 몸을 움직이지 않았다. 컴퓨터에서 나오는 불빛 속에 혼자 앉아 있는 것만으로도 만족했다. 그녀는 피곤하지 않았다. 아드레날린을 활활 불태우며 일에 집중했다. 그녀의 마음속에는 오직 제너비브와 자신의 커리어, 그리고 두 사람의 자유를 지켜내야겠다는 일념뿐이었다.

네 번째 USB를 확인하던 중, 줄리아는 드디어 자신의 차에서 내리는 남자를 발견했다. 그의 걸음걸이를 발견했다는 표현이 더 맞을지도 모른다. 그녀의 자동차는 화면 맨 아래 왼쪽에 있었고 복면을 쓴 그 남자는 차문을 닫고 화면 오른쪽으로 사라졌다. 11시 47분이었다.

그런데 그의 신원을 파악할 수 있는 요소가 아무것도 없었다. 줄리아는 영상을 보고 또 보았다. 그는 대담한 동작으로 아무렇지 않게 줄리아의 차에서 내리고 있었는데, 추측하건대 올라탈 때도 마찬가지였을 것이다. 그는 꽤나 부드럽고 느린 걸음걸이를 갖고 있었고, 줄리아가 기억하는 것보다 더 날씬했지만 다른 특이점은 없었다. 온몸을 검은 옷으로 감싸고 있어서 두 눈만 겨우 드러낸 모습이었다. 그러다 문득 그의 코트 아래쪽에 안전용 반사 소재로 된 로고가 보였다. 남자가 가로등 불빛 아래를 걸어갈 때 그 로고가 은색으로 빛났다. 하지만 영상을 아무리 여러 번 돌려봐도 로고의 형체를 알아볼 수가 없었다. 수없이 화면을 멈춰봤지만 로고는 계속 흐릿하기만 했다. 그녀는 0.1초마다 스크린샷을 찍으며 스무 번은 반복해서 관찰했다. 하지만 아무 소득이 없었다. 줄리아는 커피를 내려놓고 머리를 두 손으로 감쌌다. 이 남자도 실종되었다.

잠시 후 화장실에 가려다가 그녀는 풀과 네이션이 함께 있는 것을 보았다. 두 사람은 은밀한 대화를 나누는 듯 서로 가까이 서서 줄리아 쪽을 힐끔거렸다.

"DNA 결과가 나올 거야."

에린이 자정에 가까운 시간인데도 마치 대낮인 양 탕비실로 들어오며 말했다. 조너선은 커피를 타면서 메타✣에 대해 불평을 늘어놓고 있었다. 아직 경찰에게 올리비아의 소셜 미디어 기록을 공

✣ 인스타그램과 페이스북을 자회사로 가진 글로벌 IT 기업

개하지 않았기 때문이다. 경찰은 올리비아의 소셜 미디어 계정을 볼 수 있을 뿐, 메타의 허락 없이 계정 안으로 들어가 메시지를 열람할 수는 없었다. 조너선은 자신의 커피를 저은 숟가락으로 줄리아의 커피를 저었다.

"죄송해요. 이제 경감님 커피에서 설탕 맛이 날 거예요."

"그런데 무슨 DNA?"

줄리아가 조너선의 말을 끊고 에린에게 물었다. 마치 자신이 현장에 매튜의 DNA를 흘려두지 않았다는 듯 태연한 말투였다. 줄리아는 아직도 매튜를 어떻게 기소할지, 게다가 살인 혐의를 씌우는 게 가능할지 알 수 없었다. 일단 발견된 시신이 없다. 올리비아의 방에서 매튜의 DNA가 발견됐다는 것만으로 그를 납치 혐의로 기소할 수 있을까? 그다음에 그의 혐의를 살인으로 몰 수 있을까? 물론 그럴 수도 있다. 하지만 어떻게? 매튜가 범죄를 저지른 적이 없다면 경찰의 감식 시스템에 그의 DNA와 일치하는 기록은 없을 것이다.

"담배랑 술잔에서 나온 DNA."

에린은 문틀에 머리를 기대며 대답했다. 그녀는 놀란 것 같지 않았다. 에린에게 현장은 항상 단서를 내놓는 곳이었다. 법의학 기술과 과학 덕분이었다.

"정체불명의 사람이고 남성. 시스템에서 일치하는 사람은 없어."

줄리아는 낯설고 불편한 감정을 느꼈다. 상당한 시간동안 각자 분야의 전문가였던 오랜 친구들을 속이는 것이 이렇게 쉬울 줄이야. 내부자에게 이것은 얼마나 간단한 일인가? 그리고 얼마나 부끄러운 일인가.

조녀선은 자기 커피에 우유를 넣은 다음 줄리아의 커피에도 넣을지 망설이는 눈치였다.

"디테일에 강한 사람 아니었어? 조녀선, 난 20년 동안 우유를 넣은 적이 없잖아."

줄리아가 말했다.

"저는 중요한 것들만 기억하거든요."

조녀선의 말은 사실이었다. 그는 놀라울 정도로 체계적인 두뇌를 가지고 있어서, 기억해야 할 중요한 정보에 섞인 쓸모없는 사소한 것들을 걸러낼 수 있었다. 지난 여름 세이디 사건 때만 해도 그렇다. 줄리아는 세이디가 목격된 후 그에게 세이디의 정확한 키를 물어본 적이 있었다. 그때 조녀선은 "페이스북에서는 162센티미터, 의료기록상으로는 160센티미터입니다."라고 지체없이 말했다.

줄리아가 상념에 젖어있을 때, 에린이 바지 뒷주머니에 손을 넣은 채로 말했다.

"그 사람 거 말고도 방은 DNA 천지야. 하우스메이트들의 흔적이지. 공유주택이잖아."

에린의 말이 맞았다. 공유주택은 항상 DNA로 가득한 악몽의 현장이었다. 하지만 줄리아는 매튜에게 집중해야만 했다.

"당연히 하우스메이트들은 제외시켜도 돼."

줄리아는 자신의 평소 태도와 너무 다르다는 걸 알면서도 이렇게 말했다. 평소라면 아무리 가능성이 희박해도 주변인들을 끈질기게 조사할 것이다.

"왜?"

줄리아는 이 질문에 뭐라고 답해야 할지 몰랐다. 적당한 대답을 생각해내느라 그녀의 뇌는 어찌할 바를 모르고 허둥거렸다.

"음, 그 사람들 DNA가 거기에 있는 건 당연하니까."

"올리비아의 방에 있는 것도 당연할까?"

"아, 올리비아의 방 말하는 거야?"

줄리아는 자신의 논리를 방어하려는 의도로 거짓말을 했다. 에린은 아무 말 없이 혼란스러운 표정으로 줄리아를 쳐다보았다. 줄리아는 항상 모든 사실관계를 파악하고 있는 사람이었다. 에린의 뒤로 보이는 밤 풍경은 온통 검은색이었고 실내의 형광등 불빛은 극도로 노골적인 흰색이었다.

"어쨌든."

에린은 말을 이어갔다.

"담배에서 나온 DNA와 일치하는 하우스메이트는 없어. 누군가가 그 담배를 최근에 피운 건 맞지만 그날 밤에 피웠는지는 확실하지 않아. 약간 굳어있었거든. 어쩌면 그 전날 밤에 피운 걸 수도 있어. 그리고 담배를 피운 사람이 비벼 껐고 밟지는 않았어. 전에 그 방에 살던 사람은 이사 나간지 너무 오래되었으니 이번 일과는 상관이 없을 거야. 어쨌든 너한테 일단 넘길게. 마일즈가 늦은 저녁식사를 준비했다고 해서."

"마일즈는 잘 지내?"

줄리아가 묻자 에린은 손을 내저으며 말했다.

"뭐, 잘 있지. 또 이사를 가고 싶어 해."

에린의 남편은 가만히 있지 못하는 타입이었다. 그는 항상 파티 아니면 인테리어 개조를 계획하고 있었다. 에린의 가족은 10년 동안 네 번이나 이사를 했다.

"어디로?"

줄리아가 웃음 띤 얼굴로 물었다.

"브리스톨. 수리해서 쓸 수 있는 빅토리안 스타일 집을 찾았는데, 고치면 엄청 근사해질 거 같다나 뭐라나."

"집 공사는 할 게 못 돼요."

조너선이 끼어들었다.

"저희 집에 화장실을 새로 짓고 있거든요. 아기는 밤새 안 자지, 인부들은 종일 와 있으면서 에드 시런 노래만 줄창 틀어 대지, 아주 죽겠어요."

줄리아는 동료들의 평범한 수다에 절로 미소가 지어졌다. 바로 그때 번쩍하고 영감이 왔다. 그 순간, 일상적인 잡담을 나누던 와중에, 늦은 밤 지쳐서 혼란 속에 간신히 숨을 쉬고 있을 때, 매튜 제임스를 체포할 수 있는 아이디어가 떠오른 것이다.

"자발적인 DNA 검사를 해보면 어떨까 하는 생각이 들어."

줄리아가 자신의 아이디어에 거의 득의양양해하면서 말했다.

"올리비아의 휴대폰 신호가 잡혔던 그 골목을 둘러싼 세 개의 도로 있잖아. 거기에 사는 모든 사람이 자발적으로 와서 DNA 검사를 받는 거야. 남자들만. 어떤 결과가 나올지 두고 봐야지."

"오, 그런 방법이…."

에린은 약간 놀란 얼굴로 줄리아를 보며 뭔가를 생각하는 듯 천천히 말했다. 줄리아가 느끼기에 에린은 자신을 평가하고 있었다.

"좋아. 만약 검사를 받지 않겠다고 한다면…."

에린의 말을 줄리아가 받았다.

"그런 사람은 뭔가가 있다는 거겠지."

줄리아는 매튜가 검사를 받으러 올 거라고 생각했다. 그러지 않을 이유가 없으니까. 매튜는 두려워할 게 없다. 혹은 그렇다고 생각한다. 그는 누군가가 자신을 노리고 있다는 사실을 전혀 모른다.

에린이 떠나고 몇 분이 지난 후 줄리아가 설탕 맛이 나는 커피를 다 마셨을 때, 그녀의 상사인 알피가 문 사이로 고개를 내밀었다. 50대 후반의 알피 브리즈. 한때 훌륭한 형사였으나 지금은 기꺼이 관리자 직무를 맡아 예산과 인사를 담당하고 있다. 그는 오후 5시에 퇴근하고 봄과 여름에는 골프를 친다. 꽤나 한가한 삶을 즐기며 자신의 전성기가 과거에 있다고 굳게 믿고 있다. 오늘 밤, 그가 사무실을 지나가게 된 것은 열심히 야근을 해서가 아니라 포티스헤드의 식당에 가면서 경찰서의 무료 주차 공간을 이용했기 때문이었다.

"별일 없지?"

알피가 말했다. 사무실 안으로 들어온 그는 줄리아 맞은편에 앉으며 바지를 치켜올렸다.

블라인드를 통과한 노란 가로등 불빛이 그에게 드리워져 호랑이 줄무늬 같은 그림자가 생겼다. 그에게서는 시가 담배의 냄새가 났다. 까맣게 탄 듯 지독한 그 냄새 때문에 줄리아는 임신했을 때 속이 울렁거렸었다. 그러자 그 시절에 대한 그리움이 파도처럼 밀려왔다. 아트와 열렬히 사랑했던 그때, 아트는 줄리아가 불룩한 임신부 배를 하고서 사건을 해결하는 모습이 웃기다고 했었다.

떠도는 과거의 연기 속에서 길을 잃고 헤매던 줄리아는 행복한 한때가 끝나버리기 전에 얼른 눈을 깜빡이고 정신을 차렸다. 그녀가 자기한테 너무 소홀하다고 아트가 불평하기 전에. 아트가 다른 사람과 외도를 저지르기 전에. 그는 어린애처럼 분노로 시뻘개진 얼굴을 하고 **딱 한 번**이었다고 소리쳤었다.

"일은 어떻게 돼 가?"

알피가 재촉했다.

밖의 날씨는 이상했다. 지나가는 자동차 헤드라이트에 비친 진눈깨비 같은 하얀 비가 여기저기서 빛나고 있었다.

"현장에서 신원미상의 남성 DNA가 발견됐어요."

줄리아는 딱딱한 말투로 말했다.

"실종자가 무사할 가능성은 얼마나 될까?"

알피가 물었고 줄리아는 자신이 했던 모든 일을 잊으려고 애를 썼다. 그리고 창밖의 진눈깨비를 바라보며 올리비아만을 생각했다.

"저는 올리비아가 죽었다고 생각하지 않아요."

마침내 이렇게 말한 그녀는 자신이 실제로 그렇게 믿고 있음을 깨닫고 놀랐다. 줄리아가 생각해도 말이 되지 않았다. 증거도 없고 직감일 뿐이었다. 올리비아가 살아있다는 막연한 믿음은 온라인에서 볼 수 있는 그녀의 생기발랄함 때문일 수도, 그 이상한 골목 때문일 수도 있었다. 차 뒷좌석에 탔던 그 남자 때문일 수도, 혹은 시체가 발견되지 않아서일 수도 있었다.

줄리아는 만약 알피에게 모든 사실을 털어놓는다면 어떤 일이 벌어질지 잠시 생각해 보았다. 그는 내부감사 팀에 연락할 것이다. 그리고 제너비브를 기소할 것이다. 제너비브는 서른 살이 될 때까지 풀려나지 못할 것이다.

그리고 아트는… 어떻게 할까? 지금으로서는 알 수 없다. 그는 평소에 옳은 행동을 중시하는 사람이다. 제너비브에게 면회를 갈 것이고, 줄리아에게 잘해주는 척하다가 그녀를 떠난 다음 아무 문제를 일으키지 않는 직장 동료를 새로운 파트너로 삼을 것이다.

"그렇게 생각하는 근거가 있나?"

알피가 조용히 묻고는 자리에서 일어나서 천천히 그리고 체계적으로 주변을 정리하기 시작했다. 면담 분위기를 부드럽게 만드는 그만의 기술이었다. 온화하게 반은퇴 생활을 즐기는 알피를 보면서 줄리아는 예전에 그가 얼마나 무서운 사람이었는지 잊어버렸다. 갑자기 그녀는 자신의 모든 친구가 빌어먹을 경찰이라는 사실이 한탄스러웠다. 만약 그렇지 않았다면 여자친구나 자매에게 지금 처한 상황을 이야기할 수 있었을 텐데. 하지만 줄리아에게는 아무도 없었다. 일이 그녀의 모든 사교 활동을 집어삼켜 버렸다. 그녀에게 남은 사람들이라고는 훈련받은 인터뷰어들 뿐이었다. 예전에는 같이 노는 친구였고 함께 있으면 어린 시절로 되돌아갈 수 있는 빌조차도 요즘엔 만나기 어려웠다.

"아뇨, 올리비아를 찾고 싶을 뿐이에요."

줄리아는 설득력 있는 대답을 내놓지 못했다.

"팀원 몇 명이 자네가 겁을 내는 것 같다더군. 후속 조치도 바로 바로 하지 않고 말이야."

알피는 블라인드 쪽으로 걸어가더니 블라인드를 닫을 때 쓰는 금속 막대를 만지작거리기 시작했다. 그리고 금속 막대를 돌려서 진눈깨비가 안 보이게 막았다.

"봄 같지가 않지?"

그는 줄리아를 계속 등진 채로 말했다.

"5월에 눈이라니."

알피가 여기에 온 이유가 바로 이것이었다. 단순히 일의 진행 상황을 체크하려는 것이 아니라 구체적으로 확인하고 싶은 게 있어서였다.

"누가 무슨 말을 했나요?"

"자네가 이 일을 다른 사람한테 넘기고 싶은지 알고 싶네."

알피의 말에 줄리아는 눈을 감았다. 그녀는 정말 그러고 싶었다. 하지만 이 일을 누군가에게 넘겨 버리는 건 그녀에게 사형선고나 다름없었다. 혹은 제너비브에게.

"아뇨, 넘기지 말아주세요. 주변에서 그런 말이 나온 건 일이 너무 복잡해서예요. 그뿐입니다."

"그럼 계획이 뭔가?"

"제복경찰이 집집마다 방문 조사를 할 겁니다. DNA 증거를 찾기 위한 자발적인 검사를 실시할 계획이거든요. 근처에 사는 남성들은 검사를 받도록 하고, 거부하는 사람들은 심문할 예정입니다."

"예산이 많이 들겠군, 그거."

그 말에 줄리아는 이게 최선의 방법이라는 듯 두 손을 크게 벌렸다. 만약 매튜에게 혐의를 씌울 계획이 없었더라도 그녀는 자발적인 DNA 검사를 똑같이 시행했을 것이다.

"저 아시잖아요. 항상 예산을 많이 쓰죠. 그리고 그만큼 실종자도 많이 찾아내요."

"세이디 건은 빼고."

알피가 말했다. 블라인드 옆에 있던 그가 다른 쪽으로 걸어가자 사무실 안은 다시 어두워졌다.

"올리비아 가족한테서 뭔가 들으신 거 없나요?"

알피가 세이디를 언급함으로써 자신에게 준 상처를 무시하며 줄리아가 물었다.

"일이 어떻게 돼가는지 알려줘. 조만간 날씨가 따뜻해지길 바라네."

그는 한 손을 주머니에 넣은 채, 줄리아의 질문에는 대답하지 않고 사무실에서 나갔다.

◦

아트와 제너비브는 브리스톨에 있는 극장에 갔다가 거의 새벽 1시가 돼서야 돌아왔다.

줄리아는 진입로에서 자동차가 공회전하는 모습을 지켜보았다. 그녀는 주방에서 커피를 홀짝이며 올리비아 생각을 하고 있었다. 딸과 남편의 귀가가 가까워질수록 기쁨과 두려움이 각각 피어올랐다.

오늘 밤 줄리아는 엄청나게 정신없었지만 생산적인 시간을 보냈다. 증거 탐색 결과를 검토하고 올리비아의 트위터와 인스타그램, 페이스북 계정을 추적했으며, 그 골목이 찍혔을지도 모르는 영상물을 더 찾아보았다. 빌에게서 전화가 와서 30분 동안 통화를 하기도 했다. 그는 애니메이션 〈사우스 파크〉를 다시 보고 있다고 했고 줄리아는 거의 메스꺼울 정도로 고통스러운 그리움을 느꼈다. 복잡하지 않고 자유로운 삶에 대한 향수와 어린시절로 돌아가고 싶다는 열망 때문이었다.

지금 그녀는 주방에 서 있다. 천장 아래에만 조명이 켜져있다. 깨끗하고 하얀 한 조각 빛이 그녀의 다리를 비췄다. 나머지는 깜깜한 어둠이었다.

줄리아는 고독 속에서 혼자 외로웠다. 이 상태를 뭐라고 부르든 지금 그녀는 섬처럼 고립된 존재였다. 아무도 모르는, 말할 수 없이 끔찍한 일을 저지른 사람. 갑자기 그녀는 난생처음으로, 일부 범죄자들의 자백하고 싶어하는 욕구를 이해하게 되었다. 불확실성을 끝내고 죗값을 치르고 싶다는 그 마음을.

줄리아는 눈을 감고 커피를 홀짝였고 고개를 뒤로 젖히며 한 모금 삼켰다. 이제 끝내자. 만약 그녀 혼자만이었다면 그렇게 했을 것이다. 기꺼이 감옥에 들어갔을 것이다. 하지만 이 일에는 제너비브까지 엮여있다. 제너비브가 받을 판결, 그 애의 평판, 줄리아의 실수로 인해 더욱 복잡해진 제너비브의 상황.

아트가 헤드라이트를 껐고, 정원의 보안용 조명이 차에서 내리는 두 사람을 비추었다. 어둠 속에 드러난 제너비브의 실루엣은 여러가지 색깔의 파편들이 여기저기 떠다니는 섬광 속의 사진처럼 보였다.

"오늘은 모래가 왜 이렇게 많아요?"

문 안으로 들어서면서 제너비브가 말했다.

"너무 많네요, 진짜."

정말로 두 사람의 발밑에서 모래가 버스럭거렸다. 줄리아는 모래를 쓸어낸 적이 한 번도 없었다. 그것은 전부 아트의 몫이었기에 죄책감을 느꼈다. 줄리아는 갑자기 문자와 이메일로 나누었던 아트와의 맹렬한 대화가 그리웠다. 그들의 대화는 아트의 주도 하에 글로 이루어질 때가 많았다. 그는 문자와 이메일로 자신을 표현하는 활자중독자였다. 다른 사람들과 외식을 할 때 그는 화장실에서 줄리아에게 이런 문자를 보내기도 했다.

'와, 자넷은 너무 지루해, 안 그래?'

그러면 그녀는 이렇게 답장했다.

'내 말이! 푸딩 같이 먹을래?'

활자는 아트가 인생에서 두 번째로 사랑하는 대상이었다. 어쩌면 그것은 아트에게 첫 번째가 되고 싶은 줄리아의 바람이었을 수도 있지만.

"연극은 어땠어?"

줄리아는 주방에서 나오면서 물었다.

"왜 거기 숨어있어요?"

제너비브가 말하자 줄리아는 부끄러움에 얼굴이 빨개졌다. 십대들에게는 어떤 것도 숨길 수가 없다.

"그냥 커피 마시는 중이었어."

그녀는 구차한 답변을 내놓았다.

"당당해지셔도 돼요, 엄마."

줄리아는 딸에게 눈썹을 으쓱해보였다. 가끔 그녀는 따지기 좋아하는 딸의 성정이 정확히 자신을 목표물로 하고 있다는 생각이 들었다. 아트는 구겨진 티셔츠와 청바지를 입고 있었는데, 언제나 그렇듯이 낡고 편안하고 허세 없는 모습이었다. 언젠가 그는 자신이 정장을 입으면 어색하고 우스꽝스러워보인다고 했는데 줄리아는 그 말이 무슨 뜻인지 정확히 알 수 있었다.

빌어먹을 경찰이 아닌 사람을 알고 지내고 싶다는 갈망이 다시 떠올랐다. 지금 보니 여기 있는 아트가 바로 그런 사람이었다.

"다녀왔어."

아트는 그녀의 눈길을 피하면서 말했다. 이번 주에 그녀는 아트가 자기 여름 옷을 손님방으로 옮겼다는 것을 알아챘다. 상황이 달랐다면 두 사람이 함께 쓰는 침실이었을 방에서 자기 옷을 꺼내 간 것이다. 이로써 두 사람의 관계는 한층 더 소원해졌다.

"너무 길었어요."

제너비브가 줄리아에게 대답했다.

"중간에 나올 뻔했다니까요."

그 순간 줄리아와 아트의 눈이 마주쳤다. 데이트하던 시절, 줄리아는 똑같은 말을 그에게 여러 번 했었다. 잊고 지냈던 말들이 세대를 건너 다시 되돌아오다니 정말 신기하다.

"나도 그렇게 생각해. 한 시간이면 충분한데 세 시간은 너무 길지."

줄리아가 말하자 제너비브가 고쳐주었다.

"두 시간 반이었어요."

"테네시 윌리엄스✢잖아. 지루할 수밖에 없어."

아트가 말했다.

"집중력을 키울 수 있는 기회지."

줄리아가 한마디 덧붙였다.

"제 집중력에 무슨 문제가 있나요?"

제너비브가 너무 날카롭게 대꾸하는 바람에 줄리아는 정말 딸의 집중력에 문제가 있는 게 아닌지 궁금해졌다.

"전혀, 문제없지. 그냥 관용적인 표현이야."

줄리아가 별 뜻 없다는 듯 두 손을 들어올리며 말하자 제너비브는 이마를 문지르며 대꾸했다.

"네. 잠을 잘 못 자서 예민해졌나 봐요. 죄송해요."

모녀의 눈이 마주치며 둘 사이에 어떤 소통이 이루어졌다. 하지만 줄리아는 그것이 정확히 무엇인지 알지 못했다.

"괜찮아?"

줄리아가 부드럽게 묻자 제너비브가 재빨리 고개를 끄덕이며 말했다.

"그냥 테네시를 따라해본 거예요. 그 사람은 모든 걸 개인적으로 받아들이고 해석했거든요."

아트는 무의식적으로 미소를 짓기 시작했다. 처음에는 왼쪽

✢ 미국의 20세기를 대표하는 극작가

만 웃고 그다음에는 오른쪽만 웃는 반쪽짜리 웃음이다. 줄리아는 그가 한밤중에 이런 표정을 지었던 게 생각났다. 불과 얼마 전인 8~9개월 전, 그들은 한 침대에 있었다. 여름이 끝날 무렵이었고 침대 위로 보이는 채광창 밖의 하늘에는 아직 옅은 빛이 남아있었다. 아트는 매일 밤 그랬듯이 그날도 침대에 몸을 기대고 공책을 집어 들었다. 하지만 그날 밤에는 특히 줄리아의 마음을 건드리는 무언가가 있었다. 설탕을 입힌 아몬드 색깔의 하늘, 뭔가를 적기 위해 아무 생각 없이 공책에 손을 뻗는 그의 몸짓.

"있잖아, 하나만 말할게. 실종된 여자가 있는데…."

당시 줄리아는 이렇게 말을 꺼내고 휴대폰에 저장된 세이디의 사진을 아트에게 보여주었다. 경찰 규정에 어긋나는 행동이었다.

"왜 그런지 모르겠지만 이 사건 때문에 미칠 것 같아. 자꾸 자책하게 되고. 내가 뭔가를 놓친 게 분명해."

줄리아는 몸을 살짝 돌려 아트의 옆모습을 바라보았다. 아트는 여름 내내 밖에서 보낸 사람처럼 피부가 그을려 있었다. 그의 피부에서는 나무 수액 냄새가 났다.

"그리고 제너비브의 성적이 걱정돼. 걘 자신만만한데, 그게 착각이라서 걔가 실망하게 되면 어쩌지? 제너비브는 자기가 A를 받을 줄 알아. 그리고 우리가 저번에 먹은 농어 있잖아. 너무 오래됐던 것 같아. 튀긴다고 모든 균이 죽는 건 아닌데."

줄리아의 말에 아트가 대답했다.

"알았어. 내가 메모한 걸 좀 읽어볼게. 사건 때문에 미칠 것 같다? 그래, 그럴 수 있지. 하지만 당신은 최선을 다했어. 제너비브?

갠 괜찮아. 아마 A를 받을 거야. 게다가 최종 성적이 나오는 건 내년 일이잖아. 아직은 어떻게 될지 몰라."

아트는 줄리아를 바라보며 계속했다.

"마지막으로 튀김. 튀기는 건 효과 있어. 세균을 죽인다고. 알았지? 이제 이 걱정들은 내가 가져갔어. 내가 잘 지켜볼게."

그리고 아트는 그 웃음을 지었다. 반쪽짜리 웃음. 가끔 운이 좋으면 얼굴 전체로 퍼지기도 하는 그 미소다.

"고마워."

줄리아는 허공의 푸른빛을 향해 말했다.

"그 걱정들은 이제 잊어버려."

아트는 이렇게 말하고 공책을 가슴에 꼭 끌어안았다.

"이제 내 거니까."

하지만 그 이후에 줄리아는 자신의 가장 큰 걱정을 그에게 털어놓지 않았다. 지금 아트의 입술에 떠오른 반쪽짜리 미소를 보니, 줄리아가 오랫동안 마음을 열지 않아서인 것 같다. 줄리아는 그 미소에 집중하며 다른 모든 것을 잊어버렸다. 그녀는 아트의 입을 쳐다보는 것을 멈출 수가 없었다. 한 번만, 딱 한 번만, 제발. 그녀는 생각했다. 얼굴 전체로 활짝 웃는, 가끔 바보처럼 보이는 그 웃음을 한 번만 볼 수 있다면. 아트가 그런 웃음을 짓는 것은 매우 드문 일이었고 최근에는 한 번도 보지 못했다. 줄리아가 그를 충분히 행복하게 만들지 못하니까.

"이제 자야지."

줄리아는 주방의 어둠 속에서 뒤쪽의 시계로 눈을 돌리며 제너비브에게 말했다. 그녀의 목소리는 축축하게 젖은 천 같았다.

"내일 학교 가잖아."

"실종됐다는 그 여자애는 찾았어요?"

제너비브가 옅은 푸른빛 눈으로 줄리아를 보며 물었다.

"아니."

"막다른 골목에서 사라지다니, 팟캐스트에서 나올 법한 이야기네요."

제너비브가 말했다.

"말도 안 되는 일이지. 만약 올리비아를 찾더라도 어떻게 막다른 골목에서 사라진 건지 명확히 설명하긴 어려울 거 같아."

줄리아는 숨겨진 뜻을 일일이 설명하지 않고 그대로 두었다.

"와, 올리비아를 찾을 수 있다니 정말 낙관적이네요."

제너비브는 비꼬는 말투로 빈정대며 말했다. 그리고 복도를 떠나면서 손을 흔들고 덧붙였다.

"시미셰이커."

줄리아는 제너비브가 걸어가는 모습을 보면서, 그 애가 불면증에 대해 언급한 것을 떠올렸다. 잠을 못 잔 것이 한 번 뿐이기를. 아트는 코트를 입고 주머니에 손을 넣은 채 그대로 있었다. 그가 줄리아를 내려다보았고 두 사람의 눈이 한순간 마주쳤다. 줄리아는 그가 이 집을 떠나려고 하는지 알고 싶었다. 아니면 그들의 우울한 새로운 일상을 재개할 것인지 궁금했다. 각자 혼자 양치질을 하고 얇은 벽을 사이에 둔 채 잘 준비를 하는 것 말이다. 예전에는 창밖으로 보이는 밤하늘 아래 함께 누워 이야기를 나누었지만 이제 아트는 손님방으로 간다. 임시로 지냈던 장소였지만 이제 익숙해져 버렸다.

"제너비브가 굉장히 관심이 많아. 당신 실종자한테."

"알아."

줄리아가 대답했다.

왜 제너비브가 관심이 많은지 아트에게 말해줄 수는 없다. 아트는 코트를 벗어 걸어두고 계단 위쪽을 힐끗 보더니 그녀에게서 등을 돌렸다. 자러 가려는 듯했다. 줄리아는 안심하면서도 실망했다. 여기 있는 이 남자는 그녀가 30년 동안 사랑한 사람이다. 또한 그녀가 바라건대 여전히 그녀를 사랑하는 사람. 경찰이 아닌 사람, 그리고 그녀의 걱정들을 가져가주는 사람. 줄리아는 제너비브와 관련한 일을 왜 그에게 말하지 않았는지 알 수 없었다. 만약 다시 그때로 돌아간다면 그에게 말할 것이다. 하지만 그녀는 딸에 대해, 또 자기 자신에 대해 아트가 어떻게 생각할지 두려웠다. 아트는 분명히 줄리아의 직업과 제너비브의 문제를 연관시킬 것이다. 이성적인 생각이 아니라는 건 알지만 줄리아는 제너비브가 문제에 휘말린 것이 줄리아의 직업 때문이라고 아트가 생각할지 궁금했다. 그는 그녀의 직업을 싫어했기 때문에 분명히 그럴 것이다. 아트는 줄리아가 범죄자들과 어울리더니 이제 제너비브까지 곤경에 빠뜨렸다고 생각할 것이다.

하지만 그게 전부였을까?

"이 사건은…."

줄리아가 입을 열었다.

"쉽지 않아."

왜 그렇게 말했는지 스스로도 알 수 없었다. 아트를 잠 못 이루게 만들기 위해서? 그렇다면 참으로 한심한 일이다.

하지만 아트는 이 세상에서 줄리아의 진짜 모습을 알고 있는 유일한 사람이다. 엄마가 된 지금, 그리고 소녀였던 과거까지. 그는 줄리아가 열다섯 살일 때부터 그녀를 알았다. 만에 하나 줄리아가 훗날 다른 사람과 사랑에 빠지고 다시 결혼한다 하더라도 아트와 함께했던 지난 시간은 엄연히 존재한다. 그리고 부모만큼 그들의 자녀를 사랑할 사람은 세상에 아무도 없을 것이다. 지금 줄리아에게는 그녀가 얼마나 아이를 사랑하는지 알아줄 사람, 그녀를 이해해 줄 사람이 필요하다.

"그래?"

아트는 여전히 줄리아에게 등을 돌린 채로 약간 머뭇거리며 조용히 말했고, 줄리아는 화제를 돌렸다.

"이제 자러 가. 저기… 어제 옷 가져간 거 봤어."

"응, 그래."

그는 눈을 내리깔고 말했다. 그리고 이렇게 물었다.

"당신 괜찮아?"

이제 곧 아트와 줄리아는 각자 자기 방으로 올라갈 것이다. 줄리아는 아트가 옷을 벗고 서랍장 맨 윗칸을 열어 잠옷을 꺼내는 소리를 들을 것이다. 그다음에는 치약 뚜껑이 열리고 전동칫솔이 작동하겠지. 침대에 들어가면서 그는 한숨 소리를 낼 것이고, 소설책 페이지를 넘기는 건조한 소리가 들릴 것이다. 그리고 그다음엔,

두 사람이 한 침대를 쓰던 때보다 훨씬 늦은 시각에 딸칵 소리와 함께 불이 꺼질 것이다. 이게 요즘 그들이 사는 방식이다. 한때 함께했던 두 사람의 일상은 이제 각자의 것으로 나뉘었다.

"지금 이 사건은… 아주 골치 아파."

이 모든 생각을 뒤로하고 줄리아가 말했다.

"그렇군."

"실종된 여자는… 설명하기가 좀 복잡해. 당신한테 말할 수도 있지만 그러면 이것도 당신 걱정이 되어버릴 테니까."

아트는 그녀에게로 몸을 돌리고 미소를 지었다. 그녀의 냉소적인 유머에, 그녀가 소환한 두 사람의 추억에 놀란 눈치였다. 그리고 그 순간 아트의 얼굴에 그 미소가 떠올랐다. 한쪽에 떠오른 웃음이 반대쪽으로 번졌다. 활짝 웃으며 드러난 가지런한 하얀 치아와 키득거리듯 작은 웃음소리가 햇살처럼 줄리아에게 쏟아졌다. 그녀는 그것을 똑바로 바라보다가 이내 눈길을 돌렸다. 태양을 직접 쳐다보는 것은 고통스러웠다.

11
올리비아

인스타그램

사진   해변의 골든 리트리버.

글   마음아, 좀 진정해. 슈가 로프 해변에서 화창한 일요일을 보내고 있어. 햇빛도 완전 좋아. 개들의 왕 골든 리트리버가 망할 비타민 광고에서처럼 해변을 따라 펄쩍펄쩍 뛰네.

사진   비앤엠_{B&M}✤의 할인 상품 진열대.

글   조플로라✤✤ 신제품, 화이트 린넨 향이야. 맞아, 난 조플로라에 푹 빠졌는데 사진에는 안 나왔네. 빨리 이걸로 테이블을 깨끗이 닦고 싶어.

✤   영국의 저가 생활용품점 체인
✤✤ 다목적 살균소독제 브랜드

트위터

가게에서. 아이마스크 eye mask 붙인 상태로, 머리는 대충 틀어올렸고, 입술에는 포진이 났어. 이게 영화라면 하필 이런 순간에 전 남친을 만났을 텐데. 로맨틱 코미디라면 섹시하지만 심술궂은, 럼버잭 셔츠✜를 입은 소도시 남자를 만났을 거고. 내가 자기 옆집으로 이사 오는 걸 원치 않는다는 스토리가 펼쳐지겠지. 하지만 현실에서 절대 그런 일은 없을 거야.

보낸 편지함

4월 26일

발신자 littleO@gmail.com 수신자 newt62930@hotmail.com

알았어. 나 지금 바에 가는 중인데 전화나 왓츠앱으로 연락이 안 되네. 거기 있을 거야?

페이스북

게시물   아빠랑 전화. 아빠가 방금 나한테 암호 십자말풀이 40개를 물어봤는데 난 0점 받음.

댓글   사실 넌 마이너스 1점이야. 나한테 틀린 답을 알려줬잖아, X.

✜ 벌목꾼이 입던 작업복에서 유래한 셔츠로, 주로 굵은 격자무늬가 있는 두꺼운 모직 소재로 만들었다.

실종 3일 째

JUST ANOTHER MISSING PERSON

12
엠마

"네, 물론이죠."

너는 현관 앞에 서 있는 남자에게 말하고 있어. 넌 방금 집에 돌아온 참이었는데 어디 갔다 왔는지 말하지 않으려고 했고 내가 물었더니 대답을 피했어. 복도 플러그에 꽂아 놓은 방향제에서 봄 향기가 나네. 바깥 날씨는 전혀 봄 같지 않은데 말이야.

"죄송한데 무슨 일이시죠?"

내가 현관 앞으로 다가가서 물었어. 이른 저녁이었지. 나는 빨래 바구니를 한 손에 든 채로 어떤 유명인의 인스타그램 타임라인을 18주 전까지 거슬러 올라가며 확인하는 중이었어. 언제 약혼반지를 뺐는지 보려고. 왜 반지를 뺐는지는 몰라. 난 원래 이렇게 한심하게 시간을 흘려보내는 사람은 아니었어. 설명하긴 힘들지만, 적어도 이렇진 않았거든.

밖은 화창하지만 아직 추웠어. 너는 티셔츠 한 장만 입은 채였고 팔에 털이 쭈뼛 서 있었지. 그제서야 난 문 앞에 서 있는 게 경찰이라는 걸 알 수 있었어. TV 드라마에 나오는 경찰처럼 사복을 입고서 경찰 배지를 보여주고 있었지. 즉시 심장이 뛰기 시작했어. 작년의 내 지옥, 너의 지옥으로 돌아간 기분이었어. 작년에 다른 경찰이 우리 집 문을 두드렸던 그때 말이야. 다른 집의 다른 문이었지만 경찰이라는 건 같았어.
"그냥 이것만 해주시면 됩니다."
경찰이 너에게 말하고 있었어. 그는 면봉 같은 것이 들어있는 투명한 가방을 흔들어 보였지.
"협조해 주실 수 있다면 이걸로 볼 안쪽을 문질러 닦아주세요."
그는 네 DNA를 경찰 데이터베이스에 제공해달라는 게 아니라 마치 자선 단체에 기부금을 내달라고 하는 것처럼 성의껏 설명했어.
"그리고 저한테 주시면 됩니다."
"죄송한데, 왜 그러시는지…."
나는 서둘러 다가가서 네 어깨에 손을 올리며 물었어.
넌 나를 힐끗 보고 말했지.
"괜찮아요."
네 푸른 눈이 나와 마주쳤어.
"그냥 DNA 검사일 뿐이에요. 그 실종된 여성 때문에 하는 자발적인 검사요."
실종된 여성. 나는 어젯밤 뉴스에서 그 여자를 보았어. 금발에 날씬한 20대 초반 여자. 너무 익숙한 조합이었지. BBC 뉴스 속보

효과음이 들리더니 보도 내용이 이어졌어. 나는 의식적으로 스스로를 다잡아야만 했어. 그때는 그때고, 지금은 지금이다. 역사는 그대로 반복되지 않는다.

어쨌거나 그녀는 포티스헤드에서 실종됐어. 나는 휴대폰 사진첩을 열고 경찰이 그녀가 사라졌다고 하는 날짜까지 스크롤을 내렸어. 그날 나와 함께 찍힌 네 사진을 보고는 안도감에 어깨를 축 늘어뜨렸단다. 원래 이런 법이지. 누군가를 확실히 믿지 못하게 되면, 겉으로 보기에 삶은 거의 다를 게 없어. 하지만 마음속에서는 더 많은 시간을 들여서 생각하고, 평가하고, 확인하고, 검토하지.

지금 우리 사이에는 무언의 메시지가 공유되고 있어.

"검사해도 정말 괜찮겠니?"

나는 참지 못하고 침착하게 물었어. 마음속에서는 수많은 질문이 아우성치고 있었지. **그 일을 다 겪고도 왜 빌어먹을 경찰에 협조하는 거니?** 이게 첫 질문이었다면 마지막 질문은 이거야. **그들이 알아?**

"기꺼이 도와 드리죠."

너는 쉽게 말하더니 면봉을 받아서 볼 안쪽을 한 바퀴 문질렀어. 나는 너를 지켜보았지. 네 행동은 자신 없고 서툴렀어. 너는 살짝 기침을 하더니 면봉을 표본 봉투에 넣었어. 내 안에서 공포감이 맹렬히 타오르기 시작했어. 네 뒤통수를 바라보는데, 네가 무슨 계획이 있어서 이러는 건지 아니면 그냥 순진한 건지 알 수가 없었지. 넌 감정을 너무 잘 숨기니까.

"협조에 감사드립니다."

경찰은 이렇게 말을 이었어.

"그리고 확인차 여쭙는데, 이 여성분을 아십니까? 외출했을 때 보신 적은 없고요?"

그는 포스터를 보여주었어. 거기에 그녀가, 내가 어젯밤 너무 피곤해서 눈이 감긴다고, 자러 가야겠다고 말한 다음 구글에서 검색했던 그 여자가 있었어(그것 봐. 겉으로 말하는 것과 진짜 마음속 생각은 다르다니까). 아래쪽에는 빨간색 글씨로 '실종'이라고 써 있었지.

"아뇨."

넌 아무렇지 않게 말했어.

"확실한가요?"

"네, 확실합니다."

"알겠습니다. 시간 내 주셔서 감사합니다."

경찰은 서둘러 말하더니 라벨이 붙은 검체 봉투를 흔들며 옆집으로 가서 초인종을 눌렀어. 그걸 보니 안심이 됐어. 경찰이 너에게만 DNA 검사를 요구한 게 아니니까.

나는 식기세척기에서 접시들을 꺼내기 시작했어. 아직도 뜨겁고 김이 펄펄 나는데도. 뭔가 할 일이 필요해서야. 그래야 집안일을 하는 척하면서 너한테 궁금한 걸 물어볼 수 있으니까.

"너무 일이 많으신 거 아니에요?"

네가 물었어.

"빨래에 식기세척기까지. 정말 생산적이에요. 엄마는 특수 부대 같은 데 갔어야 하는 거 아닌가 몰라요."

네 말은 다정했지만 그건 네 본심이 아니었어. 그저 너만의 겉치레이자 상황을 빠져나가는 방식일 뿐이었지. 너를 20년 동안 알았지만 너는 쾌활했던 적이 없었어. 쭈뼛거릴 때가 많았지만 아주 웃기기는 했지. 하지만 편안해보였던 적은 한 번도 없었어. 그게 네 타고난 성격이야. 열여섯 살 때인가, 학교에서 집에 오더니 너는 학교가 너무 싫고 거기 있는 사람들은 더 최악이라고 했어. 가방을 그대로 멘 채 네 방에 서서 나한테 한참 얘기했지. 그런데 다음 날 너는 그런 대화가 전혀 없었던 것처럼 행동했어. 아마도 친밀한 대화가 부끄러워서 그랬던 것 같아.
"방금 네가 뭘 했는지 알기는 해?"
내 말에 너는 어깨를 으쓱했어. 그리고 가끔 그러듯 상처 입은 표정으로 나를 똑바로 바라보았지. 트리 장식용 구슬처럼 깨지기 쉽고 연약한 내 아들.
"그냥 협조한 것뿐이에요."
"하지만…."
"1년 전에 제가 무죄로 판명 난 거 기억하세요?"
네가 얼음처럼 차가운 목소리로 말했어.
"그럼, 기억하지."
나는 억지웃음을 지었지만 머리카락이 쭈뼛 서는 걸 느꼈어. 뭔가 중요하고, 크고, 위험한 일이 일어나고 있다는 직감이 들었지.

늦은 저녁이야. 우리는 방금 외식을 했지. 종종 그렇듯이 우리 둘이서만. 육아에 대해 사람들이 말해주지 않는 게 뭔지 아니? 아이들은 눈 깜짝할 사이에 자라서 어느새 지각 있는 어른이 되어버린다는 거지. 그리고 바로 그때가 아이들이 가장 도움과 희생을 필요로 할 시기라는 거야. 모유를 줄지 분유를 줄지, 울게 내버려둘지 같이 잠을 잘지 고민했던 건 그때가 되면 아무 의미가 없어져. 그 당시에는 호르몬 때문에 그게 중요하다고 믿겠지만. 아기에게 진정으로 부모의 감정적 지원이 필요한 시기는 더 컸을 때야. 10대 시절과 그 이후 말이야.

우리가 탄 우버 택시가 방향을 틀 때마다 택시 안에서는 구강세정제 냄새와 방향제의 인공적인 향이 뒤섞여 공중에서 춤을 추었지. 너는 방금 집에 가서 〈DIY SOS✛〉를 보고 싶다고 말했어. 넌 그 프로그램을 좋아하는 자신이 한심한 괴짜라고 했지만 나는 그런 네가 사랑스러워.

우리의 대화는 순조롭게 흘러갔지만 나는 작년 일, 그리고 네가 아까 말한 '무죄'라는 단어를 생각하고 있었어. 그게 바로 네가 쓴 표현이야. 하지만 사실 엄밀히 말하면 넌 무죄 판결을 받은 게 아니야. 그렇지 않니? 확실히 끝난 게 아니라고. 네 여자친구가 사라졌고 너는 심문을 받았어. 그리고, 맞아. 넌 풀려났지. 하지만 그 여

✛ 영국 BBC 채널에서 방영하는 인테리어 프로그램으로, 시청자들이 집을 수리하고 꾸미는 것을 전문가들이 도와주는 내용이다.

여자애는 결국 발견되지 않았어. 이럴 때 과연 무죄라고 할 수 있을까?

나는 차 안에서 살짝 너와 떨어져 앉았어. 어떻게 보면 그 일은 내 마음속에서, 적어도 이성적으로는 풀기 쉬운 문제였어. 답은 종종 스스로 내 앞에 나타났지. 경찰이 사건을 더 깊이 파헤치지 않았는데, 내가 왜 그래야 하지? 나는 지난 봄 이후 스스로에게 계속 그렇게 말했어. 실제 내 모습 그대로, 보호자 역할을 하는 부모답게 행동하자. 하지만 마음속으로는… 다른 생각을 하고 있었지.

가끔 네가 늦게 오거나 내가 모르는 친구를 만날 때, 혹은 밤 늦게 안 자고 서성일 때, 나는 스스로를 달래던 것과는 반대로 생각했어. '하지만 경찰은 너를 심문했잖아'라고.

너는 그 일에 대해 나에게 터놓고 의논해 본 적이 없어. 이 새로운 여자, 올리비아 존슨이 실종된 후에도 마찬가지였지. 넌 이 사건에 대해 한 마디도 하지 않았어. 뉴스와 소셜 미디어를 온통 도배한 사건인데 넌 아무 말이 없었지. 그것에 대해 나에게 직접적으로 이야기를 꺼낸 적이 없어. 하지만 넌 경찰에게 면봉을 건네줬지. 그게 다야. 네 여자친구의 실종사건과 이 사건이 얼마나 비슷한지도 일절 언급하지 않았어.

"그 롤빵들이요."

너는 볼을 부풀리며 말했어.

"너무 많이 먹었나봐요."

미소를 지을 수밖에 없었어. **경찰은 널 풀어줬어.** 넌 아주 어렸을 때부터 단순한 음식을 좋아했어. 감자, 감자튀김, 빵 등 색깔이 연한 것들. 지금도 네 취향은 변함없지.

"같이 주는 버터 때문이에요. 어떻게 버터를 그렇게 맛있게 만들죠? 휘핑해 놓은 것 같아요."

난 눈을 감았어. 두 여자는 똑같이 금발이야. 비슷한 상황, 비슷한 장소… 그만 생각하자. 그냥 멈춰.

"소금도 넣은 것 같아요."

너는 곁눈질로 나를 힐끗 보았어. 내가 마음속으로 무슨 생각을 하는지 짐작도 못하겠지.

"다음에 한번 만들어 먹어봐야겠다."

나는 힘없이 말했어.

택시가 집 근처에 도착했는데, 그 순간 즐거웠던 저녁의 분위기가 돌변해 버렸어. 저녁식사 후의 나른한 기분, 흐릿한 도시의 불빛, 비, 술기운, 유쾌함이 단번에 사라졌지. 왜 그랬을까? 거리가 온통 파란 불빛으로 가득했거든. 눈부신 파란빛이 번쩍이고 있었어.

믿을 수 없지만 가장 먼저 든 생각은 내 직감이 틀리지 않았다는 거였어. 아니, 난 곧바로 그 생각을 지우려고 했어. 오해일 뿐이니까. 우연히 겹친 일이지.

내 모든 감각이 저 파란색에 집중하고 있었어. 우리는 서로를 보지 않았지. 어쩌면 이것이 모든 걸 설명해주는지도 몰라. 우리는 놀라지도 않았고 충격받지도 않았어. 넌 아무 말 없이 조용히 내 옆에 앉아있었어. 그러다가 우리는 로봇처럼 기계적으로 차에서 내렸지.

머리가 벗겨진 남자 경찰이 우리에게 성큼성큼 다가오더니 너를 불렀어.

"아, 매튜 제임스 씨."

"죄송한데 왜 그러시죠?"

나는 목소리에 권위를 실으며 물었어. 한눈에 손익 계산을 해낼 수 있는 사람, 가진 것 없이도 강하게 자란 사람처럼 보이고 싶었지만 사실 나는 그렇게 대단한 사람이 아니야. 우리 모두의 내면에 숨어있는 진짜 자신의 모습이 그렇듯이 나는 무너지는 모든 것 앞에서 어쩔 줄 몰라하는 나약한 사람이지.

"풀 경사입니다."

경찰이 손을 내밀며 인사했어. 집 밖에 세워 둔 경찰차에서 나오는 불빛 때문에 악수를 하는 우리 두 사람의 손목이 파랗게 빛났어.

"괜찮으시다면 매튜 제임스 씨에게 질문 좀 하겠습니다."

그는 경찰차 옆에 서 있었고 바로 옆에 있던 금발 여성은 자신을 데이 경감이라고 소개했어.

내가 할 일은 너를 이 위기로부터 지키는 것, 네가 무엇을 했든 너를 믿어주는 거야.

두 경찰 모두 제복을 입지 않았어. 주황색 가로등 그림자 속에서 둘 다 지치고 심각해 보였지. 머리가 벗겨진 남자 경찰이 무의식적으로 주위를 둘러보는데, 아버지란 사람은 어디 있는지 찾는 것 같았어. 속 터지는 내 과거를 얘기해 주고 싶었지만 참았지. 나 몰라라 도망가버린 고등학교 시절 남자친구가 크리스마스만 되면 100파운드를 보내왔다는 웃지 못할 이야기를. 난 그 모든 걸 감수하고 너를 낳기로 결정했지만, 이런 출생 과정 때문에 네가 편견 어린 시선을 받게 둘 수는 없었어. 나는 아무에게도 그 이야기를 하지 않았지.

"죄송한데, 왜 매튜와 이야기를 하시려는 거죠?"

내 의심에도 불구하고 나는 너를 보호하려고 물었어. 너는 내 뒤에 약간 떨어져서 서 있었는데, 어둠 속에서 손을 뒤로 뻗어 봤지만 네 손을 잡지는 못했어.

"짧은 진술만 해주시면 됩니다."

데이 경감이 친절하게, 혹은 친절에 가까운 감정을 슬쩍 내비치며 말했어.

"무슨 일이에요?"

네가 드디어 파란 불빛 안으로 들어서며 물었어. 그런데 나한테 처음으로 떠오른 생각은 좀 터무니없었어. 우리가 그다지 좋은 인상을 주고 있지 않다는 거였지. 우린 둘 다 맥주를 마시고 오는 길이었으니까. 많이 마신 것도 아니고 겨우 두 캔이었지만 경찰들에게 술 냄새를 풍기기에는 충분했지. 성인이 된 아이와 술을 마시면 안 된다는 생각이 들면서 갑자기 수치심이 몰려왔어. 가난하게 자라면 이렇게 돼. 경계를 늦추고 방심할 때마다 모든 것을 빼앗길 거라고 생각하게 되는 거야.

"댁에 같이 들어가도 되겠습니까?"

풀 경사가 물었어.

"DNA 검사에 참여한 집집마다 방문해서 진술을 받으시나요?"

"집 안에서 하는 게 가장 좋으니까요. 차 한 잔과 함께 소파에 앉으면 일이 더 잘 풀리죠."

마치 지금이 밤 11시가 아니고 자신들은 경찰이 아니라는 듯 데이 경감이 말했어. 나는 목 뒤의 털이 쭈뼛 서는 걸 느꼈어. 그제서야 그들이 숨기고 있는 진짜 의도가 보이더라고. 가식적인 예의나 서두르지 않는 태도는 전부 겉치레일 뿐이었어.

"그런가요?"

아무것도 모르는 네가 말했어. '네, 들어오세요'라고 하는 것이나 다름없었지. 너는 현관을 향해 손짓하고 문을 열었어. '안 돼, 안 돼, 안 돼' 난 이렇게 말하고 싶었어. '양의 탈을 쓴 늑대를 믿지 마' 넌 정말 저 사람들을 믿는 거니? 네 표정을 읽을 수가 없었어. 항상 수줍어하고 속내를 드러내지 않는 네 성향이 작년 이후로 한층 더 강해졌지. 넌 이제 사실상 정치인이랑 똑같아. 모든 것을 얼버무리고, 잊혀진 것처럼 취급하고, 중요하지 않다는 듯 다루지. 마치 그렇게 하면 그 문제에 대한 인식을 바꿀 수도 있다는 듯이.

네가 먼저 집에 들어섰고 경찰들과 내가 뒤따라 들어갔어. 뒤돌아 문을 닫기 전에 나는 잠시 집 앞 거리를 응시했어. 가로등 불빛 아래 비가 후드득 떨어지고 있었어. 나는 모든 것이 또다시 바뀌기 전, 손바닥으로 빗방울을 받아보았지.

내가 들어가자 다들 거실에 있었어. 경찰들은 저승사자처럼 거실 한복판에 서 있었는데 젖은 옷과 신발이 주변의 편안한 분위기와 어울리지 않았어. 그들한테서는 밖에서 나는 뭐라 표현할 수 없는 냄새가 풍겼는데, 모든 것이 부자연스러웠어. 우리 거실은 어둡고 아늑해. 선명한 색상의 쿠션, 크고 푹신한 러그가 있는 이곳에는 맨발과 크리스마스 슬리퍼, 빛바랜 낡은 책들 같은 게 어울려.

저 경찰들이 아니라.

"아니, 아니에요. 잠깐 얘기만 하면 됩니다."

거실 옆 주방에서 네가 주전자 물을 올리려 하자 풀 경사가 황급히 말했어.

"차는 필요 없어요."

"죄송한데 왜 그러시죠? 공식적인 인터뷰예요? 아니면 뭔가요?"

나는 신경질적인 목소리로 물었어.

풀 경사가 거실 조명을 켜자 그 빛은 나무로 된 거실 바닥을 비추었어.

'저기요, 열심히 일해서 마련한 집이에요. 저희는 범죄자가 아니라고요. 인터뷰를 해야 할 이유가 없어요.'

이렇게 말하고 싶었지만, 아무 말도 못하고 조용히 안락의자에 앉았어. 아래를 내려다보니 다리가 떨리고 있었어.

"몇 가지만 확인해 주시면 됩니다."

풀 경사의 말은 사실상 대답이 아니었어. 그는 계속 내가 아니라 너를 향해 말했지. 사실 넌 성인이니까 그럴 만도 해. 나한테 너는 아직 어린애라는 걸 그들은 모르니까.

"말씀하세요."

너는 나에게 시선을 던지며 말했고 나는 잠시 입을 다물 수밖에 없었어. 난 우리가 이 집에 이사 왔을 때를 떠올렸어. 바에서 일하던 네 동료들이 너랑 근무 교대를 하고 싶지 않다고, 네 여자친구에게 일어난 일을 생각하면 끔찍하다고 했지. 그래서 우린 도망치듯 거길 떠났고 너는 새로운 바에서 새 일자리를 얻었어. 그런 일은 더 이상 일어나지 않았지.

"매튜 제임스, 당신의 DNA가 실종 여성 올리비아 존슨의 방에서 발견됐습니다."

데이 경감이 말했어.

나는 5초 전까지만 해도 코트와 신발을 벗지 않은 채로 안락의자에 앉아있었어. 하지만 그 말을 듣는 순간 모든 것이, 정말 **모든 게** 변해버렸어. 맹세코 나는 발밑에서 지구가 기우뚱하고 기울어지는 걸 느꼈어. DNA라니. DNA가 나왔다는데 반박할 여지가 없잖아.

데이 경감은 이메일을 그대로 읽었어. 그녀의 어조는 마치 자신이 이 방에 없고 전혀 상관없는 일을 하고 있다는 듯 형식적이었어. 그녀는 독서용 안경을 벗더니 너를 보며 말했어.

"어떻게 된 일인지 설명을 부탁드립니다."

그녀가 너와 눈을 마주쳤을 때, 엄마들이 가끔 그러듯이 난 미묘한 분위기를 온몸으로 감지했어. 데이 경감이 너에게 어정쩡하게 격려하는 듯한 미소를 보내고 있다는 걸 난 알 수 있었어. 어떻게 저렇게 부적절한 행동을 하지? 뻔뻔스럽게.

나는 재빨리 너를 쳐다봤는데, 넌 표정 변화가 없었어.

"설명이요?"

너는 시간을 벌겠다는 듯 꾸물거렸어. 난 너를 잘 알지. 이건 네가 뭔가를 궁리할 때 하는 행동이야. 넌 작년에도 같은 행동을 했지. 난 정말로 몸이 바닥에서 떠올라 공중에서 너를 내려다보는 듯한 기분이었어. 내가 20년 동안 사랑한 저 검은 머리, 생각에 잠길 때 턱을 만지는 저 손.

"그래요. 설명하고 의혹을 푸는 거죠. 만약 올리비아를 만났고, 지난번에 당신이 말한 게 사실이 아니라면, 그럼 어떻게 설명할지…."

데이 경감의 말투는 가벼웠지만 내용은 그렇지 않았어. 그녀의 말에는 함정이 가득했지. 네가 지난번에 거짓말을 했거나 지금 거짓말을 하고 있거나 둘 중 하나라는 뜻이었어. 너에게는 두 가지 선택권이 있지만 둘 다 좋은 게 아니야. 오 하느님 맙소사, 너의 빌어먹을 DNA, 반은 내 DNA로 이루어진 그것이 네가 한 번도 만난 적 없다고 한 실종 여성의 방 안에서 발견됐다니. 너한테 아빠가 없어서 이렇게 된 건지도 몰라. 내가 너에게 여성을 존중하는 태도를 심어주지 못해서인지도 몰라. 아니면….

나는 창밖의 비를 바라보았어. 창문에 떨어지는 빗방울이 가로등 불빛 때문에 주황색으로 빛나고 있었지. 그리고 불과 몇 초 사이에, 나는 이런 대화가 결국 체포로 이어진다는 사실을 명백하게 깨달았어.

"저는 올리비아 존슨을 만난 적이 없어요."

네가 말했어.

헤드라이트가 어두운 길을 쓸고 지나가듯 두려움이 네 얼굴 위를 스쳤지. 나는 갑자기 뉴스에서 본 그 영상이 생각났어. 올리비아는 골목으로 사라진 다음 다시 나오지 않았는데, 어떻게 그럴 수 있지? 혹시 네가 해답을 가지고 있는 건 아니겠지?

"4월 29일 밤에 어디에 계셨습니까?"

풀 경사가 물었어.

그는 물어보지도 않고 소파에 앉더니 빈 메모장을 꺼냈어. 그는 데이 경감과 의미심장한 눈빛을 주고받았는데 우리로서는 그 뜻을 알 수가 없었지.

그 질문에 대한 답은 나도 알아. 너는 상담치료사 린다를 만나러 갔었고 그다음에 우리는 같이 '포티스헤드 원'으로 갔지. 눈을 돌리면 사라지는 지평선 위의 신기루라도 되는 것처럼 나는 이 명백한 사실을 똑바로 응시했어.

"음…."

너는 기억을 더듬으며 말했어.

"상담하러 갔었어요. 그리고 엄마랑 외출했죠."

"상담이라."

풀 경사는 뚜껑을 씹은 흔적이 있는 볼펜을 손에 쥐며 말했어. 이것은 그가 메모장에 적은 첫 단어이자 유일한 단어였지.

네가 그 말을 안 했으면 좋았을 텐데, 상담 말이야. 일반적인 사람들한테, 그리고 경찰들한테는 분명히 상담이란 말이 정신이상을 연상시킬 것 같아서 걱정이 됐어. 치료실, 정신건강 문제, 그런 어두운 것들이 떠오를 수도 있잖아. 하지만 너에게, 그리고 우리에게 상담이란 부드러운 조명이 켜진 린다의 사랑스러운 온실을 의미하지. 린다는 네가 온전히 너 자신이 될 수 있게 해주는 친절한 분이야.

"그다음엔 어디로 갔죠?"

"포티스헤드 원이요."

"그다음에는요?"

"집으로 갔어요."

"집에 혼자 있었습니까?"

"잠시만요."

내가 정신을 차리고 끼어들었어.

"이건 무슨 인터뷰인가요? 애한테 미리 경고하셨어요?"

"사실을 알아내려는 것뿐입니다."

데이 경감이 말했어.

"어떻게 해서 아드님의 DNA가 올리비아의 방에 있었는지를요."

신기루가 깜빡이더니 사라졌어. 올리비아의 방에 네 DNA라니. 알리바이가 있는데도… 어떻게 이럴 수 있지? 한 번의 거짓 고발은 운이 나쁜 거라고 할 수 있겠지만, 두 번은? 누가 두 번이나 거짓 고발을 당한단 말인가?

"올리비아의 주소가 어떻게 되나요?"

네가 물었어.

"이스트 뷰 레인 17번지입니다."

"전… 저는 거기에 간 적이 없는데요?"

너는 검색을 해보려고 휴대폰을 꺼내면서 말했어. 나는 안심이 됐지. 내가 하려던 게 바로 그거였으니까.

"음….'

너는 지도를 이리저리 돌려보며 말했어.

"그래요, 중심 도로에서 한 골목 떨어진 곳이네요. 그러니까… 그쪽이 아닌가? 모르겠어요. 친구들 집이나 파티 같은 걸로 근처에 가 본 적은 있는 것 같아요. 길치라서 정확하진 않지만요."

네가 길치라는 건 사실이야. 너는 근처에 있는 편의점도 잘 못 찾는 사람이니까.

풀 경사는 데이 경감과 눈길을 주고받았어. 마치 네가 범죄자라고 스스로 인정했다는 듯한 눈빛이었지.

"이 집에 언제 갔습니까?"

"그 집에는 가 본 적이 없어요. 아마 앞을 지나간 적은 있겠죠. 저희 집이 이 근처니까요."

"파티가 언제였습니까?"

"무슨 파티요?"

"친구 집에서 열린 파티 같은 데 갔었다고 좀 전에 말씀하셨잖아요. 그게 언제, 어디였고 파티 장소 중에 이 집이 있었습니까?"

"아뇨, 거기엔 간 적 없다니까요. 그냥 가정해 본 거예요. 과거에 있었던 파티들이요."

"그 가정해 본 파티가 언제였나요?"

"그런 파티는 없었습니다."

"그럼 왜 파티 얘기를 했습니까?"

풀 경사는 고개를 삐딱하게 기울였어. 걱정, 관심, 심지어 혼란을 느끼는 척했지만, 사실상 심문이었어. 그는 너를 코너로 몰아넣었지.

"그럼 저 집 안에 들어간 적이 없다는 말씀이신가요? 파티 같은 일로?"

"네, 그런 것 같습니다."

"확실합니까?"

"네, 분명히 간 적이 없는데, 제가 기억하는 한 확실합니다. 그런데 무작위로 지정한 어떤 집에 절대 가본 적 없다고 말할 수 있을까요? 제 생각에는 거기 가본 적이 없는 것 같습니다. 이게 제가 말씀드릴 수 있는 전부예요. 확실하게요."

너는 경찰들을 본 다음 나에게로 눈길을 돌렸지. 세상 이치를 배우던 아기였을 때 '이거 해도 돼요?'하고 나에게 묻던 그 표정이었어. 나는 고개를 끄덕였지. 그때 유목✣으로 만든 우리 커피 테이블 위에 뒤집어 놓은 네 휴대폰이 진동하기 시작했어. 테이블 위를 천천히 미끄러져 기어가는 딱정벌레처럼. 모두가 그 신호를 무시했지. 하지만 나는 그 전화를 받아서 누가 전화를 걸었는지 알아내고, 네 마음속으로 들어가 무슨 생각을 하고 있는지 확실히 알고 싶다는 충동에 사로잡혔어. 그런데 내 생각이 끝나기도 전에 네가 휴대폰을 집어 들고 몇 번 화면을 휙휙 넘기더니 다시 내려놓았어.

"좋아요."

풀 경사는 네 휴대폰과 손가락을 주시하며 말했어.

"당신의 DNA가 묻은 유리잔과 담배가 발견됐습니다."

내 심장은 두려움에 터질 것 같았어. 담배라니. 넌 흡연자가 맞아. 너에게 유일하게 남은 나쁜 습관 중 하나지.

"저는 담배를 거의 피우지 않아요!"

네가 말했어.

하지만 넌 담배를 피워. 다른 사람들과 함께 피우기도 하고. 나

✣ 떠내려온 나무

는 아무 말도 하지 않았어. 널 감싸주면 안 되겠다는 생각이 잠깐 들었지. 그랬다간 언젠가 뉴스에 내가 공범으로 등장할지도 모른다는 생각까지. 내 머릿속에서 상상의 나래가 펼쳐졌어. **39세인 그의 어머니는 지금까지도 그의 죄를 믿지 않고 있습니다.** 경찰들에게 말해야 할까? 작년 일에 대해서? 그들이 이미 알고 있을까?

풀 경사는 아무 말 없이 눈을 깜빡이더니 자기 휴대폰을 너에게 보여주었어. 네가 그걸 보고 있을 때 나는 데이 경감을 지켜봤지. 너를 보는 그녀의 눈빛은… 뭐랄까? 슬픈 것 같기도 하고 걱정스러워하는 듯했어. 경찰에게는 기대할 수 없는 표정이었지. 일종의… 뭔가를 갈망하는 얼굴이랄까. 내 시선을 느낀 그녀는 재빨리 눈을 아래로 향했어.

"이게 그 보고서예요. 당신의 DNA가 아닐 가능성은 10억분의 1입니다. 그러니까 아마 당신은 올리비아가 실종되기 바로 전에 그녀를 보았고, 무언가에 크게 당황했을 겁니다…"

풀 경사는 잠시 말을 멈추었다가 다시 이어나갔어.

"만약 그렇다면, 지금이 진실을 털어놓을 좋은 기회입니다. 당신이 그날 밤 그 골목 근처, 포티스헤드 원에 있었다는 점도 감안하면요."

"하지만 걘 그 골목에 가지 않았어요."

내가 말했어. 난 너와 함께 있었으니까.

"전 올리비아를 만난 적이 없어요. 대화를 한 적도 없고요."

네가 말했지.

"네, 그러면 매튜, 누구도 이런 식은 원치 않지만…"

"뭐라고요?"

너는 어처구니없다는 듯 입을 딱 벌렸고, 풀 경사는 벌떡 일어서며 말했어.

"매튜 제임스, 당신을 올리비아 존슨의 납치 혐의로 체포합니다. 당신은 묵비권을 행사할 수 있지만, 법정 심문을 받을 때 묵비권을 행사하면 당신의 방어에 불리해질 수 있습니다. 당신이 말하는 모든 것은 증거로 제출될 수 있습니다. 지금 말씀드린 것을 이해하십니까?"

"전… 아니에요… 납치라니요?"

너는 펄쩍 뛰며 말했어.

"저는 그날 엄마랑…."

너는 나를 가리키며 팔을 마구 휘둘렀어.

"당신을 체포해야 하는 이유는 이 사건을 신속하고 효과적으로 조사하기 위해서입니다."

"알리바이가 있잖아요. 어떻게 제가 누군가를 죽일 수 있었겠어요?"

네 목소리에는 고통이 가득했어. 하지만 **알리바이**라는 단어는 전부 의도적인 방어 수단이야.

나는 그 말을 하는 너를 바라보았어. 은밀히 밀려오는 파도처럼 의심이 내 몸 위로 스멀스멀 기어 올라오기 시작했어.

풀 경사는 따분한 비즈니스 미팅을 끝냈다는 듯이 서류 정리에 돌입했어. 늦은 밤도 아니고, 생사가 달린 문제도 아니라는 듯.

"수색할까요?"

그가 데이 경감에게 묻자 그녀가 고개를 끄덕였어. 풀 경사가 손을 내밀었고 너는 휴대폰을 제출했어.
"납치라고요? 그 여자가 이 집 지하실에 있을 리는 없어요. 그렇잖아요?"
너는 당황해 어쩔 줄 몰라 하면서 팔을 휘휘 내저었어. 나는 마음으로 물체를 움직이는 염동력 같은 걸 써서라도 네가 말을 못하게 막아야겠다는 듯 손을 뻗었어. 하지만 내가 어떻게 생각하든 그들에겐 아무 상관이 없었지.
티셔츠가 목을 조이는 느낌이 드는지 너는 목 부분을 잡아당겨 봤지만 아무 소용이 없었지. 너는 우리 집에서 존엄성을 완전히 잃고 토할 것처럼 켁켁거리기 시작했어. 그리고 넌 도와달라는 듯 나한테, 즉 엄마에게로 몸을 돌렸지. 하지만 나는 너를 도와줄 수 없었어. 너처럼 어쩔 줄 몰라 하고 있었으니까.
"이건 말도 안 돼요."
너는 숨을 헐떡이며 말했어.
"저기요, 영장이 있어야 하지 않나요? 그리고 매튜는 변호사가 필요하고요."
내가 말했더니 풀 경사가 건조하게 대꾸했어.
"기소 가능한 범죄로 체포될 때는 영장이 필요 없습니다. 그렇죠, 데이 경감님?"
"수색팀이 오면 난 위층을 맡을 테니까 아래층을 맡아줘요. 그리고 지원 경찰관 한 명을 데려와서 매튜 옆을 지키게 해주세요."
데이 경감이 말했고 풀 경사는 너와 나, 우리 둘을 주방으로 데려갔어. 그는 거칠게 우리를 몰아붙였는데 도와주는 동료가 없어서 그런 것 같았어.

"아무것도 만지지 마세요."

풀 경사의 말에 우리는 마치 죄수들처럼 거기 서 있었어. 사랑스러운 우리 집 대리석 주방 조리대 옆에서, 추방된 사람들마냥.

"엄마 봐봐."

내가 말했어.

"전 납치 안 했어요. 그 여자는 모르는 사람이에요. 저는 절대로…."

혼란스러운 듯 너는 말을 끝맺지 못했어.

나는 네 눈빛을 5초, 그리고 10초 동안 응시했어. 점점 더 많은 경찰들이 현관문으로 쏟아져 들어왔어. 보이진 않았지만 밖에서 지시를 기다리며 대기하고 있었던 게 틀림없어. 너는 나를 마주보았지. 넌 감정을 가득 담은 두 눈을 깜박였지만 아무 말도 하지 않았어, 항상 그랬던 것처럼. 그러다가 갑자기 넌 입을 열었어. 속삭이는 목소리로 나에게 고백했지.

"올리비아와 얘기한 적 있어요. 온라인으로요."

너무 작은 소리여서 나는 알아들으려고 애를 써야만 했어.

"방금 그 메시지를 지웠어요."

13
줄리아

줄리아의 뺨에 눈물이 흘러내렸다. 그녀는 바 테이블 위에 팔꿈치를 올리고 두 손으로 얼굴 옆을 감쌌다. 목에서는 비통한 아픔이 느껴졌다. 그녀는 방금 매튜의 집을 떠났다. 매튜는 아직 어린애다. 제너비브와 몇 살 차이도 안 난다. 현장에 가지 말았어야 했는데 실제로 보고 싶은 마음을 억누를 수 없었다. 깊은 곳에서 올라오는 관음증적인 충동 때문에 그녀는 자신의 부패한 행동이 초래한 결과를 눈으로 확인했다.

앞선 조사에서 DNA가 매튜의 것과 일치한다는 결과가 나왔다. 줄리아는 그의 혐의를 살인으로 상향 조정하는 것에 대해 의논해보려고 했지만, 팀원들은 그녀를 외계인 보듯 했다. 평소 줄리아는 결코 그런 제안을 하지 않았다. 특히 시신이 없는 경우라면 더더욱. 그녀는 자신의 의견을 정당화해보려고 했지만 잘 되지 않았다. 그러다가 매튜를 체포했고 그의 집에서 나왔다.

지금 줄리아는 경찰서 맞은편 바에 혼자 있다. 매튜가 체포된 순간부터 여기 오고 싶었다. 원목 바닥재와 곳곳에 걸린 매튜의 사진 액자, 풍성한 백합 향이 은은하게 감도는 매튜의 아름다운 거실에 앉아있을 때 줄리아는 갑자기 이 바에 오고 싶다고 본능적으로 생각했다. 그녀가 평소에 자주 다니던 곳도 아닌데, 매튜가 체포되자마자 여기로 왔다.

상황은 이렇게 정리되었다. 매튜는 경찰서에 갇혀있고 줄리아는 자유롭게 여기 와 있다. 이것이 줄리아가 한 거래다. 줄리아의 외동딸은 구원받았고 매튜는 희생되었다.

줄리아는 이 사실에 전율했다. 그녀는 악마와 거래를 했다. 그리고 조만간 대가를 치를 것이다.

밤에 용의자를 체포하는 것은 오래된 전술이다. 밤 늦게 체포하고 다음 날 아침 일찍 인터뷰를 하는 것. 경찰 및 형사 증거법에 위배되지는 않으나 합법적인 선을 넘을 수도 있는 방법이다. 용의자는 첫날 밤이 지나면 풀려나기 위해 어떤 말이든 할 것이다. 줄리아의 경험상 지금까지 문제된 적은 없었다.

매튜의 엄마. 줄리아는 그녀에 대한 생각을 지울 수가 없었다. 매튜도 제너비브처럼 그녀의 외동아들이다. 그녀는 충격 이상의 반응을 보였다. 너무 놀란 나머지 눈빛이 번쩍거렸고, 누가 방금 후려친 것처럼 얼굴이 빨개졌다.

줄리아와 아트는 둘째 아이를 원했다. 그들은 줄리아의 담당 사건이 줄어들기를, 적당한 타이밍이 오기를 기다렸지만 그런 때는 결코 오지 않았다. 단 한 번도. 그리고 줄리아는 경감으로 승진했고 아트는 일주일 동안 그녀에게 말을 하지 않았다.

줄리아는 여기에 자주 오지 않는다. 경찰들은 이런 곳보다 오래된 펍을 더 좋아했다. 오렌지색 바, 가죽이 벗겨진 스툴, 위쪽의 잔걸이에서 얼룩진 유리잔이 흔들거리고 있는 그런 곳 말이다. 줄리아는 집에 있어야 했지만 여기에 와서 애꿎은 위스키를 홀짝이고 있었다. 운전을 해야 하는데도. 경찰의 전형적인 모습이다.

줄리아는 머리카락을 뒤로 넘겼다. **매튜, 매튜, 매튜.** 머릿속에서 계속 그의 이름을 중얼거렸다. 위스키가 이 일을 잊는 데, 적어도 무감각해지는 데 도움을 줄 거라고 생각했지만 오히려 정신이 또렷해질 뿐이었다.

그녀는 올리비아에 대해서도 계속 생각했다. 트라우마와 죄책감, 수치심을 통과하자 형사로서의 직감이 어떤 중요한 지점을 가리켰다. 올리비아의 인스타그램 게시물에는 뭔가 이상한 점이 있었다. 살균소독제 조플로라는 올리비아가 올린 글과 달리 테이블을 닦을 때 쓰지 않는다. 줄리아는 이것을 아는 자신이 싫었지만 사실을 인정해야 했다. 그리고 눈에 아이마스크를 붙이고 밖에 나가는 사람은 없다. 이건 거의… 뭐라고 해야 할까?

땅을 파고 들어가려는 동물처럼, 그녀의 형사 마인드는 이런 저런 가능성을 타진해 보았다. 마흔 살 정도 돼 보이는, 머리를 묶어 올린 바텐더가 그녀 앞에 있는 오래된 초를 새것으로 바꾸고 불을 붙였다. 촛농이 곧 눈물처럼 옆으로 흘러내리기 시작했다. 이 바는 문제를 근본적으로 해결해 주지는 못하는, 상처 위에 붙이는 테이프 같은 곳이었다. 지루한 분위기에 손님도 거의 없었다. 초도 별로 위로가 되지 않았다. 줄리아는 촛불 위에서 손을 획 움직여 보았다. 불꽃이 손바닥을 핥았다. 느낌은 없었지만 실제로 불꽃이 손바닥에 닿았다.

이런 생각이 줄리아의 다음 행동을 이끌었다. 그녀는 두 번째 위스키를 주문한 다음 올리비아의 인스타그램을 다시 넘겨보았다. 그리고 올리비아의 아빠에게 전화를 걸었다.

14
올리비아

인스타그램

사진 코코넛 컨디셔너

글 새로운 컨디셔너 써 보는 중. 유분이 너무 많아서 다른 걸 써 봤어. 이것도 머리에 유분이 남아서 샤워젤로 씻어내야 했지. 이제 브라이언 메이❖처럼 보이네. 고마워요, 호르몬.

트위터

현재의 두려움: 갑자기 불타는 거? 불안증 레퍼토리에 새롭게 추가된 건데 나름 괜찮은 소재. 팔에 불이 붙었는지 계속 확인하게 됨. 90년대에도 이 걱정을 한 사람이 있었나? 그때는 이런 게 유행이었던 것 같은데. 2023년까지도 계속 걱

❖ 영국의 전설적인 록 밴드 '퀸Queen'의 기타리스트. 풍성한 긴 곱슬머리가 특징이다.

정하는 사람이 있을까?

연애 상태: 남자친구는 근육질이 돼 가고 나는 초콜릿 바를 역기처럼 들어 올리고 있음.

인스타그램

사진 김이 모락모락 나는 욕조.

글 별자리점에 따르면 나는 이번 달에 뜨거운 물에 들어간다고 함.

보낸 편지함

4월 27일

발신자 LittleO@gmail.com 수신자 amydeshaun@gmail.com

안녕, 잘 지내? 대학 졸업한 지도 좀 됐네. 이메일 보내야겠다는 생각이 들었어. 넌 왓츠앱 안 써? 그래도 이 메일이 엄마가 받으시던 라운드로빈 크리스마스 편지✥처럼 뻔한 안부인사 정도로 느껴진다면 미안해. 하하. 구식 표현이지? 어쨌든 잘 지내나 궁금해.

난 여기서 잘 지내. ET를 그만뒀고 새 직장을 구하려고 해. 새 직장이 정해지지 않은 채로 일을 그만둔 게 옳은 결정인지는 모르겠어. 하지만 어쩔 수 없지. 게다가 별자리점 보니까 수성이 역행하고 있대! 나는 마케팅 쪽으로 옮겨보려고 해. 솔직히 세일즈는 나한테 안 맞았어. 정신병자들도 많고.

금방 다시 연락할게!

리틀 오.

✥ 일반적으로 크리스마스 카드와 함께 연말에 여러 사람에게 보내는 편지로, 올해 본인과 가족에게 있었던 주요 사건을 정리한 내용을 담고 있다.

4월 28일

발신자 amydeshaun@gmail.com 수신자 LittleO@gmail.com

맙소사, 전화할게!

실종 4일 째

**JUST
ANOTHER
MISSING
PERSON**

15
줄리아

"매튜는 아무 말도 안 하고 있어요."

다음 날 아침, 풀이 줄리아의 사무실에 성큼성큼 들어오며 말했다. 줄리아는 화들짝 놀랐다. 그녀는 아트를, 그리고 오늘 아침 아트가 어젯밤 일에 대해 제너비브에게 했던 말을 생각하는 중이었다. 그는 연극은 지루한 게 아니라 단지 지루하다는 오해를 받는 것뿐이라고 말했다. 아트와 줄리아는 1~2년 전에 함께 연극을 보러 간 적이 있었는데, 줄리아가 중간에 나가자고 아트를 꼬셨다. 중간 휴식 시간에 거리로 뛰쳐나온 두 사람은 비를 뚫고 집으로 달렸다. 그날 밤 줄리아가 아트에게 말했던 걱정 중 하나는 극장에서 지루함 때문에 죽을 뻔했다는 것이었고, 아트는 침대가 흔들릴 정도로 웃어댔다.

리복 점퍼와 청바지를 입은 풀이 눈을 반짝였다. 그가 갑자기 걸어들어와 줄리아는 깜짝 놀랐다.

"노크 좀 할 수 없어?"

그녀가 날카롭게 말했다.

"왜 체육복 같은 걸 입었어?"

그녀는 모니터에서 보고 있던 화면을 숨겼다. 데이빗 하퍼라는 사람을 찾아보는 중이었는데, 그는 잭의 형일 수도 있고 아닐 수도 있었다.

"전 지금 연차 휴가 중인 것 같은데요."

"그런 게 어딨어. 살인 혐의로 격상하는 건 어떻게 돼 가?"

곧 올리비아의 아빠가 줄리아를 만나러 올 것이다. 줄리아는 신경이 곤두선 채로 그를 기다리고 있었다. 풀은 눈알을 굴리고 싶은 걸 겨우 참는 것 같았다.

"살인 혐의는 너무 목표가 높은 거 아닌가요? 게다가 변호사가 잭슨 씨예요."

"오."

그의 말에 줄리아가 책상을 내려다보며 외마디 감탄사를 내뱉었다. 할 말이 없다는 뜻이었다. 잭슨 씨는 만만치 않은 강력한 상대였다. 온갖 노력을 다 동원하는 사람이고 유죄판결을 받은 사건이 거의 없었다. 그는 판결의 진행 자체를 막고 첫 번째 심리나 재판에서 끝내버린다. 줄리아가 이 사건을 살인 혐의로 만들 방법은 없었다. 시신이 발견될 때까지는.

"하지만… 우리에겐 DNA가 있잖아요."

풀은 아무렇지도 않은 듯 말했다.

"납치 혐의까지는 문제없을 거예요. 아마도."

줄리아는 속이 울렁거림을 느끼며 빠르게 고개를 끄덕였다. 불쌍한 매튜, 부패한 경찰과 맞서고 있는 줄도 모르고 법의 심판대에 서게 되다니.

하지만 체포는 시작일 뿐이다. 매튜를 기소했지만 이제부터가 시작이다. 그는 무죄를 주장할 것이다. 왜 안 그러겠는가? 그리고 몇 년 후에 재판이 열릴 것이다. 법정의 밀린 재판 건들이 많기 때문에 그때까지는 미결 상태가 유지된다. 변호사, 전문가, 배심원들이 그녀의 아마추어 같은 가짜 증거들을 하나하나 골라낼 것이다. 줄리아는 이 사건의 결말이 어디로 갈지 정말로 궁금했다. 그의 재판? 아니면 그녀의 재판?

비극적이고 본능적인 어떤 충동으로 인해 줄리아는 경찰서 유치장으로 가서 매튜를 만나보기로 했다. 그녀는 아무 설명 없이 풀을 지나쳐 걸어갔다. 자신을 쳐다보는 그의 시선이 느껴졌다.

접수 구역에는 수많은 CCTV 화면이 한곳에 모여있었고 각 모니터에서 움직이는 사람들의 형상이 보였다. 유치장에 갇힌 대부분의 사람들은 기본적으로 아무것도 하지 않는다. 가만히 앉아서 허공을 응시할 뿐이다. 일부는 취해있고, 대다수는 두려워하거나 자신이 바보 같다고 느낀다. 대부분 마약이나 절도 혐의를 가지고 있는데 오랫동안 피해 다녔던 경찰들에게 전혀 예상치 못했던 방식으로 잡혔기 때문이다.

매튜는 전형적인 구금자처럼 행동하지 않았다. 줄리아의 머리 위에서 보이는 영상 속 그는 이리저리 왔다갔다 하고 있었다. 그녀는 매튜가 이쪽 저쪽으로 움직이면서 손톱을 물어뜯고 손으로 머리를 훑으며 문지르는 모습을 보았다. 그는 뭔가를 해결해 보려고 애쓰고 있었다. 결백한 사람들은 대개 완전히 당혹감에 빠진다. 그리고 곧 억울함이 풀릴 것이라고 확신하면서 아무것도 하지 않고 기다린다. 죄가 있는 사람들은 대부분 과장된 행동을 한다. 하지만 혼자 있을 때 그러지는 않는다. 줄리아가 추측해 본다면 매튜는 명확히 죄지은 사람도, 그렇다고 결백한 사람도 아닌 애매한 반응을 보이고 있었다. 기이했다.

유치장에 들어가서 직접 그에게 묻고 싶은 마음이 굴뚝같았다. 적이 될 만한 사람이 있습니까? 우리에게 공통된 적이 존재할까요? 하지만 그럴 수는 없었다.

매튜는 무작위로 선택된 희생양일까? 그는 납치의 현장과 가까운 곳에 살고 있다. 또한 엄마와 함께 그 골목 바로 옆에 있는 바에 와 있었다. 죄를 뒤집어씌울 완벽한 후보자이며 순진한 아이였다.

만약 무작위가 아니었다면 누군가가 어떤 이유 때문에 그에게 누명을 씌우고 있는 것이다. 줄리아는 다시 한번 올리비아를 생각했다. 예전에 매튜와 뭔가 충격적인 일이 있었던 걸까? 그래서 올리비아가 복수를 하고 싶어 하는 걸까?

줄리아는 접수 구역을 통과해 걸어가다가 잭슨 씨를 마주쳤다. 그녀는 그에게 고개를 까딱하며 인사했고 그는 눈썹을 으쓱하며 답했다.

"데이 경감님."

그가 입을 열었다.

줄리아는 이것이 단순한 인사인지 아니면 어떤 말의 도입부인지 알 수가 없었다. 잭슨 씨는 산전수전 다 겪은 나이 지긋한 변호사이며 그녀가 아는 최고의 변호사 중 한 명이었다. 신중한 타입으로, 화려한 고객이나 유명 사건을 맡아야 성공한 삶이라고 생각하지 않는 부류였다. 그의 특성은 꼼꼼함이었다. 그는 밤을 새서라도 관련 서류를 한 장도 빠짐없이 두 번씩 검토했다. 또 그는 자신처럼 하지 않고 파일의 첫 장만 읽는 변호사를 '첫 장 변호사'라고 불렀다.

최고의 변호사들은 영화에서 나오는 모습과 다르다. 그들은 영화에서처럼 매끈한 외모에 부유해 보이는 스타일도 아니고 큰 그림을 그리지도 않는다. 현실 속 그들은 세심하고 신중하다. 단 한 페이지에 숨겨진 오류를 찾아내기 위해 4천 페이지의 지루한 서류를 일일이 검토하기를 마다하지 않으며, 그 작업을 하는 동안 집중력을 잃지 않는 사람들이다.

"마침 만나고 싶었는데 잘 됐군요."

그가 정중하게 말했다.

"공개된 정보를 받았는데 전부가 아니라 일부였거든요."

"원래 그런 거잖아요."

줄리아가 답하자 그가 다시 물었다.

"결국 정보를 모두 제공하셔야 하는데 그냥 지금 다 주면 안 되는 겁니까?"

줄리아가 한숨을 쉬었다.

"어떤 게 부족하세요?"

그가 손에 든 노트를 뒤적이기 시작했고 줄리아는 팔의 위쪽 털이 곤두서는 것을 느꼈다. 복면을 쓴 남자가 차 안에 있다는 것을 그녀에게 경고했던 동물적인 공포가 다시 찾아왔다. 이번에는 단 한 개의 속임수도 놓치지 않는 변호사다.

"현장을 관리하던 지원 경찰관이 보디캠을 착용하고 있었는데 그 영상을 보지 못했어요. 구해 주실 수 있습니까?"

"보디캠이요?"

줄리아의 어깨와 가슴이 일순간 뜨거워졌다.

"보디캠으로 찍은 게 있다고요?"

"네, 기록에는 그렇게 나와있네요."

"아, 네. 알겠습니다."

그녀는 대답하며 침을 삼켰다. 목구멍이 완전히 말라버렸다. 보디캠이라니, 전혀 모르고 있었다. 지원 경찰관은 대개 보디캠을 착용하지 않으며 줄리아는 기록을 확인하지 않았다. 만약 지원 경찰관들이 올리비아의 방을 샅샅이 살폈다면 유리잔과 담배가 거기에 없었다는 사실이 영상으로 확인될 것이고 시간대별 확인도 가능할 것이다. 그 뒤로 방문한 사람은 줄리아가 유일했다. 심지어 범죄현장 방문 기록부에 서명도 했다.

"영상 구해볼게요."

그녀는 건조한 목소리로 말했다.

"공개된 정보를 이 잡듯이 꼼꼼하게 검토해야죠."

그는 사람들이 대개 그러듯 '자세히'라고 말하는 대신 '이 잡듯이 꼼꼼하게'라는 표현을 정확하게 사용하며 말했다. 그는 아트처럼 정확한 단어 사용에 민감한 타입이었다.

"경감님이 갖고 있는 건 DNA 두 개밖에 없지 않습니까."

그는 더 이상 언급하지 않고 거기서 말을 끝냈다. 줄리아는 빠르게 고개를 끄덕였다.

"저도 잘 알아요."

잭슨 씨는 자리를 뜨면서 어깨 너머로 이렇게 덧붙였다.

"시신 없는 살인 혐의를 생각 중이신지 모르겠는데, 저라면 재고해 볼 겁니다."

그때 줄리아 뒤에서 헛기침 소리가 들렸다. 에린이었다. 그녀는 줄리아와 눈을 마주치지 않고 지나갔다.

○

줄리아가 사무실로 돌아오기 전에 화재 경보기가 울렸다. 밖에는 계속 진눈깨비 같은 축축한 비가 내리고 있었다. 화재 경보기 때문에 모두 밖에 나와 있는 이 상황이 줄리아는 불편했다. 줄리아는 동료들이 다 듣는 곳에서 누군가와 대화 하고 싶지 않았다. 검찰 변호사인 패트리샤가 줄리아를 기다리고 있었기 때문에 더더욱 그랬다. 줄리아는 앞서 패트리샤에게 연락하면서 용의자가 있다고 말하긴 했지만, 그녀가 이렇게 빨리 등장할 줄은 몰랐다.

"여기만큼 좋은 장소가 없는 것 같은데요?"

패트리샤가 한 손은 주머니에 넣고 다른 한 손에는 분홍색 서류철을 들고 이쪽저쪽으로 왔다갔다 하며 줄리아에게 말했다. 부자연스러울 정도로 격의 없는 태도였다.

줄리아의 온몸 구석구석에서 땀이 솟았다. 무릎 뒤쪽이 땀으로 미끈거렸다. 척추를 따라 땀이 흘러내렸고 손바닥까지 축축해졌다. 머릿속에는 보디캠 생각뿐이었다. 패트리샤를 보자마자 줄리아는 당장 도망치고 싶었다. 패트리샤는 교과서처럼 엄격하게 규칙을 지키는 타입이며, 그날 저녁 줄리아와의 대화를 '지속적인 전문성 개발'이라고 칭할 만한 부류였다. 저녁 모임에서 경영진 같은 말투를 사용하고 자신의 캐릭터를 절대로 깨뜨리지 않는 유형으로, 적절한 상황이 아니라면 재미있는 농담에도 의도적으로 웃음을 참는, 그야말로 틀에서 벗어나지 않는 고루한 인물이다. 사무실에서도 본연의 모습을 드러내고 감정을 마음껏 폭발시키는 타입을 좋아하는 줄리아는 당연히 평소 그녀와 가깝게 지내지 않았다. 패트리샤는 키가 작고, 39세와 60세 사이 어디쯤에 있는, 나이를 가늠할 수 없는 사람이었다. 곱슬거리는 금발의 단발 헤어스타일을 한 그녀는 활짝 웃는 미소를 가졌지만 자주 웃지는 않았다.

"매튜 제임스 말인데요."

패트리샤는 서류철을 가리키며 말했다. 분홍색 마분지로 된 서류철 표지에 빗방울이 떨어져 핏빛 같은 빨간색이 번졌다.

"네."

줄리아가 대답했다.

줄리아가 그렇듯 패트리샤도 거짓말하는 사람들을 수없이 만나봤기 때문에 속임수를 예리하게 판별해냈다. 줄리아는 어깨를 곧게 펴고 손바닥에 배어오른 땀을 닦았다. 그녀는 갑자기 아트를 떠올렸다. 지금 당장 문자나 이메일로 그에게 이야기를 하고 싶어 미칠 지경이었다. 단순히 이 일을 말하고 싶은 게 아니라 예전에 그들이 대화하던 방식이 그리웠다. 이메일이 아니라면 야외 테이블에서 그와 단둘이 햇살을 받으며 이야기하고 싶었다. 이 모든 걸 알게 되면 아트는 뭐라고 할까? 제너비브에게 일어난 일, 그리고 매튜와 관련해 줄리아가 한 일들 모두.

"증거로 나온 건 유리잔과 담배밖에 없어요."

패트리샤는 단도직입적으로 말했다.

"납치가 아니라 살인 혐의로 그를 기소하고 싶다고 하셨죠?"

"맞습니다."

줄리아가 대답했다. 그것이 그녀의 임무다. 살인 혐의를 씌워야 한다.

"지금까지 밝혀진 바에 따르면 매튜는 이전에 말썽을 일으킨 적이 없고 피해자가 전혀 모르는 사람이라고요?"

"아직 기다리고 있는 정보가 더 있어요."

줄리아가 서둘러 대꾸했다. 진눈깨비가 그녀의 코끝에 달라붙었다.

"아직 메타에서 매튜와 올리비아에 대한 정보를 보내주지 않았어요. 그래서 아직은 두 사람의 사적인 메시지를 볼 수가 없습니다. 올리비아의 아빠도 딸의 페이스북과 인스타그램 비밀번호를 몰라요."

줄리아는 떠들어댔지만 스스로도 자신의 말에 귀를 기울이지 않았다. 보디캠 영상을 어떻게 구하지? 어떻게 그걸 확인할 수 있을까? 시신이 없는데 어떻게 매튜를 살인 혐의로 기소할 수 있을까? 그녀는 벌어진 상처 위로 덕지덕지 반창고 붙이기를 반복하고 있었다.

"놀랍다고 말할 수밖에 없네요."

패트리샤는 팔짱을 끼며 말했다. 작은 진주처럼 머리카락 위에 떨어지는 물방울 때문에 그녀의 머리가 계속 젖어가고 있었다.

"원래 기소에 대해 조심스러운 편이시잖아요."

패트리샤는 이렇게 말하며 줄리아의 눈을 마주보았다. 탐색하는 듯한 시선이었다. 밖에 함께 나와 있던 동료들이 짜증스럽다는 듯 투덜거리기 시작했다. 화재 경보기의 알람이 아직도 울리는 중이었기 때문이다.

"그래도 그 증거물들이 어떻게 그 방에 있었는지 전혀 설명이 안 됩니다."

"올리비아가 그 방을 쓴 건 겨우 24시간이었어요. 이전에 살던 사람은 누구였죠?"

"조너선이 조사했습니다. 이전 거주자는 오래전에 이사를 나가서 그 방은 비어있었어요. 그리고 매튜는 거기에 간 적이 없다고 말하고 있고요."

줄리아는 침을 꿀꺽 삼켰다.

"너무 뻔한 거짓말이죠. DNA는 이전 거주자가 아니라 매튜와 일치해요."

"그 증거는 살인은 고사하고 납치 혐의에조차 충분하지 못합니다. 그게 제 솔직한 직감이에요."

패트리샤는 서류철을 든 팔을 양쪽으로 넓게 벌리며 말했다.

"그를 기소하지 않겠다는 건 아닙니다. 증거가 더 필요하다는 거죠. 혐의를 높여줄 만한 뭔가가 있어야 합니다. 수상한 DNA 외에도 혈흔, 목격자 같은 것들이 추가되어야 하죠. 기소를 반대하려는 건 아닙니다."

그녀는 마지막에 이렇게 덧붙였다. 반대하고 있다고 스스로 생각하는 사람이 정확히 할 법한 말이었다.

코브라 한 마리가 줄리아의 몸을 단단히 감고 온갖 장기와 숨통을 꽉 조르는 것 같았다. 이러면 안 된다. 그녀는 매튜를 기소해야만 했다. 시한은 언제까지인지 모른다. 확실한 건, 그 목표를 완수할 때까지 그녀의 일거수일투족이 감시당할 것이라는 사실이었다.

만약 매튜가 기소되는 대신 미결로 풀려나면 어떻게 될까? 과연 다시 복면 쓴 남자와 연락이 닿을까? 아니면 그가 과격한 보복을 할까? 그는 이미 그럴 준비가 되어있다. 만약 제너비브의 안전이 보장된다면 줄리아는 기꺼이 유죄 선고를 받을 수 있을까? 아마 그럴 것이다.

줄리아는 눈을 깜빡였다.

"좋습니다. 제가 더 파헤쳐 볼게요. 증거를 더 찾아보겠습니다."

그녀는 어떻게 할지 생각하지 않은 채로 일단 이렇게 말했다.

"그러니까 제 말은…."

"무슨 뜻인지 알아요."

패트리샤가 분명히 말했다.

그리고 물론, 문제가 된 것은 줄리아가 내뱉은 말이 아니었다. 줄리아의 공포였다. 화재 경보기 알람이 갑자기 꺼졌고 예상치 못한 고요함에 그녀의 귀가 떨렸다. 리셉션 데스크 직원은 모든 사람이 무사한지 확인하는 절차를 중단했고, 경찰서 직원들은 다시 안으로 들어갔다. 패트리샤는 줄리아에게 손을 흔들고 자기 차로 향했다.

"짧고 간결하게 하세요."

그녀가 뒤를 돌아보며 말했고 줄리아는 고개를 끄덕였다.

줄리아는 다른 사람들과 함께 안으로 들어갔지만 뒤쪽 방으로 가는 대신 개방형 사무실의 도킹 스테이션으로 갔다. 보디캠 영상이 매일 업로드되는 곳이었다. 거기엔 아무도 없었지만 그래도 줄리아는 주변을 둘러보았다. 도킹 스테이션 아래쪽 선반에는 아무것도 없었다. 3일 전의 영상이 이미 어딘가에 업로드되어 있을 것이었다. 그녀는 자기 사무실로 돌아간 다음 서버에서 그 영상을 찾았다. 그리고 영상 두 개를 동시에 재생했다. 영상 속에서는 지원 경찰관들이 범죄 현장을 확인하면서 경찰 업무 절차가 잘못 묘사된 텔레비전 드라마에 대해 시시한 수다를 떠는 소리가 들렸다. 줄리아는 영상을 뚫어져라 관찰했다. 그리고 드디어 그 일이 일어났다. 지원 경찰관 한 명이 몸을 아래로 굽혔다. 보디캠이 침대 밑을 포착했다. 유리잔이 없었다.

줄리아의 심장이 두방망이질 쳤다. 그녀는 떨리는 손으로 입을 막았다. 끝났다. 분명히 끝난 거다. 그녀는 망했다.

16
루이스

계단 네 개를 내려가면 우리 주방, 너와 욜란다가 좋아하고 나는 싫어하는 커다란 개방형 주방이 나온다. '우리 집 어때요?'라며 과시하는 공간 같아서 나는 여기서 편안하게 쉴 수가 없다. 미끄럽고 어둡고 단단한 나무바닥, 끝에 있는 이중문, 보란 듯 놓여 있는 키친에이드✤. '우리는 중산층이고 우울할 정도로 완전히 틀에 박힌 사람들이에요.'라고 외치는 것처럼 보였다. 이걸 욜란다에게 이야기한 적이 있는데 그녀는 눈웃음을 지으며 이렇게 말했다.

"난 키친에이드가 그냥 좋은 푸드 믹서라고 생각했는데."

여느 때와 다름없는 화요일 아침이다. 욜란다는 은색 수제 파스타 기계를 꺼내 조리대에 고정시키고 반죽을 넣을 때는 기계에 눈

✤ 베이킹용 반죽을 만들 때 쓰는 유명 브랜드의 주방용품

높이를 맞춰 가며 파스타를 조심스럽게 뽑아내는 중이다.

나는 내 서재로 갔다. 조용한 곳이지만 밖에서 차들이 지나가는 소리가 들렸다. 그리고 끊임없이 비가 내렸다. 나는 오래된 노트북을 꺼냈다. 집에 올 때면 네가 가끔 이걸 사용했었다. 너는 항상 휴대폰을 쓰니까 노트북을 자주 사용하진 않았지만, 노트북에서 너의 기록을 확인해 볼만한 가치는 충분했다.

터치패드 위에 손가락을 올리자마자 노트북이 켜지면서 탭 하나가 열렸다. 나는 며칠 동안 이걸 쓰지 않았다. 이 노트북은 네 것이나 다름없다. 젠장, 경찰에 말해야 하는데, 그전에 내가 이걸 먼저 살펴보고 싶은 마음을 참을 수가 없었다. 사적인 것과 공적인 것. 너는 내 딸이니 내가 그들보다 먼저 알고 싶다. 슬픔과 사랑, 혼란과 탐색의 시간이 지나 언론과 재판이라는 관료주의적인 괴물이 등장하기 전에. 잠시 몇 초만 미루는 것이다. 마우스패드와 키보드를 건드려 보았다. 너의 가느다란 손가락도 이 위에 놓여 있었을 것이다. 전에. 네가 떠나기 전, 혹은 잡혀가기 전에.

앤드루 자모스

나는 이 이름을 보면서 눈을 깜빡였다. 네가 그의 이름을 구글에 검색한 흔적이었다. 게다가 더 나쁜 건, 네가 뉴스 탭도 클릭했다는 것이다. 도대체 왜?

줄리아는 전화를 받지 않았지만 풀 경사와는 연락이 닿아 내가 찾은 걸 말했다. 전부는 아니고 일부를. 그는 듣더니 이렇게 말했다.

"알겠습니다. 그 이름을 검색한 사람이 따님이라는 게 확실한가요?"

"저나 욜란다는 분명히 아닙니다."

"네, 조사해 보겠습니다. 기다려 주세요."

하지만 풀 경사의 목소리에는 뭔가 무시하는 투가 묻어났다.

"딸애가 앤드루의 이력을 알아내려고 검색했을 수도 있지 않습니까? 그 사람이 걱정됐을 수도 있고요. 클레어법[✢]처럼요. 과잉보호하는 미친 아빠 아니냐고 하실 수도 있겠지만 맹세컨대 저는 그런 사람이 아닙니다."

"아무도 당신을 그렇게 생각하지 않아요."

내가 거친 언어로 자극했음에도 불구하고 풀 경사는 전문가로서 교양 있는 태도를 잃지 않았다.

"단지 앤드루에게는 분명한 알리바이가 있다는 것뿐입니다."

"그래서요? 그게 끝입니까? 다른 용의자는 없어요?"

"그건 대답할 수 없습니다."

나는 절망의 신음을 내뱉었다.

"제 노트북을 가지러 오시는 건 어때요?"

"경찰을 보내겠습니다. 이 사건은 완벽하게 통제되고 있어요."

"그런가요? 그런데 어째서 아무도 제 딸을 못 찾은 겁니까?"

"데이 경감님은…."

"그 분은 어딨습니까?"

[✢] 2014년부터 영국에서 시행된 데이트 폭력 방지법

"이 사건에 완전히 집중하고 계십니다."

"그렇지 않다고 말한 적은 없어요."

풀 경사의 말을 이해 못하는 건 아니었다. 그도 잠시 말을 멈추었다. 그는 자기가 실수했고 선 넘은 발언을 했다는 것을 알았다. 때로는 가장 작은 실수에 가장 큰 의미가 담겨 있는 법이다.

"하지만 결과물이 없잖습니까."

나는 이렇게 덧붙였다.

이런 말은 하면 안 된다는 걸 알았지만 난 배려심 따위는 이미 포기한 지 오래였다.

"저희를 믿으셔야 합니다. 최선을 다하고 있어요, 루이스."

하지만 나는 귓등으로 흘려듣고 있었다. 가끔 사람들이 너무 확언을 많이 한다는 생각이 들었다. '이 사건에 완전히 집중하고 계십니다'라니.

"제대로 하지 않으면 제가 직접 상관들께 연락할 겁니다."

나는 으름장을 놓고 전화를 끊은 다음 정지된 구글 검색 화면을 뚫어져라 보고 또 보았다. 그리고 노트북을 덮고 서재에 두었다. 그 방은 네가 타이핑하고 느끼고 생각했던 것들이 모여 있는 박물관이나 다름없다. 비록 느낌과 생각은 눈에 보이지 않지만. 서재의 배경에는 내가 볼 수 없지만 분명히 존재하는 무언가가 있었다. 마치 너처럼.

"그래서, 노트북을 전달받으셨습니까?"

"네, 지금 조사 중입니다."

데이 경감이 대답했지만 그녀는 나를 보고 있지 않았다. 계속 휴대폰을 확인하는 중이었다.

"다시 인터뷰하실 건가요? 앤드루요."

"저기요, 루이스."

그녀가 나에게 말했다. 친절했지만 여전히 딴 데 정신을 팔고 있는 듯했다.

"그 기록은 그냥 구글 검색이에요."

나는 그녀의 어깨 너머로 다시 시선을 던지며 분명히 말했다.

"뉴스 검색이었죠."

"네, 뉴스요."

데이 경감이 고개를 돌려 경찰서 안을 보았다. 한 중년 남자가 와 있었다.

"연락 드리겠습니다. 아시겠죠? 하지만 잊지 마세요, 루이스. 앤드루에게는 알리바이가 있어요."

"네, 압니다."

"앤드루가 따님을 데려갔을 리는 없어요."

"그렇겠죠."

나는 기운 없이 말했다.

"그럼 가보겠습니다. 지금 진행되고 있는 일이 너무 많아요."

그렇게 말하고 그녀는 몸을 돌리더니 경찰서 주차장 밖으로, 저녁 공기 속으로 걸어 나갔다. 너를 찾는 일로 월급을 받고 있는 여자가 나를 완전히 무시하고 나간 것이다.

나는 그녀가 어디로 가는지 지켜볼 수밖에 없었다. 처음에는 미행 시간이 5분도 되지 않았다. 기분이 이상했지만 사건을 맡고 있는 사람들이 시간을 어떻게 보내는지 너무 알고 싶었다. 이번에는 시간이 더 길어졌다. 데이 경감은 포티스헤드 중심가를 향해 갔고 나는 약간 거리를 두고 그녀를 따라갔다. 길을 따라 걷는데 몸이 움츠러들었다. 난 이런 사람이 아닌데, 내가 뭘 하고 있는 거지? 널 찾으려고 애쓰는 것, 그게 다였다. 어떤 대가를 치르더라도 너를 찾아낼 것이다.

데이 경감은 주변의 쇼핑객 물결을 헤치고 나아가는 중이었고 나는 몇 명을 사이에 두고 따라갔다. 나는 그녀가 저녁 외식을 하러 가는 게 아니라 단서를 찾으러 가고 있다는 걸 확인하고 싶었던 것 같다. 너는 내 마음을 알까? 정말 이 수사가 제대로 되고 있는지, 그녀가 정말 최선을 다하고 있는지 궁금했던 거다.

그러다가 그녀가 발걸음을 멈추었다. 네가 마지막으로 목격된 그곳이었다. 데이 경감은 거리를 한바퀴 돌면서 살펴보고 있었다. 안도감에 내 어깨가 축 늘어졌다. 한참 동안 바닥과 벽, 지나가는 차들을 보던 그녀는 뭔가를 곰곰이 생각하는 게 분명했다. 나는 근처의 엿보기 좋은 위치에 서서, 쇼핑객들과 붐비는 시내 풍경에 반쯤 가려진 그녀를 지켜보았다. 그녀는 다시 한번 주위를 한 바퀴 돌면서 이번엔 위쪽의 CCTV 카메라를 찾아보았다. 그리고 주머니에서 꺼낸 목록을 보면서 카메라들을 주의 깊게 확인했다.

데이 경감을 지켜보던 나는 목이 메었다. 그녀는 너를 찾으려고 우리처럼 애를 쓰고 있었다. 나는 흡족한 기분으로 그녀를 남겨두고 돌아섰다. 무언가를 증명하려고 위험을 무릅썼지만 실패한 자의 무거운 죄책감을 지닌 채로. 아내의 문자 메시지를 몰래 뒤졌다가 아무것도 찾아내지 못한 남자의 심정이 이럴까.

몇 분 후에 젊은 여자가 천천히 다가와서 데이 경감에게 반가움을 표했다. 머리카락도 골격도 같은 걸 보니 그녀의 딸이 분명했다. 나는 망설이며 두 사람이 포옹하는 걸 지켜보다가 그곳을 떠났다. 너무 사생활을 침해하는 것 같았다. 오 하느님, 나는 정상적인 사람인데 이건 누가 봐도 확실히 비정상적인 행동이었다. 모녀는 팔짱을 끼고 깔깔거리며 맥도날드로 들어갔다. 그 순간 나는 등 뒤에 난데없이 날아와 꽂힌 화살처럼 강렬한 질투심을 느꼈다.

오늘 밤 우리는 처음으로 너의 실종을 인정하는 의식을 치렀다. 네가 누군가에게, 너를 사랑하는 사람들에게, 우주에게, 혹은 널 데려간 사람에게 마지막으로 목격된 그 순간을. 우리는 말없이 앉아 양초를 태우면서 네가 사라진 시간에 맞춰 묵념했다. 비공식적이고 계획하지 않은 철야기도였지만 이렇게 하는 게 옳다고 느껴졌다. 너는 이 시간에 사라졌다.

이제 욜란다는 자러 갔다. 요즘 네 엄마는 간간이 잠을 자기 시작했다. 나는 트위터에서 수사 상황을 찾아보았다. 게시물이 끊임없이 올라오지만 쓸모 있는 정보는 하나도 없는 게 바로 트위터다. 그저 좋은 말을 퍼 나르고, 논쟁하고, 이미 본 사람들에게 오래된 똑같은 내용을 리트윗하는 게 전부다.

이 사람들은 너를 모른다. 너의 정치 신념, 페미니즘, 자유주의를 모르지. 그리고 네가 초를 너무나 좋아하는 나머지 텔레비전을 볼 때도 초 열 개를 태우고 그 사이에 인형처럼 앉아 있다는 걸 그들은 모른다.

나는 트위터를 끄고 페이스북에 들어갔다. 메시지함이 가득 차 있었다. 오래된 지인들. 대학 동창들. 모두가 애도를 표하고 있었지만 거기에는 뭔가가 더 있었다. 나는 그중 하나를 클릭했다. 오랜 동료 레이에게서 온 메시지였다.

루이스, 오랜만이야. 지금 이 상황에 대해 내가 많이 슬퍼하고 있다는 걸 알려주고 싶었어. 딸이 빨리 집으로 돌아오길 바라. 내 친구, 뭔가 도움이 필요하면 언제든지 전화해. R.

그의 타임라인을 살펴보았다. 너에 대한 경찰의 게시물을 공유하고 이렇게 글을 써 놓았다. **가장 오랜 친구의 딸입니다. 그 애를 찾는 걸 도와주세요.**

나는 소파에 기대 앉아서 한쪽 눈으로 창밖을 보면서 계속 너를 찾았다. 네가 후회하면서 그곳에 다시 나타나 너의 실종사건을 아무것도 아닌 것으로 만들어 버리기를 바라고 있었다. 그리고 왜

레이의 게시물이 내 신경을 건드리는지 생각했다. 욜란다는 분명히 도와주고 싶은 순수한 의도라고 말할 것이다. 그녀는 사람들의 가장 좋은 면을 보는 사람이니까. 하지만 레이가 정말 그럴까? 나에게 그 게시물은 소름 끼치는 허세의 표현이었다. **그 유명한 실종자가 내가 아는 사람이야!** 이게 바로 게시물 안에 숨겨진 진의였다. 나는 레이의 가장 오랜 친구가 아니다. 그는 너를 만난 적도 없다.

화가 난 나는 페이스북에서 로그아웃하려다가 확인 버튼을 누르기 바로 직전에 그것을 보았다. 친구 추천. 앤드루. 나는 실제로 행동하기 전에 이미 내가 그렇게 할 것이라는 걸 알았다. 하지만 창문 쪽을 바라보고 버튼 위에서 손을 빙빙 돌리면서 잠시 뜸을 들였다. 그리고 드디어 마음을 가다듬고 그의 프로필을 보았다. 예전에 이미 여러 번 보았지만.

그리고 문득 그 생각이 떠올랐다. 마치 내가 아니라 다른 사람에게서 나온 것처럼 분명한 형태를 지닌 생각이다. 앤드루에게 말을 걸어보면 좋을 텐데. 하지만 그게 나라는 걸 앤드루가 모른다면 더 좋을 것이다.

17
올리비아

인스타그램

사진 딥티크 베이 향초

글 오케이, 근데 냄새가 왜 이렇게 좋지? 드럭스토어에서 산 것보다 고급 제품이 실제로 더 낫다는 게 정말 이상하지 않아?

트위터

새로 이사 온 이 형편없는 공유주택의 나무계단에 있는 옹이 자국을 남은 평생 동안 매일 거미라고 착각하게 될까?

실종 5일 째

**JUST
ANOTHER
MISSING
PERSON**

18
줄리아

줄리아는 거실에 앉아서 이메일로 전송받은 개인 DNA 보고서를 바라보며, 올리비아가 사용한 '**드럭스토어**'라는 미국식 표현을 생각하고 있었다. 이상했다.

900파운드를 들여 신속하게 처리된 보고서를 읽고 나서 줄리아는 휴대폰을 어깨와 턱 사이에 끼운 채 에린에게 전화를 걸었다. 보고서에 나와 있는 사실이라고는 그 협박범이 남성이라는 것과 그의 DNA 프로필뿐이었다. 거실 창문 너머로 거침없이 몰아치는 봄바람이 지붕들 위로 쓰레기를 날려보내고 있었다. 비닐봉지, 피시 앤 칩스 포장지 같은 것들이 잔뜩 바람에 날렸다.

"DNA 샘플 테스트 좀 해줄 수 있어?"

줄리아는 절박함이 묻어나는 목소리로 물었다.

그녀 앞에는 문제가 겹겹이 쌓여있었다. 어젯밤 그녀는 보디캠 영상을 삭제하려고 무모하게 열 번이나 시도했으나 그 영상은 백엔드 서버에 있었다. 삭제하고 다시 로그인할 때마다 영상은 다시 나타났다. 마치 아무리 불어도 꺼지지 않는 마법의 생일 촛불 같았다.

아무도 줄리아를 도와줄 수 없다. 알피? 조너선? 모두 안 된다. 그녀는 친구에게 차마 그런 일을 시킬 수 없었다. 아트? 그가 과연 무엇을 할 수 있을까? 빌? 아마도 줄리아를 변호해줄 수는 있겠지만 지금은 도와줄 수 없다.

줄리아는 보디캠 영상을 없애야만 했다. 그건 수많은 난관들 중 하나일 뿐이지만 여전히 그녀가 넘어야 할 산이었다. 그녀는 거실에 무기력하게 서 있었다. 그녀와 아트의 결혼 사진이 담긴 액자가 아직도 벽난로 위에 놓여있었다. 둘 중 어느 누구도 아직 그 사진을 내릴 만큼 감정이 격양된 적이 없었다. 아트가 본인이 직접 쓰겠다고 고집했던 그 결혼 서약을 깨버렸을 때, 그녀를 떠올리기는 했을지 궁금했다. 하지만 반대로, 줄리아는 그를 생각했었나? 일과 가정이 충돌할 때마다 일을 선택하지 않았던가?

에린의 목소리가 들리자 줄리아의 마음은 자신의 다른 문제들로 되돌아왔다.

"서론은 생략해도 돼. 잘 지냈냐 등등."

에린이 말했다. 수화기 뒤에서 법석이는 아이들의 소리가 들렸고, 에린은 조용히 하라고 잔소리를 했다.

"맙소사, 미안. 저녁마다 전쟁이야. 10년 뒤에 조용히 차 한 잔 마실 수 있는 날을 기다리고 있어."

"힘들어서 어째. 별일은 없고?"
"문제없지."
에린은 그늘진 어조로 말했다.
"이사도 잘 진행되고 있고, 알다시피 난 그저…."
"미해결 사건이야. 음… 작년 건인데."
줄리아는 에린의 수다를 무시하며 거짓말을 했다.
"남성 DNA 보고서가 하나 있어."
"그래? 알았어."
에린은 흔쾌히 대답했지만 약간 당황하는 듯했다. 당연히 그럴 만하다. 일반적인 경감이라면 실종자 수사가 한창 이루어지고 있을 때 미해결 사건을 끄집어내지 않을 것이다. 줄리아는 집요하고 멀티태스킹에 능하다는 평판이 지금 이 일을 진행시키는 데 도움이 되기를 바랐다.
"올리비아에 대한 소식은 없고?"
에린이 은근히 공격적인 태도로 물었다.
"전혀…."
"그거 알아? 어젯밤에 올리비아 인스타를 봤는데, 누군가가 걔를 죽이지 않았다면 내가 죽였을지도 몰라. 너무 짜증 나는 애던데. 걘 마치… 뭐랄까. 뭔가를 흉내내는 것 같아."
줄리아의 입가에 쓴웃음이 스쳤다. 블랙 유머는 이 직업에서 살아남기 위한 필수 요소였다. 누구나 시체 부검을 수없이 목도하다 보면 웃기 위해 냉소적인 유머를 구사하게 될 것이다.
"사실 난 걔가 꽤 맘에 들어. 그나저나 샘플 테스트 해줄 수 있어? 그 DNA 말이야. 내가 세부사항들 보내줄게."

그녀의 할 일 목록에서 한 가지를 지울 수 있게 되었다. 이제 의뢰 당시 사용했던 가명이 잘 안 보이도록 스크린샷을 찍기만 하면 된다.

"문제없지."

에린이 건조하게 말했다.

줄리아가 전화를 끊을 때 에린이 아이들 중 누군가에게 빽 소리를 지르는 것이 들렸다. 줄리아는 에린의 주의가 분산되어 즉시 딴 곳으로 향했다는 사실에 안도하며 눈을 감았다. 주변에 온통 경찰뿐인 줄리아는 에린이 할 수 있는 최악의 일, 즉 '생각'을 한다는 어떤 낌새도 느끼지 못했다. 비난과 판단이 실린 침묵이나 의심스러운 정적은 없었다.

○

"시스템에 기록이 없는 사람이야."

에린이 줄리아의 사무실에 걸어들어와 심문 의자에 앉으면서 말했다. 그녀는 한쪽 귀퉁이가 말려 있는 종이 한 장을 내려놓았다. 새로운 DNA 보고서다.

"유감이네. 누구인지 짐작 가는 사람 없어?"

"기록이 전혀 없다고?"

줄리아는 이렇게 말하며 절박하게 머리를 굴렸다. 도저히 못해 먹겠다는 생각이 들었다. 그녀는 원래 거리낌 없이 있는 그대로 말하는 타입이다. 이렇게 온갖 핑계를 만들어내는 것은 줄리아에게 가장 참기 힘든 일이다.

에린은 자신이 방금 줄리아의 책상에 올려놓은 결과지를 보며 못마땅하다는 듯 입술을 뒤틀었다.

"안됐지만, 없어. 체포된 적도 경고를 받은 적도 없는 사람이야."

에린은 잠시 침묵하다가 물었다.

"어떤 미해결 사건인데?"

줄리아가 고개를 휙 들었다. 에린은 흥미로워했지만 어딘가 조심스럽고 평가하는 듯한 느낌이었다. 줄리아는 에린의 의심에 오싹함을 느끼면서도 이 이름을 알 수 없는 익명의 남자가 한번도 체포된 적이 없다는 사실에 등골이 서늘해졌다. 그는 아마추어이거나 아니면 말도 안 되게 뛰어난 전문가였다.

"어, 오래된 거야."

줄리아는 협박범의 DNA를 누구와도 연관시키고 싶지 않아 재빨리 대답했다. 그러고는 가볍게 손을 저었다.

"뭔가 다시 검사했더니 DNA가 나왔대."

"뭘 검사했는데?"

"그냥… 현장에 있던 코트."

"그럼 우리 팀원 한 명이 이미 검사를 해봤었다는 거네?"

에린이 말했고, 줄리아는 에린에게 테스트를 부탁한 것이 실수였음을 깨달았다. 천성도 직업도 법의학자인 에린은 줄리아를 심문하는 것에도 망설임이 없을 것이다.

"맞아."

줄리아가 대답했다.

불평하지 않되 설명하지도 않는다. 누구의 좌우명이었지? 유명한 사람인데. 에린은 잠시 망설였다. 두 사람의 눈이 마주쳤고 무언가가 오갔다. 에린의 눈에 질문이 떠올랐지만, 줄리아는 회피하며 대답하지 않았다. 소리도 형태도 없지만 메시지는 분명했다. 두 사람 모두 느끼고 있었다. 그리고 아주 잠깐, 줄리아는 에린이 알아챘다는 걸 확신했다.

"저기, 이제 올리비아의 집에 가보려고 해. 하우스메이트들한테 알아볼 게 있어."

줄리아가 침묵을 깨고 말했다. 팀원들의 보고서를 읽어보았지만 작년 세이디의 사건에서 배운 바와 같이, 실체를 대신할 수 있는 것은 아무것도 없었다.

"아, 그래."

에린은 흔쾌히 말했지만 함께 사무실 밖으로 걸어나갈 때 줄리아는 그녀의 시선이 자신에게 머무는 것을 느낄 수 있었다. 에린은 경찰들이 종종 그러듯 적당한 때를 기다리고 있는 것이 분명했다. 두 사람이 보디캠 도킹 스테이션 앞을 지나갈 때, 줄리아는 그곳의 카메라들이 천천히 방향을 틀어 자신의 뒷모습을 응시하는 것만 같았다. 잭슨 씨가 곧 영상물을 달라고 할 것이다. 시간이 없다.

○

하우스메이트 중 한 명만 집에 있었다. 이름은 애니. 열아홉 살이고 무슨 일을 하는지 정확히 모르겠지만 미디어 커뮤니케이션 분야의 실습생이었다. 그녀는 줄리아를 보고 놀랐지만, 줄리아가 일반 경찰이 아니라 높은 직급의 형사라는 사실을 충분히 이해할 만큼 똑똑했다.

"어머, 경감님이시네요. 어떻게 오셨어요?"

애니는 줄리아가 집 안으로 들어올 수 있게 옆으로 비켜서며 말했다. 큰 키와 어두운 금발을 가진 그녀는 길쭉한 얼굴에 친근한 미소를 짓고 있었다.

다시 이 집에 오니 기분이 이상했다. 하지만 딱 한 번 가본 곳에서 종종 느낄 수 있듯이 이 집은 줄리아가 기억하는 것과는 조금 달랐다. 두려움 없이 맑은 정신으로 낮에 집 안을 둘러보는 건 처음이었다. 두 사람이 복도를 함께 걸을 때, 줄리아는 의욕적으로 이곳을 관찰하는 데 집중했다. 그녀는 복면 쓴 남자를 찾는 데 실패했다. 이제 올리비아를 찾아야만 한다. 반드시 찾아야 한다. 줄리아는 계단 쪽을 힐끗 보았는데 뭔가 미심쩍은 게 느껴졌다. 하지만 계속 쳐다보아도 그게 무엇인지 알 수 없었다.

두 사람은 길쭉한 빅토리아식 주방을 지나갔다. 끝에는 욕실이 있고 아래층 앞쪽에 방이 하나 있다. 뒷문이 살짝 열려서 봄바람이 들어오고 있었다. 이곳이 공유주택이라는 걸 보여주는 흔적들이 여기저기 흩어져있다. 청소 당번표, 인근 클럽의 전단지, 할인 쿠폰들. 줄리아는 그것들을 훑어보았다. 지금까지는 모든 것이 평범했다.

"그냥, 괜찮으면… 질문 좀 해도 될까요? 인터뷰 기록을 보긴 했는데 주변에서 올리비아를 어떻게 생각하는지 직접 듣고 싶어서요."

줄리아가 말을 꺼냈다.

"앞뒤가 잘 맞지 않는 부분들이 좀 있었거든요."

"아, 그래요?"

애니가 말했다.

줄리아는 자신을 평범하게 대하는 사람을 만나니 좋았다. '**선생님**'이나 '**부인**'이라고 부르지도 않고, 승진을 위해 눈치를 보며 아부를 떨지도 않는다. 게다가 의심하는 기색도 없었다.

애니는 놀랍도록 고급스러운 커피머신으로 줄리아에게 라테를 만들어 주었다.

"이 커피머신은… 다루기가 까다로워요."

애니가 버튼 몇 개를 세게 누르니 우유가 뿜어져 나오기 시작했다. 올리비아가 계약서에 서명한 후 이사하기 전까지 애니와 올리비아는 상당한 양의 문자 메시지를 서로 주고받았다. 마지막 메시지는 이것이었다. '**우와, 너 정말 순식간에 이사 오네!**'

줄리아는 그 메시지를 또렷히 기억하고 있었다.

"예를 들면 어떤게… 앞뒤가 안 맞으세요?"

애니가 물었다.

줄리아는 각기 다른 사이즈의 옷들에 대해 이야기할까 했지만, 사실 올리비아와 애니는 이제 막 만난 사이였다. 애니가 그런 걸 알 턱이 없다.

"올리비아는 사라지기 전에 전화번호를 바꿨어요."

줄리아가 이야기를 시작했다.
"새집으로 온 건 분명하고 새로운 직장도 구했죠."
"아, 네."
"일종의 신선한 새출발인데… 그 이상의 의미가 있을까요?"
"어쩌면요."
"혹시 올리비아한테 물어봤어요?"

줄리아는 곧바로 애니를 쳐다보았다. 그녀는 줄리아에게서 등을 돌린 채 자신이 마실 커피를 내리고 있었다. 그때 갑자기 줄리아는 올리비아의 트위터 게시물이 떠올랐다. 계단. 올리비아는 나무 계단의 소용돌이무늬 옹이를 거미로 착각했다고 트윗을 올렸었다.

"잠깐만요."

줄리아는 계단을 보려고 복도 쪽으로 재빨리 걸음을 옮겼다. 그게 바로 미심쩍은 기분이 들었던 이유였다. 확인해 보니 계단은 나무로 만든 게 맞았으나 거기에는 옹이가 없었다. 줄리아는 계단을 오르락내리락하며 몸을 굽혀 나무 바닥을 천천히 살펴보았다. 아무것도 없었다. 저렴한 재질의 나무로 만든 계단이었다. 올리비아의 트위터 게시물은 최근 것으로, 이 집에 이사 온 직후 그리고 사라지기 전에 마지막으로 올린 것들 중 하나였다. 분명히 이 집에 관한 것이었다. 올리비아의 사건에서 발견되는 증거들은 이런 식으로 이상했다. 손에 잡히는 실체가 아무것도 없었고, 인터뷰를 하거나 체포할 대상도 없었다. 하나도 앞뒤가 맞지 않았다.

"실례했어요."

줄리아는 주방으로 돌아와서 말했다.

"그래서, 올리비아한테 물어봤어요? 왜 이사 왔는지?"

"아뇨."

애니는 줄리아가 갑자기 나타나 집을 조사하겠다고 하는데도 겉보기에는 당황하는 것 같지 않았다. 그때 검은 고양이 한 마리가 문 앞에 나타나더니 어슬렁거리며 집 안으로 들어왔다.

"잰 우리가 키우는 건 아니에요. 근데 아래층 방에서 자려고 들어와요."

"올리비아가 이사 왔을 때… 혹시 불안해 보이지 않던가요?"

줄리아는 압박하듯 질문을 던졌다. 그러자 애니는 뒷걸음을 쳤다. 그 바람에 고양이가 놀라 마당 쪽으로 달아났다. 애니의 반응은 코너에 몰렸다고 느끼는 사람의 전형적인 행동이었다. 줄리아는 이런 모습을 수없이 봤다.

"그러니까… 혹시 아는 게 있으시면…."

줄리아는 이렇게 말하면서 애니가 얼마나 직설적으로 말하는 타입인지 생각했다. 애니는 아까 문 앞에서 '**어머, 경감님이시네요. 어떻게 오셨어요?**'라고 하지 않았던가.

"만약 뭐라도 아는 게 있으시면 저희에게 도움이 될 겁니다. 밝힐 수 없는 여러가지 이유 때문에 참 기이한 사건이거든요."

애니는 양말 신은 자기 발을 내려다보며 계속 고개를 숙이고 있다가 갑자기 줄리아에게 휙 눈길을 던졌다. 커피머신은 쉭쉭거리며 우유를 뿜어냈지만 두 사람 모두 그 소리를 무시했다.

"사실은요…."

애니가 주저하며 입을 열었다.

줄리아는 기다렸다. 하루 종일이라도 기다릴 수 있었다. 그리고 마침내 애니가 망설임 끝에 입을 열었다. 줄리아가 예상했던 그대로였다.

"우린 올리비아가 너무 걱정됐어요. 그리고 경찰이 시간 낭비를 하지 않길 바랐어요. 우린 충분히 시간을 허비했거든요. 그 문자… 그것 때문에 우린 너무 무서웠어요."

"당연히 그랬겠죠."

줄리아는 애니의 다음 이야기를 기다리며 말했다.

"그러니까… 제 말은, 우리가 경찰에 신고했을 때 상담원이 우리가 마지막으로 올리비아를 본 게 언제인지 말하라고 강하게 압박하더라고요. 그래서 하우스메이트 중 한 명이 그냥 그렇게 말해 버렸어요. 우리 모두가 올리비아의 물건을 개 방에 5분 만에 옮겨 줬다고요. 그리고… 그 하우스메이트는 올리비아의 샤워 소리를 들었어요. 그 친구는 그냥 거짓말을 한 게 아니라…."

"뭐라고요?"

"사실, 우리는 실제로… 그러니까 올리비아가 이사를 왔고 저랑 문자로 많은 대화를 나누긴 했지만…."

"실제로 어떻다고요?"

"만난 적이 없어요."

줄리아는 눈을 깜빡거렸다.

"**본인이** 올리비아를 만난 적이 없다는 건가요, 아니면 하우스메이트들 전부가 그런가요?"

"우리 중 아무도 걔를 만나지 못했어요."

"하지만 본인은 이미 진술을….."

애니는 몸을 돌리더니 커피머신을 끄려고 부산하게 움직이기 시작했다. 커피머신의 자동 세척 기능이 작동되며 밀크 스티머 안에 뜨거운 김이 차올랐다.

"문제는… 하우스메이트 하나가 거짓말을 하고 나니까 우리 모두가 동조해야 했다는 거예요. 그 친구는 상담원에게 우리 모두가 올리비아를 만났다고 했어요. 그래서 우린 되돌릴 수 없다고 생각했어요. 걔는 겨우 5분 동안 만났다고 한 거지만, 우린 너무 걱정됐어요. 어차피 올리비아랑 문자로 수다를 많이 떨어서 만난 거나 다름없어요….."

줄리아는 애니를 응시했다.

"그래서 모두가 거짓말을 했나요?"

"올리비아를 만난 적이 없는데 만났다고 말한 것뿐이에요. 우리는 올리비아랑 왓츠앱으로 연락을 많이 했고 서로 **잘 알아요**. 그리고 하우스메이트로 하룻밤을 보냈어요. 단지 실제로 올리비아를 본 적이 없는 것뿐이에요."

"누군가를 실제로 만났는지 아닌지는 중요해요."

줄리아가 말했다.

"그런가요? 저는 한 번도 만난 적 없는 온라인 친구들이 엄청 많은데요."

"실제로 만난 적 없다고 하면 경찰이 수사를 안 할 거라고 생각한 거예요?"

"그럴 수도 있겠다고 생각했죠. 한 번도 모습을 보인 적이 없는 사람이 어떻게 실종됐다고 할 수 있겠어요?"

줄리아는 분위기가 어색해질 정도로 오랫동안 애니를 응시했다.

"왜 그러세요?"

애니가 물었지만 줄리아는 손을 내젓는 것으로 응답했다. 애니 말이 맞을까? 그럴 수도 있고 아닐 수도 있다. 경찰은 어쨌든 수사를 시작했겠지만, 하우스메이트들이 올리비아를 본 적 없다는 사실을 알았더라면 전혀 다른 방향에서 수사를 했을 것이다.

"그럼 다시 정리해 볼게요. 올리비아는 이사를 왔어요, 맞죠?"

"네, 맞아요. 우린 개가 들어오는 소리를 들었어요. 엄청 늦게, 자정에 왔거든요. 올리비아는 오는 길이라고 문자를 보냈고 그다음에 우리는 모두 개가 짐 푸는 소리를 들었어요. 하지만 아침에 인사해야겠다고 생각했죠. 그리고 우리 중 한 명이 개가 샤워하는 소리를 들었어요. 다음 날 아침에 올리비아는 면접을 보러 간다고, 나중에 보자고 문자를 보냈고요."

줄리아는 한숨을 쉬었다. 누군가를 실제로 만나는 것은 여러모로 **정말** 중요하다. 하우스메이트들은 올리비아의 감정적 상태에 대해 전혀 모른다는 게 밝혀졌다. 그리고 경찰은 그녀의 행방에 대해 아는 게 하나도 없다. 도대체 어떤 사람이 자정에 이사를 온단 말인가?

"걱정하지 마세요."

줄리아가 차분하게 말했다. 그러면서도 곧 올리비아에 대해 무언가를 알게 될 것이고, 그건 한 번 알게 되면 결코 모른 척할 수 없는 종류일 거라고 마음속으로 생각했다.

줄리아가 돌아왔을 때 조너선은 코트를 입는 중이었다. 그는 프렛✤에서 주는 종이봉투를 접어 책상 서랍 안에 넣고 있었다.

"괜찮으세요?"

조너선이 줄리아를 유심히 살피며 물었다.

"팀원들에게 브리핑할 게 있어."

줄리아가 말했다.

"하우스메이트들은 개를 만난 적도 없어. 올리비아 말이야."

"뭐라고요?"

"그렇다니까. 감쪽같이 거짓말을 한 거야."

조너선은 가방을 손에 든 채로 잠시 동작을 멈추고 줄리아를 보았다. 그리고 그녀에게 올리비아의 인스타그램이 띄워진 자신의 휴대폰을 건네주었다.

"저는 올리비아가 두 번째 휴대폰을 어딘가에 갖고 있는 건 아닐지 계속 궁금했어요. 중요한 걸 수도 있고 아닐 수도 있지만…."

"왜 그렇게 생각했어?"

줄리아가 놀라며 물었다.

그녀는 휴대폰을 쥐고 인스타그램 게시물을 스크롤하기 시작했다. 드럭스토어라는 표현, 아이마스크를 붙이고 밖에 나갔던 일, 그리고 망할 그 나무 옹이를 생각하면서. 마치 이건⋯ 일종의 만들

✤ 영국의 대중적인 프랜차이즈 커피 매장

어진 이미지 같았다.

"올리비아가 이 폰을 이용해서 왓츠앱, 이메일, 페이스북으로 연락한 거의 모든 사람은 두 가지 공통점이 있어요."

조너선은 기름 얼룩이 묻은 종이봉투를 치웠다. 그는 매일 똑같은 메뉴, 즉 파스트라미 델리 샌드위치를 먹는다. 전혀 나쁜 선택이라고는 할 수 없지만 매일 먹는 건 좀 심하다.

"첫 번째."

조너선이 손가락을 튕겼다.

"최근에 사귄 친구입니다. 그리고 두 번째, 그냥 아는 사이입니다. 오래된 친구나 가족은 아니에요."

"그러네."

줄리아는 빠르게 고개를 끄덕이며 말했다.

"하우스메이트들도 그 조건에 맞아. 올리비아가 페이스북 계정을 만든 게 언제지?"

"1년 전이에요. 인스타그램도 그때 시작했고요. 이메일만 아주 오래전으로 거슬러 올라가요. 그 리틀 오란 계정의 이메일이요. 한동안 안 쓸 때도 있었지만 거의 10년이 됐어요. 제가 이상하게 여긴 점은, 모두 얕은 관계라는 거예요. 잘 모르겠지만 그 나이대의 여성이라면 보통… 제 경험상…."

줄리아는 조너선의 말에 고개를 기울이며 집중했다. 조너선은 같은 일을 매일 반복해야만 얻을 수 있는 종류의 상당한 전문성을 갖고 있었다.

"…깊은 수다를 떨죠. 음성 앱을 쓰기도 하고요. 친한 여자애들이랑 문자를 엄청나게 주고받아요. 그런데 올리비아의 경우는 완전히 달라요. 올리비아의 아빠도 딸의 예전 하우스메이트들에 대해 알려준 게 없어요. 그렇죠? 올리비아도 그 사람들에게 연락을 한 적이 없다니 이상하고요."

줄리아는 수치심으로 얼굴이 달아올랐다. 또 한 명의 실종자에 대해 후속 조치를 취하지 못한 것이다. 다시 한번 자기 직무에 소홀했다. 두 번 모두 그녀에겐 좋은 핑계가 있었지만, 그렇다고 이래도 되는 걸까? 줄리아는 자신과 딸의 안위를 지키느라 너무 바빴다. 이 사건에서 진짜 중요한 것에 집중하느라 바쁘기도 했다. 가장 결정적인 단서를 좇아 올리비아를 찾는 것, 그리고 매튜를 기소하는 것이 바로 그녀가 해야 하는 일들이다.

"그리고 이제는 하우스메이트들이 올리비아를 만난 적이 없다고 하네요. 그러면 도움이 되는 유일한 사람들은 올리비아의 아빠, 그리고 몇 년 전에 같이 임시직으로 일했던 남자인 거예요. 솔직히 말하자면 올리비아의 아빠는 까다로운 사람이죠. 올리비아와 같이 대학에 다녔던 친구에게도 연락해 봤는데… 일단 모든 인간관계가 너무 피상적이에요."

"그럼 외톨이라는 거야? 가족과는 연락하지만…."

"그럴지도 몰라요. 소셜 미디어 인간관계가 활발한 사람들이 현실에서는 가장 내성적이고 외로운 경우가 많아요. 하지만 이 경우엔… 잘 모르겠지만 뭔가가 이상해요. 하우스메이트들 이야기까지 듣고 나니까 더 그래요."

"그러게."

줄리아가 작은 소리로 말했다.

"하지만 그들 세대에게는 직접 만나는 게 덜 중요한 것 같아. 문자로 엄청나게 소통을 하니까. 하우스메이트들이 올리비아가 이사 들어오는 소리를 들었다고 했잖아. 그들에게는 그게 직접 본 거나 다름없는 거야."

줄리아는 올리비아의 인스타그램이 여전히 띄워져 있는 조너선의 휴대폰을 내려놓았다.

"올리비아의 인스타그램은… 뭐랄까, 거의 연출된 것처럼 느껴지지 않아? 조플로라 소독제도 그렇고 과하게 사용하는 밀레니얼 세대 은어도 그렇고. 올린 게시물마다 뭔가 부자연스러워. '드럭스토어'라는 이상한 미국식 표현도 나오고."

"유튜브 때문에 그럴 거예요. 뷰티 유튜버들이 다 미국 사람이거든요."

조너선이 즉시 대꾸했다.

"아, 그렇군. 그래도… 잘 모르겠지만 이건 거의… 뭐라고 해야 할지."

줄리아는 말을 멈추었다. 입안에 맴도는 단어들의 감촉과 울림만으로도 자신이 뭔가 중요한 단서를 찾았다는 걸 알았다.

"뭐라고 딱히 설명할 방법을 모르겠네."

그녀는 하우스메이트들이 한 거짓말이 아니라 그들이 애초에 올리비아를 실제로 만난 적이 없다는 사실이 자신을 불편하게 만드는 거라고 생각했다.

조너선이 휴대폰을 집어들었다.

"올리비아는 경감님 댁 근처의 슈가 로프 해변에서 골든 리트리버를 봤다고 했어요. 하지만 그 해변은 개 출입이 금지되어 있어요. 제가 확인했습니다. 이게 중요한 건지 아닌지 모르겠지만요. 개들이 거길 가나요?"

"사람들은 항상 규칙을 어기잖아. 하지만 그것도 이상하긴 마찬가지네. 올리비아는 집 밖에서 아이마스크를 썼다고도 했어. 그러니까… 그건 진짜로 이상하지. 올리비아는 자기가 이상하다는 걸 모르는 것 같지 않아?"

"정말 흥미롭네요."

조너선은 생각에 잠긴 채 서랍 잠금장치를 만지작거리며 말을 멈추었다. 줄리아는 그가 생각할 때 어떤 표정을 짓는지 잘 알았다. 세상에, 뭔가를 숨기는 대신 이렇게 누군가와 함께 앉아 사건에 대해 이야기하니 너무 좋았다. 조너선은 경찰이 되기 전, 분석가였을 때도 똑같은 표정을 짓고는 했다. 줄리아는 그가 꿈을 이루어서 기뻤고, 그를 도와줄 수 있었다는 것도 기뻤다.

"본능적으로 느껴지는 건 없어?"

줄리아의 물음에 조너선은 볼을 빨아들여 홀쭉하게 만들다가 마침내 대답했다.

"이렇게 사소해 보이는 것들이 결국은 서로 연결되는 것 같아요. 하지만 항상 예상한 대로 굴러가는 건 아니죠. 그리고 이 말 아시죠? 보아라. 그러면 찾을 것이다."

줄리아는 고개를 끄덕였다. '보아라. 그러면 찾을 것이다'라는 문장은 어떤 수사에서나 공통적으로 통하는 사실이었다. 우리가 가진 건 단지 한 순간의 단면일 뿐이다. 거기에는 당연히 핵심과 관계없는 잘못된 단서들이 뒤섞여 있기 마련이다. 누군가가 어느 날 갑자기 실종됐다면 거기에는 분명히 이상한 점이 있을 것이다. 인간은 로봇이 아니다. 오랜 지인을 마주치기 싫어서 다른 길로 가기도 하고 커피를 샀다가 우유 맛이 이상해서 버리기도 한다. 줄리아는 최근에 이 두 가지 행동을 모두 해봤는데, 중대범죄수사팀이 들여다본다면 충분히 수상하게 보이고, 부풀려질 수 있는 일들이다. 물론 줄리아는 그 뒤로 훨씬 더 나쁜 행동을 했다. 만약 조사를 받는다면 그녀는 끝장이다.

조너선은 아내와 아기가 있는 집으로 돌아갈 준비를 했다. 줄리아는 딸, 그리고 자신과 같은 욕실에서 절대 이를 닦지 않을 남편이 있는 집으로 갈 것이다.

"마냐나.✥ 듀오링고✥✥에서 스페인어를 배우고 있거든요."

조너선이 말했다.

외국어 표현이라… 갑자기 줄리아는 아이디어가 떠올랐다. 보디캠 영상을 없앨 방법. 어쩌면 이 모든 것이 시작된 그날 밤, 그 남자가 그녀의 차에 올라타 부패를 강요했던 그날 밤에 이미 그녀가 범죄 세계로 들어가겠다는 결정이 이루어졌는지도 모른다. 그날 밤 그 일이 있기 바로 몇 시간 전에 줄리아는 프라이스를 보았다. 그녀의 오랜 정보원이자 범죄 세계의 일원이면서도 그녀가 필요

✥ '내일 봐요'라는 뜻의 스페인어
✥✥ 온라인 기반의 외국어 학습 서비스

로 하는 것은 무엇이든 가져다주는 남자다. 대가로 필요한 건 하나 뿐이다. 줄리아는 다시 한번 윤리를 저버리고 거래를 해야 한다.

19
엠마

지금 이 경찰 조사실에서는 많은 것이 입 밖으로 나오지 않고 있어. 대부분은 내가 말하지 않은 것들이지. 나는 너의 비밀스러운 고백을 계속 곱씹어 보았어. 네가 올리비아 존슨과 연락하고 있었다는 말. 마치 사제에게 고해성사를 하듯 단 한 문장을 내뱉은 다음 너는 끌려갔고 지금 우리는 여기 와 있어.

하지만… 나는 올리비아가 실종된 그날 밤의 기억을 곱씹고 있어. 넌 나랑 있었잖아. 정말로. 나는 린다의 상담실에서 너를 픽업해서 집으로 갔어. 그다음에 우리는 포티스헤드 원에 타코를 먹으러 갔지. 너는 새로 얻은 바텐더 일자리가 마음에 든다고 했어. 너는 그런 일을 좋아하지. 넌 다른 많은 것에 야망이 없어 보여. 하지만 너와 관련된 대부분의 일들이 그렇듯 네 속마음이야 모르지. 너는 늦은 밤 교대 근무를 하고 나왔을 때의 고요한 세상을 좋아해.

타코를 먹고 나서 우리는 집에 왔어. 꽤 늦은 시각이었지만 그렇게 많이 늦지는 않았지. 네가 그날 밤 내내 침대에 있었다는 걸 내가 알고 있는가? 그게 경찰의 첫 번째 질문이었어. 나는 최대한 솔직하게 대답하려고 했어. 그리고 그다음에 우리는 변호사를 선임했지.

지금 너는 나와 함께 앉아있고 맞은편에는 자신을 잭슨 씨라고 소개한 변호사가 있어. 나는 그의 격식이 마음에 들어. 제대로 일을 하는 유능한 사람이라는 느낌이 들잖아. 우리에게 닥친 이 터무니없는 상황을 해결해 줄 사람 같아. 그는 나도 회의실 안에 들어올 수 있게 해주었는데, 네가 너무 불안해해서 도움이 되어줄 적절한 어른이 필요하다고 했어.

너는 유치장에서 하룻밤을 보냈지. 머리는 헝클어졌고 경찰서에서 준 싸구려 자주색 운동복을 입고 있었어. 그리고 평소의 너답지 않은, 그러니까 우리답지 않은 이상한 냄새가 났어. 세제 향이 아니라 그들과 같은 냄새. 국가와 공공기관의 냄새. 감옥에서 나는 땀냄새와 퀴퀴한 악취.

넌 작디작아 보였어. 항상 그랬지. 어린이집에 다닐 때 너는 보육교사의 다리에 매달려 나를 기다리다가 내가 오면 바로 내 다리로 옮겨 붙었잖아. 깜찍한 찰거머리처럼. 작년에도 여자친구를 처음 만났을 때 넌 집에 와서 그 애의 문자 메시지를 받을 때마다 자신이 바보처럼 느껴진다며 뭐라고 답을 해야 할지 모르겠다고 했지.

"넌 마음이 편할 때 재미있는 농담을 잘하잖아."

난 이렇게 말해주었고 너는 어깨를 으쓱했어. 너에게서 끝없는 불안감을 완전히 없애줄 수 있다면 얼마나 좋을까.

"그럼 시작해볼까요."

잭슨 씨가 만년필 뚜껑을 열며 말했어.

그에게는 올드 스파이스✣ 냄새가 났고 나는 그가 너무 전형적인 인물인 건 아닌가 싶었어. 핀스트라이프 정장, 잉크 카트리지, 상습범들의 수임료로 구입한 듯한 깔끔한 디자인의 시계. 사실 나도 크게 다르지 않아. 부동산 경매에서 러시아 신흥 재벌들이 일반 구매자들보다 높은 가격을 부르도록 내버려두고 브리스톨과 포티스헤드에 있는 펜트하우스를 비워두었으니까.

"처음부터 끝까지 다 말씀해 주시기 바랍니다."

잭슨 씨가 너에게 말했어.

그는 환갑에 가까워 보이는 나이 든 남자였고 하얀 머리와 까만 눈썹을 갖고 있었어. 헛기침을 하는 습관이 있어서 나는 그 소리에 짜증 내지 않도록 스스로를 달랬지.

"중요한 건, 제가 그 집에 간 적이 없다는 거예요."

네가 말했어. 너의 시선은 아주 잠시 나에게 머물렀지. 네 눈은 항상 자석처럼 나를 따라다녀. 잭슨 씨는 테이블 너머로 너를 똑바로 쳐다보았어. 여기는 전형적인 경찰 조사실이야. 플라스틱 의자와 파란 카펫이 있지. 벽 중간쯤에 몰딩처럼 비상 호출 장치가 둘러져 있어.

"DNA 증거가 잘못된 경우는 거의 없습니다."

✣ 전통 있는 애프터쉐이브 브랜드

그는 한 순간도 놓치지 않고 네 눈에 시선을 고정한 채로 말했어.

"알겠어요. 하지만 제 말도 틀리지 않아요."

"자기가 현장에 없었다고 말한 클라이언트가 있었는데 결국 그건 일란성 쌍둥이로 밝혀졌죠. 누명을 썼던 겁니다."

납처럼 무거운 무언가가 내 혈관을 타고 흐르는 것 같았어. 스멀스멀 다가오는 끔찍한 진실 같은 것이. 시간당 300파운드를 받는 이 피고측 변호사조차도 너를 믿지 않고 있었어. 저 사람은 내가 아는 사실조차 모르고 있어.

나는 눈을 감았어. 여러 이미지들이 머릿속을 스쳐 지나갔지. 꾸며낸 장면들이고 가설들이지만 나에게는 진짜처럼 느껴졌어. 새벽 1시에 침대에서 빠져나가는 너. 목적이 뭘까? 섹스? 살인? 슬그머니 나가서 올리비아를 찾아가고 골목까지 따라가는 네 모습….

너는 잭슨 씨의 말에 대답하는 대신 슬픈 듯 눈썹을 찡그릴 뿐이었어.

"그거 아십니까."

그는 네가 진실을 말할 때까지 한 발짝도 더 나아가지 않겠다는 듯 만년필 뚜껑을 다시 닫으며 말했어.

"사법제도가 잘 하는 한 가지는 모든 진상을 밝혀내는 겁니다."

"그러니까 제 말은… 전 쌍둥이 형제가 없어요. 하지만… 말씀하신 내용은 전부…."

나는 결정을 내리지 못하고 망설이는 너를 힐끗 보았어. 나는 변호사에 대해서도, 클라이언트 기밀 유지에 대해서도, 우리가 처하게 된 이 상황에 대해서도 전혀 아는 게 없었어.

"조작이라고 생각하는군요."

잭슨 씨가 말했어.

"제가 거기 없었다는 건 알아요."

네가 조심스럽게 대꾸했지.

"올리비아가 골목으로 사라진 날 밤에 매튜가 저랑 같이 있었다는 사실이 중요한 거 아닌가요?"

내가 끼어들었어.

"검찰은 당신이 매튜를 보호하려 한다고 여길 겁니다."

"알겠어요, 검찰의 증거는 절대적이고 우리 증거는 꾸며냈다는 거네요."

"어머님께서는 아들에게 알리바이를 제공할 만한 절대적인 이유가 있죠."

"네, 맞아요. 매튜는 저랑 같이 있었으니까요."

넌 진짜로 나랑 같이 있었어. **정말이야.** 상담을 마치고 집에 돌아온 너는 평소처럼 위층으로 올라갔었어. 나는 정원에서 잡초를 뽑고 있었지. 그리고 종종 그러하듯 너는 네 방에서 나에게 전화를 걸어서 포티스헤드 원으로 외식하러 가자고 했어. 그래서 우린 그렇게 했지. 넌 현관에서 나를 만났어.

"문제는 매튜가 왜 자신의 DNA가 올리비아의 방에서 발견됐는지 설명하지 못한다는 겁니다. 만약 매튜가 DNA에 관한 어떤 설명이라도 제시했다면 어떻게든 일을 진전시킬 수 있었을 거예요."

잭슨 씨가 힘주어 말했어.

"설명할 게 없어요. 거기 간 적이 없으니까요. 만약 갔었다면 지금 같은 상황에서 굳이 숨기지는 않았을 거예요."

"그럼 정말 올리비아를 만난 적이 없습니까?"

잭슨 씨가 만년필 뚜껑을 다시 열면서 물었어.

"없어요."

너는 조심스럽게 말했어.

엄밀히 말해서 거짓말은 아니야. 오, 이런. 그때 네가 조금만 더 구체적으로 말해줬으면 좋았을 텐데. 주변이 정신없었던 틈을 타 너를 다그쳐서 더 자세한 얘기를 들었어야만 했어. 난 지금 내가 듣고 있는 거짓말이 뭔지, 그리고 그게 무슨 뜻인지도 모르겠어.

"그리고 올리비아가 누군지도 모릅니까?"

바로 지금이야. 나는 숨을 참았어.

"몰라요."

너는 미동도 없이 이렇게 말했어. 가장 나쁜 건 네 거짓말이 아니야. 그럼 뭔지 아니? 만약 내가 진실을 몰랐다면, 네가 거짓말을 하고 있다는 걸 알 수 없었을 거라는 거지. 단서는 전혀 없었어. 너는 잭슨 씨의 눈을 똑바로 바라보며 아무런 미동도 없었고 표정은 편안했어. 나는 등 뒤에 소름이 돋았어. 오싹하면서도 뜨겁고 공포스러운 느낌이 온몸을 휘감았지. 미팅이 끝나고 나는 집에 가서 네 방을 조사하기 시작했어.

○

침대 밑에 버리지 않고 쌓아둔 오래된 학교 과제물, 급여 명세서, 책상 서랍에 남아 있던 폴로 사탕 반 봉지, 다 마신 다이어트 콜라 캔, 이미 쓴 성냥개비 하나(너는 책 속의 등장인물이 된 기분이라면서 옛날식으로 담배에 불붙이는 걸 좋아했지), 1파운드 동전, 그리고 종이에 적혀 있는 비밀번호처럼 보이는 숫자들을 나는 빤히 바라보았어. 이상했어. 네 은행 카드 비밀번호는 아니야. 그 번호는 내가 알아. 이건 다른 번호였어.

지금까지 내가 수색해서 건진 것들은 이게 전부야. 너는 아직 유치장에 있고 난 여기 혼자야. 작년 봄, 네 여자친구가 사라졌을 때 이렇게 될지도 모른다고 어렴풋이 생각했었지. 이토록 오래 걸릴 줄은 몰랐지만.

작년에 경찰은 네가 연루됐을 가능성을 너무 빨리 배제했지만, 그럼에도 불구하고 여러 신문사들이 네 얘기를 다루었지. 전국지는 아니고 지방지였어. 명예훼손에 걸릴 수 있는 표현을 아슬아슬하게 비껴가면서 '혐의가 제기된, ~의 혐의로' 같은 말만 썼지만, 사람들의 본성은 원래 그런 법이라서 다들 수군대기 시작했어. 너의 직장, 내 직장, 그리고 우리가 사는 동네가 모두 소문에 휩싸이게 되었고 결국 우리는 그곳을 떠났어. 겨우 반대편 동네로 왔지만. 나는 모든 걸 버리고 떠나고 싶었지만 너는 그걸 원하지 않았어. 너는 포티스헤드 근처에 머물고 싶어 했지.

나는 이제 네가 어떻게 할지 궁금해. 수염을 기르니 너는 알아보기도 어려울 만큼 달라 보여. 알아보는 사람도 없으니 어쩌면 너는 우리가 더 멀리 가지 않은 것을 다행이라고 여길지도 모르겠네.

아무 소득도 없는 수색을 끝낸 후, 땀에 젖고 지저분해진 몰골로 나는 다른 곳으로 이동했어. 복도 건너편에 있는 미니멀하고 모던한 내 방으로. 그리고 다시 밖으로 나와서 아래층 주방으로 내려갔어. 숨기고 싶은 물건이 있을 때 나라면 어디에 숨길까? 아마도 예상하기 어려운 이상한 곳이겠지. 나는 밖에 있는 창고를 살펴봤어. 차가운 봄바람이 내 뒷덜미를 할퀴었지. 한 쌍의 눈이 나를 감시하는 느낌도 들었어. 차고에도 가봤어. 나무 태우는 버너 안을 뒤졌더니 손가락에 재가 잔뜩 묻었어. 안에 있는 걸 자세히 살펴보니 그냥 타버린 장작이었어. 맙소사, 뭘 기대한 거야? 손가락 뼈? 치아? 나는 혐오감을 느끼며 돌아섰어.

그다음에 전구와 충전기, 어떤 이유에선지 보관하고 있던 오래된 리모콘들이 들어있는 서랍을 살펴보았어. 찬장 안쪽에 있는 안 쓰는 머그컵들까지 샅샅이 뒤져봤지. 주방 캐비닛 위를 손으로 쓸며 확인하고 나니, 재 묻은 손은 이제 먼지와 번들거리는 기름까지 뒤섞여 뒤범벅이 됐어. 문틀 위쪽, 변기 물탱크도 살펴봤고 매트리스 아래, 소파 뒤까지 확인했어. 마치 마피아의 아내, 마약계의 대부, 속이기 쉬운 바보 같은 엄마처럼.

엄청난 단서(뭐? 시체?)를 찾기 위해 온갖 이상한 곳을 이 잡듯이 뒤지면서 나는 네 여자친구를 생각했어. 어느 날 밤 집으로 걸어간 이후 종적을 감춰버린 세이디를.

마침내 나는 욕실 찬장 위까지 수색하기에 이르렀고 바로 거기에 내가 찾아 헤매던 것이 있었어. 증거물. QR코드가 인쇄된 종이 한 장이었지. 분명히 내가 놓아둔 건 아니었어. 공책에서 찢어낸 A4 크기의 한 페이지였고 QR코드가 글씨 쓰는 선들을 가로질러 옆으로 인쇄되어 있었어. 깊이 생각할 것도 없이 나는 휴대폰을 꺼내 그걸 스캔해 보았지. 그랬더니 이런 메시지가 떴어.

'비트코인 송금 중. 준비된 사람은 프루던스 존스입니다.'

20
루이스

나는 손님용 침대 아래로 고개를 들이밀고 신분증을 찾았다. 기억나니? 네가 나랑 같이 일했던 여름에, 네덜란드에서 사무실로 배송되어 온 빈 여권들에 도장을 찍고 이름을 넣고 홀로그램 처리를 해야 했는데 작업을 하다가 망쳐버렸다. 여권 사무실은 당연하게도 불량품 처리에 까다로웠고, 우리가 망친 수량은 너무 많았다. 그래서 우리는 그 불량 여권들을 몰래 가지고 와서 손님방 침대 밑에 넣었다. 가끔씩 웃으며 그 이야기를 하기도 했지만 걱정할 때가 더 많았다. 너무 가장자리에 치우쳐 인쇄된 것, 너무 흐리게 인쇄된 것 등 거기엔 망친 여권들이 자꾸 쌓이게 됐다.
　내 생각엔 여기 어딘가에 있을 것 같았다. 먼지 더미와 신발 상자, 파일들을 샅샅이 뒤진 끝에 나는 기억한 대로 정확히 분홍색 서류철 안에서 그걸 찾았다. 나는 너와 욜란다가 고른 짜임 있는 카펫 위에 앉아서 서류철을 무릎에 올려놓고 펼쳤다. 거기엔 어떤 여성의 똑같은 여권 복사본 다섯 개가 있었다. 그 외에도 수십 개의 다른 여권들이 있었다. 나는 그중 하나를 고른 다음 페이스북을 열고 새로운 계정을 만들었다. 그리고 이 인물의 취미, 관심사, 좋아하는 밴드를 입력했다. 일을 마친 후 나는 앉아서 주위를 둘러보았다.

이 방에서 마지막으로 잔 사람은 너인데, 벌써 빈방 특유의 썰렁하고 먼지 쌓인 느낌이 났다. 나는 지나치게 의미를 부여하지 않으려고 애를 썼다. 난 미신을 믿지 않을 거다. 이 방의 냄새는 네가 영영 가버렸다는 걸 의미하지 않는다. 절대로.

나는 페이스북으로 돌아가서 내가 만든 새로운 여성의 계정으로 들어간 다음 앤드루를 찾았다.

안녕하세요, 메시지를 안 보내고는 못 배기겠네요. 프로필 사진이 맘에 들어요. xx.

난 이렇게 쓰고 '**친구 추가**'를 눌렀다. 이제 어떻게 되는지 지켜보면 되겠지.

그때 욜란다가 손을 허리에 얹은 채 손님방으로 들어왔다. 그녀는 운동복 바지에 오래된 겨울 점퍼를 걸친 이상한 차림새를 하고 푹신한 카펫 위에 맨발로 서 있었다.

"뭐 해?"

그녀는 나에게 분명하지만 관대한 태도로 물었다.

"아무것도 아니야."

나는 십대처럼 짜증스럽게 대답했다.

욜란다는 의심이 많은 사람이 아니다. 나를 그렇게 잘 아는 사람치고는 내가 거의 항상 반쯤은 정신 나간 일을 하고 있다는 걸 전혀 모르는 것처럼 보일 때가 있다. 보통 나는 달콤한 간식을 대용량으로 주문하는 등 무해한 종류의 문제 행동을 한다. 하지만 욜란다는 내 행동을 알고 있으면서 무시하는 것일지도 모른다.

"데이 경감님이 전화했었어."

욜란다가 말했다.

갑자기 심장이 철렁하는 것 같았다.

"그래서?"

나는 다급하게 물었다.

"우리 딸이 사라진 곳을 경찰들이 다시 보고 있대. 그게 다야. 뭐… 거의 다지. 근데 데이 경감님이 앤드루 인터뷰를 안 한 거 알아? 그날 딸이랑 관련된 무슨 일 때문에 안 나오셨대."

"뭐라고?"

이렇게 말하는데 세상이 요동치는 것 같았다.

"그럼 경감님은 앤드루를 직접 만나서 판단해 볼 생각이 없는 거야? 앤드루의 대단한 알리바이를 어떻게 확인하겠다는 거지?"

"내 말이 그 말이야."

욜란다는 사려 깊게도 이렇게 말하며 나를 바라보았다.

"왜 앤드루를 조사하지 않은 걸까?"

내가 다시 물었다.

"모르겠어."

"난…"

나는 그녀의 발가락을 보면서 너와 얼마나 닮았는지 생각했다. 길고 우아한 발가락.

하지만 내가 욜란다에게 대답하려고, 대화하려고, 사과하려고 하는 순간, 앤드루에게서 답신이 왔다.

실종 6일 째

JUST
ANOTHER
MISSING
PERSON

21
올리비아

인스타그램

사진 햇빛이 비치는 벤치에 놓인 스타벅스 복숭아 티.

글 아직 3월이고 욕 나오게 춥지만 11일 동안 이 복숭아 티를 열네 잔이나 마셨어. 바리스타는 내가 얼마나 이것에 중독됐는지 깨달았을까? 아니야. 뉴욕을 배경으로 한 영화에서처럼 직원들이 내 주문 스타일을 알고 있을까? 이것도 아니야. 어쩌면 열다섯 번째로 사 먹을 땐 행운이 올 수도.

페이스북

게시물 나는 친구가 18명 있는데 ㅋㅋ 게시물을 매일 올리기가 무서워. 주로 자본주의에 대한 저커버그✧의 태도 때문이지.

✧ 페이스북의 창업주

하지만 새 폰을 샀으니 댓글로 연락처를 알려주면 좋겠어.

미셸 스미스의 댓글 문자 해줘, 자기. 난 내 번호를 페이스북에 안 올리니까(너 와 같은 이유로).

더그 애덤스의 댓글 그래도 넌 왓츠앱을 쓸 거잖아. 이것도 페이스북 소유인 데? 좋아, 그럼….

트위터

오늘은 생리 주기 32일째. 호르몬 때문인지 빵 한 덩어리를 구워 먹고 싶을 정 도로 식욕이 돌아.

보낸 편지함

4월 26일

발신자 LittleO@gmailcom **수신자** returns@boohoo.com

전화로 연락하려고 해봤는데 연결이 되지 않았습니다. 주문번호 78304 제품 을 반품하고 싶습니다. 바지인데 사이즈가 안 맞네요. (ㅠ_ㅠ) 전화 주세요.

22
줄리아

통화 연결음이 울리자마자 프라이스가 전화를 받았다.
"데이 경감님!"
줄리아는 경찰서에서 조금 떨어진 안전한 곳에 서 있었다. 차가운 바람에 머리카락이 마구 휘날려 얼굴을 덮었다. 지금도 줄리아는 추운 거리에 서 있을 때면 처음 경찰이 되어 긴급대응 팀에서 일했던 때가 떠오른다. 술꾼들을 응대하고 가정 폭력 사건을 처리하는 그 일을 그녀는 너무 사랑했다. 일하던 첫날 줄리아는 지금 이곳과 비슷한 거리에 서서 처음으로 당사자들 앞에서 경고문을 읽었다. 그다음에 피해자에게 말을 걸었더니 피해자는 안도감에 눈물을 흘렸다. 그때가 바로 줄리아가 이 직업과 사랑에 빠진 순간이었다. 인정하기 약간 부끄럽지만, 이 일을 사랑하게 된 이유는 그녀가 누군가를 도왔고 무언가를 막았을 뿐 아니라(하지만 그녀는 아버지의 자살은 막지 못했다) 그 과정에서 전율을 느꼈기 때문이었다.

"만날 수 있어?"

줄리아는 단도직입적으로 말했다.

"저기… 누군가… 도와줄 사람이 필요해. 뭐냐면….'

"말씀하세요."

"아직 같은 주소에 살아?"

"당연하죠."

줄리아는 그의 대답이 농담 같기도 했지만 확실하지 않았다.

오늘 아침 그녀는 매튜의 구금을 연장하기 위한 방법을 알아보았다. 구금 연장 요청을 하면 치안판사가 결정하는 것이었고, 곧 승인될 것임을 알고 있었지만 그래도 여전히 불안했다. 그 후에 줄리아는 아트를 보았다. 최근에는 슬프게도 아침에 그들의 동선이 겹치는 경우가 거의 없었다. 아트는 대개 일찍 집을 나섰고 줄리아보다 먼저 나갈 때가 많았다.

하지만 오늘 아침 그는 문이 살짝 열려있는 손님방에서 옷을 입고 있었다. 줄리아는 잠시 서서 그를 보았다. 하지만 자신의 몸만큼이나 잘 알고 있는 그의 벗은 몸이 아닌, 몸에 밴 습관들이 보였다. 서릿발같이 차가운 결혼 생활 속에서 친밀한 시간이 점점 줄어들면서, 그의 몸에 닿았을 때 느껴지던 질감도 희미하게 사라져 갔다. 예전처럼 그의 모습을 눈에 담고 싶어도, 이제는 같이 사는 사람을 더 이상 대놓고 바라보는 일조차 조심스러워졌다.

몇 초 후, 아트는 몸을 돌렸다가 줄리아의 시선을 눈치채고는 문을 닫았다. 줄리아는 이를 닦으며 흐느껴 울었다. 지금 자신에게 벌어지고 있는 일에 대해 아트에게 말한다면 어떻게 될지 궁금했다.

몇 분 후에 아트에게서 문자 메시지가 왔다. 문자 메시지는 그가 항상 제일 좋아하는 매체다. 짧은 문장에 불과했지만 줄리아는 그것을 읽고 또 읽었다.

'당신이 무사하길 빌어.'

지금 줄리아는 오늘 하루 남편보다 더 많은 대화를 나눈 남자인 프라이스에게 작은 목소리로 말했다.

"고마워."

그리고 추가로 물었다.

"지금 집에 있어?"

지금까지 그녀는 잭슨 씨에게 진상이 폭로되는 것을 간신히 미루고 있었지만 이제 더 이상 시간을 끌기가 어려웠다.

"낮이잖아요. 어디겠어요?"

프라이스가 대답했다. 밤에 일하는 경향이 있거나 전혀 일을 하지 않는 범죄자들이 주고받는 오랜 농담이었다.

"네, 집에 있어요. 걱정 마세요."

그는 상황을 눈치채지 못한 채 말했다. 그는 줄리아와 자신의 조심스러운 기브 앤 테이크 관계가 어떤 변화를 앞두고 있는지 아직 전혀 모르고 있었다.

○

프라이스는 고층 건물이 늘어선 블록의 아파트 꼭대기 층에 산다. 거실에는 창이 두 개 있어 양쪽을 내려다볼 수 있었다. 언젠가 그가 줄리아에게 꽤나 자랑스럽게 이야기한 적이 있다.

프라이스와 줄리아의 인연은 거의 19년 전으로 거슬러 올라간다. 그 당시 줄리아는 순경이었는데 비밀 정보원(경찰들은 스파이를 이렇게 불렀다)과 정기적으로 일하고 있었다. 줄리아는 정보원들을 활용하는 것을 특히나 좋아했다. 실시간으로 중요한 정보를 받을 수 있다는 점이 좋았다. 어쩌면 관계를 조심스럽게 밀고 당기는 과정이 좋았던 걸지도 모른다. 줄리아는 신중한 관계 형성에 뛰어났고 그건 프라이스도 마찬가지였다.

프라이스가 버저를 눌러 문을 열어 주었고 줄리아는 주택조합 건물의 따분한 현관(슬프게도 감옥과 다르지 않은 짙은 녹색으로 칠해져 있고 작고 하얀 창문이 있었다)을 통과해 안으로 들어갔다. 그리고 예전 모습 그대로 방치된 복도를 통과해 걸었다. 엘리베이터는 고장 나 있었는데 지난번 이곳을 방문했던 12년 전에도 고장 나 있었던 기억이 났다. 계단은 페인트칠하지 않은 콘크리트였고 층마다 오줌 냄새가 진동했으며 난간의 하얀 페인트는 벗겨지고 있었다.

"안녕하세요."

프라이스가 문 앞에서 스코틀랜드식 억양이 섞인 말투로 인사했다.

그는 엄청난 애연가여서 작지만 깔끔한 그의 아파트는 마른 담배와 재떨이에 놓인 오래된 담배 꽁초 냄새로 가득했다. 과거에 대한 향수가 줄리아에게 밀려들었다. 순경으로 프라이스와 거래하며 일하던 시절의 기억이었다. 담배, 경찰서에 연락할 때 쓰던 공중전화, 그리고 브릿팝✧.

"줄리아 데이 경감님, 웬일이세요? 한 주에 두 번이나 저를 찾아주시다니 기쁜데요."

"중요한 일일 수도 있고 아닐 수도 있어. 정말이야."

줄리아는 가볍게 말했지만 프라이스가 쉽게 속아 넘어갈 만큼 멍청하지 않다는 걸 알고 있었다. 그녀가 무슨 말을 하든 그는 진의를 파악하는 데 능하다. 프라이스는 그와 비슷한 방식으로 살아가는 대부분의 사람들처럼 살아남기 위해 자신이 들은 것 이면에 숨은 뜻까지 읽어내야만 한다.

프라이스는 거실 맞은편에 있는 줄리아를 보았다. 거실에는 갈색 가죽소파 두 개, 재떨이, 그리고 뻐꾸기 시계가 있었다. 최근에 먼지를 쓸어냈는지 가구 광택제 냄새가 났다.

프라이스가 차를 준비하려 했지만 줄리아는 사양했다. 그가 주방에서 등을 돌리고 있을 때 줄리아가 입을 열었다.

"이제 내가 너한테 부탁할 차례야."

그녀는 의도적으로 이렇게 말했다. 그 문장 안에는 의미심장한 뜻이 숨어있었다. 프라이스는 거절할 수가 없다. 줄리아가 그에 대해 너무 많은 것을 알고 있기 때문이다. 하지만 그녀는 그가 개의치 않는다는 것을 알기에 비장의 카드를 준비했다.

프라이스는 아무 말도 하지 않았지만 그녀를 향해 천천히 몸을

✧ Britpop. 1990년대 영국에서 유행한 록 음악 장르

돌려 주방 조리대에 기댔다. 숟가락 위에 있는 티백에서 물이 뚝뚝 떨어졌고 그는 눈썹을 으쓱했다.

"기술 쪽으로 아는 사람 혹시 없을까? 지우고 싶은 영상이 있어서."

입 밖에 내기 고통스러운 문장이었다. 그녀의 뜻을 한 번도 거스른 적 없는 프라이스에게 억지로 강요하는 말일 뿐 아니라 그녀 자신을 옥죄는 말이기 때문이었다. 증거 심어놓기, 불법 CCTV 조사에 이어 이제 여기까지 왔다. 기록에 남지 않을 비공식적인 도움 요청이다.

하지만 범죄자들은 경찰이 접근하지 못하는 곳에 닿을 수 있었다. 그리고 줄리아에게는 선택지가 점점 없어지고 있다. 그녀에게 남은 방법은 이것뿐이었다. 그녀가 20년간 전투를 벌여온 어두운 세계에 발을 담그는 것. 최소한 일시적으로라도.

"어떤 기술자를 찾으세요?"

프라이스가 태연하게 물었다. 그는 차를 한 모금 꿀꺽 삼켰다. 설탕이나 크림을 넣지 않은, 아직 엄청나게 뜨거운 차였다. 말 대신 행동으로 하는 선언 같았다.

줄리아는 자세를 바꾸고 잠시 기다렸다가 답했다.

"뭔가를 지워줄 수 있는 사람."

"해커군요. 뭘 지워야 하죠?"

프라이스는 호기심에 차서 물었다. 해커의 '에이치h' 발음에서 스코틀랜드 특유의 소리가 났다.

"아는 사람 중에 적당한 사람 없을까?"

"개인적인 일인가요, 아니면 업무와 관련된 건가요?"

"둘 다야."

줄리아는 솔직하게 말했다.

벽에 걸린 뻐꾸기시계가 열두 번 울렸다. 그러자 마치 신호를 받은 것처럼 창밖의 태양이 고개를 내밀었고 겨울의 흐리멍텅한 색이 봄처럼 쨍한 초록색으로 바뀌었다. 허공에서 먼지가 춤을 추었다. 조리대 위에는 아무것도 없었고 개수대 위의 머그컵 두 개, 그리고 바닥에 뭔가를 흘렸을 때 닦아내는 분홍색 천만 놓여있었다. 프라이스는 깔끔한 스타일이었다. 주변을 정갈하게 유지하고 외모도 단정했으며 머릿속도 정확하고 빠르게 돌아갔다.

"시계가 멋지네."

줄리아가 눈을 들어 시계를 쳐다보며 말했다.

"엄마가 보내주신 거예요."

그러면 그렇지. 그의 엄마는 독일인이었다. 뻐꾸기 시계가 계속 구구구 울어댔고 프라이스는 경건한 자세로 그 소리가 멈추기를 기다렸다.

"엄마는 바이에른에 사시는데 거기선 이런 시계가 엄청 싸요. 동전 하나쯤?"

그는 말을 하다가 멈추고 분홍색 천을 손에 든 채 줄리아를 쳐다보았다. 수많은 범죄 거래가 이렇게 이루어진다는 생각이 들자 줄리아는 머리를 세게 얻어맞은 느낌이었다. 이웃들이 옆집에 살고 밖에는 아이들이 뛰어노는 평범한 집 안에서 범죄가 일어나는 것이다.

마침내 프라이스가 입을 열었다.

"그럼, 이제… 제일 중요하고 뻔한 질문 하나 할게요."

"그래."

"제가 얻는 건 뭐죠?"

줄리아도 이 질문을 예상했다. 그리고 물론 그녀는 답을 알고 있었다.

"뭐… 과거가 있잖아."

그렇게 말하고 프라이스에게서 몸을 돌리자, 방금 입 밖에 낸 그 말이 햇살 비치는 공중에 티끌과 함께 우아하게 매달려 있는 듯했다. 프라이스는 숨겨진 뜻을 읽는 능력이 뛰어나다. 그는 줄리아의 말이 무엇을 의미하는지 확실히 알 것이다.

프라이스가 갑자기 웃음을 터뜨리자 줄리아는 깜짝 놀랐다.

"오, 경감님. 이제 알겠어요. 그냥 말씀하시지 그러셨어요?"

그의 적갈색 머리카락이 햇빛에 반짝거렸다.

"뭘 말이야?"

그는 마술사 같은 매끄러운 동작으로 개수대 위에 머그컵을 올려놓더니 줄리아를 똑바로 바라보았다.

"저한테 선택권이 없다고 왜 말 안 해주셨어요?"

줄리아는 대답하지 않기로 결정하고 어깨를 으쓱했다.

"법의 손길이 닿지 않는 곳은 없다, 이런 뜻인가요?"

"바로 그거야."

줄리아가 비장의 카드를 내놓기도 전에 프라이스는 숨은 뜻을 알아차렸다. 만약 그가 도와주지 않는다면 줄리아는 마약공급, 마약거래 등 지금까지 저지른 수많은 죄에 대한 혐의로 그를 기소할 것이다.

"너 같은 스파이는 감옥 생활도 순탄치 않을 거야, 프라이스. 공개 법정에서 진상이 드러난 경우라면 특히 그렇지."

프라이스는 개방적이고 호기심에 찬 표정을 유지했지만 줄리아는 그가 딱 한 번 침을 삼킬 때 목젖이 마치 선로 위를 오르락내리락하는 케이블카처럼 아주 천천히 움직이는 것을 보았다.

"알았어요."

그는 태연하게 말했다.

"스파이 노릇 하면 큰 코 다치는 법이잖아요. 거래 잘하셨네요."

그는 학생을 칭찬하는 선생님처럼 칭찬까지 했다.

"기술자 찾아드릴게요."

"찾으면 알려줘."

줄리아는 너무 조급해하는 티를 내지 않으려고 애쓰며 말했다. 한편 그녀는 이렇게만 말하면 될지, 범죄자들이 경찰보다 배신행위를 더 쉽게 받아들일지 궁금했다. 그리고 예상치 못한 방식으로 뭔가를 빠져나온 듯한 불안한 기분이 들었다.

"경감님께 연락이 안 되면 경찰서에 보고하면 되나요?"

그는 줄리아를 시험해보듯 말했다.

"나한테 바로 오는 게 좋아."

줄리아는 즉시 대답했다. 그녀는 굳이 숨기려 하지 않았다. 한쪽에서 밀려 들어오고 반대쪽으로 밀려 나가는 조수처럼 이제 프라이스가 카드를 쥐고 있었다. 그는 이것이 전혀 합법적이지 않다는 걸 알았다. 그는 줄리아에게 다 안다는 듯한 애매한 미소를 천천히 지어보였다.

프라이스가 이 정보를 가지고 지금 바로 혹은 나중에 뭔가를 할지 알 수 없었다. 줄리아는 창가로 걸어갔다. 프라이스와 함께 있는 것이 안전하지 않다고 느낀 적은 한 번도 없었지만 오늘 아침부터는 불안해지기 시작했다. 환한 주방, 조용한 주변 환경, 높은 전망, 저 아래 포장도로의 작디작은 사람들…. 이 모든 것이 불길해졌다.

줄리아는 프라이스의 집에서 나가려고 몸을 돌려 나무 바닥재가 깔린 복도를 따라 걸었다. 현관문 밖은 바깥세상이 아니라 에셔✢의 끝없는 미로 같은 복도로 이어질 것 같았다.

"사라지는 CCTV라…. 최근에 사람들이 많이 실종되고 있죠."

프라이스는 줄리아의 등 뒤에서 아무렇지도 않게 말했다. 줄리아는 탁자를 손가락으로 잡고 뒤돌아섰다. 탁자 위에는 표면이 반짝이는 빈 재떨이 하나가 놓여있었다. 갑자기 줄리아의 눈에 오래전부터 함께 일하기 시작한 소년 프라이스가 아니라 마흔 살에 가까워진 성인 남자의 모습이 비쳤다.

"항상 그렇지."

줄리아가 말했다.

조금 전에 그가 한 말은, 줄리아가 진행하고 있는 일을 자신이 정확히 알고 있으며 흩어진 조각들을 끼워 맞출 수 있다는 것을 표현하는 프라이스만의 방식이었다. 그는 줄리아를 힐끗 쳐다보았

✢ 네덜란드의 판화가로, 착시 효과를 이용한 그림을 많이 그렸다.

다. 그는 수염을 기르고 있었는데 머리카락처럼 적갈색이지만 좀 더 오렌지빛이 돌았다. 예전에는 줄리아가 너무나 쉽게 읽을 수 있었던 그의 표정이 수염 때문에 잘 드러나지 않았다. 갑자기 그녀는 프라이스에게 복면을 쓴 남자를 찾아달라고 부탁할까 하는 생각이 들었다. 그는 분명히 해낼 수 있을 것이다. 현관 초인종을 누르고 사람들을 위협하고 미행하는 건 그의 전문 분야였다. 그는 불법행위를 마다하지 않는 사람들이 이용할 수 있는 모든 수단을 갖고 있었다.

"경감님?"

프라이스는 뭔가 질문이 있다는 듯 입을 열었다. 줄리아는 아무 말도 하지 않았다. 넘지 말아야 할 선이 있는 법이다.

"그럼 이 일은 실종된 여자들하고 관계가 있는 건가요?"

그가 압박하듯 물었다. 줄리아는 '여자들'이라는 복수형 표현을 즉시 포착했다.

"여자들? 올리비아 말이니?"

"주변에 실종된 여자가 있는데 저랑 같이 일하는 사람이 예전에 그 여자랑 같이 일했대요."

프라이스는 자신이 몸담은 범죄활동을 '일'이라고 표현했다.

"그 여자가 누군데?"

"저는 모르는 사람이에요. 금발이었고 사람들이 마릴린이라고 불렀어요. 그 여자의 진짜 이름은 아니었겠죠. 그냥… 금발이라서 그렇게 불렀나 봐요."

"실종된 게 언젠데?"

줄리아는 세이디와 올리비아를 떠올리며 곧바로 물었다.

"6개월쯤 전이에요. 그 여자는 누군가를 돕고 있었어요. 사기꾼 일당 같은 사람이었는데 그러다가 일을 중단했어요."

프라이스는 태연하게 말했다.

"그렇군."

줄리아는 이렇게 말하면서, 올리비아라기에는 너무 오래전이고 세이디라기에는 너무 최근이라고 생각했다.

"그 여자는 조력자 일을 그만뒀어요."

"그럼 실종된 건 아니네. 범죄 일을 그만둔 거지."

"그 뒤로 아무도 그 여자를 못봤어요. 솔직히 말하면 저는 그자들이 죽인 줄 알았어요."

"왜 그렇게 생각했어?"

"갱단에서 이탈하면 보통 그렇게 되거든요."

"아, 그래."

"네, 아시잖아요."

그때 줄리아는 프라이스가 비장의 수를 꺼냈음을 느꼈다. 그 바람에 이 여자가 누구일까 골몰했던 생각은 순식간에 자취를 감추었다.

"제가 이 일을 할 수 있을지 모르겠어요. 그래도 저를 떠올려주셔서 감사해요."

"왜 못해?"

줄리아는 진상을 공개하지 않으려고 애쓰면서도 힘주어, 어쩌면 절박하게 말했다.

"이걸 하면 제가 무슨 일에 연루되는 건지 알고 싶어요."

그의 말에 줄리아는 몸에 힘이 쭉 빠지는 걸 느꼈다. 당연한 질문이다. 그가 알고 싶어 하는 건 너무도 당연했다. 하지만 줄리아는 어쩔 수 없이 이렇게 말해야만 했다.

"어떤 것도 말해줄 수가 없어."

"그럼 저는 못하겠어요. 그냥 빼주세요. 전 상관없으니까."

줄리아는 드디어 자신이 가진 카드를 내밀었다.

"네 지인들이 그동안 네가 스파이 노릇 하고 있었다는 걸 알아도 된다는 거야?"

그녀는 가볍게 물었다. 그녀가 부탁할 수 있는 범죄자들은 차고 넘쳤다. 곧 석방을 앞둔 자들과 풀려난 자들 모두. 범죄자들이 두려워하는 건 법이 아니라 주변 사람들이었다. 줄리아는 이렇게 말하며 자신도 모르게 움찔했다. 처음으로 프라이스와 그간 쌓은 신뢰를 남용하며 그를 위협했다. 두 사람의 공생 관계는 이 한 문장으로 끝나버렸다.

"엿 먹어요, 줄리아."

프라이스는 구부러지는 머리핀처럼 예측할 수 없게 뒤틀리는 글래스고 지역 특유의 발음으로 말했다. 그는 잠시 멈추었다가 마지못해 이렇게 덧붙였다.

"적당한 사람을 찾아볼게요."

줄리아는 놀라지 않았다. 대부분의 범죄자들은 감옥보다 죽음을 두려워한다.

"이게 다야. 다른 할 말은 없어."

이 말을 하고 나자 슬픔이 후유증처럼 줄리아를 휩쓸고 지나갔다. 그녀는 더 이상 말을 덧붙이지 않고 자리를 떴다. 그리고 미래의 어느 시점에 자신이 받게 될 재판이 어떤 모습일지 떠올려 보았다. 검찰의 서류 뭉치는 무슨 말을 해줄까? 그리고 사건은 어떻게 묘사될까? 지금으로부터 1년 전 제너비브가 그 일을 저지른 이후로 일상이 천천히 도미노처럼 무너지기 시작했다. 더럽고 부패한 사건처럼 보이겠지만 줄리아에게는 그렇게 느껴지지 않았다. 그녀가 느낄 수 있는 건 절망과 사랑 뿐이었다. 오 하느님, 줄리아는 제너비브가 그 일을 저지르지 않았기를 간절히 원했다. 이 일이 사실임을 스스로 인정하기조차 너무 힘들었지만 받아들일 수밖에 없었다. 그녀는 그것이 잘못된 판단이었고 그 경솔한 결정으로 인해 제너비브가 대가를 치르게 되었음을 알았다. 하지만 그럼에도 줄리아는 그저 그 일이 애초에 일어나지 않았기를 바랄 뿐이었다. 너무나도 단순한 바람이었다.

"친구가 오늘 밤에 접속해볼 거예요."

"좋아."

"경감님이랑은 다르게 정직한 친구예요."

"나도 원래는 그래."

줄리아는 이렇게 말하고 다시 말을 고쳤다.

"지금도 그렇고. 말하기에는 좀 복잡해."

"저한테는 꽤나 간단하게 들리는데요."

줄리아는 눈을 깜빡이며 눈물을 참았다. 나는 선한 사람이다. 그렇지 않은가? 용서할 수 없는 짓을 저지르고 있음에도. 갑자기 그녀는 그 협박범도 자신처럼 사실은 선한 사람일 거라는 희망과 두려움이 동시에 떠올랐다. 절망에 빠져있으면서도 선할 수 있지 않을까?

"저한테 선택권이 없다고 단정하지 마세요."

줄리아의 가장 오랜 동지였던 프라이스가 말했다. 협박당한 사람이 이제 협박을 하고 있다니. 이런 일은 빈번하게 일어난다. 줄리아는 프라이스의 집을 나서며 등 뒤에서 문이 닫히는 소리를 들었다.

올리비아의 아빠는 이미 줄리아의 동료들과 심도 깊은 인터뷰를 했다. 이미 인터뷰로 할 말을 다 했다고 생각했기 때문인지 오늘 줄리아의 전화를 받는 그의 태도는 형편없는 통화 품질 만큼이나 무성의했다. 밤 늦은 시각이었고 줄리아는 스스로 'B2'라고 부르는 해커에게 IP주소들을 보내느라 저녁 시간을 거의 다 썼다.

"잘 안 들립니다."

올리비아의 아빠는 이 말을 반복했다. 마치 누군가가 손으로 계속 마이크를 감싸고 있는 것처럼 거칠게 긁는 듯한 바람 소리가 통화를 방해했다.

"죄송해요, 말씀드렸듯이 신호가 잘 안 잡히네요. 지금 올리비아를 찾으러 밖에 나와 있어서요. 짧게 말씀해 주세요."

줄리아는 의자에 몸을 기대고 신발을 벗은 다음 다리를 꼬며 얼굴을 찡그렸다. 올리비아의 아빠는 줄리아에게 화가 나 있는 것 같았다. 처음에는 사건에 대해 우려하며 적극적이었는데 지금은 한 발짝 뒤로 물러난 듯했다. 치직거리는 통화 품질 때문에 확실하지는 않지만, 굳이 말하자면 줄리아는 그가 변명을 한다고 느꼈다. 뭔가를 숨기는 사람 같기도 했다. 딸을 찾으려고 어떤 일을 꾸미고 있지만 잘 되지 않는 것 같았다. 변명을 하는 증인들은 필연적으로 어리석은 짓을 하고 있다.

"존슨 씨, 따님에 대해서 몇 가지 질문이 더 있습니다."

"아, 네. 그러시겠죠… 네… 알겠습니다."

통화 상태가 너무 안 좋아서 줄리아는 상대의 말을 거의 알아들을 수가 없었다.

"통화 연결이 더 괜찮을 때 다시 통화할 수 있을까요? 바람 안 부는 곳으로 가시든가 해서요."

"물론이죠."

"혹시 화상미팅도 가능하세요?"

"할 수 있긴 한데 며칠 걸릴 것 같습니다."

"알겠습니다."

줄리아는 잠시 생각하다가 말을 이었다.

"제가 일을 제대로 못하고 있다고 생각하시겠죠."

그녀는 비슷한 경우를 본 적이 있다. 가끔 피해자를 비롯한 피해자 가족과 형사는 관계를 끊을 수밖에 없게 된다.

줄리아는 블라인드 사이로 비스듬히 들어오는 가로등 불빛을 바라보았다. 작년 봄, 제너비브가 잭에게 상해를 입혔고, 같은 시기에 세이디는 실종되어 다시는 발견되지 않았다. 줄리아는 그날 핵심 증인들을 인터뷰하지 않고 뒷방에 앉아있었던 시간이 아직도 생생했다. 그 이후로 벌어졌던 모든 일도. 세이디 실종사건과 관련된 문서는 제대로 읽지도 않고 대충 검토했고, 그 대신 제너비브 일에 대해서는 혹시 아는 사람이 있을지 샅샅이 조사했다. 그리고 강 하구까지 떠내려와 수면 위로 떠오르는 시체처럼 언젠가 드러날 다른 증거가 없는지 확인하고 또 확인했다.

줄리아는 눈을 깜빡였다. 올리비아 사건에서 자신이 목격한 것 중에는 아무것도 건질 게 없었지만 어쩌면 부주의 때문에 놓친 것일 수도 있었다. 올리비아도 세이디 꼴이 나게 할 수는 없었다.

줄리아의 눈이 초점을 잃고 흐려졌다. 아마도 곧 정시에 퇴근해서 딸과 함께 소파에 다리를 올리고 뒷문은 열어둔 채로 영화를 볼 것이다.

"그래도 질문 몇 가지만 하겠습니다. 잘 들리신다면요."

올리비아의 아빠는 아무 대답이 없었다.

"남자친구에 대해 좀 더 얘기해 보고 싶어요. 올리비아의 남자친구요. 몇 가지만 더 확인하고 싶은데요⋯."

이렇게 말하면서 줄리아는 실종자 수사를 하는 동안 종종 그러듯 자신이 해야 할 일은 온갖 수단을 총동원하는 것뿐이며 그렇게 해야만 실종자를 찾을 수 있다는 생각을 했다.

"말씀하세요."

줄리아는 그의 목소리에서 어떤 변화를, 일종의 기대감 같은 것을 느낄 수 있었다.

"남자친구에 대해서 뭔가 찾으셨나요?"

그가 말했다.

"아직입니다. 하지만 여쭤보고 싶은 게….""

"통화 상태가 더 좋을 때 전화드리겠습니다. 괜찮으시죠?"

하지만 줄리아가 듣기에 이제 연결 상태는 괜찮았다.

통화가 뚝 끊겼고 줄리아는 좌절하며 휴대폰을 쳐다보았다. 자신이 올리비아의 아빠를 정말로 화나게 한 것 같다. 그녀는 펜을 책상 위에 세운 채로 휴대폰을 바라보며 골똘히 생각에 잠겼다. 아트의 말이 맞았다. 마음속에서 독백이 또 들린다. 그리고 이번에는 그 소리가 어떤 방향으로 직진하고 있다는 것이 느껴졌다. 갱단에 협조하는 마릴린. 만약 줄리아가 그녀를 찾으려고 시도한다면? 국립 경찰 컴퓨터에서 마릴린을 검색해봤지만 결과가 너무 많다. 수백 명의 마릴린이 뜬다.

"별일 없으세요?"

조너선이 줄리아의 사무실 앞을 지나가면서 인사했다. 순간적으로 줄리아는 조너선이 젊은 정보원이고 자신은 승진에 열을 올리는 경사였던 시절로 돌아간 것 같았다. 당시 두 사람은 이따금 정시에 함께 퇴근해 피시 앤 칩스를 먹고 각자의 차로 걸어갔다. 줄리아는 아트의 몫을 조금 챙겨서 가져갔고, 그 후로 몇 주 동안 아트는 피시 앤 칩스 포장지 위에 줄리아를 위한 메시지를 남겨놓곤 했다. 그는 편지처럼 작고 사소한 것을 잘 챙기는 타입이었다. 관계를 유지하는 데 필요한 배려와 관심을 보여주었다.

"그럼, 물론이지."

줄리아는 작은 소리로 말했다. 이제 정직과 고결, 결백함은 사라진 지 오래였다. 그 순간 전화기가 울렸고 그녀는 깜짝 놀랐다. 영상이 삭제됐다고 말해주려는 프라이스일지도 모른다. 아니면 그가 말했던 정보 기술 전문가일 수도 있다. 하지만 프라이스가 아니라 안내 데스크 담당 경사였다.

"누가 경감님을 찾아왔는데요."

그의 조심스러운 어조로 미루어보아 줄리아는 그 방문객이 중요한 사람이라는 것을 알 수 있었다. 즉시 그녀는 제너비브를 떠올렸다.

"누군데?"

"이름이 올리비아 존슨이라고 합니다."

23
줄리아

줄리아는 믿을 수가 없었다. 뭔가 실수가 있는 게 분명했다. 하지만 로비로 들어서자 그녀가 보였다. 정말로 피와 살을 가진 실체였다. 키가 크고 금발에 넓은 코, 약간 비뚤어진 치아까지 정말 올리비아 존슨이었다. 줄리아는 눈을 깜빡이며 꿈인지 생시인지 하마터면 팔을 꼬집을 뻔했다.

"올리비아."

줄리아의 목소리에는 경탄이 담겨있었다.

올리비아는 아무 말 없이 고개를 끄덕였다. 그녀의 모습은 여권 사진과 똑같았다. 강인한 코, 금발 머리, 가만히 있어도 눈가에 잡히는 주름. 줄리아는 놀라워하며 그녀를 바라보았다. 줄리아의 구원자가 바로 여기 있다. 드디어 수수께끼가 풀렸다. 그런데 왜 아직도 해결이 안 된 기분일까?

"전 실종된 게 아니에요."

이것이 올리비아가 처음으로 꺼낸 말이었다. 그녀의 목소리는 줄리아의 생각보다 훨씬 단호했고, 그녀의 몸짓은 남의 시선을 의식하듯 훨씬 조심스러웠다. 온라인에 자신의 가장 멋진 모습만 올리는 사람을 실제로 만났을 때 종종 벌어지는 일일 것이다. 그녀는 올리비아에게서 눈을 뗄 수가 없었다. 죽었다가 살아난 사람이다. 다들 올리비아가 죽었다고 생각했으니까.

"그러니까… 이제 돌아온…."

"전 실종된 적이 없어요."

올리비아가 줄리아의 말을 끊으며 정정했다. 올리비아의 가느다란 두 손은 무릎 위에 반듯하게 놓여있었다. 분명히 실종됐다가 돌아온 사람의 자세는 아니다. 줄리아는 온몸에 소름이 끼쳤다. 형사로서의 본능이 보이는 게 전부가 아니라고 말하고 있었고 줄리아는 그것에 귀를 기울였다.

"더 일찍 왔어야 했다는 거 알아요."

올리비아가 한 손을 들어보이며 말했다.

"그럼 왜 이제야 온 거죠?"

줄리아가 올리비아의 얼굴을 세심하게 관찰하며 물었다. 그들을 둘러싼 로비의 조명 몇 개가 꺼졌다.

"잠시만요."

올리비아는 어깨에 사선으로 멘 가방 속을 뒤지며 말했다. 빈티지 스타일 청바지를 발목에서 접어 올린 것을 보니 분명히 추울 것이다. 줄리아는 실용성과는 거리가 먼 올리비아의 옷차림이 별로 놀랍지 않았다. 올리비아가 설명을 시작했다. 이제 매튜는 풀려날 것이 분명하고 제너비브도 괜찮을 테지만 줄리아는 곤경에서 벗어났다는 사실이 믿기지 않았고 불안했다. 또 무슨 일이 생길지 누가 알겠는가?

"솔직히 저는 말이 안 된다고 생각했어요. 그러니까… 전 그 골목에 간 적이 없어요. 사라진 게 아니라고요."

"그게 무슨 말씀이죠?"

줄리아의 시선이 올리비아의 얼굴 위를 정처 없이 헤맸다. 마치 논리 문제를 푸는 것 같았다. 올리비아를 조사실로 데리고 가서 공식적인 진술을 받아내야 했지만, 어쩐지 줄리아는 질문하기도 전에 대답을 이미 알 것 같았다.

"그 공유주택에 실제로 거주했나요?"

올리비아는 줄리아와 시선을 마주쳤다.

"아뇨."

"그 골목, 포티스헤드 중심가 뒤편에 간 적이 있어요?"

"없어요."

"그게 본인 얘기가 아니라는 게 무슨 뜻이죠?"

"제가 여기 오기까지 시간이 걸린 이유가 뭐냐면요. 그 뉴스가 터진 날 밤에 저는 사건의 주인공이 제 이름과 같아서 좀 이상한 느낌이 들긴 했지만, 별로 특이한 이름이 아니니까 그런가 보다 했어요. 그런데 두 번째 날 밤에 사진이 나왔는데… 제 여권 사진인 거예요. 하지만 주소가 전혀 달랐어요. 그 여자에 대한 정보가 저랑 맞는 게 하나도 없었어요."

줄리아의 입이 딱 벌어졌다. 여기 있는 이 사람은 올리비아가 아니다. 적어도 자신이 찾던 그 올리비아는 아니었다.

"그런데 며칠 동안 어디 가 있었던 건가요?"

줄리아는 정곡을 찌르며 캐물었다. 누구라도 이런 일을 당하면 해명을 하려고 곧장 경찰서를 찾아왔을 것이다. 그런데 그녀는 왜 그러지 않았을까?

"가족 결혼식이 있어서 5일 동안 여행 중이었어요. 아주 먼 오지로요."

"그랬군요."

줄리아는 고개를 흔들었다.

"그럼 인스타그램도 본인 계정이 아닌가요?"

"아니에요. 저는 소셜 미디어 안 해요. 정말이에요."

"그런데 본인 사진과 이름이 떠있던데요."

올리비아가 자기 여권을 엄지와 검지 사이에 티켓처럼 끼운 채 줄리아에게 건네주었다. 줄리아가 그것을 받아 확인해 보니 정말로 완전히 똑같은 사진이 있었다. 여권 발급일은 2022년 5월, 제너비브의 사건이 있었던 작년 봄이었다. 지금은 겨우 2023년이지만 훨씬 더 오랜 시간이 지난 것처럼 느껴졌다. 하지만 한 가지 문제가 있었다. 줄리아가 이미 증거물 보관실에 올리비아 존슨의 여권을 가져다 놓았다는 사실이었다.

24
엠마

무엇을 해야 할지 결정하는 데 하루가 꼬박 걸렸어. 늘 그렇듯 새벽 1시가 되어서야 드디어 결정을 내렸지. 낮에는 인정할 수 없었던 것들을 밤이 되면 스스로 인정할 수 있게 되는 법이니까.

난 지금 주방 조리대 앞에 서서 너의 전 여자친구를 생각하고 있어. 담배를 피우고 있는데, 네가 없으니 집에서 담배 냄새가 나도 아무 문제가 안 되네. 경찰이 **조사를 하면서** 네 구금 기간을 계속 연장하고 또 연장하는 바람에 너는 아직도 구금되어 있어. 내 생각엔 경찰이 너를 고소할 증거를 찾으려고 뜬구름 잡는 소리를 계속하고 있는 것 같아. 그래서 난 지금 담배를 숨길 필요도 없고 한 대 피우려고 정원으로 나가지 않아도 돼. 네가 아기였을 때 쓰던 유리 재떨이를 꺼내놓았단다. 미안하지만 그 시절 밤늦게 정원에서 담배를 피우던 시간은 하루 중 최고의 순간이었어. 지금 나는 완벽하게 직선을 그리며 천천히 올라가다가 흩어지는 담배 연기를 지켜보는 중이야.

실종된 두 여자. 네 전 여자친구, 그리고 네가 메시지를 주고받던 올리비아. 이제 세 번째 여자도 있어. '**준비된 사람은 프루던스 존스입니다**' 난 그게 무슨 뜻인지, 이 사건에서 QR코드가 뭘 의미하는지, 비트코인이 왜 등장하는지 하나도 모르겠어. 내가 아는 거라곤… 뭐지? 내가 아는 게 뭘까? 난 담배 연기 모양으로 점이라도 쳐보겠다는 심정으로 가만히 연기를 쳐다보고 있어. 유독한 연기 속에서 답이 떠오르기라도 할 것처럼. '**준비된 사람은 프루던스 존스입니다**' 이 말 속에 숨겨진 다른 뜻이 또 있을까?

마치 얼음 조각을 삼키는 기분이야. 제발 아니기를 바라지만 빼도 박도 못할 사실임을 깨달을 때 몰려오는 그 기분을 뭐라고 표현해야 할까? 직장과 동료, 살던 마을을 버리고 떠나야 했을 때의 그 기분 말이야. 작년에 그 일이 있고 나서 우리는 모든 걸 버리고 도망쳤지만, 아직도 완전히 벗어나진 못했어. 충분히 멀리 가지 못한 거지.

나는 담배 한 개비를 집어 들고 깊이 빨아들였어. 내 손가락은 노랗게 물들 거야. 주방에서는 냄새가 나겠지. 냄새가 완전히 빠지지는 않을 거야. 담배 냄새는 원래 그래. 오늘 밤 이 주방 조리대 앞에 앉아 있던 시간을 나는 영원히 잊을 수 없을 것 같아.

너는 단 한 번도 여자친구의 실종에 대해서 나에게 설명해준 적이 없어. 어쩌면 애초에 설명할 수 없는 건지도 모르지. 하지만 그보다 더 나쁜 건, 넌 단 한 번도 내가 너에게 무슨 일이 있었는지 궁금해하고 의심할 수도 있다는 걸 인정한 적이 없다는 거야.
나는 담배를 입에 문 채로 재킷을 입고 운동화를 신으며 나갈 채비를 시작했어. 세 여자의 이름이 담배 연기처럼 내 주위를 떠다녔지. 세이디, 올리비아, 프루던스. 한 번은 운이 나빠서 그랬다고 쳐도 두 번이나 세 번이라면…. 갑자기 담배 연기에 숨이 막히는 것 같았어. 이런 일이 벌어지고 있다는 걸 믿을 수가 없었어. 그리고 이것이 내 선택이라는 것도.
나는 너의 결백을 두고 너무 오랫동안 나 자신과 논쟁을 벌이는 바람에 한 가지 사실을 잊고 있었어. 부모라면 때로는 마음속으로 자녀를 계속 평가하며 갈팡질팡할 게 아니라 그냥 행동으로 옮겨야 한다는 사실 말이야.
손에 든 자동차 키의 버튼을 누르니 차가 불빛을 번쩍이며 바깥 거리를 노란빛으로 물들였어. 사랑하니까 어쩔 수 없이 단호해지는 걸까? 아니, 난 그렇게 생각 안 해. 이건 다른 거야.
그녀의 아버지 기억하니? 맙소사. 너도 알겠지만 그 사람은 마음이 완전히 부서졌어. 분명히 두 동강이 났을 거야. 다시는 예전 모습으로 돌아갈 수 없겠지. 그건 너무 명백했어. 그의 온몸이 변한 것처럼 보였어. 마치 딸을 잃은 고통으로 몸이 파헤쳐진 다음 웅크리고 있는 것 같았지. 그는 무슨 일이 있었는지 알 권리가 있어. 누구나 그래.
밖으로 나가니 거리는 습기로 뒤덮여있어. 비가 세차게 내렸다가 잦아들었는지 이제 봄 나무와 덤불에서 빗방울이 똑똑 떨어지고 있지. 나는 담배를 다 피운 다음 땅바닥에 던졌어. 아, 정말로 난 담배가 싫어. 담배꽁초가 아직 빗방울이 떨어지고 있는 웅덩이에 퐁당 빠졌어. 나는 차에 올라타고 시동을 걸었어. 우습게도 이 상황이 내 감정과 너무 잘 어울리더라. 앞 유리창에 검은 비가 흘러내리고 차 안에서는 내 눈물이 흐르고. 난 완전히 혼자였어. 어떤 면으로 보나 나는 외로운 싱글맘이었지.

오늘 프루던스 존스에 대해 찾아보았어. 그 이름을 가진 실종자는 없었어. 최소한 내가 찾아본 바로는 그래. 비트코인이 무슨 관련이 있는지는 모르겠지만 몇 가지 불길한 추측은 해볼 수 있었어. 납치, 살인, 인신매매. 그중 무엇일까?

나는 아무도 없는 횡단보도 앞에서 멍하니 멈춰있어. 신호를 어기고 달릴 수도 있었지만 그러지 않았어. 너도 그럴까 궁금하네. 우리는 어쩌면 완전히 다른 사람일지도 몰라. 내가 너를 오랫동안 혼자 키웠고, 네 평생 동안 부모는 나뿐이어서 너는 나와 똑 닮아야 할 것 같은데도 말이야. 지금까지 나는 너에게서 내가 보고 싶은 것만 보아온 걸지도 몰라. 어쩌면 너는 다른 사람들에 대한 배려 따윈 없고, 신호등의 빨간불을 쉽게 무시하며, 여자를 죽이면 안된다는 법규 같은 건 전혀 신경 쓰지 않을지도 몰라.

그리고 물론 네 아빠를 떠올렸어. 쓰레기 같은 놈. 내가 임신했다는 걸 알고 도망가버린 남자. 하지만 그보다 더 나쁜 놈이었다면 어떡하지? 나는 출발하면서 눈을 깜빡였어. 난 그놈이 거의 기억이 안 나. 그놈이랑 잠자리를 갖고 부주의하게 굴었던 게 내 인생 최고의 도박이었던 것 같다는 생각이 들어. 무슨 내기인지도, 판돈이 얼마인지도 모르는 채로 러시안 룰렛 게임에서 빨간색에 몰빵

했던 거야.

경찰서가 시야에 들어왔어. 항상 불이 켜져있고 절대 문을 닫는 법이 없는 따분한 곳 중 하나지. 소방서, 교회, 응급실처럼 단 한 순간도 긴장을 풀 수 없는 중요한 장소야.

나는 주차하고 심호흡을 했어. 나를 위해서, 그리고 너를 위해서이기도 했지. 이 QR코드를 경찰에 넘겨주는 게 너를 지키는 길이라고, 어떤 면에서는 너 자신으로부터 너를 보호하는 방법이라고 스스로를 설득했어.

주차장에 내 발소리가 울려 퍼졌어. 내가 손에 쥐고있는 이 정보는 너무 가벼워서 거의 무의미하게 느껴져. 축축하게 젖은 깃털처럼 가벼운 종이 한 장일 뿐이야. 찬바람에 힘없이 펄럭이는.

자동문이 열리고 경찰서 안으로 들어섰더니 로비 한가운데에 데이 경감이 마치 나를 기다리기라도 한 것처럼 서 있었어. 과로에 지친 경찰의 표본 같았지. 나는 종이를 들어 올리며 말할 준비를 했어.

데이 경감이 천천히 몸을 돌려 나를 보았어. 처음에는 눈을, 그 다음에는 머리와 몸을 차례로 돌리는 모습이 마치 짐승의 움직임 같았어.

"제 아들이 조사를 받고 있는데 아직도 여기에 잡혀있어요."

내 말에 그녀의 표정은 변하지 않았지만 눈에서는 예리한 빛이 났지.

"도움이 될 만한 증거가 있어서 알려드리고 싶었어요. 제 아들은 원래 이름이 앤드루였어요. 그리고 작년에 걔 여자친구 세이디가 실종됐어요."

25
루이스

경찰서 밖에서 한 남자가 데이 경감과 이야기를 하는 중이다. 내가 여기 온 이유는 앤드루에 대해서 그녀와 의논해보고 내 분신인 딸과 앤드루 사이에 오간 메시지들을 보여주기 위해서다. 하지만 지금 나는 여기 서서 한 손은 내 차의 뜨거운 지붕에, 또 한 손은 차 문손잡이에 올리고 지금 벌어지고 있는 일을 지켜보고만 있다.

그런데 경찰과 일반인 사이의 평범한 언쟁이라기에는 분위기가 좀 이상했다. 둘 다 너무 감정적이다. 데이 경감 앞에 서 있는 남자는 따뜻한 날씨에도 파카를 입고 있었는데 술 취한 사람 같기도 하고 밤 외출을 끝내고 집에 가는 사람 같기도 했다. 남자는 키가 커서 그녀 위로 우뚝 솟아있다. 데이 경감은 몸짓으로 뭔가를 표현하고 있는데 전에는 한 번도 본 적이 없는 모습이다. 한쪽 팔로 몸을 감싸고 또 다른 팔로는 정지 표지판을 잡은 채 몸을 기대고 있다.

남자가 자리를 뜨는 걸 보니 데이 경감이 말을 끝낸 것 같다. 남자가 몸을 돌릴 때 목이 보였는데 국영의료서비스에서 받은 두껍고 하얀 거즈가 덮여있고 상처용 테이프로 고정되어 있었다. 그런데 상처에서 피가 새어나와서 거즈에 검은 양귀비꽃처럼 검붉은 얼룩이 묻어있었다. 상처를 관리하지 않아 불결해 보였고 거즈 가장자리는 이미 더러워져 있었다.

나는 남자가 길을 따라 천천히 걸어가는 모습을 지켜봤다. 최근 일어난 범죄의 피해자일까? 그리고 나처럼 데이 경감에게 불만을 품고 있을까? 이런 생각을 하고 있을 때 남자가 돌아서더니 소리쳤다.

"엿 먹어!"

그는 텅 빈 겨울 하늘을 연상시키는 강한 북부 억양을 썼다.

"부패한 경찰은 엿 먹으라고!"

그의 말에 데이 경감이 신체적으로 반응했다. 그녀는 남자를 향해 뻗었던 두 손을 힘없이 떨어뜨리고 두 팔을 허리에 둘렀다. 아주 피곤해 보였다. 다시 보니 몇 주 동안이나 잠을 못 잔 사람처럼 눈꺼풀이 보라색이었고 광대뼈 아래가 움푹 패여있었다. 그녀는 배를 세게 맞은 사람처럼 몸을 약간 구부렸다.

부패한 경찰.

부패한 경찰.

데이 경감이 돌아서서 경찰서를 향해 터벅터벅 걸어갈 때 나도 모르게 남자를 서둘러 쫓아가기 시작했다. **부패한 경찰**이라니, 이게 무슨 뜻일까? 주차장을 가로질러 뛰는데 숨이 턱까지 차올랐다. 최근에 데이 경감을 미행하면서 나는 새로운 세상에 눈을 떴다. 몰래 엿듣고, 모르는 사람에게 말을 걸고, 누군가의 뒤를 밟는 일이 평범한 행동처럼 느껴졌다. 내가 할 수 있는 말은 이것뿐인 것 같다. 언젠가 네게 아이가 생기면 지난주에 내가 했던 행동들을 조금은 이해하게 될 거라는 것. 너에 대한 그리움이 너무 간절해서 내 몸 한가운데가 썩어 문드러지는 느낌이다. 슬픈 내장 기관 하나가 내 몸속에 새로 생긴 것 같다.

"저기, 이봐요!"

나는 남자를 향해 소리를 질렀고 그가 돌아서서 나를 보았다. 큰 키에 텅 빈 눈, 분노에 찬 몸짓. 누가 살짝 건드리기만 해도 바로 폭력을 일으킬 것처럼 보였다.

"그분을 어떻게 아세요? 데이 경감 말입니다."

자신감 없고 망설이는 어조로 내가 말했다. 그 남자는 자기 목을 문질렀는데 나는 반사적으로 움찔했다. 몸에 난 상처에 대한 경계심을 담은 특유의 몸짓이었는데, 손가락이 목의 상처를 스치자 그는 화들짝 놀라며 피가 나지 않는지 확인했다.

"네?"

그리고 그 순간 그가 내뱉은 문장이 모든 걸 바꿔놓았다.

"그 여자가 아저씨 인생도 망치려고 했어요?"

"뭐라고요?"

내 목소리는 상쾌하고 향기로운 봄바람에 실려갔다. 주차장의 가장자리를 따라 카우 파슬리✤가 피어있었다. 나는 경찰서 쪽을

✤ 작은 흰 꽃이 많이 피는 유럽산 야생화

쏘아보았지만 데이 경감은 그 안에서 안전했다. 자기들만의 상아탑 안에서 그놈들은 다 그런 식이다. 아무 생각 없고 아무 느낌도 없고 아무런 방해도 받지 않은 채로 살아가면서, 범죄를 해결하지 못해도 여전히 월급을 받고 마지막 연금까지 챙긴다. 그러는 동안 우리처럼 불운한 사람들은 인생이 엉망진창이 된 채로 고통받으며 살아간다.

"그 여자는 아무것도 못해요. 그리고 자기 말을 따르지 않으면 빌어먹을 위협을 해요. 지금은 2022년인데 아직도 경찰이 우리를 엿 먹인다니까요."

"무슨 소립니까?"

남자는 자기 목을 거칠게 가리키며 손으로 총 모양을 만들었다.

"그 여자 딸이 저한테 한 짓이에요, 아저씨."

그는 쉰 목소리로 말했다. 번쩍거리는 눈에서는 열기가 뿜어져 나오고 있었다.

"그러니까…그 여자한테 허튼 수작은 하지 마세요. 아저씨를 협박할 거예요, 제길."

그가 몸을 빙글 돌리며 덧붙였다.

"젠장, 이 말은 하지 말았어야 했는데."

그는 나를 날카롭게 쏘아보더니 후드를 올려 쓰고 담배에 불을 붙였다. 불빛이 후드 속 그의 얼굴을 환하게 비추었다.

"아무 것도 말하지 마세요. 제가 얘기했다고도 하지 말고요."

그는 자기 목을 다시 한 번 가리킨 다음 자리를 떴다. 혼자 남겨진 나는 가만히 서서 비틀거리며 생각에 잠겼다.

데이 경감이라는 여자는 도대체 어떤 사람인가? 그리고 이 남자는 누구일까?

"잠깐만요. 저기요!"

내가 불렀지만 남자는 멈추지 않았다. 그는 출발해서 길을 따라 천천히 달리다가 내 쪽으로 몸을 살짝 돌렸다.

"그 여자가 내 인생도 망치려고 했어요!"

내가 소리치자 그가 천천히 뒤돌아서 나를 보았다. 바로 그때, 많은 사람이 그렇듯이 그는 피해자이면서 **동시에** 범죄자라는 생각이 내 뇌리를 스쳤다. 그는 내 쪽으로 걸어오더니 인사와 인정, 그리고 협정의 뜻을 담아 내 손을 잡고 악수를 청했다. 많은 것이 시작되는 순간이었다.

"저는 잭이에요."

그가 말했다.

26
루이스

집은 조용히 잠들어 있었다. 하지만 1년이 지난 지금 처음으로, 텅 빈 느낌이 들지 않았다. 불을 쬐는 고양이처럼 평화로운 느낌이다. 눈치챌 수 없을 정도로 느린 속도지만 삶의 리듬이 나와 욜란다에게 다시 돌아오기 시작했다. 밀물과 썰물이 천천히 밀려들어 오듯이. 어제 나는 와인 한 병과 대형 사이즈 초콜릿을 샀다. 아주 사소하지만 큰 의미가 있는 행동이었고 우리에겐 희망과도 같았다. 네가 돌아올 거라는 희망은 아니지만 네가 떠난 뒤에도 삶이 계속된다는 그런 희망.

난 일어났지만 불을 켜지 않고 해가 뜨는 풍경을 바라보았다. 진주빛으로 빛나는 하늘을 뒤로하고 바람에 실려가는 구름은 마치 수천 개의 어린아이 발자국이 찍혀 있는 것처럼 아름다웠다. 어떤 것도 이전과 같을 수는 없겠지만, 모든 것이 고요한 시간의 짧은 평화마저도 없어진 건 아니다. 단지 풍경 속 뭔가가 달라졌을 뿐이다. 말하자면 해변의 아주 작은 조약돌 하나가 움직이며 주변의 다른 조약돌 두 개를 건드려 굴러떨어지게 했고, 그 사이로 흘러나온 물이 모래에 스며들었다. 이 슬픔은 너를 너무 사랑했기 때문에 내가 치르는 대가다.

나는 밖으로 나가서 하염없이 걷고 또 걸었다. 다리가 기분 좋게 후들거리고 마음이 충만하고 강해질 때까지. 가끔 더 긍정적인 마음이 될 때면 나는 내가 얼마나 생생히 살아있는지 생각하기를 좋아한다. 너는 네 삶을 빼앗겼을지 몰라도 내 삶은 그렇지 않다고. 비록 가끔 그렇게 느껴질 때가 있더라도 말이다. 하늘은 새벽을 통과해 이동하고 황혼은 반대로 움직인다. 낮게 드리워진 물기를 머금은 빛이 천천히, 아주 천천히 밝아진다. 나는 내가 제일 좋아하는 바위를 찾아갔다.

작년에 잭이 죽은 후에 그의 형 데이빗과 나는 두 번 만났다. 그는 화가 나 있었고 나는 지쳐있었다. 잭은 형에게 줄리아에 대해서 말했고, 잭이 죽은 뒤 데이빗은 동생의 휴대폰에서 내 정보를 발견하고 나에게 전화를 걸었다. 그는 만약 내가 줄리아를 끝장내거나 고통을 주고 싶다면 도움을 주겠다고 말했다. 데이빗 또한 잭과 마찬가지로 긴밀한 범죄 연결망을 가진 이류 범죄자였다. 자기 도움이 필요하면 뭐든지 해줄 수 있다고 했다.

결국 나는 욜란다에게 줄리아에게 적개심을 가진 사람이 나 말고도 또 있다고 털어놓았지만 욜란다는 무시하라고 했다. 우리는 이 바위에 앉아서 엉덩이가 차갑고 축축해질 때까지 너에 대해 이야기를 나누었다. 그리고 우리에 대해서도, 네 사건 이후로 우리가 어떻게 되었는지도 이야기했다.

"걔를 너무 사랑하는데 그 마음이 갈 곳을 잃었어."

욜란다가 말했다.

"알아. 화산처럼 언제 터질지 몰라 조마조마하지."

욜란다는 아무 말 없이 고개를 끄덕였다. 내가 이해한다는 걸 알고 있기를 바랐다.

"만약 그 애가…."

잠시 후 공기가 더 차갑고 어두워졌을 때 욜란다가 다시 입을 열었다.

"난 못 해."

내가 말했다.

"그렇더라도 우리가…."

욜란다의 턱이 떨리기 시작했다.

"그렇다 해도 내가 그 애의…."

"맞아. 당연하지, 무슨 소리야. 당신은 영원히 우리 딸의 엄마야."

침을 삼키고 나서 나를 바라보는 그녀의 눈이 흐려졌다가 말랐다. 거의 울 뻔한 것이다.

"고마워, 그렇게 말해줘서."

나도 침을 삼켰다. 요즘 늘상 그러듯 눈물이 내 뺨을 타고 흘러내렸다. 우리는 거기에 몇 시간이고 앉아있었다. 근육이 뻣뻣하게 굳고 팔다리가 차가워지고 주변이 깜깜해질 때까지.

하지만 집에 돌아왔을 때 너는 여전히 곁에 없었고 우리는 가슴이 아팠다. 그런데… 잘 모르겠다. 인생을 되돌아갈 수는 없었다. 우리는 화성으로 이주한 것 같은 기분이었지만 그래도 앞으로 나아갈 수 있었다. 욜란다가 그게 가능하다는 것을 깨닫게 해주었다.

나는 지난 열두 달 동안 데이빗과 가끔씩 연락을 주고받으며 그가 거리의 범죄자로서 데이 경감의 과실에 대해 뭔가를 밝혀주기를 기대했다. 그러면 그걸 빌미 삼아 정식으로 문제를 제기하고 수사를 재기시킬 수 있을지도 모른다고 생각했다. 하지만 아무 일도 일어나지 않았다. 내가 알기로는 데이빗 역시 아무것도 하지 않았다.

내가 유일하게 계속한 일은 가짜 소셜 미디어 계정을 업데이트하는 것뿐이었다. 너를 떠올리게 하는 일상의 조각들을 게시물로 올렸다. 우리 집 창가에는 400개에 가까운 작은 양초들이 놓여있다. 누가 본다면 수집광인 줄 알 것이다. 창턱을 가득 채운 양초에서 폭포처럼 쏟아져 내린 촛농의 흔적이 있다.

양초를 켜는 건 우리에게 일종의 미신 행위가 되었다. 그래, 알아. 이건 말도 안 되는 거지. 효과도 없었다. 양초 켜는 걸 그만두는 게 상식적으로 맞아보이지만 우리는 그렇게 할 수가 없었다. 이것 하나하나가 너에 대한 기억이니까. 실감은 나지 않지만 네가 사라진 첫 4월부터 시작해서 여름, 가을, 겨울을 지나 다시 봄이 온 지금까지 거의 400번의 철야기도를 한 셈이다. 매일 밤 네가 사라진 시간에 하나씩 촛불을 켜는 것이 우리의 작은 의식이었다.

설명할 수는 없지만 그 일은 우리에게 특별한 의미가 있었다. 우리는 하루도 그 의식을 거른 적이 없었다.

8시가 지나자마자 내 휴대폰이 울렸다. 내가 어디 있는지 궁금해하는 욜란다의 전화일 거다. 욜란다는 내가 너에 대한 소식을 들을지, 아니면 더 나쁜 일이 일어나 나도 너처럼 사라질지 항상 신경을 곤두세우고 있다. 그런데 휴대폰을 집어 들어보니 연락한 건 욜란다가 아니었다. 물론 너도 아니었고.

안녕, 이라고 시작하는 페이스북 메시지였다. 잠깐, 이건 내 계정이 아니다. 내가 가짜로 만든 다른 계정으로 온 거였다. **나야, 앤드루,** 라고 말하고 있었지만 그걸 보낸 사람은 앤드루가 아니라 매튜다. **난 새로운 계정을 쓰게 됐어. 연락이 끊긴 것에 대해서 사과하고 싶어. 그러지 말았어야 했는데. 사실 나는⋯ 과거에 한 어떤 일에 대해서 후회하는 중이었어.**

척추를 타고 전기가 통하는 느낌이었다. 차가운 아침 공기 속에서 몸이 뜨겁게 달아올랐다. 바로 그 사람이다. 네 남자친구. 너의 전남친. 매튜라는 새로운 이름으로 살고 있다. 세이디, 네가 실종된 지 1년이 지났고 그는 자기가 과거에 한 어떤 일에 대해 후회를 하고 있다. 그는 내가 만들어 낸 가공의 여자, 즉 올리비아 존슨에게 그 말을 하고 있는 것이다.

27
루이스

나는 도저히 믿을 수 없다는 심정으로 눈을 깜빡이며 휴대폰을 응시했다. 그가 **과거에 한 어떤 일에 대해서 후회하는 중**이라니.

우울하고 울적한 아침에 일어난 일이었다. 모든 것을 바꿔버릴 수 있는, 모든 것을 되돌릴 수 있는 고백. 가짜 계정을 만든 나의 나쁜 의도와 앞으로 나아가려고 노력하겠다는 욜란다와의 약속까지도 없었던 일로 만드는 고백.

경찰도 없고 나 말고는 도와줄 사람이 아무도 없는, 오직 나뿐인 이곳, 얼어붙을 정도로 추운 이 해변에서, 역대 가장 춥다고 기록된 봄에 나는 답장을 썼다.

나　　안녕 :) 연락 반가워. 그런데 그게 무슨 말이야?
매튜　　솔직히 말하면, 드라마 같은 내 이야기는 모르는 게 좋을 거야.

나	무슨 소리야, 다들 후회할 만한 일을 하면서 살잖아. 얘기해도 돼!
매튜	음, 어쨌든 너를 만나고 싶어. 작년에 너한테 무심했던 게 미안해서. 알겠지만 난 지난 일을 잊으려고 노력 중이야.
나	물론 좋지. 지금 근처에 와 있어?
매튜	맞아. 포티스헤드야.
나	나도. 근데 왜 이제 연락했어?
매튜	과거에 했던 일들을 생각하느라고.
나	그게 뭔데?
매튜	얘기하자면 길어. 그냥… 이제는 뭔가 바로잡아야 할 것 같아서.
나	그래?
매튜	걱정하지 마. 지금 말할 순 없지만 널 만나고 싶어.

바로 이거였다. 내가 행동에 나서는 데 필요한 건 이게 전부다. 매튜는 네게 무슨 일이 있었는지 내게 말하지 않았지만, 다른 누군가에게는 말했을지도 모른다. 그리고 그가 다시 체포된다면 경찰이 이 대화를 볼 수 있을 것이다.

○

아드레날린이 온몸을 휘감는다. 1년 내내 슬픔과 계속되는 실망에 무너져 있었던 감각이 되살아난다. 갑자기 초콜릿과 와인이 반쪽자리 삶처럼 하찮게 느껴졌다. 진정한 삶의 목적이란 바로 이런 거다. 널 데려간 남자를 찾아서 정의의 심판대에 올리는 것.

6개월 전에 네가 목격된 적이 있었다. 경찰은 결국 아무 소득이 없었다고 했지만, 오 하느님, 그날 난 내 심장이 가슴에서 튀어나가 로켓처럼 하늘로 날아가는 줄 알았다. 네가 해변 근처에 있었다고 했다. 우리가 너를 마음속에서 떠나보내고 과거에 묻으려고 애썼던 바로 그 장소에 네가 다시 나타난 것이다. 하지만 증언한 사람은 75세쯤 되는 할머니 한 사람뿐이었고 다른 목격자는 없었다. 할머니는 경찰의 심문을 받을수록 점점 확신을 잃어갔다. 분명히 금발이었고 여자 치고 큰 키에다 네 것과 유사한 코트를 입고 있었던 건 맞다는데 그게 다였다. 이걸로는 너라는 걸 증명하기에 충분하지 않았다. 한참 부족했다.

그리고 그게 다였다. 그 뒤로는 아무 일도 없었다. 사건은 종결되지 않았고 수사가 멈춘 것도 아니었지만 빠르게 활기를 잃었다. 경찰이 너에게 쏟는 자원은 점점 줄어들었고 업데이트도 점점 줄어서 올해엔 거의 없어지는 지경에 이르렀다. 그저 정제되지 않은 순수한 비관주의만 남았다. 너는 죽은 몸이었다. 우리에게 말하는 그들의 얼굴에 그렇게 쓰여있었다. 우습게도 진짜 전문가들조차 거부감을 느끼는 게 너무 티가 났다. 마치 전염이라도 될 것처럼 그들은 그 사건에 가까이 접근하는 걸 싫어했다.

하지만 지금, 그가 나타났다. **과거에 한 어떤 일에 대해서 후회하는 중이야.** 그가 나에게, 오직 나에게만 고백하기 일보 직전이다.

우습게도 모든 게 마치 이 순간을 위해 미리 준비된 것처럼 내 앞에 펼쳐져 있었다. 내 잠재의식이 언젠가 내가 이렇게 할 거라는 걸 알고 있었던 것 같다. 필요한 건 모두 갖춰져 있다. 올리비아에게는 여권이 있고 내가 만들어 둔 계정들도 있다. 이제 나는 그 안으로 들어가기만 하면 된다. 가짜 인물을 만들어 낸 다음, 올리비아가 실종되게 하는 것이다.

28
루이스

잠시 동안만 올리비아를 사라지게 하는 일은 너무나 쉬워서 놀랄 정도였다. 의심을 불러일으킬 정도로만. 앤드루가 다시 조사받게 될 정도로만. 경찰이 '그가 아는 두 명의 여자가 실종된 이유가 뭘까? 두 번째 실종사건과 그는 무슨 관계가 있고 그가 과거에 한 일은 무엇인가?' 하는 의문을 품게 될 정도로만.

집에 와서 노트북을 열었다. 우리가 함께 TV를 볼 때 네가 앉던 그 소파 자리에 앉아서. 네가 사라지기 얼마 전, 우리는 〈셀링 선셋〉에 푹 빠져 있었다. 그 프로그램은 정말 쓰레기였다. 하지만 너무나 재미있었다는 건 인정한다. 너의 실종사건이 일어나기 전 겨울에, 넌 나에게 크리스마스 선물로 〈셀링 선셋〉에 나오는 제이슨과 브렛 오펜하임의 모습이 인쇄된 머그잔을 주었다. 그건 내가 가장 아끼는 물건이 됐고 난 그 컵을 절대 식기세척기에 넣지 않는다.

임대용 방을 광고하는 사이트에 들어가보니 곧바로 입주할 수 있는 매물들이 많이 떠있었다. 나는 신원 조회를 하지 않고 세입자를 교체해 주는 집을 찾으려고 했다. 하지만 결국 집주인이 비대면으로 신원 확인만 해주는 집을 하나 찾게 됐다.

친애하는 스티브에게, 나는 내 이메일 주소로 메일을 썼다. 오래된 계정이지만 이름은 바꿔놓았다. 그리고 나중에 깨달았는데, 같은 도메인에서 이메일 주소를 새것으로 바꿔도 이전 기록을 그대로 둘 수 있었다. 그래서 리틀 오의 이메일은 나의 과거 흔적들로 가득했다. 나를 특정할 수 있는 것들은 삭제됐지만, 메일링 서비스 구독, 온라인 주문, 여러 가지 초안 등 평범한 이메일로 보이기에 충분한 이력이 남아있었다.

포티스헤드의 방을 임대하고 싶습니다. 방을 직접 볼 필요는 없어요. 살던 곳에서 방금 쫓겨나서 급하게 방을 구하고 있거든요. 최대한 빨리 이사하고 싶은데 가능할까요? 이것으로 충분하길 바라면서, 제 여권 스캔본을 첨부합니다.

나는 이메일을 한번 훑어본 다음, 네가 쓰는 표현들을 더해 젊은 여성이 쓴 것처럼 보이도록 꾸몄다. 하지만 신기했다. 네 목소리는 너무도 자연스럽게 내 안에서 흘러나왔다. 너는 늘 그랬듯 내 안에 살아있었고 앞으로도 항상 그럴 거다. 이런 생각을 하고 있으니 내 눈이 촉촉해지다가 눈앞의 소파가 흐릿해졌다. 이렇게 너의 존재감이 선명한데… 어떻게 네가 없을 수가 있지?

이거면 되길 바랄게요 :). 옆으로 돌려 스캔해서 죄송해요, ㅋㅋ.

나는 이렇게 고쳤다.

너는 옆으로 스캔한 적은 없지만 스캔본을 메일에 첨부하는 걸 종종 잊곤 했다. 그래서 네가 보낸 이메일은 대개 두 통이 연속으로 왔다. 그리고 너는 문장 끝마다 'ㅋㅋ'를 넣었다. 네 말에 따르면 예전에는 촌스러웠는데 사람들이 반어적으로 사용하기 시작했고, 그러더니 다시 멋진 말투가 되었다고 했다.

"아직도 그게 크게 웃는다는 뜻이야?"

내가 이렇게 묻자 너는 정말로 'ㅋㅋ' 하고 웃어대며 말했다.

"딱히 그렇진 않아요."

집주인에게 답장이 온 건 욜란다가 요리하는 동안 내가 주방 조리대 앞에 앉아 안절부절못하고 있을 때였다. 적어도 욜란다의 말에 따르면 내가 그랬다고 한다. 내 눈은 노트북 화면을 향하고 있었지만 실제로 보고 있진 않았다. 나는 욜란다의 옆모습을 보고 있었다. 그러면서 만약 내가 무슨 일을 꾸미고 있는지 욜란다가 알았다면 나를 말렸을 거라고 생각했다. 힘들게 다시 돌아온 일상이 통째로 날아갈 수도 있다면서. 하지만 한편으로는 그녀가 언젠가는 나한테 고마워할지도 모른다고 생각했다.

집주인은 올리비아에게 바로 다음 날 이사 와도 된다고 했다.

"가게에서 뭐 사 올 거 없어?"

나는 자리에서 일어서면서 욜란다에게 물었다.

"응? 지금 나가게? 왜?"

그녀의 눈이 시계로 향했다. 10시가 넘어있었다.

"그냥, 조용히 산책 좀 하고 싶어서."

이렇게 말하니 욜란다도 더 이상 묻지 않았다. 사실은 네가 떠난 후로 1년이 되었는데도 우리는 둘 다 가끔 이상하고 변덕스러운 행동을 했다. 식당에서 밥을 먹다가 갑자기 둘 중 하나가 자리를 비운 다음 충혈된 눈으로 한참 후에 돌아오는 일도 종종 있었다.

그래. 테스코는 범죄를 계획한 사람이 갈 만한 곳은 아니다. 나는 과속 운전으로 거기에 도착한 다음 주차장을 가로질러 걸었다. 4월 말인데도 아직 너무 추웠다. 테스코는 대형 쇼핑몰 안에 있는 슈퍼마켓인데, 뭔가 공항 같은 분위기였다. 아니, 어쩌면 그 시간대여서 그랬는지도 모른다. 맞은편에는 코스타 커피 매장이 있었는데 교대 근무자들, 그리고 나처럼 생뚱맞은 시간에 생뚱맞은 걸 원하는 사람들로 가득했다. 테스코 휴대폰 매장도 열려있었다. 2004년의 모습이 그대로 남아 있는 곳으로, 작은 장난감 같은 휴대폰들이 진열대 위에 끈으로 고정되어 있었다. 나는 완전 암호화가 되는 싼 모델 하나를 집어 들었다. 정말 이걸 해야 할까? 갑자기 의문이 들었지만, 이내 그렇게 하라는 대답이 내면에서 들려왔다. 너를 위해서. 정의, 그리고 앤드루 같은 놈들에게 당하게 될 미래의 너 같은 사람들을 위해서이기도 하다.

셀프 계산대 앞에 줄을 섰다. 내 앞에 있는 여자는 유아용 배앓이 약을 사려는 중이었다. **솔직히 말하면 밖에 나와서 멀리 떨어져 있는 것만으로도 너무 좋아.** 그 여자가 보내는 문자 메시지 내용이 너무 잘 보였지만 나는 못 본 척했다. 우리가 온라인에서 영위하는 삶. 온라인에 남기는 흔적. 만약 어떤 사람이 온라인상에서만 존재할 뿐 실체가 없다면 세상이 그를 실제 존재하는 것으로 믿어줄까? 그럴 수 있을까?

그 여자 앞에 선 여자는 샌들과 비키니를 사려고 하고, 나는 가공의 인물이 쓰는 휴대폰을 사려고 한다. 슬프게도 나는 이 휴대폰에 너의 사용 이력을 채울 수 없을 것이다. 하지만 어쩔 수 없다. 계획에 또 다른 구멍이 생기게 되겠지. **그냥 그를 체포해, 그냥 그를 체포해, 그냥 그를 체포해.**

밖으로 나가 거대한 주차장에 서서 머리 위에 돔처럼 드리워진 검은 하늘을 올려다봤다. 이 세상에 나 혼자 남겨진 기분이었다. 나를 지켜보는 사람은 아무도 없다. 마을과 도시의 익명성. 주차장 너머의 거리를 따라 흙먼지가 천천히 날리고 차가운 안개가 오염된 공기처럼 내 주위를 돌았다. 내 마음속 깊은 곳에서 욜란다의 목소리가 들렸다. **루이스, 이건 미친 짓이야.** 내가 확신하건대 너도 아마 그렇게 생각할 거다. 하지만 나는 상관없다. 미친 짓은 아닐 것이다. 그놈이 이번에는 제대로 체포된다고 상상해 보아라. 조사받고 경고를 받고 변호사들도 오고 등등. 이 방법은 어쩌면… 아니, 내 마음이 거기까지 닿게 둘 수는 없다. 네가 살아서 발견될, 그 눈부신 별처럼 빛나는 가능성까지는.

상자를 열고 휴대폰을 꺼내 손바닥 위에 올려놓았다. 스마트폰이다. 폴더폰을 쓰는 젊은이는 없을 것이다. 넌 아마 도저히 못 참을 거다. 인스타그램에 24시간 내내 접속할 수 없다면 얼마나 난리가 날까? 손바닥 위에 올리비아의 새 휴대폰을 놓아두었더니 조약돌처럼 차가워졌다. 모든 게 준비되어 있다는 게 생경했다. 페이스북 계정은 1년 전에 앤드루와 대화하기 위해서 만들었다. 그를 인스타그램에서 팔로우하고, 또 올리비아의 여권 사진과 닮은 모델의 흐릿한 셀카 사진을 온라인에서 찾았다.

그리고 이상한 일이 벌어졌다. 그를 재판정에 세우는 걸 포기한 뒤에도 나는 내가 만든 가짜 계정을 계속 유지했다. 커피 장인이 운영하는 카페, 작약, 네가 앉고 싶어 할 만한 창가 자리 등의 사진을 계속 올렸다. 이렇게 하면 네가 계속 살아있는 것처럼 느껴졌기 때문이다. 가끔 게시물들을 확인하면서 나는 마치 네가 쓴 것처럼 꾸며서 업로드한 글들을 보며 웃고는 했다. 스크롤을 계속 내리다 보면 네가 여전히 여기에 있는 것 같았다. 인스타그램 계정을 업데이트하는 건 너를 계속 곁에 두려는 나만의 방식이었다. 마치 인스타그램 어딘가에 네 아바타가 존재하고 있다면 너의 빛이 아직 꺼지지 않고 남아 있다는 듯이. 아직, 아직, 아직 말이다.

이렇게 해서 올리비아는 내 기억 속 네가 즐겨 쓰던 표현을 사용하고 점점 너를 닮아갔다. 네가 좋아했던 모든 것, 네가 말했던 모든 것을 올리비아에게 똑같이 적용했다. 직장을 그만둔 것까지. 모두 지어낸 것이다. 너의 웃긴 표현, 너의 위트, 너의 에너지. 너를 향한 나의 찬사. 이것들이 영원하길 바라면서, 세이디.

해변에 앉아서 추로스를 먹으며 고강도 인터벌 영상을 보는 너. 쇼핑하러 가면 항상 흥분된다고 말했던 너. 작은 일이든 큰일이든 네가 한 모든 일. 네가 생각하고 말했던 온갖 웃긴 일들. 그 모든 게 다 인스타그램에 있었다. 앤드루는 눈치채지 못했다. 남자들이란 원래 그렇지 않은가? 그는 아마 모든 사람이 너랑 비슷하다고, 너처럼 재미있고 재치 넘치고 생기발랄하다고 생각했을 것이다.

온라인상에 너를 살아 있게 하는 건 정말 쉬웠다. 결국 정체성이라는 게 뭐지? 난 그걸 엄청나게 많이 갖고 있다. 인쇄가 잘못되어 못 쓰게 된 여권들이 한 상자 가득이다. 그중에서 나는 가장 평범한 이름인 올리비아 존슨을 골랐고, 세이디 네가 아기 때 지었던 사랑스러운 표정을 떠올리게 하는 '리틀 오'라는 별명을 지었다.

그러고 나서 너의 프로필을 만들었다. 처음에는 앤드루를 속이기 위해서, 나중에는 너에게 경의를 표하기 위해서. **문자 보내줘**, 나는 이제 매튜가 된 앤드루에게 새 휴대폰 번호와 함께 이렇게 메시지를 보냈다.

여기서 모레 저녁 8시에 볼까? 그가 이렇게 보냈다. 네가 좋아할 만한 카페 위치와 함께. **우리 집 근처 막다른 골목이네.:)** 난 동의했다. 물론 우리는 만나지 않을 것이다. 하지만 내게는 계획이 있었다.

차 안에서 나는 페이스북 계정 다섯 개를 만들었다. 모두 신분증 인증이 필요한 상태였지만, 집에 있는 미사용 여권들을 이용할 계획이었다. 그런 다음 올리비아의 이름으로 그 계정들에게 메시지를 보내 새 휴대폰 번호를 알려주는 것처럼 꾸몄다. 올리비아의 게시물 몇 개에 댓글을 달다가 나는 실수로 오래된 게시물에 더그 애덤스라는 이름으로 댓글을 남겼다. 그리고 올리비아의 이름으로 에이미 드 숀에게 이메일을 보내고, 에이미 계정에서 다시 올리비아에게 답장을 보내며 흔적을 만들었다. 경찰이 매튜와 올리비아가 주고받은 메시지를 찾지 못하거나 두 사람이 사귀는 사이라는 걸 의심할 경우에 대비해 올리비아의 남자친구라고 말할 수 있는 사람을 페이스북에서 미리 찾아두었다. 만약 수사의 방향이 나를 향하거나, 경찰이 올리비아의 존재 자체를 의심하기 시작한다면 나는 내가 그 사람이라고 주장할 수 있다. 그러면 그 사람의 해외 체류 기록을 내 알리바이로 삼을 수 있다.

너무 쉽구나, 세이디. 누군가를 존재하게 만드는 건 이렇게 쉽다. 마법으로 너를 다시 돌아오게 할 수 있지 않을까 궁금할 정도다. 이건 공식적인 사실인데, 올리비아는 실제로 존재하지 않지만 곧 실종될 것이다.

○

다음 날 아침 일찍 나는 누군가를 실제로 존재하는 사람처럼 보이게 만드는 요소들의 목록을 적고 있었다. 집, 직장, 이메일 계정, 인스타그램, 그리고… 이번엔 옷장이다.

기부된 물건을 파는 중고 가게로 갔다. 비 오는 봄날, 그런 곳에서는 옷에서 습기가 올라오면서 퀴퀴한 냄새가 풍기기 마련이다. 계산대 앞에 앉은 할머니가 동전을 세어 더미로 쌓고 있었다. 난 갑자기 땀을 흘리기 시작했다. 내일 매튜를 만나야 하기 때문이다. 스스로 만든 데드라인이지만 그래도 데드라인인 건 맞다. 그때까지 누구의 도움도 없이 나 혼자서 올리비아라는 인물을 만들어 내야만 했다. 나는 옷가지를 무작위로 이것저것 집었다. 디자이너 브랜드, 여기저기 잘라진 옷, 초록색 점퍼, 흰색 상의, 아무렇게나 집은 장신구들. 가격표도 보지 않고 이것들을 계산대로 가져갔다.

이렇게 산 옷들을 가지고 올리비아의 새집으로 갔는데, 밖에서 서성이며 기회를 노려봤지만 안으로 몰래 들어갈 수 있는 방법이 없었다. 어둡고 조용할 때 해치워야 할 것 같았다. 누구에게도 내 모습을 들키면 안 되니까.

일단 우리 집으로 가서 올리비아를 여러 조건을 갖춘 실제 사람으로 만들기 위해 해야 할 일들을 적고 또 적어보았다. 나는 가짜 페이스북 계정과 연결할 대포폰 세 개를 시장 가판대에서 샀다. 그리고 대포폰 번호들을 올리비아의 연락처 목록에 추가했다. 가짜 남자친구의 것이 될 휴대폰도 샀다. 올리비아는 이 사람들에게 메시지를 보내고 답장을 받을 수 있다. 만약 경찰이 이 중 누구에게 전화하면 내가 받으면 된다. 이들은 다 남자니까. 올리비아와 몇 년 전에 임시직으로 같이 일했던 더그, 대학 친구 대런, 그리고 올리비아의 아빠. 그는 어떤 사람이라고 규정하기 힘든 타입이고 접촉하기 어려우며 종종 통화 연결 상태가 안 좋아야 한다. 그렇지 않으면 경찰이 내 정체를 알 수도 있으니까.

나는 옷 브랜드 '부후'에 이메일을 보내 반품할 게 있는 척했다. 그리고 올리비아의 현재 상태를 보여주는 게시물에 댓글을 몇 개 썼다. 게시물을 정리하고 나서는 진짜처럼 보이는지 확인했다. 욜란다가 자러 갔다. 드디어 시간이 되었다.

자정이 지난 후에 나는 차를 가지고 올리비아의 집으로 가서 이삿짐을 넣었다. 열쇠를 안전한 곳에 놓아달라고 미리 요청을 해놓아서 몰래 들어갈 수 있었다. 그리고 흔적을 남기기 시작했다. 주방에 몇 가지 물건을 갖다놓고 일부러 소음을 냈다. 욕실 문을 잠가서 내가 누구인지 아무도 보지 못하게 한 채로 샤워를 했다. 샴푸와 컨디셔너를 사용하고 뚜껑을 연 채 그대로 두었다. 챙겨 온

칫솔을 세면대 옆에 놓았다. 그리고 자고 있을 하우스메이트들에게 새집에 대해서 문자 메시지 몇 개를 보냈다.

짐을 풀고 있을 때 누군가가 문을 두드렸고 나는 문을 잠근 채로 자는 척했다. 아무도 나를 볼 수 없었다. 나는 침대 시트를 자연스럽게 헝클어뜨리고 침대 사진을 인스타그램에 올렸다.

이 모든 게 증거, 증거, 또 증거다. 더 많은 사람이 올리비아를 볼수록, 혹은 그녀를 봤다고 생각할수록 더 유리해진다. 올리비아는 환영 같은 존재니까.

거의 준비가 끝났다. 올리비아는 이제 곧 실종 상태가 된다. 난 집으로 갔지만 한숨도 자지 못했다. 그 대신 너를 생각했다. 이 사악한 불법행위는 너를 위한 것이고, 네게 무슨 일이 일어난 건지 찾아내기 위해서이고, 후회하는 듯한 매튜의 메시지가 무슨 뜻인지 알아내기 위해서라고 생각했다. **분명히 가치 있는 일일 거야, 분명히 그럴 거야.** 나는 스스로를 설득했다. 욜란다가 자면서 무의식적으로 나에게 손을 뻗었고 나는 네가 태어난 날 너의 손을 잡았던 것과 똑같이 그녀의 손을 꼭 쥐었다.

8시가 막 지났으니 앤드루는 카페 안에 있을 것이다. 허세로 가득한 뒷골목스러운 분위기를 풍기는 카페들. 이전에는 창고나 요가 스튜디오였던, 배수관이 노출돼 있고 천장에서 석면이 흘러내리는 그런 곳 알지? 이제 조만간 힙하다는 미명 하에 화장실이 완전히 개방돼 있는 카페가 생기는 건 아닌지 모르겠다. 카페에는 초점이 맞지 않는 호박색 불이 켜져있고 앤드루는 안전하게 그 안에 있을 거다. 공기는 살을 에는 듯 차가웠다. 봄이지만 겨울의 마지막 추위가 기승을 부리고 있었다. 나는 네가 혼자 있지 않기를 바란다. 1년이나 지났는데도 난 여전히 이런 생각을 한다.

나에게는 15분 정도의 여유가 있다. 약속한 상대방이 나오지 않으면 보통 그 정도는 기다리지 않나? 앤드루는 최소한 15분은 올리비아를 기다릴 것이다. 그는 예전과 같은 차를 탄다. 그의 집이라고 짐작되는 집 앞 거리에 그 차가 주차되어 있었다. 크고 낮게 뜬 달이 빙글빙글 도는 크리스탈 공처럼 하늘에 걸려있다. 도시의 뿌연 안개에 가려 달빛은 아주 약하게 비쳤다. 나는 달을 보면서 이래도 되는 걸까 생각했다. 사람들이 과연 나를 이해하고 용서해 줄까? 욜란다, 그리고 너. 네가 어디에 있든.

재킷 안에서 테니스 공을 꺼냈다. 나는 세 가지 물건을 가져왔다. 테니스 공, 옷걸이, 그리고 벽돌. 마지막 물건은 비상시를 대비한 것인데, 차 안에서 몸싸움을 벌이게 된다면 벽돌이 도움이 될 것이다.

나는 뭐든지 잘 배운다. 자물쇠 수리 과정 같은 걸 다니며 온갖 기술을 익혔고, 그걸 기억해서 실행하는 데도 재능이 있다. 나는 이미 테니스 공에 구멍을 냈고 그것을 자동차 잠금장치 위에 올려서 진공 상태를 만들었다. 그리고 있는 힘을 다해 손바닥으로 공을 내리쳤다. 하나, 둘, 셋. 세 번째에 내가 느낄 수 있는 충격파가 문 아래로 전해졌고 나한테만 들리는 은밀한 소리가 났다. 그렇게 문 안에 있는 수직의 긴 플라스틱 조각이 튀어나왔다. 그건 바로 차의 잠금장치가 풀렸다는 뜻이다. 이렇게 쉽다니. 나는 안도감에 어깨가 축 늘어짐을 느끼면서 시간을 확인했다. 2분이 걸렸으니 아직 13분이 남아있었다.

이제 내가 할 일은 하우스메이트들에게 내 위치를 메시지로 보내고 휴대폰을 차 트렁크 안에 떨어뜨리는 것이었다. 겨우 두 단계다. 쉽지. 이거면 경찰이 바로 앤드루를 찾게 될 것이다. 그리고 앤드루의 휴대폰에는 올리비아와 만날 약속을 잡는 문자가 있을 것이다.

종종 그러하듯 나는 갑자기 너를 떠올렸다. 이 차 안에서 너는 묶이고, 재갈 물리고, 억지로 달아나고, 강간당하고, 살해당하는 것 중 무엇을 겪었을까? 각각의 가능성이 마치 영화 프로젝터처럼 내 마음 안쪽에 빔을 쏘았고 그 빛 안에서 나는 활활 타버리는 기분이었다. 제발 네가 겁에 질려 죽지 않았기를.

나는 잠시 차에 몸을 기댄 채 비탄에 젖어 숨을 몰아쉬었다. 그때, 가장 이상한 순간에 그 일이 일어났다. 나는 숨을 고르고 차 뒤쪽으로 뛰어갔지만 트렁크가 열리지 않았다. 두 손에 땀이 차기 시작했다. 얼른 차 안에 들어가서 계기판 위를 손으로 훑으며 트렁크 열림 버튼을 찾아보았지만 알 수 없는 기호들 뿐이었다. 에어컨이나 히터를 트는 버튼 같은 건 보였는데… 맙소사, 트렁크 버튼은 어디 있지? 운전석 문을 닫고 잠금장치를 올렸다가 다시 내려보았지만 아무 일도 일어나지 않았다. 1분이 또 지났다. 나는 모든 버튼을 눌러보기 시작했다. 비상 깜빡이 버튼을 눌렀더니 아이스바 같은 밝은 오렌지빛이 거리를 비춰서 황급히 껐다. 제기랄, 이 차는 도대체 몇 년 된 거야? 내가 알아볼 수 있는 버튼이 하나도 없었다. 어쩌면 자동차 키에 모든 기능이 있을 수도 있는데… 그건 앤드루가 갖고 있었다. 그 생각을 하니 심장이 한없이 아래로 꺼지는 것 같았다.

그때 올리비아의 휴대폰이 울렸다. 그녀가 어디 있는지 궁금해서 앤드루가 전화를 건 게 틀림없었다. 통화를 거절한 다음, 카페에서 나온 앤드루가 혹시나 근처에서 벨소리를 듣는 일이 없도록 신호음을 무음으로 바꿨다.

그리고 미친 듯이 구글을 검색했다. '쿼라'라는 사이트에서 트렁크 열림 버튼이 조수석 밑에 있다는 말을 보고 나는 그곳을 손으로 훑었지만 진흙 같은 더러운 것만 손에 묻었을 뿐 아무런 버튼도 찾지 못했다. 빌어먹을. 나는 차 뒤로 다시 가서 강제로 트렁크 열기를 시도해봐야겠다고 생각했다.

내가 문을 잠그고 차 뒤로 돌아갔을 때 앤드루의 모습이 보였다. 난 그 녀석의 껄렁대는 걸음걸이를 어디서든 알아볼 수 있다. 그는 카페에서 나오는 길에 뒷사람을 위해서 문을 잡아주고 성큼성큼 이쪽으로 걸어왔다. 가로등이 노르스름한 안개처럼 그의 주변을 비췄다. 시간이 다 됐다. 그는 올리비아를 오래 기다리지 않았다.

나는 차 뒤에 몸을 숙인 채 숨어서 정신없이 문자 메시지를 입력했다. 할 수 있는 건 그것뿐이었으니까. '**이리 와줘, x**'라고 먼저 보냈다. 그리고 이제 장소를 보낼 차례였다. 제길, 이 휴대폰으로 빨리 메시지 보내는 법을 찾아보는 걸 깜빡했다. '전송 실패'라는 문구가 떴다. 내 몸은 순간적으로 뜨겁게 달아올랐다가 얼음처럼 차가워졌다. 도저히 못 해 먹겠네. 처음 보낸 문자는 갔는데 위치는 전송이 안 됐다. 앤드루는 이제 3미터 앞까지 왔다. 제기랄. 이 휴대폰은 데이터 사용이 안 된다. 문자 메시지와 통화 기능만 있다. 전부 포함된 건 줄 알았는데.

트렁크는 어떻게 해도 열리지 않았고 앤드루에게 들키지 않고 어디로든 움직이는 건 불가능했다. 시간이 없어, 없어, 없다고. 난 이 휴대폰을 어딘가에 유기해야 한다. 그 순간 내가 만지작거리던 휴대폰이 떨리는 내 손에서 미끄러져 배수관 속으로 쏙 빠져버렸다. 1초간 조용하다가 둔탁한 첨벙 소리가 들렸다.

나는 그의 차 뒤에서 쭈그리고 앉아 몸을 떨기 시작했다. 내 몸에선 실제로 열이 났다. 어디에서부터 일이 이 지경이 된 걸까. 난 망했어, 망했어, 망했어. 너를 위해서 최선을 다할 수 있는 기회였는데 날아가버렸어.

앤드루가 가까이 오고 있었다. 그가 휴대폰으로 통화하는 소리가 들렸다.

"나갈까요?"

그는 잠시 멈추었다가 다시 말을 이었다.

"어디로요? 오케이, 포티스헤드 원. 알았어요."

과거에 한 어떤 일에 대해서 후회하는 중이었어.
과거에 한 어떤 일에 대해서 후회하는 중이었어.

나는 숨어서 앤드루가 올리비아에게 썼던 문장을 떠올려보았다. 만약 그게 사실이라면 얼마나 좋을까. 그가 정말로 후회하는 게 맞다면 말이다. 하지만 진실은 손이 닿지 않는 곳에 있다.

앤드루는 차 시동을 걸고 속도를 올리며 출발했다. 그가 가자마자 나는 배수관을 들여다보았지만 깊은 물속은 새까맣기만 했다. 휴대폰은 보이지도 않았다. 아마도 지금쯤 망가지고 스위치도 꺼진 채 침수됐을 것이다. 앤드루와 올리비아를 연결시킬 내 깔끔한 증거가 파괴되어 버렸다.

나는 차가운 거리에 아무 계획도 없이 혼자 서 있었다. 새로운 여권을 신청했던 불쌍한 여자를 이용해 내가 만들어 낸 인물은 이제 실종 상태가 되었다. 하지만 아마도 진짜 올리비아가 조만간 어딘가에서 나타날 것이다. 나는 어찌 할 바를 모르고 두 손으로 머리를 감쌌다.

그리고 내 행동이 의미하는 바를 제대로 생각하기도 전에 나는 휴대폰을 꺼내 그에게 문자를 보냈다. 잭의 형 데이빗. **오랜만이네요. 저를 도와주실 수 있을까요?**

❖

데이빗이 지시한 대로, 나는 앤드루가 말한 바를 향해 차를 몰았다. 미용실 바로 옆에 있는 '포티스헤드 원'이라는 바였다. 앤드루는 야외 좌석에 자리 잡고 엄마 옆에 서서 술을 마시고 있었다. 엄마를 보며 웃고 있었는데 내가 항상 보던 어색한 미소 그대로였다. 나는 차를 세우고 두 사람을 잠시 관찰했다. 늦은 밤이었고 바로 지금쯤 데이빗이 움직이고 있을 것이다. 그는 다크 웹❖에서 찾

❖ 기존의 웹 브라우저로는 접근이 불가능하며 특정한 소프트웨어로만 접근할 수 있고 주로 범죄, 성인물 유포 등의 목적으로 사용되는 월드 와이드 웹의 일종

은 금발 여성의 CCTV 영상을 이곳의 CCTV 영상에 합성할 수 있다고 했다. 포티스헤드 원을 향해 골목길을 걸어가는 금발 여성의 모습을 연출하는 것이다. 미용실 주인을 협박해서 CCTV 영상을 얻어내 조작한 다음 입단속을 시키면 된다고 했다. 우리는 20분 정도 대화를 나눴다. 데이빗은 전략이 뛰어났고 곧바로 행동에 돌입할 준비가 되어있었다. 그리고 내가 무슨 짓을 했든 전혀 판단하지 않았다. 그의 말에 따르면 우리가 연출하는 시나리오를 더욱 완벽하게 만들 유일한 방법은 앤드루의 흔적을 물리적인 실체로 올리비아의 집에 남기는 것이었다.

앤드루는 벽에 부착된 격자창의 쇠창살에 담배를 비벼 껐다. 바닥으로 떨어지는 꽁초엔 아직 불이 붙어있었고, 그 작은 불씨가 마치 내게 길을 안내하는 것 같았다. 앤드루는 빈 맥주잔을 자신의 직장이자 지금은 술을 마시고 있는 바의 벽면 바로 옆 보도에 내려놓고 시계를 본 다음 엄마에게 뭔가 손짓을 했다. 물리적인 실체. DNA. 맥주잔과 담배가 바로 거기 있었다. 내일 하우스메이트들이 전부 나갈 때를 기다렸다가 나는 저것들을 올리비아의 집에 갖다 놓기로 했다.

○

다음 날 이른 아침이었다. 거의 잠을 못 잤다. 욜란다는 일하러 나갔고 나는 밤새도록 내가 한 짓에 대한 꿈을 꿨다. 휴대폰을 숨기고 신분을 위조하고 속임수를 쓰는 꿈. 새벽 4시에 욜란다는 상당히 짜증을 내며 계속 몸부림을 칠 건지 아니면 잠을 잘 건지 나한테 물었다.

나는 우리의 괴물 같은 주방에서 진한 블랙커피를 준비하고 BBC 뉴스를 틀었다. 저 위쪽에 있는 텔레비전에서 화면이 깜빡이며 켜졌다. 텔레비전은 위쪽에 설치되어 있었는데, 볼 때마다 흔들거리는 느낌이 들었다. 왼쪽이 약간 아래로 기울어진 듯했다. 하지만 욜란다는 완전히 똑바르다는 주장을 굽히지 않았다. 그녀가 틀렸다는 걸 증명하려고 내가 수평면 측량기를 꺼냈는데도.

"뭐, 내 눈에는 똑바로 보이는데."

욜란다는 항상 이렇게 말했다.

뉴스에서 아무것도 나오지 않자 나는 주방 조리대 위에서 노트북을 켰다. 지역 뉴스로 들어가자 바로 거기에 소식이 있었다. 올리비아가 실종되었고 하우스메이트들이 신고를 했다는 뉴스. 정확히 내가 예상한 대로였다. 하지만 경찰의 진술을 보니 내 계획이 아직 완성되지 않았음을 알 수 있었다. 아직 아무도 체포되지 않았던 것이다. 지역 뉴스 사이트에 데이 경감의 얼굴이 어렴풋이 보이고 스크롤을 내리자 영상물까지 올라와 있었다.

"골목으로 향하는 모습이 마지막으로 포착됐습니다."

데이빗의 의도대로 데이 경감이 말하고 있었다. 포티스헤드 원 근처의 골목길 CCTV 영상. 데이빗이 빠르게 일을 끝낸 것이다. 오 하느님, 어쩌면 우리 일이 계획대로 될 수도 있다. 내 삶과 잭의 삶을 엮을 만한 가치가 있었는지도 모른다. 두 가지 색깔의 페인트가 섞여서 결국 한 가지 색깔로 합쳐지는 것처럼 피해자와 범죄자의 삶이 하나가 되는 것이다.

그러다가 나는 또 다른 뉴스 기사의 헤드라인을 봤다. '막다른 골목녀'? 깜짝 놀라 스크롤을 내리며 기사를 보는데 하얀 번개 같은 충격이 가슴 한복판을 훑고 지나갔다. 막다른 골목녀라니.

데이빗이 딥페이크로 조작한 영상의 배경이 된 그 골목. 나는 일어섰다가 다시 앉았다. 구글맵에 그 주소를 쳐 보았더니 정말 골목 끝이 막혀있었다. 나는 데이빗에게 그 골목이 포티스헤드 원으로 가는 지름길이라고 말했는데 이제는 아니었던 거다. 그 골목은 몇 년 전에 차단됐다. 데이빗은 이상한 점을 알아차릴 만큼 그 골목을 잘 알지 못했던 것이다.

그래서 올리비아는 바에 가지 않은 것이 됐다. 그녀는 망할 유령처럼 사라져 버렸다. 도대체 내가 뭘 만든 거지? 나는 뭔가를 한 대 치고 싶은 심정에 휩싸여 노트북을 조리대 저쪽으로 휙 밀었다. 그리고 점퍼의 소매를 잡아당겼다. 제길, 제길, 제기랄. 거의 다 된 밥이었는데.

과거에 한 어떤 일에 대해서 후회하는 중이었어.

정의를 추구하겠다는 마음이 가슴 깊은 곳에서 타올랐다. 나는 그놈이 유죄라는 걸 안다. 나는 조심스럽게 이중으로 포장해서 집에 가져온 담배와 잔을 떠올렸다. 이제 사건이 굴러가게 만들어야만 한다.

난 너무 순진하다. 아무리 범죄행위를 벌여도 문제를 해결할 수가 없다. 올리비아의 집 앞은 경찰들로 가득했다. 밤이어서 더 조용할 줄 알았는데 오히려 경찰들이 떼 지어 몰려왔다. 조사관들은 내가 저번에 산 옷들이 가득 든 증거물 가방을 들고 나오면서 법의학 수사에 대해 통화하고 있었고 두 명의 경찰관이 문 옆에 보초병처럼 서 있었다. 가로등 불빛 때문에 그들의 머리 위가 하얗게 빛났다. 그리고 나는 차 안에 앉아 내릴 엄두조차 내지 못하고 있었다.

정말 믿을 수가 없었다. 나는 경찰이 앤드루를 체포할 정도로만 올리비아의 존재를 믿을 거라고 생각했다. 하지만 정반대의 상황이 벌어졌다. 그들은 그녀의 존재를 너무 굳게 믿은 나머지 전면 수사에 돌입했고 앤드루에 대해서는 조금도 의심하지 않았다.

저 안에 들어갈 수 있는 방법은 없었다. 전혀. 앤드루의 DNA는 내 옆 조수석에 있었다. 너의 실종사건을 풀 수 있는 마지막 단서인데 활용할 수가 없는 것이다. 그걸로 할 수 있는 게 아무것도 없었다. 나는 집 주변을 하릴없이 차로 빙빙 돌다가 주차를 하고 내렸다. DNA가 담긴 물건들은 코트 속에 넣어 몸 가까이 지니고 있었다.

"실례합니다. 도움이 필요하신가요?"

내가 지나갈 때 지원 경찰관 한 명이 물었다.

"아니요, 왜 그러시죠?"

나는 아무것도 모르는 척하며 말했다.

"네, 이 구역이 곧 봉쇄될 예정이라서요. 협조 부탁드립니다."

그는 이렇게 말했지만 정말로 '**부탁드린다**'라는 뜻은 아니었다. **꺼지라**는 말이었지. 내 차를 향해 다시 돌아서는데 경찰이 가끔 그러듯 그가 내 얼굴을 유심히 살피는 게 느껴졌다. 그 순간 몸이 뜨거워지며 공포가 온몸을 훑고 지나갔다. 나는 행동해야만 했다. 이 증거를 저 집 안에 넣어야만 했다. 하지만 직접 실행했다간 더 많은 의심을 살 수도 있다.

나는 차로 주변을 천천히 돌다가 A로드로 돌아간 다음 경찰서를 지나갔다. 바로 그때 그녀를 보았다. 어딘가로 걸어가는 중이었는데 올리비아의 집으로 가는 것 같았다. 줄리아 데이. 그녀의 걸음걸이는 무겁고 피곤하고 지쳐보였다.

과거에 한 어떤 일에 대해서 후회하는 중이었어.

나는 비니를 푹 눌러 써 얼굴을 가렸다. 그리고 차 안 글러브 박스에 있던 스위스 아미 나이프를 사용해 충동적으로 비니의 세 군데를 찢어 두 눈과 입을 위한 구멍을 냈다. 그리고 데이 경감을 앞서며 차를 몰았다.

너의 실종사건 수사가 있었던 작년에 그녀가 몰던 차가 공원 옆에 주차되어 있었다. 나는 자동차 키를 이용해서 창문을 아래로 내렸다. 우울할 정도로 쉬웠다. 테니스공 같은 건 필요 없었다. 그녀의 차는 오래된 고물이었으니까. 나는 그녀가 한 짓에 대한 증거를 갖고 있다고 말할 생각이었다. CCTV 영상 같은 것 말이다.

차 안에 탄 다음 눈물을 참으려고 애썼다. 너를 위해서 내가 결국 여기까지 왔다는 사실에 눈물이 날 것만 같았다. 절박해진 남자는 딸을 위해 이런 일까지 하게 되는 거다. 데이 경감이 차에 탔다. 나는 그녀가 내 존재를 감지하는 정확한 순간을 알 수 있었다. 그녀의 어깨가 아주 살짝 1~2밀리미터 정도 굳은 것이다. 데이 경감은 시선을 무릎에 두고 정신을 가다듬으려고 애쓰며 머릿속으로 열까지 세는 듯했다. 그녀처럼 너도 이런 공포를 느꼈을까 궁금해지면서 나는 혐오감이 들었다. 피해자인 내가 가해자가 되어 버린 이 아이러니가 너무 싫었다.

백미러 안에서 데이 경감과 나는 눈이 마주쳤고, 내가 거기 있다는 걸 그녀가 이미 알았음이 분명한데도 그녀는 깜짝 놀라는 것 같았다. 자신의 직감이 맞아서 놀란 거다. 어쩌면 경찰 일을 하면서 오래 축적된 불안감 때문에 항상 백미러를 확인하는 건지도 모른다.

데이 경감이 나를 쳐다보았고 나도 시선을 마주보았다. 내가 뭔가 말해야 할 타이밍이었다. 그녀가 내 목소리를 눈치채지 않기만을 바랄 뿐이었다. 이 일을 꾸미면서 너무나 많은 가짜 목소리를 사용해서 이제 완전히 바닥이 났다.

나는 눈물이 나오지 않도록 심호흡을 했다. 정말 내가 이 지경까지 오리라고는 생각하지 못했다. 절대, 절대, 절대로. 눈이 따끔거리기 시작하는 게 느껴졌다. 하느님 맙소사, 여기서 울면 안 돼. 안 돼. 나는 침을 꿀꺽 삼키고 최대한 간결하게 표현하려고 단 한 단어만을 내뱉었다.

"운전해."

실종 371일 째

**JUST
ANOTHER
MISSING
PERSON**

29
줄리아

새벽 1시 30분이다. 또다시 할 일이 산더미 같았다. 한 회의실에는 엠마, 또 다른 회의실에는 올리비아가 있다. 줄리아는 정말로 딸과 함께 집에 있고 싶었다. 제너비브는 한 시간 전에 이렇게 문자를 보냈다.

'이건 저한테조차 너무 늦은 시간이에요! 안녕히 주무세요!!!'

올리비아를 실제로 만나니 정말 신기했다. 그녀는 그들이 계속 찾아 헤매던, 여권 사진의 살아있는 아바타였다. 말할 때는 눈썹과 입꼬리가 슬쩍 올라갔다.

"그러니까… 제가 여기 왔잖아요."

올리비아는 자신의 몸을, 즉 자기 자신을 가리키며 말했다. 하얀 티셔츠에 빛바랜 청바지, 작은 가방 차림의 그녀는 이렇게 늦은 시각에, 노골적인 형광등 불빛 아래에서조차 예뻐보였다.

"제 남편이 그랬어요. 더 이상 그냥 두면 안 되겠다고요. 저는 괜찮다고 했죠. 하지만 침대에 누워 있는데 갑자기 안 되겠다, 가 봐야겠다는 생각이 드는 거예요. 아직도 그게 저라고 생각할 수도 있으니까요."

"한 가지 여쭤볼게요."

줄리아가 말했다. 그리고 자신에게 필요한 답을 얻기 위해 꼭 물어야 하는 질문을 했다.

"어디에서 여권을 갱신하셨습니까?"

세이디의 아빠는 브리스톨의 여권 사무소에서 일했다.

"브리스톨이요."

진실의 열쇠를 풀 때 느껴지는 바로 그 감각이 줄리아의 온몸에 넘치도록 차올랐다. 그녀와 조너선은 이 느낌에 대해 항상 이야기하고는 했다. 심장에서 전기가 발사되는 것 같다고 조너선이 말했을 때 줄리아는 세차게 고개를 끄덕였었다.

줄리아는 밖에서는 보이지 않는 한 방향 유리에 비친 자신의 모습을 보면서, 일중독자 같은 자신의 열정이 유독하고 파괴적인 것으로 변한 시점이 언제였을까 생각했다. 남편을 피하게 된 것도 아마 그 때문일 것이다. 줄리아는 이제서야 이런 생각들을 직면할 수 있었다. 짜릿함과 흥분, 구식이지만 군침 도는 경찰 아드레날린이 그녀 주위에 보호막을 만들어준 지금. 모든 일이 잘 되고 있을 때에야 우리는 비로소 자신에게 솔직해질 수 있지 않은가?

경찰 업무를 하다 보면 풀리지 않던 사건의 수수께끼가 껍질이 깨지듯 한순간에 해결될 때가 있다. 줄리아가 일중독자가 된 것도 바로 이런 순간의 전율 때문이었다. 가능성 있는 정보 한 조각, 거의 일어날 것 같지 않은 우연의 일치, 지루한 서류를 넘겨 보다가 '잠깐만'을 외치게 되는 순간. 이런 유레카의 순간이 얼마나 많이 자신을 거쳐 갔는지 가끔 떠올릴 때면 줄리아는 하던 일을 잠시 멈추고 상념에 잠기게 되었다. 하지만 지금은 그럴 수 없었다. 오늘 밤은 다른 생각에 빠질 틈이 없다. 아, 얼마나 다행인지.

이 사건을 푸는 열쇠는 너무 선명해서 마치 금속성의 오래된 연철을 손에 꼭 쥔 것처럼 느껴질 정도였다. 1년이 지난 사건에 대한 열쇠. 제너비브 때문에 집중하지 못했던 그 사건이었다. 피해자의 아버지는 줄리아가 자신을 배신했다고 생각했다. 그는 딸을 되찾기 위해서라면 무엇이든 할 태세였다. 혹시 그는 자신의 행적을 덮기 위해서도 물불을 가리지 않을 사람일까?

문이 벌컥 열리듯 생각이 열렸고 줄리아는 그 안을 들여다보았다. 세이디가 있었다. 그녀는 휴대폰을 집어 들고 세이디 사건을 검색했다. 바로 거기에 그가 있었다. 전혀 건전하다고 할 수 없는 관련 기사들이 몇 개 보였다. 남자친구 앤드루. 지금은 매튜였다.

세이디가 실종된 첫날 그는 전문 인터뷰어에게 심문을 받았다. 유능한 사람이었지만 줄리아는 아니었다. 그리고 그 직후 인터뷰어는 새로운 곳으로 발령을 받아 떠났고, 지금은 이곳에 없어서 앤드루를 식별해 줄 수 없었다. 물론 여기에 있었다 해도 알아보기는 쉽지 않았을 것이다. 매튜는 수염을 길러 얼굴의 상당 부분을 가리고 있었기 때문이다. 줄리아는 앤드루를 만나본 적이 없었다. 제너비브와 잭에게 정신이 팔려있어서 관련 기사를 자세히 들여다보지도 못했다. 사건의 범인이 종종 남자친구라고 추측하는 서류들이 있었지만 그게 다였고 줄리아는 앤드루에 대해 금방 잊었다.

앤드루는 엄마, 웨이터 몇 명, 현관 스마트 도어벨 등이 증명해 준 강력한 알리바이를 갖고 있었고 용의선상에서 빠르게 제외되었다. 예의 주시하는 대상이 아니었기 때문에 그의 인터뷰 기록은 남아있지 않았다. 앤드루의 인터뷰는 실종자를 찾을 때 하게 되는 수많은 인터뷰 중 하나일 뿐이었다. 경찰은 실종자가 알고 지낸 모든 사람을 인터뷰하지만 처음에는 그중 누구도 용의자가 아니며 국립 경찰 컴퓨터에 기록되지 않는다. 실종자의 친구들, 파트너, 부모님과 하는 인터뷰들. 같이 일하는 동료, 과거에 일했던 동료, 두 번 데이트를 한 상대 등. 명백한 알리바이를 가진 앤드루는 한 번 불려와서 줄리아의 동료 중 한 명과 비공식적인 인터뷰를 했을 뿐이고 DNA 채취도 하지 않았다. 실종자와 가까운 사람들은 종종 경찰에게 억지스러운 요구를 하곤 하니, 루이스가 무슨 말을 했어도 줄리아와 그녀의 팀은 앤드루를 조사할 필요가 없다고 생각했을 것이다. 그럴 이유가 없었다. 그래서 비공식 인터뷰 내용은 앤드루의 기록으로 남지 않았다. 경고나 체포가 있기 전까지는 누구의 기록도 남지 않는다.

앤드루 자모스, 지금은 매튜 제임스. 도시 맞은편으로 이사했고 새로운 이름과 새로운 소셜 미디어를 만들었다. 말이 된다. 만약 줄리아와 제너비브가 뉴스에 나왔다면 줄리아도 자신과 딸을 위해 똑같은 행동을 했을 것이다. 멀리 떠나지 않는 한 모든 사람들을 피해 숨을 수는 없지만, 취업 면접을 보거나 누군가를 처음 만났을 때 자신에 대한 정보가 검색되지 않게 하는 것은 가능하다. 가까운 사람들에게 진실을 말할 수도 있지만 그러지 않고 은밀하게 숨어 지낼 수도 있다. 국립 경찰 컴퓨터를 속일 수 있는 꽤 간단한 위장법은 바로 개명이다. 이 시스템은 정식 개명된 이름을 식별해 낼 수 없다. 소프트웨어가 너무 오래되고 낡았기 때문이다. 영국에는 범죄와 관련된 개명을 방지하는 신분증 시스템도 없다. 도대체 얼마나 많은 사람이 이렇게 법망을 피해 갔을까?

만약 줄리아가 사건 당시에 다른 곳에 정신이 팔려있지 않았다면 분명히 관련 뉴스를 더 꼼꼼하게 검토했을 것이다. 그리고 관련 내용과 함께 앤드루를 기억했을 것이고 이 모든 사태를 피할 수 있었을 것이다.

"그럼 올리비아 존슨이 두 명 있는 건가요?"

올리비아가 물었다. 그녀의 손은 다시 테이블 위로 돌아와 피아노를 치는 듯한 자세를 취하고 있었다.

"아뇨. 당신 한 명뿐입니다."

열쇠는 바로 이것이었다. 올리비아. 친구도 없고 하우스메이트들은 아무도 그녀를 못 봤다. 옷장에는 다양한 사이즈의 옷들이 가득했다. 그녀가 온라인상에서 쓴 어색한 단어들. 흐릿한 셀카 사진들. 경찰이 쓸 수 있는 선명한 사진은 올리비아의 여권 사진 뿐이었다는 사실. 그녀는 허구의 인물이나 만들어진 사람 같은 **목소리**를 가지고 있었다. 생리 주기가 너무 길었고, 슈가 로프 해변의 개들에 대해 잘못 알고 있었다. 보습용 팩을 눈가에 붙인 채 가게에 갈 수 있다고 생각했고, 미국 여자들이 온라인에서 쓰는 '**드럭스토**

어'라는 표현을 썼다.

속임수라기에는 사전 조사가 너무 형편없었다고 생각하며 줄리아는 냉혹한 미소를 지었다. 그녀는 샴페인 거품처럼 칙칙거리는 만족감을 느끼지 않을 수 없었다. 드디어 사건을 해결했다.

줄리아는 마치 눈앞에서 시체에 덮여 있던 시트가 벗겨지는 듯한 기분에 눈을 질끈 감았다.

두 명의 실종된 여성. 마릴린까지 하면 세 명이다. 세이디는 죽은 것으로 추정되고 올리비아는 가공해 낸 인물로 추정된다. 알고 보니 줄리아는 계속 엉뚱한 여자를 찾고 있었다.

○

제복을 입은 순경이 나타나 올리비아에게 차 한 잔을 가져다주었고, 부러운 듯 쳐다보는 줄리아에게는 아무것도 주지 않았다. 마지막으로 액체를 한 방울이라도 마셔본 게 언제였더라? 줄리아는 이마 위로 머리를 쓸어 올렸다. 여기 조너선이 있으면 좋을 텐데.

"여권 갱신을 한 건 작년 여름이었어요. 그때 결혼을 했거든요. 그전엔 올리비아 데이비스였어요."

줄리아는 안도감을 느껴야 한다고 생각하며 빠르게 고개를 끄덕였다. 그녀는 지금까지 단서를 따라가고 진실을 뒤쫓는 데 성공했다. 하지만 아직 실종된 여성이 남아있었다. 단지 올리비아가 아닐 뿐이다.

"이제 나머지는 저한테 맡겨주세요."

줄리아가 말했다. 그녀는 인터뷰실에 혼자 앉아있는 엠마에게로 돌아가야 했다. 엠마는 자기 아들의 유죄를 강력히 시사하는 증거를 방금 제출한 상태였다. 줄리아는 이마를 문질렀다. 아직은 누구도 불러들일 수 없었다. 일단 혼자서 이 일을 처리하고 사건의 전말을 파악한 다음 지시를 내릴 생각이었다. 한밤중이라는 사실이 도움이 되었다. 새벽 2시에 일어난 일은 마치 실제로 일어나지 않은 것처럼 비공식 상태로 둘 수 있었다. 그렇게 하면 줄리아는 몰래 행동할 수 있다. 즉, 올리비아 사건 수사를 중지하는 것 외에 다른 것을 원한다면 오늘 밤에 일어난 일을 기록하지 말고 은밀히 움직여야 한다. 지금은 경찰 조직에서 그 누구도 올리비아가 가공의 인물이라는 것을 모른다. 거의 모두가 아는 사실은 올리비아가 돌아왔다는 것뿐이다. 매튜 제임스가 과거에는 앤드루 자모스였다는 것을 아는 사람도 없다. 엠마가 줄리아에게만 말했다. 줄리아가 협박을 받았다는 것도, 협박범이 세이디의 아버지인 루이스이며 그가 사건의 배후에 있다는 것도 아무도 모른다. 겨우 몇 초였지만 줄리아는 잠시 눈을 감았다. 머릿속에서 이 모든 사실이 핑핑 돌았다.

"누가 제 여권을 복제했는지 말씀해 주실 수 있어요? 제가 **발견됐다**고 발표가 될까요?"

줄리아는 이 질문들에 대답할 수 없었다. 그녀는 올리비아에게 손짓하며 말했다.

"일단 오늘 밤만 기다려 주세요."

올리비아는 눈도 깜빡이지 않고 아무 말 없이 줄리아를 올려다보았다. 줄리아는 이것을 암묵적 동의로 받아들이고 나서, 복도를 내달려 엠마에게로 갔다. 지금 여기서 벌어지고 있는 일을 조금이라도 아는 것은 안내 데스크 경사와 유치장 담당 경사 한 명뿐이다. 소문이 퍼지기 전까지 줄리아에게 허락된 시간은 별로 없다. 그런데 무엇을 해야 할까? 그녀는 자신의 마음속에서조차 이 질문에 대한 답을 회피하고 있었다.

"늦어서 죄송합니다."

줄리아는 엠마에게 사과한 다음, 아까 그녀가 시작하려 했던 고백을 계속해 달라는 제스처를 취했다. 그러자 엠마는 QR코드를 건네주었다.

"아, 네."

줄리아가 그것에 눈길을 주며 말했다.

"이걸 스캔하면 비트코인 송금 내용이 뜨는데 **'준비된 사람은 프루던스 존스입니다'**라는 문구가 있어요. 그리고… 매튜는 올리비아 존슨과 연락하고 있었어요. 온라인에서요."

줄리아는 엠마를 유심히 살펴보았다. 자다 깬 듯한 머리에 다림질하지 않은 티셔츠를 입고 있었다.

"이게 무슨 뜻인지 모르겠어요. 그냥 알려드리는 거예요."

엠마가 말했다.

"비트코인이 요청됐고 수신이 됐나요?"

엠마의 말을 무시하며 줄리아가 물었다.

"모르겠어요. 어떻게 알 수 있죠?"

"음…."

줄리아는 아까 그 문구를 떠올렸다. '**준비된 사람은 프루던스 존스입니다**' 그리고 오늘 아침에는 자신이 매튜 제임스의 결백을 믿었다는 사실도 생각했다. 지금 줄리아는 그가 여자들을 인신매매 하는 것이 아닐까 의심스러웠다.

"저한테 이 증거물을 봐달라고 하셨잖아요."

줄리아는 엠마의 표정을 살피며 이렇게 말했다. 엠마는 손톱 뿌리 부분이 하얗게 일어나 있는 자신의 손을 내려다보았다가, 고개를 들어 줄리아와 직접 눈을 마주치며 고개를 끄덕였다. 그 순간 줄리아는 엠마와 자신이 완벽히 같은 편에 속해 있다는 걸 알았다.

"어떻게 된 일인지 설명 좀 해주실래요?"

줄리아는 사건의 전말을 밝히기 위해 질문을 던졌다. 엠마는 책상 너머로 손을 뻗어 껍질이 벗겨지고 있는 포마이카✢를 만지작거렸다. 엠마가 움직일 때 줄리아는 그녀의 향기를 느꼈다. 섬유유연제 냄새였다. 항상 퀴퀴한 경찰서 냄새와 함께 아드레날린과 스트레스의 냄새를 풍길 줄리아와는 전혀 다른 향기였다.

"세이디가 첫 번째였죠. 아시다시피 매튜는 심문을 받았어요. 하지만 걔는 저랑 같이 있었어요. 올리비아가 두 번째였는데 저는… 스스로 납득해 보려고 했어요. 매튜는 두 번 다 저랑 같이 있었거든요. 그러니까 **그럴 리가** 없어요. 말도 안 돼요… 아시겠죠? 그런데 이제 이 프루던스는…."

줄리아는 마음속으로 움찔했지만 아직 자신의 카드를 내보이

✢ 나무, 섬유, 종이 등의 표면에 멜라민 수지를 덧입혀 내열성을 갖는 동시에 깨끗한 느낌을 주는 플라스틱 박판

지 않은 채로 고개를 끄덕였다.

"세이디가 실종된 시간에 아드님과 함께 계셨다고요? 100퍼센트 확실합니까?"

이렇게 물어보는 줄리아의 마음속에서 거짓 알리바이 가능성과 다른 여러 단서들이 아우성을 쳤다. 두 번 모두 매튜가 엄마와 함께 있었다는 게 얼마나 흥미로운가?

"네, 맞아요."

"하지만 그런데도 이사를 했고 이름을 바꾸셨네요."

"아시겠지만 피해자 아버지의 복수… 그리고 언론 때문이었어요. 항상 남자친구를 주목하잖아요. 언론이 지독하게 매튜의 뒤를 캤어요."

줄리아는 바로 고개를 끄덕이면서 둘 사이에 놓인 QR코드를 쳐다보았다.

"그리고 이젠 프루던스란 이름이 등장했네요."

엠마는 이렇게 덧붙였지만 그 말은 할 필요가 없었다. 그녀의 축 처진 어깨와 체념에 가까운 말투가 모든 걸 말해주고 있었다.

줄리아는 엠마를 보면서, 자식이 완전히 결백한지 확신할 수 없을 때 느껴지는 그 비통함을 떠올렸다. 그리고 QR코드에 손을 뻗었다.

"옳은 일을 하신 거예요."

줄리아의 말에 엠마가 고개를 들어 그녀를 올려다보았다. 엠마의 눈에는 눈물이 가득했다.

"그 말씀이 맞으면 좋겠어요. 이제 어떻게 하죠?"

"오늘 밤만 시간을 주세요."

줄리아는 차가운 밤공기 속에서 서둘러 다음 행보를 이어갔다. 올리비아가 돌아왔다는 걸 아직 아무에게도 말하지 않았고 관련된 어떤 서류도 제출하지 않았다. 누군가가 입방아를 찧기 전에 루이스를 만날 시간이 있기를 바랄 뿐이었다.

5월인데도 도로는 살짝 얼어있었고 거리는 텅 비어있었다. 줄리아는 마치 영원히 이곳에서 죽은 여성들과 실종된 여성들에 대한 끔찍하고 혼란스러운 범죄를 수사할 것만 같은 느낌이 들었다. 사람들이 한순간에 피해자와 가해자를 오가는 이곳에서.

차에 도착하자 줄리아는 차 키를 눌러 문을 열었다. 라이트가 켜질 때 차 안에 아무도 없음을 알고 안도감을 느꼈다. 자신의 차에 탔던 게 누구이고 이유가 무엇이었는지 알게 된 지금도 여전히 불안감은 해소되지 않았다.

루이스는 포티스헤드 외곽의 한적한 중산층 동네에 살고 있었다. 줄리아가 기억하기로 그는 40대의 나이에 호리호리하고 키가 컸으며, 대개 유명인사나 스포츠 스타들에게서만 보이는 묘한 카리스마를 갖고 있었다. 강박적인 성격의 줄리아는 그에게 즉시 동질감을 느꼈었지만 지금은 그를 혐오했다. 매튜에게 누명을 씌워 경찰에 넘기기 위해 어떻게 감히 그녀를 연루시킬 수 있단 말인가? 줄리아는 당혹감과 혼란 속에 경찰서를 떠나 집에 갔다가 내일 아침 9시에 다시 돌아오게 될 엠마와 올리비아를 생각했다.

지금은 한밤중에 허락된 짧은 시간이고 줄리아는 완전히 비공식적인 상태였다. 경찰 배지도 갖고 있지 않았다. 오래되고 낡아빠진 자기 차에 탄 그녀는 팀원 없이 혼자였고 아무도 이 상황에 대해 몰랐다. 여기에는 오직 그녀와 밤공기, 그리고 루이스 뿐이었다. 루이스가 그녀의 차에 탔던 첫날 밤과 똑같았다.

루이스의 집까지는 10분이 걸렸다. 사건의 전말을 알게 되고 해결의 열쇠를 쥐게 되자 얼마나 일이 쉬워지는지 우스울 정도였다. 경찰서에서 겨우 몇 킬로미터 떨어진 곳에 그녀의 협박범이 내내 살고 있었던 것이다. 줄리아는 조너선이 이 일에 대해 뭐라고 할지 궁금했다. 답을 얻기 위해 필요한 일을 하는 것을 무엇보다 중요시하는 조너선조차도 오늘 밤 그녀의 행동이 과연 옳았는지 판단하려 들 것 같았다.

루이스의 집은 길에서 조금 떨어진 곳에 있었고 나무로 된 현관문 양쪽에 기둥 두 개가 있었다. 진입로는 깨끗이 포장되어 있었으며 '어서오세요'라고 쓰여진 현관매트 옆에는 파란 화분에 장미가 심어져 있었다.

줄리아가 문을 두드릴 때 가늘고 차가운 이슬비가 내리기 시작했다. 노크하자마자 바로 문이 열려서 그녀는 약간 놀랐다. 루이스는 청바지와 티셔츠를 갖춰 입고 있었다. 눈 밑에 처진 살은 색깔뿐만 아니라 질감이 마치 멍든 것처럼 보였고 깎아 만든 것처럼 반달 모양으로 튀어나와 있었다. 그는 지난 1년 동안 10년은 늙은 것 같았다.

루이스는 뒤를 돌아보았다가 다시 줄리아에게로 눈을 돌렸다. 분명히 뭔가 결정을 내리는 듯했다. 그가 무슨 생각을 하는지 읽어 내는 건 쉬웠다. 모든 감정과 생각이 얼굴에 드러나는 타입이었기 때문이다.

루이스는 입술을 깨물고 잠시 망설이더니 결심한 듯 진입로 쪽으로 몸을 내밀었다. 밤공기가 차갑고 축축한데도 그는 맨발이었다. 손을 들어 인사하는 그의 손바닥은 핏기 없이 하앴고 그 순간 줄리아는 깨달았다. 그의 얼굴에서 뭔가를 알아차리거나 이해한 기색은 보이지 않았지만 그는 줄리아가 왜 여기 왔는지 확실히 그리고 정확하게 알고 있었다.

"안녕하세요."

그가 힘없이 인사했다.

"당신이 협박범이군요."

줄리아는 이렇게 말했지만 자신의 목소리가 두 사람을 둘러싼 밤공기 속으로 풀려나가는 리본처럼 부드럽다는 사실에 놀랐다.

"제 인생을 망친 사람이에요."

이 말을 하면서 줄리아는 그것이 사실이라는 걸 알았다. 그녀는 한때 그랬듯이 완전히 승리한 상태가 아니라 이러지도 저러지도 못하는 교착 상태였다. 자신이 맡은 역할을 드러내지 않고 이 사건을 신고하는 방법이 과연 있을까? 어떻게 알아냈는지 설명하지 않고 올리비아가 실제 인물이 아니라는 것을 알릴 방법이 있을까? 일단 사람들이 실종된 올리비아가 존재하지 않는다는 것을 알게 되고 더 나쁜 경우에 줄리아가 스스로 증거를 조작했음을 알게 되면, 그녀는 매튜에 대한 수사를 이어나갈 수 있을까?

줄리아는 분노에 차서 고개를 흔들며 주위에서 소용돌이치는 차가운 공기를 흩트러뜨렸다.

"당신은 나와 내 가족을 협박했어요."

그러자 루이스가 지친 듯한 목소리로 말했다.

"그놈은 제가 올리비아인 줄 알고 저한테 메시지를 보냈어요. 과거에 한 어떤 일을 후회한다는 말도 했죠. 걔가 제 딸을 통제하려고 동원한 온갖 방법을 말씀드릴 수 있어요. 망할 그 새끼가 제 딸의 실종과 분명히 관계가 있다고 저는 거의 확신합니다. 그리고 팀원들과 경감님은 차분히 진상을 밝혀낼 수도 없었어요. 그놈 인터뷰도 직접 하지 않으셨잖아요."

루이스는 발가락을 아래로 향한 채 다리를 꼬면서 자세를 바꾸었다. 그리고 팔짱을 끼고서 줄리아가 아닌 저 멀리 허공을 응시했다. 그의 옷은 온통 어두운 색이라 창백한 얼굴과 함께 하얀 팔과 발만 보였다.

"그래서 저한테 무슨 얘기를 하실 건가요?"

줄리아가 내쉬는 숨이 하얀 수증기가 되어 허공 속으로 흩어졌다. 루이스는 아직도 그녀에게 눈길을 주지 않은 채 발끝으로 파란 화분을 툭툭 건드렸다. 그의 발등은 빗물에 젖어있었다. 그때 줄리아는 다시 한번 자신의 인식이 뒤집히는 것을 느꼈다.

아니나 다를까, 루이스는 그녀를 보면서 피곤이 묻어나는 목소리로 천천히 말했다.

"이제 사기죄든 뭐든 아무 혐의로나 저를 체포하세요, 데이 경감님. 저는 상관없습니다."

그는 실제로 두 손목을 포개며 내밀었다. 진입로에 맨발로 서 있는 이 남자. 아내는 추측건대 위층에서 자고 있을 것이고 딸은 여전히 실종 상태인 이 남자를 줄리아는 가만히 응시했다. 그는 미동도 없이 수갑이 채워지기를 기다리며 두 손목을 모으고 있었다. 하지만 비통한 마음을 숨기려는 듯 그의 턱은 살짝 떨렸다. 너무나 슬프고 비탄에 빠진 나머지 자신에게 어떤 일이 일어나든 이제 더 이상 신경쓰지 않는 사람의 모습이었다. 줄리아는 집 없이 떠도는 동물들이나 우는 아이들, 외로운 노인들을 볼 때처럼 깊은 슬픔을 느꼈다.

루이스는 절망한 아빠였다가 위협적인 협박범이었고 이제 다시 첫 번째 정체성으로 돌아왔다. 딸을 잃은 이 남자에게는 더 이상 잃을 것이 없었다. 그는 자신의 정체가 곧 발각될 것을 알고 있었다. 중요한 건 그가 이 상황에 대해 전혀 개의치 않고, 비극을 겪는 사람들이 가끔 그러듯 어떤 한계를 넘어섰다는 것이었다. 아이를 잃은 부모. 세상에는 그들을 지칭하는 이름조차 존재하지 않았다.

"여권은 어디서 나셨어요? 회사에서요?"

줄리아의 목소리가 차분하다는 것에 루이스는 약간 놀라면서 그녀의 얼굴을 보았다.

"네. 못 쓰는 여권들이 있었어요. 실수로 인쇄가 잘못된 것들이 많았는데 숨기고 싶어서 집으로 가져갔었죠."

"인물을 위조하려고 그 여권 중 하나를 사용한 건가요?"

"어서 데려가세요."

그는 자신의 손목을 향해 고갯짓을 하며 재촉했다.

"그 골목에 간 건 누굽니까?"

"조작된 영상이에요."

줄리아는 이해가 된다는 듯 고개를 끄덕였다.

"경찰이 수집하기 전에 조작이 됐나 보죠?"

"맞아요. 원본을 조작했어요. 그 미용실의 원본 영상을요."

"경찰들은 전혀 눈치채지 못했네요."

루이스는 무기력하게 어깨를 으쓱했다.

"조력자가 있었어요."

"그게 누군가요?"

그는 줄리아와 눈을 마주쳤고, 그녀는 이제 '누가, 어떻게, 왜'에 대한 진실에 좀 더 가까워질 거라는 걸 알았다.

"잭의 형입니다."

아. 그렇구나. 철거되는 건물이 땅에 닿기 훨씬 전에 무너지기 시작하듯 줄리아는 사건의 전말이 천천히 이해되기 시작했다. 잭의 형이라니. 잭에 대한 그녀의 의심은 맞기도 했고 틀리기도 했다.

"작년 여름, 잭이 경감님을 만난 직후에 그를 우연히 보게 됐어요. 경감님께 드릴 말씀이 있어서 경찰서 앞에 갔다가 경감님이 잭과 함께 있는 걸 본 거죠. 잭이 저한테 어떻게 된 일인지 말해줬어요. 그리고 잭이 죽은 후에 그의 형⋯ 복수를 하고 싶어 했어요. 동생의 죽음에 대해서요."

"분명히 그랬을 거예요. 그런데 잭이 죽은 다음에 제가 주변 사람들을 인터뷰할 때 형은 없었는데요."

"없었죠. 그는 경감님을 피해서 지하 세계로 갔거든요."

루이스는 다시 줄리아가 들고 있는 수갑을 향해 고갯짓을 했지만 그녀는 무시했다. 그의 뒤로 보이는 거실 창문을 주황색 가로등 불빛이 비추었는데 양초 같은 것이 어지럽게 흩어진 모습이 보였다. 그제서야 줄리아는 지역 신문에서 본 기사가 생각났다. 루이스가 명예훼손 법을 어기지 않는 선에서 최대한 조심스럽게 앤드루 자모스를 간접적으로 사건에 연루시켰다는 내용이었다. 그리고 루이스와 담담한 성격의 사회 복지사인 아내 욜란다가 매일 밤 세이디가 사라진 시간에 소원을 비는 초를 켠다고 했다. 줄리아는 그 양초들을 보자 뭐라고 설명할 수 없는 감정을 느꼈다. 형태가 없고, 불미스러움이 뒤섞인 어떤 것. 그 안에는 동정심과 혐오감이 동시에 있었다. 일부 사람들이 비극을 보고 느끼는 감정, 그리고 우주가 가하는 재앙에 대처하기 위해 인간들이 하는 일들을 보면 어쩔 수 없이 드는 감정들. 어떤 사람들은 타인의 불운을 보고 '오 하느님, 제가 아니라서 감사합니다'라며 기뻐한다. 어떤 사람들은 불행을 겪는 타인들을 피한다. 줄리아는 지금까지 둘 중 어느 쪽도 아니었다. 하지만 루이스의 고통을 가까이에서 보게 되자 금기시되거나 인간성을 잃은 잔혹한 무언가를 바라보는 기분이었다. 난자당한 손목, 시체안치실의 거무죽죽한 두 발, 동반자살한 유해 같은 것들. 줄리아는 이 모든 것을 본 적이 있지만 이런 기분은 처음이었다.

"어서 체포해요."

루이스가 낮고 지친 목소리로 다시 말했다. 줄리아는 그를, 너무 많은 것을 잃어 이제 아무것도 남지 않은 이 남자를 바라보다가 그에게 한 발짝 다가섰다.

"당신을 체포하고 싶지 않아요, 루이스."

줄리아는 잠긴 목소리로 말했다. 그리고 아마도 루이스가 그동안 듣고 싶었을 말을 했다.

"당신 딸을 찾아줬어야 했는데…."

루이스는 이마에 손을 다시 가져가서 눈부신 태양을 막는 것처럼 눈을 가렸다. 줄리아는 그가 울고 있다는 걸 알 수 있었다. 아마 그는 항상 울고 있을 것이다.

"따님에게 무슨 일이 생긴 건지 꼭 알아낼게요."

"걘 사라졌어요."

루이스의 목소리는 밤공기만큼이나 축축했다. 줄리아가 그에게 느꼈던 모든 분노는 이 밤에 흔적도 없이 증발되어 버렸다. 그녀가 던졌던 날 선 말이 수증기가 되어 사라지듯. 줄리아는 루이스와 눈이 마주치자 문득 그런 생각이 들었다. 만약 제너비브가 실종되었다면 줄리아도 똑같은 행동을 했을 거라고. 이미 그렇게 한 것이나 다름없었다.

이제 줄리아는 루이스의 진정한 모습을, 즉 그가 정말로 어떤 사람인지를 알게 되었다. 그는 비탄에 잠긴 부모였다. 줄리아와 마찬가지로.

30
줄리아

새벽 3시다. 줄리아는 의욕이 넘친다. 그녀에게는 계획이 있고 임무를 수행하는 중이다. 평소에도 잠을 설치는 일이 많았지만 최소한 침대에 누워있기는 했다. 하지만 지금 줄리아는 자신과 타인들의 실수와 여러 문제들로 머리가 복잡해진 채 유치장에 와 있다. 그녀는 유치장을 결코 좋아한 적이 없었고 방문할 때마다 불안한 휴전 상태에 놓인 것 같은 기분을 느꼈다. 이곳은 인권이 세심하게 인정되고 법으로 보호받아야 하는 장소였다. 그렇지 않으면 구금자들 권리가 잊혀지기 때문이다. 줄줄이 이어지는 파란 문들과 구금자들을 지나치자 뒤쪽에 어린 매튜가 있었다.

이번에는 거짓말을 하는 것이 훨씬 쉽게 느껴졌다. 그녀 이전에 수많은 부패한 경찰이 그랬던 것처럼 줄리아도 카메라와 녹음 장비 없이 매튜와 이야기를 나눌 장소가 필요했다. 줄리아는 자신이 몸담은 조직의 전통, 즉 자백을 강요하거나 용의자가 말하기도 전에 괴롭히거나 그보다 더 나쁜 행위들을 떠올리며 혐오감에 몸서리쳤다. 이번 일은 그렇게 해서는 안 된다는 생각이 들었다. 모든 게 엉망진창이었다. 협박, 정신 나간 아버지들, 실종되고 발견된 신원들, 그리고 이 소년. 어떻게 보면 매튜는 사건의 중심에 있었다. 줄리아는 그가 진실을 말해주길 바랐다.

"올리비아 존슨과 관련해서 언론의 관심이 너무 지나쳐요."

줄리아는 유치장 담당 경사에게 거짓말을 했다.

"그래서 매튜의 수감실을 옮기게 됐어요."

"네, 네, 알겠습니다."

경사는 권태로운 어조로 대답했다. 줄리아는 경사의 표정을 가만히 살폈지만 특별한 기색은 전혀 없었다. 아무것도 모르는 것이 확실했다. 유치장은 중앙 로비에서 떨어져 있었기 때문에 일단 줄리아는 위기를 교묘히 피할 수 있게 되었다. 한 손에는 아이폰을, 다른 한 손에는 열쇠 꾸러미를 든 경사는 드러내지 않지만 줄리아에 대한 무조건적인 신뢰를 갖고 있어서, 제대로 쳐다보지도 않고 줄리아에게 열쇠를 건네주었다. 줄리아는 잠시 멈춰 서서 또 하나의 선을 넘게 되었음을 알았다. 그리고 마치 희귀하고 끔찍한 기술을 얻은 것처럼, 첫 번째 선을 넘은 이후로 이 행위가 더 쉬워진 건 아닐까 생각했다.

"〈러브 아일랜드✣〉 다음 시즌이 한 달도 안 남았어요. CCTV 화

✣   영국의 인기 연애 리얼리티 프로그램

면들 중 하나만 다른 용도로 쓰면 안 될까요?"

경사가 껌을 씹으며 말했다.

"안 될 거 같은데."

줄리아의 부정적 답변에도 경사가 어깨를 으쓱하며 휴대폰 화면을 계속 스크롤하는 걸 보니, 줄리아의 진지한 반응이 평소와 비슷했던 것이 분명했다. 줄리아와 아트는 시간이 나면 〈러브 아일랜드〉를 함께 보곤 했다. 두 사람의 평소 성격과는 전혀 어울리지 않는 프로그램이었는데 줄리아가 보기엔 오히려 그 때문에 더 재미를 느끼는 것 같았다. 지난 여름에 아트는 갑자기 그녀를 향해 돌아서더니 이렇게 말했다.

"내년엔 저기 출연 신청을 해야겠어. 배 나온 중년 아저씨 역할로."

그날 밤 줄리아의 걱정 목록이 하나 늘어났고, 두 사람이 깔깔 웃는 소리에 제너비브가 잠에서 깼다.

열쇠를 받은 줄리아의 손가락이 차가운 금속을 꼭 쥐었다. 그녀는 더 이상 잡생각이 들기 전에 매튜를 데리러 가기로 했다.

매튜는 수감실 맨 끝에 있었다. 줄리아는 CCTV로 그를 잠시 관찰했다. 매튜는 침대 끄트머리에 앉아 두 팔로 무릎을 감싼 채 바닥을 쳐다보고 있었다. 그림의 한 장면 같기도, 명상하는 모습 같기도 했다.

줄리아는 곧 그를 풀어줘야 할 것이다. 그녀는 자신이 그렇게 할 것임을 알았다. 그의 엄마에게도 말해야 한다. 가공의 인물을 납치했다는 혐의로 더 이상 누군가를 붙잡아둘 수는 없다. 그리고 그녀는 유치장 담당 경사가 이 일에 대해 금방 소문을 퍼뜨릴 것이라는 걸 알았다. 그녀에겐 시간이 별로 없었다. 하지만 해답을 찾기 위해서 최소한 잠시 동안은 매튜를 붙잡아두어야 했다. 세이디와 프루던스에 대해서 알아내야 한다.

줄리아는 매튜와 자신이 한밤중에 잠시 사라졌다는 것을 아무도 알아채지 못하기만을 바랐다. 아무도 CCTV 영상을 보지 않기를. 자신이 지난주에 한 일을 아무도 확인하지 않기를. 절대로. 줄리아는 자신이 하려는 행동이 말도 안 된다는 것을 알았지만 지금 그녀를 이끄는 동력은 조심성이나 죄책감 혹은 윤리보다 훨씬 큰 힘이었다. 바로 세이디에게 무슨 일이 있었는지 알아내려고 하는 형사로서의 본능적인 욕구였다.

"수감실을 옮겨야 하니 저를 따라오세요."

줄리아가 수감실 창구 사이로 이렇게 말하자 매튜는 소스라치게 놀랐다. 실물로 보니 침대에 앉아있는 그는 더욱 왜소해 보였다. 아직 여러 가지 면에서 아이 같은 그의 모습에 줄리아의 심장이 덜컹거렸다.

"왜죠?"

창구 밖을 내다보며 줄리아와 눈이 마주친 매튜는 그녀를 알아보는 기색이었다. '왜'라니. 범죄자들이 흔히 던지는 질문은 아니다. 그들은 대부분 경찰이 자신에게 죄를 뒤집어씌울 것으로 생각하고 경찰의 말에 거부반응을 보인다. 하지만 매튜는 오직 사실만을 원하는 것 같았다. 줄리아가 원하는 것도 사실 뿐이었다. 매튜는 주저하며 일어서서 문에 몸을 기댄 채로 줄리아를 쳐다보았다.

"곧 설명해 줄게요. 준비됐어요?"

그녀의 말에 매튜는 빠르게 움직였다. 그의 몸놀림은 유연하고 부드러웠다. 그리고 다른 수감실과는 달리 그의 수감실에서는 아무 냄새도 나지 않았다. 진부한 커피와 차 냄새도, 달걀이 들어간 즉석식품 냄새도, 땀이나 두려움의 냄새도 없었다. 매튜는 완벽하게 차분해 보였다. 줄리아는 그를 밖으로 데리고 나갔다. 유치장 경사는 매튜가 수갑을 차지 않은 것을 알아차렸으나 아무 말도 하지 않았다. 무죄든 유죄든 줄리아는 수감자의 도주 위험성을 감지할 수 있었는데 매튜에게는 그런 기미가 전혀 없었다. 보안 검색대와 자동문을 통과해 밖으로 나오자 마치 차디찬 연못에 뛰어든 듯 차가운 밤공기가 온몸을 감쌌다. 줄리아는 매튜가 몸을 떨기 시작하면서도 안 추운 척하는 것을 보았다.

"어디로 옮기는 거죠?"

이렇게 물었지만 줄리아가 대답하지 않으리라는 것이 확실해지자 매튜는 이런저런 생각에 잠긴 듯 시간을 끌며 천천히 걸었다. 말하는 단어마다, 내딛는 발걸음마다 신중을 기하는 듯한 그의 모습이 줄리아에게는 매우 인상적이었다. 뭔가를 숨기려는 행동일까? 아니면 원래 이런 사람인 걸까?

줄리아의 차는 800미터 가량 떨어진 곳에 주차되어 있었다. 두 사람이 안전하게 차 안에 탈 때까지, 즉 자신이 제공할 수 있는 완전한 프라이버시가 보장될 때까지 그녀는 어떤 말도 하지 않을 생각이었다.

매튜는 더 이상 아무것도 묻지 않았다. 그의 행동이 무언가를 암시하는 것인지 아니면 아무 뜻이 없는지 알 수 없었다. 어쨌든 줄리아도 매튜처럼 아무 말도 하지 않았다.

번화가 상점들이 환하게 불을 밝히고 있는 것과는 달리 아파트에는 모두 불이 꺼져있었다. 문을 닫은 상점들 중 일부는 셔터가 내려져 있었고 나머지는 불이 꺼진 채 문이 잠겨있었다. 마치 살아있는 박물관 같은 풍경이었다. 미래에 무슨 의미를 갖게 되든 현재인 2023년에 대해 경의를 표하는 것 같았다. 주차된 조용한 차들, 도로 위에서 지워지고 희미해진 사회적 거리두기 표시들, 나트륨 가로등.

매튜는 멍청하지 않았기 때문에 이 상황이 일반적이지 않다는 사실을 알아차린 것 같았다. 그는 밤공기 속에서 고개를 좌우로 돌리며 주변을 살폈다. 완전히 텅 빈 거리, 녹음장비도 다른 경찰도 변호사도, 그 무엇도 없는 상황. 이 현실을 깨달은 듯한 그는 눈이 휘둥그레진 채 손을 꼼지락댔다. 두 사람은 줄리아의 차 앞에 도착했다.

"어머님이 QR코드를 발견했어요."

줄리아의 말에 매튜는 아무 대답도 하지 않았지만 자세가 약간 바뀌었다. 움직임이 느려지는 걸 보니 뭔가를 생각하는 듯했다. 줄리아는 비밀 보장이나 협상을 약속하고 싶었지만 그럴 수 없었다. 그녀는 언제나 솔직함을 중요하게 여겼기 때문이다. 그녀의 거짓말 속에도 진실이 담겨있었다. 줄리아는 차 문을 열면서 건너편의 그를 보았다. 은빛의 축축한 밤 풍경 속에 보이는 그의 옆얼굴. 그는 정말 어린애일 뿐이었다.

"저는 그게 뭔지 몰라요."

마침내 그가 입을 열었다. '모른다'는 것은 가장 오래되고 쉬운 거짓말이다.

"다시 생각해 봐요."

"왜 제 변호사가 동행하지 않은 거죠?"

매튜가 몸을 굽혀 차에 탈 때 실내등 조명이 그의 눈 흰자위를 노랗게 비추었다. 그가 타는 것을 보고 줄리아는 약간 놀랐지만, 만약 자신이 경감 한 명과 함께 있는 젊은 아가씨였더라도 그와 똑같이 행동했을 거라는 생각이 들었다.

줄리아도 차에 타고 문을 닫았다. 건너편의 그를 바라보는 자신이 마치 괴물처럼 느껴졌다. 아직 10대 같은 분홍빛 피부, 쏙 들어간 자국이 있던 시절이 연상되는 손가락 관절. 그녀는 어린 매튜의 모습을 상상할 수 있었다. 수줍음 많고 침착하고 흥미를 끄는 아이였을 것이다. 줄리아가 엠마였다면 아마 똑같이 했을 것이다. 만약 그 알리바이가 거짓이라면 그것까지도. 그리고 매튜를 넘겨주는 것까지도.

하지만 줄리아는 엠마가 아니었다. 줄리아는 줄리아였다. 그녀는 제너비브의 엄마였고, 루이스를 위해 세이디에게 일어난 일을 알아내려는 중이었다. 이 사실 때문에 일부 사람들은 필연적으로 그녀의 적이 될 수밖에 없었다. 하지만 줄리아는 그 적들이 누구인지 알지 못했다.

그녀에게는 시간이 필요했다. 몇 가지가 정리될 동안은 일단 올리비아 사건을 수사하는 척 해야 했다. 모두가 헤어나오지 못하고 있는 이 난국을 끝내기 위해 세이디에게 무슨 일이 일어났는지 알아내야만 한다. 올리비아가 가공의 인물이라는 것을 알게 된 경위, 그리고 자신이 협박을 받았다는 사실을 동료들에게 말할 수 없는 이 곤란한 상황을 마무리해야 한다. 그리고 딸을 지켜야 한다. 또한 루이스를 구하고 그에게 평화를 가져다 주기 위해 세이디가 어떻게 됐는지 알아내야만 한다.

하지만 무엇보다 줄리아는 그것이 자신의 일이기 때문에 세이디를 찾아야 했다. 엄마와 경찰, 두 정체성은 항상 함께였고 결코 하나만 있었던 적이 없다. 그녀가 가장 사랑하는 두 가지가 거의 20년의 세월 동안 서로 경쟁해왔다. 올해가 되자 그 갈등은 상징적 차원을 넘어 구체적인 위기로 다가왔다.

"말했잖아요. 수감실 이동이라고."

줄리아는 매튜에게 누명을 씌우고, 사실을 은폐하고, 올리비아의 하우스메이트들을 비공식적으로 인터뷰하는 등의 부패 행위들이 옳지 않다고 느꼈지만, 지금 하는 이 행동은 옳다고 느꼈다. 그녀는 동물적으로 진실을 쫓고 있었다. 그녀는 사슴을 쫓는 야생 사자였다. 그리고 진실이 바로 여기, 문 닫은 가게들과 고요한 거리 사이 어디쯤에 있다는 걸 알았다. 그냥 *알 수 있었다.*

"저를 다시 원래대로 데려다 놓지 않으면… 신고할 거예요."

"누구한테?"

"경감님이 저를 데리고 나와서 물어보면 안 될 질문들을 했다고 말할 거예요."

"그럼 내가 아니라고 하면 되죠. 수감실 이동 서류가 여기 있어요."

줄리아는 사실 아무것도 없는 옷 주머니를 툭툭 치며 말했다.

"이 사건에 대한 언론의 관심이 지나치게 뜨거워서 수감실을 옮길 수밖에 없었어요."

그녀는 거짓말을 했다. 실내 조명이 꺼지는 순간 매튜는 몸을 돌려 그녀를 보았다. 자동차는 거리에 홀로 덩그러니 놓인 어두운 스노우볼 같았다. 그들이 여기에 있다는 사실을 아무도 모른다. 아무도 보고 있지 않다. 줄리아는 매튜가 두려움을 느끼는 것이 안타까웠다.

"무슨 망할 언론의 관심이요?"

"왜 이름을 바꿨죠?"

"노 코멘트할게요."

"QR코드는 뭐예요? 프루던스 존스는 누구죠?"

"노 코멘트예요."

"세이디 오웬의 실종과 본인이 무슨 관련이 있나요?"

줄리아는 화난 어조로 말했다. 이렇게 하는 것이 불법임을 그녀는 알고 있었다. 금지된 선을 넘을 만큼 가까이 와 있다는 것을 알았다. 이미 선을 넘었다. 하지만 그녀는 우주를 향해 손을 뻗어서 세이디를, 그녀를 죽인 살인자를, 루이스를 위한 해답을 찾고 그의 마음을 치유해야만 했다. 할 수 있는 만큼 최대한. 이 충동이 그녀를 관통했다. 루이스가 그녀에게 어떤 짓을 했든 간에, 그녀가 어떤 곤경에 빠져 있든 간에 이것이 그녀의 직업이었다. 그것은 곧 자신의 윤리관이나 가족, 그녀 자신이 위태로워지라도 그 일을 해야 한다는 의미였다.

줄리아는 그날 밤과 똑같이 시동을 걸고 차를 출발시켰다. 그게 겨우 며칠 전이라는 게 믿어지지 않았다. 그녀는 목적지 없이 운전하면서, 아무 곳으로도 가지 않고 있다는 걸 매튜가 깨닫기를 바랐다.

매튜가 입을 열기까지 40분이 걸렸다. 그는 침묵을 지키며 말을 한다는 이유로 살해당하는 가장 낮은 갱단원들보다 더 큰 의지력을 보여줬다. 효과적으로 경찰 일을 하기 위해 자백을 강요하거나 폭력을 쓸 필요는 없다. 언제나 그렇다. 어색한 침묵이 길어지면 누구나 말을 하게 된다.

해가 뜨기 시작했다. 6주 후에는 하지가 될 것이고 밤이 짧아져 황혼과 새벽 사이가 한 끗 차이밖에 안 될 만큼 가까워질 것이다. 가장 높은 빌딩은 마치 다른 건물들이 모르는 무언가를 안다는 듯 하루의 첫 햇살을 받고 있었다. 꼭대기 부분이 살짝 황금빛으로 변했을 뿐이어서 자세히 보지 않으면 놓칠 만큼 햇살이 미묘했다.

매튜는 조수석 아래쪽 공간에 두 발을 뻗고 있었는데 그의 몸에서 유일하게 편안해 보이는 부분이었다. 그는 어깨에 긴장감이 들어간 채로 몸을 앞으로 꼿꼿이 세우고 앉아있었다. 뭔가를 간절히 바라거나 긴장한 듯했다. 둘 다일 수도 있었다. 검은 고양이 같은 머리가 햇살을 받아 빛났다.

"세이디가 어디로 갔는지 저는 몰라요. QR코드가 뭔지도 모르고요. 노 코멘트, 노 코멘트, 노 코멘트예요."

매튜는 이렇게 말하며 줄리아와 눈을 마주쳤다. 그리고 그는 이유를 명확히 설명할 수 없지만 그녀를 자극하는, 그럼에도 놓칠 수 없는 말을 했다.

"만약 제가 뭘 안다 해도 경찰에게는 말하지 않을 거예요."

새벽 5시 30분. 제너비브에게서 문자가 왔다. **화장실 가고 싶어서 깼는데 엄마 밤새는 중이에요?**

매튜는 자기 수감실로 다시 돌아갔다. 줄리아는 유치장 경사에게 관리자의 착오로 새로운 곳에 빈 자리가 없었다고 말했다. 조너선은 6시도 되기 전에 일찍 출근했다. 그에게는 아침이지만 줄리아에게는 밤이나 다름없었다. 조너선은 프렛에서 산 커피 두 잔을 들고 있었는데 하나는 자기 것, 하나는 줄리아의 것이었다. 줄리아는 고마워하며 커피를 받았다. 하루를 어떻게 구분할지에 따라 오늘의 첫 잔이 될 수도, 세 번째 잔이 될 수도 있었다. 그녀는 컴퓨터를 켜고 두 팔을 벅벅 문질렀다. 매튜와의 거래에 실패했다는 수치심에 피부가 쓰라린 느낌이었다. 매튜에게서 아무런 유용한 정보도 얻어내지 못했다. 줄리아가 기대했던 한밤중의 감정에 취한 고백도, 눈물을 흘리며 고통스럽게 꺼내놓는 진실도 없었다. 아무것도. 도대체 무슨 근거로 매튜가 마음을 열 거라고 생각했을까?

이제 그녀는 완전히 노출된 무방비 상태로, 그리고 모든 면에서 부패한 상태로 매튜가 누군가에게 자백하기만을 기다리고 있다.

"새로운 소식 없어요?"

조너선이 문틀에 기댄 채로 물었다. 줄리아는 음울한 웃음을 지었다.

"꽤 많지."

그 말을 들은 즉시 조너선은 그녀의 사무실 안으로 들어왔다.

"프렛이 벌써 열었어?"

"항상 열려 있죠."

"내 커피까지 계산한 거야?"

"두 잔 공짜로 얻었어요."

조너선의 대답에 줄리아는 놀라지 않았다. 그는 한때 부업으로 이베이에서 음반을 판매한 적이 있는데 그 일이 경찰 업무 시간을 잡아먹는 바람에 거의 해고될 뻔했다. 조너선은 뭐든 공짜라면, 대가 없이 얻을 수 있는 것이라면 사족을 못 썼다.

"음, 무슨 일이 있었게?"

"뭔데요?"

"올리비아 존슨이 어젯밤에 스스로 나타났어. 새벽 1시에 일어난 일이야."

조너선은 커피를 줄리아의 책상 위에 내려놓고, 입고 있던 코트를 벗어 팔에 건 다음 기가 막히다는 듯 그녀를 바라봤다.

"맙소사, 전 어젯밤에 아기 수유밖에 한 게 없는데. 경감님은 문제를 해결하셨군요."

줄리아는 '심문 의자'를 툭툭 치고는 종종 그러듯 조너선을 거기에 앉혔다. 우드 블라인드 너머로 해가 뜨고 있었다. 두 사람은 수년 동안 이렇게 마주 보고 앉아서 사건을 분석하고 해결하고 서로 의견을 나눴다.

줄리아는 조너선에게 모든 걸 말해주었다. 누군가가 가짜 올리비아를 만들었다는 사실과 함께 누가 그랬는지, 그리고 매튜는 누구인지, 그리고 세이디에 대한 것도. 다 말해줄 만큼 조너선에 대한 그녀의 신뢰는 컸다. 하지만 협박에 대해서는 이야기하지 않았다. 어차피 그가 곧 물어보기 시작할 것이다.

조너선은 놀란 듯 볼을 부풀렸다.

"그랬군요."

그는 자기 휴대폰을 보았지만 화면은 검은색이었다. 하지만 머릿속, 그의 뇌는 총천연색일 거라고 줄리아는 확신할 수 있었다. 조너선은 손가락으로 책상을 탁탁 두드렸다.

"편집을 해서 넣은 거네요. 골목으로 들어가는 것처럼. 근데 무슨 전문가라도 되는 건가요? 아주 감쪽같던데."

"네가 그걸 발견 못했다니 놀라워. 세이디의 아빠는… 그걸 해줄 사람이 있었어."

줄리아는 조너선의 법의학적 두뇌가 너무 빨리 작동되지 않기만을 바랐다. 자신이 말해주지 않은 퍼즐의 유일한 한 조각을 좀더 지키고 싶었다. 바로 '왜'인지의 문제였다.

"그게 누군데요?"

"알고 지내는 범죄자 같은 사람."

"뭐라고요? 왜죠? 그분이 그런 사람들을 어떻게 알아요? 그냥 평범한 사람이잖아요."

줄리아 생각에 그건 폄하 발언이었다. 조너선이 초보 부모의 수렁에 빠져 허우적대는 상태라 사고의 범위가 일상에 갇혀 있기 때문인 것 같았다. 5년이 지나면 그는 지금이 얼마나 아름다운 시절인지 깨닫게 될 것이다.

"모르겠어."

줄리아는 거짓말을 했다.

"어떻게 하실 거예요? 그를 기소하실 건가요?"

"정말 모르겠어."

"그런데 이 사건에 대해서 여쭤보고 싶은 게 있어요. 지금 당장 중요한 문제는 아니지만요."

"그게 뭔데?"

"저번에 지원 경찰관의 보디캠 영상을 보게 됐는데… 좀 이상한 점이 있었어요. 정확히 뭐라고 딱 꼬집어 말할 수는 없었지만요. 근데 어제 밤중 수유를 하다가 갑자기 그게 뭔지 알게 됐어요."

"그래?"

줄리아는 놀란 티를 내지 않으려고 애쓰며 말했다. 형사로서 보여준 조녀선의 활약에 감명받은 것처럼 행동하려고 했다. 단서가 주어지고, 그것을 되풀이해 생각하다가 한밤중에 숨은 의미를 깨닫게 되는 것. 우습지만 이것이 형사의 이상적인 사고 과정이다.

하지만 두 사람이 함께 해온 오랜 세월 중 처음으로, 줄리아는 조녀선의 과학적인 재능과 논리, 기억력이 짜증스러웠다. 젠장, 젠장, 젠장.

"영상에 유리잔이 없었어요. 그리고 최근에 다시 확인해 보니 영상이 사라졌더라고요. 두 배로 의심스럽죠. 그래서 어떻게 해야 할지 생각 중이었어요. 뭐라고 말해야 할지…."

조녀선은 팔짱을 끼고 머리를 한쪽으로 살짝 기울였다. 향후 계획을 고민해보고 있음이 분명했다. 누군가를 한번 기소하면 되돌릴 수 없다. 그리고 조너선은 지금까지 줄리아에게 맞선 적이 한 번도 없었다. 지난 15년 동안 두 사람은 견고한 협력 관계를 유지했다. 간이 매점에서 샌드위치를 처음 나눠 먹었던 그때부터 지금까지.

"범죄 현장에 가셨었죠? 올리비아의 방에요."

"그래, 맞아. 그날 밤에."

줄리아는 옆에 나란히 앉아있는 조너선과 눈이 마주쳤고, 무엇보다도 그가 독심술사가 아니라는 사실에 안도하며 이 난관을 극복해 보려 애썼다. 그는 알 수 있을 리가 없다. 줄리아와 카메라 사이에는 아무 연결고리도 없다. 아무것도. 그녀는 거의 모든 현장에 가 보았다. 항상 그랬다. 서로를 바라보는 두 사람의 머릿속이 분주하게 움직이고 있을 때 줄리아의 휴대폰이 울렸다. 제너비브였지만 줄리아는 받지 않았다. 어쩌면 좋을까? 줄리아가 돌리고 있는 접시들 중 하나가 곧 떨어져서 깨질 것이 분명했다. 그녀는 그 접시가 유리로 만든 것이 아니기만을 바랄 뿐이었다.

"보디캠 착용 안 하셨어요?"

"안 했지. 급하게 방문하게 된 거라서. 그냥 분위기를 파악하고 싶었어. 알잖아, 그런 거. 우리가 그 골목을 살펴보러 갔던 것처럼."

"거기 가셨을 때 그게 있었나요? 유리잔이요."

"모르겠어. 에린이 침대 밑에서 찾아낸 거 아니야?"

"사실은, 그게… 서버 기록을 보니까 경감님이 그 보디캠 영상에 두 번 접속하셨더라고요. 이틀 전에, 한번은 늦은 밤에요. 그런데 지금은 그 영상이 사라졌습니다."

온몸이 얼어붙었다. 조너선은 그 영상과 줄리아를 연관지을 수 있다. 그녀는 사실 영상 관련 시스템이 어떻게 돌아가는지 잘 몰랐다. 보디캠이 도입된 이후로 그녀는 그것을 직접 사용한 적이 없었다. 경감들은 보고만 받을 뿐 시스템에 접근할 일이 없다. 게다가 줄리아는 자신의 흔적을 감추는 기술을 알 필요가 전혀 없었다. 뭔가 숨겨야 할 만한 행동을 한 적도 없다.

줄리아는 조너선에게서 눈길을 돌렸다. 이제 다 끝장이다.

"제가 틀린 건 아니에요. 그렇죠?"

이렇게 묻는 조너선의 눈빛은 부드러웠고 두 손을 기도하듯 모은 채 양손의 열 손가락을 서로 마주 대고 있었다. 줄리아는 문득 이 진창으로 끌어들인 엄격한 동료에게 미안함을 느꼈다. 지금 자신처럼 도덕적 딜레마에 빠져 있을 그에게.

"기억이 안 나네. 영상을 이것저것 봐서."

그 말에 조너선은 조용하지만 놀란 듯한 표정으로 그녀를 보았다. 그는 감정 표현을 잘하는 타입인데 지금 그의 표정에는 상당한 경멸도 담겨있었다.

두 사람 사이에 묘한 기류가 스며드는 듯했다. 조너신은 이것이 자신의 권한을 벗어난 일이라는 걸 알 것이다. 줄리아는 이 대화를 쉽게 끝내버리고 자신의 지위를 악용할 수도 있지만 절대 그러지 않았다.

"기억이 안 나신다고요."

조너선은 마치 결심했다는 듯 말했다. 그는 더 이상 그녀를 심문할 필요가 없었다. 줄리아가 이런 것을 기억하지 못한다는 것은 터무니없을 정도로 그녀답지 않았다.

"루이스 문제를 정리하고 나서 이 얘기를 다시 하는 건 어때요?"

줄리아는 깜짝 놀라면서 그와 눈을 마주쳤고, 문득 두 사람이 있는 사무실 안에 아침 햇살이 눈부시게 넘치고 있음을 깨달았다. 훌쩍거리며 우는 방법도 있다. 조너선의 인간성에 호소하는 것이다. 그는 무슨 일이 벌어지고 있는지 정확히 알고 있거나 적어도 어떤 생각을 갖고 있고, 줄리아에게 빠져나갈 기회를 주고 있었다. 기껏해야 하루나 이틀 정도로, 어떻게 할지 결정할 수 있는 잠깐의 유예 기간이다. 조너선이 마주 바라본 줄리아의 갈색 눈에는 감정이 가득했다. 무언의 합의가 이루어졌다. 휴전을 하자는 것이다.

"그렇게 하자."

줄리아가 차분하게 말했다.

"매튜를 내보내 주세요. 앤드루였나, 이름이 뭐든지 간에요. 그리고 올리비아가 돌아온 걸 알리고 루이스를 사기 혐의로 기소하세요. 조용히 처리해야 해요. 언론이 달려들지 않게요."

조너선이 이렇게 말하는 동안 줄리아의 마음은 그가 무엇을 알고 있는지, 그게 자신에게 어떤 의미인지, 그가 다음에 무엇을 할지에 대해 따져보느라 이리저리 휘청이고 있었다.

"뭐 뜯어먹을 거 없나 하고 위에서 빙빙 도는 독수리 같은 언론은 피해야죠. 이건 비극이고 잘못된 결정일 뿐이지 그 이상은 아니에요. 안 그래요?"

"하지만 매튜는…."

"왜요?"

조너선은 궁금하다는 듯 물었지만 줄리아는 아무 대답도 할 수 없었다. 그녀는 매튜를 보내줄 수가 없다. 그건 안 된다. 하지만 그렇다고 매튜를 더 이상 붙잡아두거나, 왜 그녀가 진짜로 그를 의심하는지 누군가에게 말할 수도 없었다. 또한 루이스를 기소하는 것도 불가능했다. 비탄에 빠진 남자를 감방으로 보낼 수는 없었다.

줄리아는 말없이 고개를 끄덕이며 생각했다. 지금 자신은 무엇을 하더라도 발각될 것이고 어쩌면 이미 발각되었는지도 모른다고. 그녀의 부패는 이미 과거의 일이었지만, 그 과거가 이제 그녀의 미래를 좌우하고 있었다.

○

아침 6시 30분, 줄리아는 고개를 들어 집을 가만히 응시했다. 방 하나에만 불이 켜져있었다. 아트가 침실로 쓰는 방이다. 제너비브는 아마 자고 있을 것이다. 줄리아는 그 방 안의 모습을 상상해 볼 수 있었다. 아트가 소설을 읽고 있을 것이다. 마치 다른 시대에서 온 사람처럼. 그는 휴대폰을 들여다보거나 게임을 하지 않았다. 만약 아트가 1800년대나 1910년대, 1950년대에 태어났더라도 그의 생활은 지금과 다르지 않았을 것이다. 그는 항상 시간을 초월하는 사람이었다. 그의 불륜이 그렇게 끔찍한 충격을 주었던 것도 그 때문이라고 줄리아는 생각했다. 하지만 사실 그가 저지른 일은 앞서 살았던 많은 남자들과 같은, 시간을 초월하는 종류의 것인지도 모른다.

밖에서 얼어붙은 해초 같은 냄새가 났다. 줄리아는 코트를 두른 채 현관을 향해 걸어갔다. 난파선처럼 길을 잃고 혼자가 된 기분이었다. 텅 빈 듯한 집 안에 들어서면서 한숨을 내쉬고 위층으로 올라갔다. 제너비브는 옆으로 누운 채 한쪽 다리를 세운 자세로 아직 자고 있었다. 제너비브는 아기 때부터 항상 이 자세로 잤는데 처음에는 그 모습을 보고 걱정을 많이 했었다.

지금 자세히 보니 제너비브는 눈을 뜨고 있었다.

"깼어?"

제너비브는 고개를 한번 끄덕였다.

"왜?"

"악몽을 꿨어요."

"그래?"

줄리아는 떠보듯이 말했다. 절대로 제너비브를 겁먹게 해서는 안 된다. 너무 관심을 보여도 안 된다.

제너비브는 자세를 바꾸어 팔꿈치로 턱을 괴었다. 그녀의 눈이 줄리아와 마주쳤다.

"저는 거의 매일 그 사람 꿈을 꿔요."

제너비브는 불쑥 말을 꺼냈다.

"아시죠?"

머리의 무게 때문에 그녀의 팔이 살짝 떨렸다. 그 순간 침대 위의 제너비브는 너무 작아 보였다. 마치 어린아이 같았다.

"잭 말이니?"

줄리아가 목소리를 낮추며 말했다.

"네."

"계속 꾼다고?"

"영원히."

줄리아는 제너비브가 문장을 끝마칠 때까지 대꾸하지 않고 얼굴을 찡그렸다.

"제가 살아있는 한, 누군가를 죽였다는 사실은 영원히 저를 따라다닐 거예요."

"오, 아니야…."

줄리아는 딸의 잘못된 생각을 바로잡고 싶은 마음에, 강도질을 하기로 한 잭의 결정, 패혈증, 모든 사태의 인과관계 등에 대해 이야기하기 시작했다. 하지만 제너비브는 그녀의 말을 가로챘다.

"맞는 말이에요. 원래 그런 거죠. 근데 저는 그 사람이 자꾸 꿈에 나와요. 피 하며…."

줄리아는 고개를 떨구었다.

"미안해. 거기 있지 못해서 정말 미안해."

지금 하는 모든 일이 딸을 구하는 데 도움이 되기를 바랐다.

"대가를 치르지 않고 속죄할 수 있으면 좋겠어요."

제너비브가 슬프게 말했다.

"알아. 나도 그래."

제너비브는 아무 말 없이 고개를 끄덕이며 침을 삼켰다. 눈에는 눈물이 가득했다.

"고마워요."

줄리아는 손을 뻗어 자신의 손과 거의 똑같이 생긴 딸의 손을 잡았다. 두 사람은 아무 말도 하지 않고 잠시 그대로 있었다. 말이 필요 없는 순간이었다.

그로부터 한참 뒤, 아트가 손님방으로 옮긴 이후 처음으로 줄리아는 그 방문을 노크했다.

"들어와."

약간 당황한 목소리로 아트가 말했다. 마치 줄리아 집의 손님방에 줄리아가 들어오는 것을 허락할 자격이 자신에게 있는지 모르겠다는 듯.

줄리아는 문을 밀어서 열었다. 아트 뒤에는 스탠드 조명이 있었고 침대 위에는 샐리 루니의 소설책이 엎어져 있었다. 줄리아는 슬픔으로 배가 뒤틀리는 느낌이었다. 아트는 라운지웨어를 입고 있었다. 회색 티셔츠에 조깅용 바지, 그리고 하얀 양말을 바짓단 위로 올려 신었다. 딱딱하고 지루한 손님방의 분위기 속에서 그는 편안하고 안전해 보였다. 그곳에는 바다 풍경을 그린 그림과 분홍색 조명, 그리고 아트가 있었다.

"괜찮은 거야?"

아트가 약간 놀라는 듯한 기색을 보이며 물었다.

"잘 모르겠어."

그는 줄리아에게 들어오라고 손짓했다. 그녀는 등 뒤로 문을 달칵 닫았다. 아트는 침대 위에 기대 앉아있었다. 더블 침대 하나가 겨우 들어갈 만큼 작은 방이어서 의자가 없었다. 줄리아는 바닥에 앉아 라디에이터에 몸을 기댔다. 어깻죽지에 맹렬한 열기가 느껴졌다. 바깥은 봄인데도 아직 라디에이터가 켜져 있었다.

아트는 읽고 있던 소설책 귀퉁이를 접어 협탁 위 알람시계 옆에 놓았다. 그리고 커다란 발가락을 꼼지락거리며 발로 양말을 벗기 시작했다. 그는 줄리아를 쳐다보지 않았다. 줄리아는 올리비아, 루이스, 세이디, 매튜, 엠마, 그리고 제너비브를 생각하다가 마침내 자기 자신에게 이르렀다.

"좋은 사람의 조건이 뭐라고 생각해?"

그녀는 대뜸 아트에게 물었다. 아트는 진지하게 고민하다가 대답했다.

"이타심이지."

줄리아는 라디에이터에 머리를 기댔다. 나는 과연 이타적으로 행동하고 있을까? 그녀는 그렇다고 생각했다. 줄리아는 세이디의 시신을 찾으려고 노력 중이다. 지금 그녀가 하는 일은 그것뿐이고 원하는 것도 오직 그것뿐이다. 그리고 그것은 그녀가 아니라 루이스를 위한 일이다.

하지만 혹시 자신의 흔적을 덮기 위해 이 일을 하고 있는 건 아닐까? 그리고 옳은 방식으로 하고 있는가? 줄리아는 자동차 실내등 불빛을 받아 노랗게 된 매튜의 겁먹은 눈을 떠올리고 몸서리를 쳤다.

아트는 몇 초 동안 아무 말 없다가 입을 열었다.

"그럼 당신은 좋은 사람을 정의하는 게 뭐인 것 같아?"

"내가 더 이상 아는 게 있는지 잘 모르겠어."

이 모든 것에도 불구하고 줄리아는 지금 이곳 아트의 방에서 그와 함께 있었다. 그에게는 설명할 필요 없이 아무 말이나 해도 되었다.

두 사람은 잠시 침묵에 빠졌다. 아트는 침대 옆 협탁에 찻잔을 올려두었는데 말없이 줄리아에게 마시라고 권했다. 그녀는 손사래를 쳤다.

"이미 커피를 너무 많이 마셨어."

"항상 그러잖아."

"그래, 맞아. 잠은 좀 잤어?"

"조금."

아트의 대답에 줄리아는 머리를 다시 기댔다. 라디에이터가 끽끽 소리를 내며 열기를 뿜었다. 몇 분 뒤, 그녀는 입을 열었다.

"좋은 사람이라면 정의를 위해서 뭐든지 감내할 수 있을까?"

줄리아는 이것이 자신에 대해서 하는 말인지, 아니면 루이스에 대한 건지 확신하지 못했다.

"무슨 일 있어?"

"어쩌면."

그녀는 머리를 똑바로 세우고 아트를 바라보았다.

"지금 어떤 기로에 서 있어. 조사해야 할 게 있는데… 문제는…."

아트는 침대에서 그녀를 내려다보았다. 둘 사이의 분위기, 그리고 아트의 불확실한 표정에는 뭔가 이상한 점이 있었다. 이 상황에 어울리지 않게 주변은 아늑했다. 조명, 바다, 소금기 묻은 창틀, 그리고 창밖에서 끊임없이 규칙적으로 치는 파도 소리.

"합법적인 방식으로는 안 된다는 거야."

놀랍게도 아트는 그게 무슨 문제냐는 듯 어깨를 으쓱했다. 줄리아는 생각했다. 맞아, 그는 항상 도덕적 판단을 앞세우는 사람은 아니었지. 사실 아트는 법을 대수롭지 않게 생각했다. 어쩌면 줄리아도 마찬가지일지 모른다. 이 모든 일을 겪고 나니 그런 태도는 불안감과 함께 이상한 안도감을 주었다.

"잘 해낼 수 있을 거야, 줄리아."

이렇게 말하는 아트의 얼굴이 갑자기 지쳐보였다.

"항상 잘하잖아. 그리고 만약 잘 안 되면… 나한테 걱정 목록을 보내면 되지."

줄리아의 눈에 눈물이 차올랐다. 그녀의 마음속에 매튜, 합법적인 것, 부패에 대한 생각이 차례로 지나갔다. 아트, 그리고 두 사람의 다정한 과거를 언급한 그의 말도.

31
엠마

너는 지금도 유치장에 갇혀있고 나는 한숨도 자지 못했어. 난 지금 네 방에 있지만, 언제나 그랬듯이 너의 무죄와 유죄 사이 어딘가쯤에서 헤매고 있어. 세이디, 올리비아, 프루던스. 지금 이 상황은 아무 그림도 없는 퍼즐 같아. 나한테는 아무것도 안 보여. 어쩌면 그저 보고 싶지 않은 건지도 모르지.

난 네 침대 끄트머리에 앉아서, 네 상담사에게 전화할 용기를 끌어모으는 중이야. 침대는 여전히 그 싱글침대야. 이사할 때 급히 구매한 거. 우리가 이름을 바꾸고, 내가 회사를 떠난 후에 말이야. 물러났다고 해야 하나, 이사직을 그만뒀다고 해야 하나, 아니면 은퇴? 뭐라고 부르든 상관없어. 우리는 상대에 따라 수많은 스토리를 만들어냈어. 개명한 이유가 바로 그거야. 사람들에게 각기 다른 이야기를 해야만 했으니까.

이 침대는(싸구려 소나무로 만들었고 파란 체크무늬 이불이 덮여 있지) 우리가 의도했던 것보다 더 많은 시간과 공간을 잡아먹었어. 이걸 사면서 수많은 문자를 주고받고, 물건을 가지러 갈 시간을 잡았다가 일정이 틀어져서 다시 예약했지. 우리가 이사를 너무 서둘렀기 때문이었어. 사람들의 수군거림을 알게 된 우리는 바로 이사를 결심했어. 인사 담당자가 너를 한쪽으로 불러서 너와 단둘이 바에서 일하는 걸 불편해하는 직원들이 몇 명 있다고 말했잖아. 그래서 우린 떠나야만 했고 임대로 나온 집을 찾아서 재빨리 이사를 했어. 나는 멀리 가면 서머싯이나 데번까지, 아니면 최소한 브리스톨까지는 가고 싶었는데 너는 겨우 도시 건너편으로 가는 걸 고집했어. 지금까지도 나는 그 이유를 모르겠어. 너는 예전 삶에 알던 사람들과는 만나지 않잖아. 하지만 이 모든 혼란과 급박한 상황 속에서 나는 네가 왜 그렇게 가까운 곳을 고집했는지 물어보지 못했어.

우린 페이스북 중고 장터에서 이 침대를 10파운드 주고 샀지. 회사를 넘기고 얻은 돈은 쓰고 싶지 않아서였어. 그런데 침대 판매자의 집을 찾다가 우린 길을 잃었어. 저녁 내내 헤맨 끝에 드디어 목적지를 찾은 우리는 9월을 코앞에 둔 초가을의 시원한 밤공기 속에서 침대를 들고 걷게 됐지. 너는 침대 헤드 쪽을, 나는 반대쪽을 잡고서 길을 따라 천천히 걸어가고 있을 때 네가 이런 말을 했어.

"그 애가 사라진 그 순간에 대해서 자꾸 악몽을 꿔요."

"그래?"

나는 어깨에 힘을 주면서, 네가 무언가 고백할 거라고 기대했어.

항상 네가 언젠가 내게 털어놓을 거라고 생각했지만 너에게는 티를 내지 않으려고 했었거든.

세이디가 실종된 다음 날 아침에 세이디의 아빠는 너한테 다섯 번이나 전화를 했었어. 그때 넌 자고 있었지. 전날 밤에 일을 하진 않았지만 교대 근무를 했을 때처럼 같은 시간에 자고 있었어. 가끔 네가 새벽 두세 시에 들어와서 텔레비전을 보고 맥주를 마시는 소리가 들리곤 했지. 너와 같은 일을 하는 사람들이 흔히 그러는 것처럼 말이야. 그리고 열한 시나 열두 시까지 잤는데, 넌 그 생활 패턴이 타고난 거라고 말한 적이 있어. 그건 맞는 말이야. 아기 때도 올빼미 타입이라서 다른 아이들이 그러듯이 저녁 무렵에 졸리고 피곤하다고 칭얼대는 법이 없었어. 그때가 너에겐 가장 기분 좋고 편안한 시간이었으니까. 그리고 아침 아홉 시 전에 일어나면 기분이 영 별로였지. 넌 착한 아기였고 착한 어린이였어.

세이디는 혼자서 집으로 걸어가고 있었는데 끝내 집에 도착하지 못했어. 너한테도, 누구에게도 전화를 걸지 않았지. 포티스헤드 중심가와 그녀의 공유주택 사이 어디쯤에서 사라졌어. 단순하기도 하고 복잡하기도 해. 모퉁이 가게의 CCTV에 찍혔는데 코너를 돌아 나오는 다음 CCTV에는 잡히지 않았어. 차량 여러 대를 추적하고 몇 명의 남자들을 심문했지만 아무도 체포되지 않았지.

"루이스가 전화했을 때 제 폰에 불이 켜지던 장면이 자꾸 꿈에 나와요. 왜 그런지 모르겠어요."

네 말에 나는 이해한다는 듯 고개를 끄덕였어. 트라우마는 루이스의 전화 자체가 아니었지만 나는 그 이미지가 왜 계속 너를 따라다니는지 알 수 있었어. 실종사건의 심각한 문제는 그 후유증이 계속된다는 거야. 지난 1년을 보내면서 내가 알게 된 사실이지. 세이디가 사라졌다는 걸, 어쩌면 위험에 처했다는 걸 네가 깨달은 건 특정한 순간이 아니었어. 처음보다 점점 나빠지는 여러 순간들이 이어지면서 너는 그 사건을 비로소 받아들이게 됐지. 세이디가 돌아오지 않은 첫날 밤에는 그 사건이 우연처럼 느껴졌고, 둘째 날엔 깊은 밤 속에 울려 퍼진 경고가 되었다가, 셋째 날에는 비극이 되어버렸어. 그 사건은 너의 비극이 될 때까지 차례차례 다가온 거야. 어쩌면 처음부터 그랬는지도 모르지.

"마음이 아프구나."

나는 이렇게 말했어. 달리 무슨 말을 해야 할지 몰랐고, 서서히 드러나기 시작하는 진실을 쫓아내버리기 싫었거든. 우리는 거의 1킬로미터쯤 떨어진 곳에 주차했기 때문에 영화 〈캐리 온✤〉에 나오는 것처럼 침대를 들고 걸어가야만 했어. 다른 상황이었다면 웃겼을 텐데. 우리는 가구가 없는 임대주택으로 이사를 했어. 너는 새 직장을 구했고 나는 회사의 내 지분을 팔고 나서 다음엔 뭘 할지 생각하고 있었어. 그 싸구려 중고 침대는 모든 게 엉망진창인 우리의 상태를 보여주는 상징과도 같았지.

날씨는 아주 좋았어. 여름이 지나고 가을이 완전히 오지 않은 그 애매한 시기에 잠시 머물러 있었어. 너는 코트를, 나는 티셔츠를 입고 있었지. 옷이 각자의 성격을 보여주고 있었어. 너는 숨기

✤ 영국에서 1958~1992년 사이에 방영된 텔레비전용 코미디 영화 시리즈

려 하는 사람이고 나는 열려있는 사람이니까. 두껍고 끝이 말려 있는, 외로운 낙엽 하나가 떨어져 내리는 걸 지켜보며 우리는 세이디가 떠난 지 얼마나 오래됐는지 생각했어.

"세이디가 왜 너한테 전화하지 않았는지 궁금하니?"

내 물음에 너는 나를 잠시 바라보다가 시선을 돌려 바닥을 내려다보았어. 아직 거리엔 여름의 마지막 기운이 남아있었지. 창백하고 건조한 포장도로와 잘 깎은 잔디. 하지만 파티에서 누군가가 불을 하나씩 끈 것처럼 공기는 이미 서늘했어.

"아니요."

나는 네 대답을 평가하지 않으려고 노력했어. 스무 살에 여자친구의 실종을 겪다니…. 그게 네 마음에 어떤 파장을 일으켰을지 나는 상상조차 할 수가 없었어.

"하지만…."

"하지만 뭐?"

너는 어깨를 으쓱하더니 말을 멈췄어. 세이디가 사라진 이후로 너는 항상 이런 식이었지. 지금까지도 여전히 그래.

"걔가 보고 싶어요. 그게 다예요."

너는 다시 한 번 어깨를 으쓱했어.

"바보 같지만 그게 진짜 제 마음이에요. 신문에서는 믿지 않겠지만요."

"빌어먹을 신문들은 신경 쓰지 마."

그때 너는 걸음을 멈추더니 침대 헤드를 보도에 내려놓고 나를 보았어. 어떤 고통이 네 얼굴을 스쳤지. 그리고 앞니로 입술을 깨문 채 나를 계속 바라봤어. 오, 하느님, 맹세컨대, 그때 우리 사이에 뭔가 통했어. 무언가 중요한 것이었지만 곧 사라져 버렸지. 가을이 오고 그다음 계절이 오듯 자연스럽게. 너는 다시 침대 헤드를 들어 올렸고 우리는 가던 길을 계속 갔어. 그리고 우리가 몰고 온 밴이 주차된 곳까지 침대를 들고 갔지. 그 뒤로 나는 별다른 말을 하지 않았고 너도 마찬가지였어. 그날의 대화와 너의 슬픈 얼굴 때문에 나는 네가 거짓말을 하는 게 아니라고 더 확신하게 되었지. 올리비아 실종사건이 일어날 때까지는.

이제 나는 그때의 네 슬픔이 사실은 죄책감이었는지 궁금해. 지금 나는 그 침대 위에 앉아서 호흡을 가다듬고 너의 상담치료사 린다에게 전화를 걸고 있어.

"여보세요, 린다 셰퍼드입니다."

"안녕하세요, 다른 게 아니라… 매튜 제임스 때문에 전화했어요. 저는 걔 엄마예요."

린다는 아무 말도 하지 않았고 나는 그 침묵을 메우기 위해 열심히 입을 놀렸어.

"그러니까… 사실은, 린다, 매튜가 4일 전에 체포됐어요. 궁금한 게 있는데…"

린다는 여전히 말이 없었어. 내가 문장을 끝맺을 때까지 기다리겠다는 상담치료사의 완강함이 느껴졌지.

"혹시 아시는 게 있나 해서요."

나는 기어 들어가는 목소리로 말했어.

"무슨 일로 체포된 건가요?"

린다가 드디어 입을 열었지.

"그 실종된 여성 올리비아 존슨을 납치했다는 혐의로요. 그런데 제가… 매튜 방에서 또 다른 증거를 찾았어요."

전화기를 사이에 두고 무거운 침묵이 흘렀어. 어쩌면 린다는 충격을 받았을 수도 있고, 마음속에서 정리를 해보려고, 내가 모르는 어떤 정보들을 짜맞추어 보려고 하는지도 몰랐어. 아마 너는 세이디에 대해서 말한 적이 없을 거야. 네 가명과 가장된 정체성을 유지했겠지. 나는 정말 모르겠어. 너에게 숨 쉴 틈을 주고 네 사생활을 존중하려고 애를 썼는데, 그게 지나쳤었는지도 몰라.

"그래서 저는…."

내가 말을 이어가려고 하자 린다가 갑자기 끼어들었어. 하지만 태도는 친절했어.

"매튜가 기소되면 법원이 저에게 증거를 내놓으라고 할 거예요. 그래서 죄송하지만 지금은 말씀을 드릴 수가 없어요, 어머님."

"하지만… 저처럼 충격받지 않으셨어요? 그냥 말씀해 주세요."

린다는 대답이 없었고, 나는 한숨을 내쉬었어. 침대 위에 앉아서 어린애처럼 울고 싶은 심정이었지.

"그러니까…."

나는 입을 열었다가 무슨 말을 해야 할지 몰라서 멈추었어. 내가 너를 완전히 잘못 키웠나 하는 생각이 들었어. 아빠의 존재가 없어서였을지도 몰라. 나는 그게 전혀 문제 될 게 없다고 확신했었는데, 아니었나 봐.

마침내 린다가 다시 말했어.

"그러니까 매튜는 두 번 혐의를 받은 거네요."

"혐의만요."

나는 재빨리 대꾸했지만 린다의 말이 옳다는 걸 알았지. 또다시 안과 밖의 괴리가 일어났어. 겉으로는 너를 감쌌지만 마음속으로는 절망하고 있었어.

"린다, 매튜가 혹시 프루던스에 대해 얘기한 적이 있나요?"

"말씀드릴 수 없어요."

린다는 이렇게 말했지만 나는 어떤 이유에선지 그 대답이 부정보다는 긍정일 가능성이 높다는 느낌이 들었어. 그녀의 어조에는 발밑의 모래처럼 뭔가 껄끄러운 게 있었거든.

전화를 끊고 나서 나는 침대 옆에 잠시 서 있었어. 그 침대에서는 아직도 가끔 우리가 그걸 산 날 맡았던, 늦여름과 초가을 저녁의 냄새가 났어. 그날, 네가 정말로 나에게 뭔가를 거의 말할 뻔했는데 안 한 건지, 아니면 못 한 건지 나는 지금도 궁금해.

아직 온기가 남아 있는 휴대폰을 손에 들고 나는 실종된 프루던스가 있는지 다시 검색해 봤어. 조회 결과가 수백, 수천 건이었지만 이번에는 하나하나 다 찾아볼 시간이 있었지. 나는 딱딱한 나무 바닥에 주저앉아 네 침대 모서리에 머리를 기대고 스크롤을 내리기 시작했어. 검색된 프루던스 중에 실종자는 없었고 사망자도 없었어. 그 결과를 보고 안도해야 마땅했지만 이상하게도 나는 마음이 놓이지 않았어.

실종 372일 째

JUST ANOTHER MISSING PERSON

32
줄리아

프라이스는 '플라밍고'라는 나이트클럽 밖에서 담배를 피우고 있었다. 이른 아침이고 줄리아는 한 시간밖에 자지 못했다. 두 시간을 잘 수 있었지만 제너비브와 크루아상을 같이 먹는데 한 시간을 할애했다. 그 덕분인지 제너비브는 한결 기분이 나아 보였다. 악몽에 대해서 줄리아에게 이야기하며 일종의 카타르시스를 느낀 것 같았다.

이곳이 프라이스가 줄리아를 만나겠다고 동의한 장소였다. 줄리아는 앞서 팀원들에게 올리비아가 돌아왔고 매튜를 보석으로 내보냈다고 말했다. 하지만 매튜를 다시 불러들일지에 대해서는 엠마에게 대답하지 못했다. 매튜가 세이디, 프루던스와 어떤 관계가 있는지 모르는 상태에서 그걸 어떻게 장담할 수 있겠는가?

오직 줄리아만이 사건의 전말을 알고 있었다. 그동안 수사의 중심이었던 올리비아는 존재하지 않았다는 것, 그리고 매튜와 관련한 증거가 조작됐다는 사실을 아는 것도 줄리아뿐이었다. 하지만 누군가가 눈치채는 것은 시간문제였다. 언론이 진상을 파악하기 전에, 진짜 올리비아가 자신의 이야기를 타블로이드지에 팔기 전에, 그녀가 당국과 함께 자신의 신분증 도난 사건을 추적하기 전에, 누군가가 줄리아에게 정확히 어떻게 된 일인지 묻기 전에, 줄리아는 행동에 나서야 했다. 그녀에겐 약간의 시간이 남아있었다.

줄리아가 프라이스에게 정확히 이곳에서 만나자고 한 것은 CCTV에 잡히지 않는 사각지대임을 알고 있기 때문이었다. 이 나이트클럽은 마약 거래 장소로 이용되고 있었다. 줄리아와 동료들 모두가 아는 사실이다. 하지만 경찰 당국은 이곳을 드나드는 마약 거래 하수인들과 공급자들, 엑스터시를 사려는 손님들 같은 잔챙이들에게는 관심이 없었다.

아침 햇살에 비친 나이트클럽은 조악해 보였다. 옆 담벼락에 그려진 플라밍고는 값싸 보였고, 배경으로 칠해진 흑판처럼 검은 페인트는 말라서 흐릿해져 있었다.

"부탁할 게 하나 더 있어."

줄리아는 프라이스에게 다가가며 말했다.

"문제의 보디캠 영상은 아무도 못 봤겠죠?"

"맞아. 넌 한 번 했다 하면 확실히 하는 사람이니까."

프라이스가 담배 연기 속에서 능글맞게 웃으며 말했다.

"저한테 강제로 일 시키려 왔을 땐 아부하지 마세요, 데이 경감님."

줄리아는 흠칫했다. 그녀는 그런 말을 들어도 쌌다. 아까 침대에 있을 때 갑자기 떠오른 생각인데, 어떤 면에서 범죄자들이 경찰보다 낫다는 것은 모두가 아는 사실이었다. 경찰조차, 아니 특히나 경찰은 그것을 더 잘 알았다. 정부와 기관, 당국은 항상 한발 물러서 있었다. 그들은 반응할 뿐이다. 그들은 범죄자들이 무엇을 하는지 알아내고 그걸 막으려고 한다. 먼저 길을 개척하는 것은 범죄자들이다. 나쁜 짓을 하는 사람들, 해커들, 사기꾼들.

"거리의 삶에는 무슨 가치가 있어?"

줄리아의 물음에 프라이스는 턱을 치켜들고 줄리아의 의도를 살폈다. 놀란 표정을 숨기려 했지만 줄리아의 눈을 속일 수는 없었다.

"목숨을 빼앗으며 사는 거 말이에요? 갑자기 왜요?"

"어떤 남자가 의심스러워. 실종된 여자가 있는데 어쩌면 실종자가 더 있는지도 몰라. 그 남자는 소시오패스나 성도착자가 아닌 게 거의 확실해. 그래서 나는 그가 돈을 받은 게 아닐까 생각 중이야."

"성도착자가 아니라면 그 사람이 남자인 건 확실해요?"

줄리아는 그의 농담을 무시했다.

"여자는 누군데요?"

"그 남자의 여자친구야. 작년에 실종됐어."

"올리비아는 아니고요?"

"아니야. 다른 사람이지. 그렇다고 볼 수 있어."

프라이스가 담배 연기를 빨아들이자 그의 볼이 움푹 패였다. 줄리아는 길 저쪽으로 그를 데려갔다. 60미터쯤 가면 사각지대가 하나 더 있었다. 테스코 비닐봉지 두 개가 바람에 펄럭였다.

"그리고 아마 한 명이 더 있는 것 같아. 프루던스 존스라는."

봄날의 공기 속에서 그의 담배 냄새는 유독 강렬했고 뿌연 재 냄새 속에 어딘가 모르게 은근한 유혹이 숨어있었다. 그 냄새가 줄리아를 먼 과거로 데려갔다. 흡연이 멋져 보였던 시절. 일은 지금보다 단순했고, 아트는 그녀를 무조건적으로 사랑했으며 오직 그녀만을 원했다. 줄리아는 제너비브가 태어나기 전의 시간들도 떠올렸다. 그때는 사랑이 참으로 단순했었다. 부모가 된다는 것은 아름다운 일이지만 어렵기도 하다. 만약 당신이 기꺼이 목숨을 내줄 수도 있을 만큼 사랑하는 존재, 즉 자녀가 있다면 이 세상을 살아가는 일이 훨씬 힘들어진다.

"알겠어요. 그런데 그 남자한테 무슨 의혹이 있는 거죠?"

프라이스는 담배를 버렸고, 길바닥에 떨어진 담배꽁초는 몇 번 까닥거리다가 멈췄다. 그는 줄리아와 함께 걸어가면서 아주 자연스럽게 운동화를 신은 발끝으로 담배꽁초의 끝부분을 밟고 불씨를 비벼 껐다.

"여자친구가 작년에 사라졌어. 집으로 걸어가던 길에. 의심스러운 상황이지. 그전에 두 사람은 언쟁이 잦았대. 여자친구 아빠의 말로는 남자의 태도가 고압적이었다고 해. 그리고 이 남자의 집에서 프루던스 존스와 관련해 비트코인을 송금하는 QR코드가 발견됐어. 내가 알기로는 아직 다운로드되지 않았어. 아직 활성화되지 않았지. 그러니까 누가 이걸 보긴 했는데 비트코인을 가져가지는 않은 거야. 그리고 그 여자친구의 이름 뒤에 이렇게 써 있었어. '**준비된 사람은 프루던스 존스입니다**'"

프라이스는 줄리아의 의도를 바로 알아챘다.
"그걸 추적해보라는 거군요."
"맞아."
프라이스는 잠시 생각하는 듯했다.
"알았어요. 제가 할 수 있는 게 뭔지 알아볼게요."
"하지만, 프라이스."
줄리아는 그에게 종이 한 장을 건네주며 입을 열었다. 프라이스는 그것을 받는 대신 두 번째 담배에 불을 붙였다. 줄리아가 차마 비난할 수 없는 쩨쩨한 권력 행사였다. 프라이스가 첫 모금을 빨아들이고 나서 QR코드가 찍힌 종이를 받을 때까지 줄리아는 조용히 기다렸다.
"만약에 이 비트코인을 현금화하면…."
"닥쳐요, 줄리아. 제 상황이 아무리 어렵다지만 그 정도로 바보천치는 아니에요."
그는 담배를 입에 물고 손에 쥔 종이를 내려다보면서 말했다.
"알았어."
"저한테 맡기세요. 세 번째 부탁이네요. 근데 몇 번째인지 왜 제가 세고 있는 거죠?"
줄리아는 프라이스의 눈을 마주보았다. 두 사람 사이의 잔혹하지만 공정한 관계를 줄리아가 일방적으로 망쳐버렸다. 프라이스는 하던 말을 끝맺기도 전에 자리를 떴다. 그의 뒤로 담배 연기가 푸르스름한 회색 구름처럼 떠다녔다. 마치 어떤 기억처럼.

플라밍고 앞을 떠난 줄리아는 차를 몰고 시내로 들어가 시장 안에 있는 대포폰 가판대로 들어갔다. 벽에 진열된 휴대폰을 구경하는 척하면서 줄리아는 스스로에게 주문을 걸었다. 괜찮아, 괜찮아, 잘하고 있어. 세이디가 어떻게 됐는지 알아내기 위해서 하는 일이야.

줄리아는 휴대폰 하나를 골랐다. 슬림하고 장식 없이 밋밋한 구식 디자인의 폴더폰으로, 대포폰으로 쓸 수 있는 심카드가 들어 있었다. 그녀는 흔적을 남기지 않기 위해 현금을 지불했다. 만약 누군가가 CCTV 등으로 줄리아의 행적을 발견하고 질문하면 제너비브에게 주려고 샀다고 말할 작정이었다. 딸의 휴대폰이 고장 나서 학기말 선물로 샀다는 식으로 둘러대야겠다고 생각했다. 줄리아는 10펜스도 하지 않는 작고 하얀 비닐 봉지에 휴대폰을 넣으며 벌써 참고인 진술에서 무슨 말을 할지 지어내고 있었다. 비닐을 달랑거리며 들고 가던 그녀는 문득 아트도 바람을 피우기 위해 이런 물건을 샀을지 모른다고 생각했다. 미사여구로 치장한 문자 메시지를 숨겨둔 애인에게 보냈을 수도 있다.

"좋은 하루 보내세요."

줄리아가 휴대폰을 열어 프라이스에게 번호를 보내고 있을 때 가게 주인이 인사했다. 줄리아는 주인을 힐끗 쳐다보면서 고개를 까딱였다. 그리고 혹시 아는 얼굴이 아닌지, 이 사람을 체포한 적은 없는지 확인했다. 낯선 사람을 만나면 늘 하게 되는 통과의례다. 경찰로 살다 보면 항상 업무 모드로 지내게 된다.

줄리아는 가게에서 나와 그다지 건전하지 않은 주변 환경을 둘러보았다. 그 안에서 무슨 일이 벌어지는지 짐작이 되지 않는 노점상 두 개가 문을 닫은 상태였고, 그 옆에는 짝퉁 티셔츠를 파는 가게와 정육점이 있었다. 줄리아는 무의식적으로 주변 사람들의 얼굴과 가게 이름들을 머릿속에 입력했다. 항상 하는 일이자 그녀의 직업이 요구하는 습관이었다.

"저도 좋은 하루 보낼게요."

가게를 나서는 줄리아의 뒤로 가게 주인이 이렇게 외쳤다. 줄리아는 뒤를 돌아보았다. 가게 주인이 그녀에게 원하는 것은 단순한 예의뿐이었다. 어쩌면 그는 정말로 그냥 휴대폰을 파는 사람일지도 모른다. 모든 가게가 은밀하게 돈세탁을 하고 있지는 않을 것이다.

○

줄리아는 루이스와 욜란다 부부의 거실에 와 있었다. 두 시간 전에 그녀는 이들에게 세이디가 사라진 날 밤에 대해 기억하는 것이 있으면 다 말해 달라고 요청했다.

오전은 사무실에서 보냈다. 찾을 수 있는 최대한 큰 종이에 '세이디'라고 써 붙여 놓고, 관리자로 가장하여 문을 걸어 잠근 채 조너선에게만 자신의 계획을 말해주었다. 오래된 CCTV와 증거 파일, 진술서 등을 꺼내 주변에 반원 모양으로 늘어놓았다. 도와주러

온 조너선이 팔을 걷어붙이고 줄리아와 함께 바닥에 앉았고, 두 사람은 하나씩 조사를 시작했다. 조너선은 어제의 대화에 대해 언급하지 않았다. 아직은.

그리고 나서 줄리아는 바로 루이스의 집에 왔다. 경찰서에서는 그녀가 무슨 일을 하는지 아무도 모를 터였다. 줄리아는 지금까지 루이스와 욜란다가 해준 이야기를 아홉 장의 종이에 구식으로 받아 적었다. 손으로 만져 촉감을 느낄 수 있는 종이는 구겨져 있었고 가장자리는 말려 올라갔으며 볼펜으로 눌러 쓴 뒷면에는 움푹 패인 자국이 생겼다. 마치 20년 전으로 돌아간 듯한 아날로그 방식에 줄리아는 행복함을 느꼈다.

만족스러운 기분과는 별개로, 과거로 돌아가는 것은 이상한 느낌이었다. 방금 나눈 이야기의 배경인 1년 전은 제너비브와 줄리아의 삶이 엉망이 됐을 때였다. 줄리아가 일로 바쁜 사이에 아트가 혼자 〈러브 아일랜드〉를 보며 외로운 여름을 보낸 때이기도 했다. 8월의 마지막 날 드디어 그는 분노를 폭발시키며 이렇게 외쳤다.

"정원에 해먹을 설치한 게 5월인데 당신은 여태까지 그걸 알지도 못했다고!"

아트는 화를 내며 티셔츠를 벗어 던졌다. 해먹 위에 누워 있을 때 나뭇잎이 몸 위에 떨어지는 바람에 그의 몸은 얼룩덜룩하게 태닝되어 있었다. 줄리아는 그동안 무엇을 했는지 그에게 말할 수 없었다. 딸을 구하고 증거를 숨기느라 얼마나 정신이 없었는지.

그리고 1년이 지난 지금, 줄리아는 이곳에 와 있다. 여전히 모든 것이 혼란스러웠고 이제는 줄리아의 경력까지 위험에 처했다.

세이디는 실종 당시 일자리를 옮기는 중이었다. 새 직장을 찾을 때까지 임시로 아빠의 일을 돕고 있었다. 이 이야기가 올리비아라는 인물을 설정하는 데 영감을 주었다. 사라지기 몇 시간 전에 세이디는 앤드루를 만났고 네트워킹 행사에 갔다가 집으로 걸어가는 중이었다. 그녀는 한 CCTV 카메라에 잡혔는데 다음 카메라에는 나타나지 않았다. 휴대폰은 바로 직후에 꺼졌고 이 때문에 줄리아는 범죄 가능성에 주목하게 되었다. 그 시각 앤드루는 엄마와 함께 있었고 그다음엔 식당에 갔으며, 그 후엔 현관 보안 시스템 화면에 나타났다.

이 사실들은 줄리아가 기억하는 그대로였지만 다시 들으며 받아 적고, 루이스와 욜란다의 눈을 보며 이야기를 나누는 것은 아주 도움이 되었다.

"세이디와 앤드루 사이에 있었던 언쟁 중에 기억나는 게 있으실까요?"

"앤드루는 세이디가 뭘 하는 걸 싫어했어요. 그렇지 않아?"

루이스가 말했다. 그는 찻잔이 마치 야생동물인 것처럼 두 손으로 힘주어 감싸 쥐고서 줄리아를 쳐다보았다. 그는 줄리아와 자신 사이에 떠도는 위협을 단 한 번도 입 밖에 내지 않았다. 줄리아가 부패한 행동을 할 수 있다는 것을 알고, 그녀가 한 일과 앞으로 할 일을 알고 있음에도 침묵했다. 하지만 만약 줄리아가 세이디에게 일어난 일을 알아내지 못한다면 그는 누군가에게 모든 것을 폭로할지도 몰랐다.

"당신 말이 맞는 것 같아."

욜란다가 아마도 1년의 시간이 가져다 주었을 담담한 태도로 말했다. 줄리아는 그녀를 보면서 동정심이 밀려오는 것을 느꼈다. 좀처럼 감정을 드러내지 않는 욜란다는 딸의 사건이 아무 이유 없이 재수사되는 것을 보고 분명히 어리둥절했을 것이다. 줄리아는 아트를 떠올렸다. 아트 역시 무덤덤한 성격이었지만 결국 줄리아의 직업에 대한 불만이 흘러 넘쳐 외도라는 형태로 폭발했었다. 그래서 줄리아는 이 부부에게 결혼 생활을 잘 지키라고 말해주고 싶었다. 신경 써서 자주 보살피고 외부의 유해함으로부터 보호해야 한다고.

"일이 있기 며칠 전에 둘이 한 번 크게 싸운 적이 있었어요. 세이디가 너무 외출을 많이 한다는 게 이유였는데, 앤드루가 딸애의 손목을 잡았어요. 작년에 말씀드렸듯이 제가 들은 건 그게 다예요."

루이스가 두 팔을 양쪽으로 넓게 벌리며 말했다.

줄리아는 고개를 끄덕였다.

"네, 그랬군요."

"걔는 세이디가 특정한 장소에 가는 걸 싫어하기도 했어요. 브리스톨도 그중 하나였는데, 남자들이 세이디를 쳐다보기 때문이었을 겁니다."

"앤드루가 그렇게 말했어?"

욜란다가 물었다. 그녀의 몸짓은 작년과 똑같았다. 이를 통해 줄리아는 욜란다가 남편을 통제하는 데 지쳤고, 두 사람이 사건을 올바르게 이해하고 있는지 완전히 확신하지 못한다는 것을 알 수 있었다. 하지만 욜란다와 루이스 모두 프루던스에 대해서는 알지 못했다. 국립 경찰 컴퓨터에 프루던스 존스라는 실종 여성은 한 명도 기록되어 있지 않았다. 줄리아는 지금까지 두 번이나 검색을 해보았고 조너선에게도 물어보았지만 미스터리는 아직까지 풀리지 않고 있었다.

"대놓고 이유를 말하진 않았지만, 앤드루가 세이디한테 브리스톨에 가지 말라고 한 건 확실해."

루이스는 이렇게 대답하고 줄리아를 향해 말을 이었다.

"그날 밤 앤드루가 집에 데려다 주겠다면서 세이디를 따라갔다 해도 저는 전혀 놀라지 않았을 겁니다."

욜란다는 소파에서 벌떡 일어나 주방으로 갔다. 줄리아는 그녀를 따라가지 않았다. 사랑하는 이를 잃은 사람에게는 원할 때 언제든 상황에서 탈출할 시간과 공간이 필요한 법이다. 남은 건 줄리아와 루이스 둘뿐이었다. 줄리아는 종이 뭉치를 가지런히 정리하면서 루이스를 쳐다보았다.

"찾으신 단서라도 있나요?"

그는 간절하게 물었다.

"앤드루는 어디 있습니까?"

줄리아는 당황스러웠다. 경찰 측에서는 가해자가 누구인지 수사하면서 시신을 찾고 있는데 이것을 어떻게 설명해야 할까. 진행 상황은 그 이상도 그 이하도 아니었다.

"아직 별로 찾은 게 없어요. 하지만 조사 중이에요. 저는 앤드루를 주목하고 있어요."

루이스가 똑바로 고개를 들었다.

"왜죠?"

"제가 알고 있는 건 아버님이 말씀해 주신 것이 전부예요. 최근에 앤드루와 인터뷰를 하긴 했지만요."

"그래서요?"

"그는 꽉 닫힌 조개 같아요."

"걔가 뭔가를 아는 거죠? 그놈 짓이네요."

줄리아는 애매모호한 표정을 지었다.

"그럴 수도, 아닐 수도 있어요. 그런데…."

줄리아는 망설였다. 어쩌면 도움이 될지도 모른다. 그녀는 이미 비공식적이고 불법적인 행동을 하고 있다. 루이스에게 물어보는 것이 도움이 될 수도 있다.

"무슨 말씀이시죠?"

"혹시 이것에 대해 조금이라도 아시는지 여쭤보고 싶어요."

줄리아는 이렇게 말하면서, 또 다른 경계선을 넘어서기 전에 신중하게 생각해 보려고 애썼다.

"왜 매튜가 '**준비된 사람은 프루던스 존스입니다**'라는 메모와 함께 온 비트코인을 받았을까요?"

루이스는 눈을 끔벅거렸고 줄리아는 이 말로 인해 그가 난폭해지지 않기만을, 더 과격한 행동을 하지 않기만을 바랐다.

"누구라고요?"

"프루던스 존스라는 여자요. 자금을 이체하는 QR코드에 이런 문구가 있었어요. '**준비된 사람은 프루던스 존스입니다**' 그게 다예요. 저희의 추측에 따르면 프루던스는 죽지 않았어요."
 루이스는 빠르게 고개를 끄덕였다. 머그컵을 바닥에 내려놓은 그는 아내가 사라진 문 쪽을 한번 힐끗 쳐다보았다.
 "그럼 프루던스를 찾아야 하지 않을까요?"
 그리고 그는 더 나직하게 덧붙였다.
 "어쩌면 너무 늦지 않았을지도 모르잖아요."

○

 줄리아가 경찰서로 돌아왔을 때 눈은 모래가 들어간 것처럼 뻑뻑했고 다리는 누군가가 발목을 꽉 잡고 있는 것처럼 무거웠다. 프라이스에게 세이디를 찾게 할 수는 있지만 아무도 모르게 하는 건 불가능하다고 생각했다. 그렇다고 혼자서 아무 자원도 없이 비공식적으로 세이디의 실종을 조사할 수도 없었다. 조너선의 최후통첩을 언제까지나 피할 수도 없었다. 그녀의 생각이 조너선에게 마법을 걸기라도 한 듯, 줄리아가 모퉁이를 돌자 줄리아의 사무실에 앉아 그녀를 기다리는 조너선이 보였다.
 어떤 필연성이 줄리아가 이 모든 행동을 하도록 만드는 것 같았다. 조너선이 줄리아의 설명을 기다리는 것도 '도대체 왜?'라는 의문 때문이었을 것이다. 줄리아는 다른 선택지가 없었기 때문에 그동안 누구에게도 말하지 않고 혼자 일을 처리했고, 기꺼이 스스로를 협박에 노출시키며 외로운 늑대처럼 일해왔지만 이제는 너무 지쳤다.

"괜찮으세요?"

조너선은 이렇게 물었지만 그 자신도 눈 주위가 피곤해 보였고 턱 주변에는 이삼일간 깎지 않은 수염이 까칠하게 자라있었다.

"별로 안 괜찮아."

줄리아는 무거운 목소리로 화답했다. 조너선은 감정을 숨기지 않았다. 눈썹을 으쓱 올린 채 팔꿈치를 무릎 위에 놓고 줄리아의 사무실 의자에 앉아있었다. 검은 테 안경을 쓴 조너선은 줄리아를 가장 오래 보필한 경사이며 그녀의 동료이자 친구였다.

"내가 스스로 함정을 판 것 같아."

그녀의 말에 조너선은 빠르게 고개를 끄덕였다. 마치 사건의 전말을 이미 다 알고 있다는 듯이.

"어떻게 된 거냐면…."

줄리아는 말을 이으며 생각했다. 어쩌면 조너선이 그녀를 반부패팀에 넘길 수도 있고, 검찰청에 폭로할 수도, 그녀와 다시는 같이 일하지 않을 수도 있다고 말이다. 하지만 어떤 이유에선지 줄리아는 그가 그렇게 하지 않을 것임을 알았다. 더 중요한 사실은 이제 그에게 더 이상 거짓말을 할 수 없다는 것이다. 직선적이고 정직한 성품의 줄리아는 가장 아끼는 팀원과 함께 자신의 사무실에서 비로소 자기 자신으로 돌아왔다.

"무슨 일인데요?"

"조너선, 내가 나쁜 사람은 아닌 거 알지?"

"당연하죠."

그가 완전히 확신하는 태도로 이렇게 말하자 줄리아는 기뻤다.

그녀는 입을 열기 바로 전, 그를 바라보며 잠시 뜸을 들였다.

"무슨 일이든 간에 같이 해결해 봐요."

그는 빨리 말해보라는 듯한 눈빛으로 줄리아를 보았다. 그녀는 안도감이 파도처럼 가슴에 밀려드는 걸 느끼며 눈을 감았다.

"약속할 수 있어?"

"약속할게요."

33
엠마

넌 지금 보석으로 풀려난 상태야. 네가 30분 전에 전화해서 그렇게 말했지. 그리고 올리비아가 발견됐다고 했어. 마치 커다란 희망의 새가 내 가슴속에서 날아오른 기분이었지. 일단 지금으로서는 프루던스와 세이디는 아무 문제가 되지 않는 것 같아. 비이성적인 생각이라는 건 알지만.

난 올리비아의 안전한 귀환을 도와준 사람이 너일지도 모른다는 생각은 떠올리지 않으려고 애썼어. 그리고 지금 너를 데리러 여기 와 있지. 내가 수없이 했던 일이야. 단지 이번에는 축구 경기나 컵스카우트✢, 영화관이 아니라 경찰서라는 게 다를 뿐. 난 몇 가지 일들을 처리했어. 공식적인 서류를 작성하고, 네 물건이 담긴 지퍼

✢ 초등 저학년을 대상으로 하는 보이 스카우트 프로그램

백을 챙겼어. 네가 여자를 납치하거나 살해했는지 조사하는 과정에서 경찰이 직접 골라 견본으로 가져갔던 물건들이었지. 그리고 내가 너를 경찰에 넘겨줬다는 사실을 네가 아는지 궁금해. 예수를 넘긴 제자 유다처럼 너를 배신했지.

하지만 너는 올리비아를 납치하거나 죽이지 않았어. 올리비아가 발견됐잖아. 긴급 뉴스 보도에 따르면 분명히 멀쩡하게 살아 있는 상태로. 확실하게 말할 수는 없지만 그 뉴스에는 뭔가 이상하고 어긋난 점이 있기는 했어. 이런 상황에서 실종 여성이 발견되는 경우가 별로 없어서 생경한 느낌이 드는 건지도 몰라. 나도 이유는 모르겠지만… 올리비아가 어디에 있었는지, 어떻게 발견됐는지는 뉴스에 나오지 않았어. 경찰은 사건을 종결했고 언론은 설명이 없는 것에 만족한 듯 보였어. 물론 너는 아무것도 모른다고 말했지.

갈아입을 옷을 가져왔더니 너는 바로 후드티를 가져가서 입고 나왔어. 경찰이 준 운동복을 빨리 벗고 싶어 안달이 난 거지. 그 즉시 너한테서는 경찰서 유치장이 아닌 우리 집의 냄새가 나기 시작했고 나는 나도 모르게 너한테 한 발짝 다가갔어.

너는 석방 절차를 마쳤고 경찰은 다시 연락하겠다고 했어. 절차가 어이없을 정도로 단순해서 너무 놀라웠어. 네 삶이고 그들의 직업인데도 경찰은 너에게 아무것도 말할 필요가 없는 거야. 데이 경감님은 어디 가셨는지 보이지 않았어. 유치장 담당 경사, 안내 직원, 커피를 호로록거리며 네 이름을 서류 양식에 적어 넣는 사람들뿐이야. 그들은 일을 하던 중간에 종이조각에 펜을 테스트해 보기도 해. 그들에게는 그냥 지루한 일상이겠지. 너에 대한 일말의 의심이 아직 내 마음속에 있지만, 그것과는 별개로 넌 더 나은 대접을 받을 권리가 있어.

"마지막으로 남은 절차가 몇 가지 있어서 조금만 기다려 주세요."

경찰 한 명이 의자들이 가득한 곳을 고갯짓으로 가리켰어. 최근에 우리가 아주 많은 시간을 보낸 곳이지. 너는 한쪽 끝에 앉아서 '고장'이라고 써 붙여진 커피 자동판매기에 깡마른 어깨 한쪽을 기댔어. 회색 후드티 앞으로 팔짱을 꼈지만 내 쪽을 보진 않았는데, 그 태도를 보고 난 네가 뭔가를 알고 있다는 생각이 들었어.

"그 QR코드 말이야."

"저는 QR코드에 대해선 아무것도 몰라요."

나는 깊게 한숨을 내쉬었어.

"바뀌는 게 없구나. 넌 어떤 것에 대해서도 아는 게 없다고 부인하기만 해."

너는 두 발목을 꼬았어. 네가 그 자세를 할 때마다 난 임신 20주 때의 초음파 검사가 떠올라. 그 때 네가 뱃속에서 똑같은 자세를 하고 있었거든. 검사 담당자는 네 다리가 길고 멋지다고 했고 나는 기쁨과 행복에 차서 웃으며 다 괜찮을 거라고 생각했어. 우리 둘이 함께라면 괜찮을 거라고. 그때 우리는 이미 충분히 괜찮았어.

"QR코드에 대해서는 아무것도 모르지만 왜 엄마가 빌어먹을 경찰서장에게 그 얘기를 해야겠다고 생각했는지 그 이유에 대해선 정말 궁금해요."

이렇게 말하는 너의 말투가 너무 오싹해서 난 실제로 너에게서 약간 물러났어.

경찰이 마지막 서류를 가져오자 너는 아랫부분에 서명을 했지. 넌 그 서류를 끼운 클립보드를 받아들지 않고 경찰이 들게 했어. 마치 그가 네 하인이라도 되는 것처럼. 하지만 네가 화가 났더라도 여기는 네가 분노를 표출할 만한 곳이 아니야. 너는 일어서더니 나를 무시하고 봄 햇살 속으로 성큼성큼 걸어나갔어. 난 너를 따라갈 수밖에 없었지.

내가 차 문을 열지 않았기 때문에 너는 어쩔 수 없이 차 옆에 멍하니 서 있었지만 여전히 내 쪽을 보진 않았어. 주머니에 손을 넣고 아래를 내려다보기만 했지. 어떻게 이런 일이 일어난 거지? 작년까지만 해도 너는 그저 수줍고 약간 쭈뼛거리는 아이였을 뿐, 지금 이런 모습은 상상할 수도 없었어. 그런데 이제 넌 두 번이나 범죄 혐의를 받은 사람이 됐어. 이 사회가 널 망가뜨린 걸까? 아니면 다른 원인이 있을까?

"네가 과연 뭘 했을까? 두 명의 여자가 실종됐고, 한 명은 무사히 살아있는 걸로 마무리됐어. 넌 이 모든 걸 감수하면서 도대체 뭘 하고 싶었던 걸까?"

세 명의 여자를 언급하는 걸 듣고 놀랐는지 아닌지 넌 겉으로 티를 내지 않았어.

"모든 걸 감수한다는 게 무슨 말이에요?"

"그러니까, 어떤 일에 대한 대가로 받은 거 아닐까? 그 QR코드. 비트코인 말이야."

너는 어처구니없다는 듯 낮은 소리로 웃으면서 차 문을 다시 열려고 했지만 나는 열어주지 않았어. 결국 너는 차 지붕 너머로 나를 바라봤지. 여전히 아무 말이 없었어. 내 눈이 너의 파란 눈과 마주쳤을 때 차에서 반사된 눈부신 하얀 빛 조각들이 내 눈앞에서 춤을 추었어.

"네가 도대체 뭘 했을까? 왜 도통 말을 안 하는 거야? 아무 설명도 없고. 모두가 궁금해하고 있잖아."

"네, 다들 최악을 생각하고 있죠."

"그럼 최악이 아니라 중간쯤이라면 어떻게 설명할 수 있어?"

너는 시선을 돌리더니 먼 곳을 응시했어.

"넌 올리비아 존슨과 연락을 했고 세이디랑은 **사귀는** 사이였어. 프루던스 존스는 누구야?"

"말씀드렸잖아요. 아무것도 모른다고요."

날카로운 눈빛으로 나를 똑바로 쳐다보는 네 눈은 마치 뱀 같았어.

"전 그냥 걸어갈게요."

넌 그 말만 남기고 시선을 거두더니 주차장을 가로질러 터덜터덜 걸어갔어. 나만큼이나 패배감에 젖어있는 것 같았지.

나는 차를 몰고 집으로 가는 길에 너를 봤어. 몇 킬로미터밖에 되지 않는 거리였으니까. 넌 골목길에서 바삐 걸어가고 있었는데 그 길 중간쯤에 학교가 있었어. 교문 앞에 모인 한 무리의 학부모들과 아이들, 강아지들 사이에서 네 모습이 보였지. 나는 차 속도를 늦추고 너를 지켜봤어. 도대체 마음속에 무슨 생각을 품고 있는지, 네가 간다고 말한 곳으로 가고는 있는 건지, 너에 대한 내 생각이 맞는지 알고 싶어 미칠 지경이었어. 마침 교통 정체 속에 갇히게 되자 너를 관찰할 시간이 생겨서 오히려 기뻤어. 킥보드를 타고 달려오는 아이에게 길을 비켜주면서 그 애한테 미소를 짓는 네 모습이 보였어. 아무것도 아닌 사소한 행동이었지만 내가 항상 너한테 가르친 그대로였지. 친절하고 예의 바른 태도. 지금 보니 넌 정말 그렇게 하고 있네. 하지만 그런데도 무언가가 어긋난 것 같아.

그날 오후, 나는 소중한 물건을 손에 들고 있었어. 네가 잠시 경찰에게 넘겨줬다가 최근에서야 돌려받은 물건, 바로 네 휴대폰이야. 네가 아마존에서 온 택배를 받고 있을 때 기회를 잡았지. 나한테 허락된 시간은 아주 짧았지만 난 급하게 검색을 해봤어. **10대가 뭘 숨기고 있는지 찾아내는 방법. 10대의 휴대폰에서 확인해야 할 것.** 이런 주제로 검색을 했더니 수많은 정보가 쏟아져 나왔지. 그것들을 읽는데 마치 내가 사기꾼이 된 것 같더라. 자기 아이들이 흡연, 음주, 섹스 등 별로 심각하지 않은 10대들의 일탈을 한다고 걱정하는 엄마들을 대상으로 쓰여진 글들이었어. 어디에도 납치나 살인 같은 얘기는 없었지만 난 결국 다 같은 범위에 속하는 거 아니겠냐며 스스로를 위로했어. 문제가 무엇이든 간에 어떻게 해서든 고칠 수 있을 거라고. 물론 세상엔 도무지 고쳐지지 않는 일도 있다는 건 알아.

네 휴대폰에서 텔레그램, 킥✣, 왓츠앱, 위치 서비스, 틱톡, 트위터, 인스타그램, 페이스북 등을 가장 먼저 살펴봤어. 텔레그램과 킥을 통해서 친구들에게 보낸 메시지들은 몇 개밖에 없었는데 어떤 면에서는 마음이 아팠어. 작년 여름에 일어난 일이 무엇이든 간에 그 때문에 네 친구 관계가 완전히 끊어졌다는 거잖아. 만약 네가 결백하다면 이건 비극이야. 하지만 네가 유죄라도 비극인 건 마찬가지겠지. 어떻게 생각해야 할지 나도 모르겠어.

아마존 배달 기사의 목소리가 들렸어.

"사진 좀 찍겠습니다."

"네, 그러세요."

너는 예의 바르게 대답했어.

왓츠앱에서 너는 몇 가지 축구 모임에 속해 있었는데, 우리가 포티스헤드 반대쪽에서 살 때 그 사건 후에도 너한테 계속 잘 대해준 이상한 사람에게 넌 지금도 메시지를 보내고 있었어. 여자에게 보낸 메시지는 없었어. 좋아. 다행이야. 이번엔 설정으로 들어가서 위치 서비스를 살펴봤지. 그동안 네가 어디에 갔었는지 알 수 있을 테니까.

"네, 감사합니다."

네가 말했고 아마존 배달 기사가 너한테 택배 물품을 건네줬어. 이제 남은 시간은 10초도 안 될 거야. 네 위치 기록에 평범한 장소들이 떴어. 일하는 곳인 포티스헤드 원, 우리 집 주소인 글래스고

✣ 무료 모바일 메신저 앱. 가입 시 전화번호가 필요 없어 익명성이 높은 것이 특징이다.

플레이스 1번지. 그 외에 가장 자주 방문한 곳은 스트리츠브룩 애브뉴 3번지, 셜리 로드 292번지, 그리고 '탠디의 올 아메리칸 다이너'였어.

나는 네가 돌아오기 직전에 휴대폰을 소파 팔걸이 위로 급히 던져 놓았어. 주소들은 얼른 외웠지.

"비타민이에요. 말차 비타민요."

넌 뭔가 중요한 것이라도 되는 것처럼 택배 상자를 뜯어서 나에게 보여줬어.

"말차가 어디에 좋은 거야?"

나는 이렇게 물으면서 포장된 꾸러미를 향해 손을 뻗었지.

"특히 이거. 말차 콜라겐 라테? **웬 라테야?**"

넌 어깨를 으쓱했어.

"엄마한테 좋을 거 같아요."

의미를 알 수 없는 묘한 미소를 지으며 네가 말했어. 그리고 말차 비타민을 손에 들고 주방으로 천천히 사라졌지. 나랑 이야기하고 싶지 않은 것 같았어.

네가 주방으로 가자마자 나는 아까 외운 주소를 내 휴대폰으로 검색해 봤어. 셜리 로드 292번지의 집은 케빈과 비벌리 로저스라는 사람들 소유였는데, 아직 남아 있는 네 친구들 중 한 명의 부모야. 이곳은 곧바로 제외시켰어. '탠디의 올 아메리칸 다이너'는 이름과 똑같은 식당이었고, 스트리츠브룩 애브뉴 3번지는 물품 보관 센터였어. 나는 허공을 쳐다보며 기억을 더듬었어. 보관 센터에 대한 메시지를 본 적이 있었나? 그중 네 보관함이 뭔지 알아낼 수 있을까? 물품 보관 센터에는 어떻게 들어가지?

마침내 나는 생각을 해냈어. 지난번에 네 방에서 발견한 네 자리 수 비밀번호. 이게 맞을까? 가봐야 할 장소가 두 군데인 것 같아. 네가 다녀간 줄은 전혀 몰랐던 두 곳.

○

'박스 앤 모어'라는 물품 보관 센터는 무인으로 운영되는 곳이었어. 미래에 온 것 같은 기분이었지. 나 같은 사람한테는 특히나 무서운 느낌을 주는 곳이야. 내가 좋아하는 건 주인이 있는 집이거든. 벽난로 위에 꽃이 올려져 있고 줄무늬 카펫이 깔린 방이 깨끗하게 청소된 그런 곳 말이야. 그런데 여기는 완전히 정반대야. 아무도 없는 안내 데스크에는 카메라만 여러 대 놓여 있는데 로비에 걸어 들어오는 사람의 얼굴과 몸을 모든 각도에서 찍고 있었어. 몇 시간 후 영업시간이 끝나면 로봇이 이 로비를 청소하겠지. 금속 재질의 바닥은 배 위에 탄 것처럼 차갑고, 밝은 노란색 플라스틱 걸레받이가 벽을 따라 둘러져 있어.

내가 가진 건 지난번에 네 방에서 찾은 비밀번호 뿐이었어. 이게 쓸모가 있을런지는 전혀 알 수가 없었지. 안내 데스크 위에 '**도움이 필요하면 전화하세요**'라고 쓰여진 플라스틱 간판과 함께 노란색 전화기가 놓여있었어. 나는 수화기를 집어 들고 귀를 기울였어. 마침내 교환원이 전화를 받았지.

"안녕하세요. 어…. 제 창고 번호를 잊어버렸는데요. 본인 확인이 필요하면 비밀번호는 알아요. 성은 자모스입니다."

나는 네가 등록한 이름이 개명 전의 옛날 이름이기를 바라면서 천장을 올려다봤어. 그리고 교환원이 성 말고 이름을 물어보거나 (여자 목소리로 앤드루라고 말할 수는 없으니까) 신분증을 요구하지 않기를 빌었지. 내가 숨을 참고 있는 동안 교환원이 자판을 탁탁 두드리더니 사무적으로 물었어.

"비밀번호는요?"

나는 차분하게 그 숫자를 읊었어.

"2740이요."

그리고 허풍을 제대로 떨기로 마음먹었어.

"보관함 숫자가 완전히 머릿속에서 사라져 버렸네요."

가식적인 웃음소리가 새어나왔어. 과잉 흥분에서 비롯된 게 분명했지.

"41번입니다."

잠시 조용했던 교환원이 이렇게 말했어. 비밀번호를 알고 있으면 다른 건 신경 쓰지 않나 봐.

"감사합니다."

나는 살짝 숨이 멎을 뻔했어.

41번 보관함은 1층에 있었어. 햇볕이 들지 않는 똑같은 복도들이 계속 직각으로 꺾이면서 끊임없이 이어졌지. 작은 노란색 차고 입구처럼 위로 밀어 여는 셔터 문들이 계속 나타났어. 마치 산업적인 지평선 같다고 할까.

나는 고요하고 텅 빈 복도에 서서 여기는 어느 곳이든 될 수 있다고 생각했어. 지하실일 수도 있고 미국이나 화성일 수도 있었어. 넌 도대체 여기에 뭘 보관하고 있는 걸까? 앤드루로 살았던 시절의 오래된 소지품들? 만약 그렇다면 너는 내게 아무것도 말하지 않은 채 완전히 숨기고 있었던 거야. 뭔가를 일부러 빼먹을 때는 자연스럽게 사라진 척하잖아. 사람들은 의도가 있을 때만 뭔가를 숨기는 법이야. 그냥 없어졌다고 말하겠지만.

나는 세 번 심호흡을 했어. 진짜 중요한 순간임을 알았으니까. 나는 뭔가를 발견하게 될 거야. 유죄를 가리키거나 아니면 희망을 줄 수 있는 명확한 증거를. 갑자기 나는 다급해졌어. 그게 무엇이든 간에 빨리 알고 싶어 미칠 것 같았지. 설사 나쁜 것이라 해도 아는 게 낫다는 생각이었어.

이런 생각을 하면서 나는 준비가 됐다고 느꼈어. 이제 그 문을 활짝 열고 안에 무엇이 숨어있는지 확인하면 돼. 다른 모든 보관함들과 똑같이 생긴 네 보관함이 바로 내 눈앞에 있었어. 이 안에 무엇이 있는지는 신만이 알고 있을 터였지. 2740. 키패드의 숫자를 누를 때마다 삑삑 소리가 났어.

그리고 드디어 나는 안으로 들어갔어. 기계적으로 작동되는 셔터 문은 〈제너레이션 게임✢〉에서 극적인 방식으로 상품을 공개하듯 위로 올라가면서 열렸고, 나는 눈을 감은 채 내가 보고 싶은 게 뭔지 생각해 봤어. 오래된 옷이나 교과서처럼 향수를 자극하는 물건들? 아니면 그것보다 더 좋은, 뭔가 설명해 줄 수 있는 물건들일

✢   영국 BBC에서 방영된 세대 간 퀴즈 형식의 TV 쇼

수도 있었어. 살인이 아니라는 증거를 비밀스럽게 간직하고 있는, 모든 걸 너무나 쉽게 증명해주는 물건이면 좋겠지. 뭐라고 설명할 순 없지만 물건 형태를 띠고 있는 어떤 고백 같은 것.

보관함 안에 든 내용물이 드디어 눈앞에 나타났어. 나는 눈을 깜빡이며 그걸 보았지. 여권 두 개와 한 무더기의 옷들. 팔 뒤쪽의 털이 한 가닥씩 쭈뼛 서기 시작했어. 여권이 아니라 옷 때문이었지. 거기엔 핏자국이 묻어있었어.

그순간 나는 마치 제3자가 된 것처럼 이 상황이 정말 기발하다고 생각하는 나 자신을 발견했어. 본인만 접근 가능한 물품 보관 센터. 직접 증거물을 처리할 걱정을 할 필요도 없이, 자기 물건들 속에 그걸 숨기는 거지. 주변에 있는 게 아니니까 경찰은 수색해도 찾을 수가 없어. 너 정말 똑똑하구나.

나는 내 삶이 바뀌고 있다는 걸 느끼며 그 물건들을 향해 손을 뻗었어. 첫 번째 여권은 게일 한나. 두 번째 여권은 세이디 오웬. 옷들은 자수로 장식된 흰색 상의, 청바지, 분홍색 카디건이었는데 세 개 모두 피가 묻어있었어. 실수로 페인트를 묻힌 것처럼 여기저기에. 흉기에 찔린 상처였을까? 살려고 몸부림친 흔적일까? 납치? 살인? 안 돼. 안 돼. 그럴 리가 없어.

옷들을 뒤적이는데 그 안에서 뭔가가 나와서 바닥에 툭 떨어졌어. 몸을 구부려 집어 들었더니 머리카락 뭉치였어. 내 등과 어깨가 떨리기 시작했지.

그건 분명히 세이디의 머리카락이었어. 가늘고 거의 흰색에 가까운 금발 머리카락. 내 손끝에 닿은 그것은 건조하고 차갑고 오싹

했어. 한 마리의 조용한 동물처럼.

　나는 여권과 옷들, 그리고 머리카락 뭉치를 챙겼어. 내 인생이 영원히 바뀌는 순간이었지. 내 몸은 겉으로는 멀쩡했어. 폐는 숨을 쉬고 팔다리는 정상적으로 움직이고 있었지만 내 심장은 무너지고 있었어. 이 물건들은 이제 내 거야. 그것들을 가슴에 안고 나는 보관함 문을 닫았어.

　문이 닫히는 쾅 소리가 빈 복도 끝까지 울려 퍼지더니 메아리가 되어 돌아왔어. 마치 누군가가 죽어가면서 내지르는 비명 같았지. 한 번 들렸던 그 소리가 메아리로 되돌아왔을 때, 그땐 이미 너무 늦어있었어.

34
루이스

네 물건들은 아주 오래전에 돌아왔기 때문에 그걸 살펴보는 건 아주 쉬운 일이다. 나는 프루던스 존스라는 사람과 관계 있는 물건이 있는지 찾아보았다. 네 이메일을 샅샅이 뒤지고 하드 드라이브도 속속들이 확인했다. 네가 남기고 갔지만 우리가 대수롭지 않게 여겼던 온갖 종이와 메모들도 한 장 한 장 넘겨보았다. 해야 할 일들, 사고 싶은 물건들, 입사 지원할 일자리들의 목록들이었다. 하지만 아무것도 나오지 않았다. 프루던스라는 이름은 어디에도 없었다. 네가 1년 전에 구글로 검색한 '〈디어 프루던스✤〉라는 **영화 별로임?**'처럼 별로 관련 없어 보이는 내용 뿐이었다(네 말투가 여실히 드러나는 검색어였다).

✤ 미국 홀마크 채널에서 2008년 방영한 TV영화로, 프루던스라는 여주인공이 등장하는 범죄 스릴러물

데이 경감도 분명히 해봤겠지만 나도 프루던스 존스라는 실종 여성이 있는지 구글 검색을 했다. 하지만 주목할 만한 결과물은 없었다. 앤드루가 주로 공략한, 한밤중에 혼자 집으로 걸어가는 젊고 매력적인 중산층 여성과 관련된 사건은 나오지 않았다.

"웃기지 않아?"

욜란다가 서재 문 앞에 나타나서 팔짱을 끼고 말했다.

"경찰이 또 우리를 인터뷰하다니."

"우리가 원한 거잖아."

나는 그녀의 시선을 피하면서 대꾸했다.

"발견됐다는 그 여자 때문일 거야. 올리비아인가?"

욜란다는 침을 꿀꺽 삼켰고 나는 더 이상 비밀을 감당할 수가 없을 것 같았다. 하지만 욜란다에게 말하지 않는 편이 더 낫지 않을까? 말해봤자 양심의 가책을 덜 뿐이겠지. 그거야말로 죄인들이 하는 행동 아닌가? 자신의 어깨에서 짐을 덜어내기 위해 저지른 일을 고백하고 그다음 다른 사람에게 넘겨버리는 것.

"난 연쇄 납치범 같은 건 없다고 생각해."

나는 거짓말을 했다. 마음속에서 나는 그 가능성을 심각하게 고려하고 있었다. 매튜는 여자들을 인신매매했을 수도 있고 고용된 킬러일 수도 있다.

"그렇겠지. 어쨌든 난 데이 경감님이 좋아."

욜란다의 말에 나는 약간 놀랐지만, 또다시 거짓말로 욜란다의 마음을 달래주기로 했다.

"경찰이 뭐라도 찾아낼 수 있을 거야."

"그러면 좋겠어."

욜란다는 문손잡이를 붙잡고 있었다. 내가 여기 있는 동안 그녀는 플란넬 소재로 만든 어두운 분홍색 부드러운 파자마로 갈아입고 왔다. 마치 스물다섯 살 같은 욜란다는 자그마하고 어쩐지 평화로워 보였다. 너는 엄마와 닮지 않았지만 오늘 밤, 지금은 두 사람이 정말 비슷하다. 눈 주변의 뭔가가, 그리고 무엇보다 표정이 닮았다.

"당신 세이디 같네. 거기 서 있는 걸 보니."

난 이렇게 말하고 노트북을 닫았다. 프루던스 존스 찾기를 멈추고 줄리아에게 맡기기로 했다. 욜란다는 웃음을 지으면서 고맙다고 했고 같이 주방으로 향하며 내 손을 잡았다. 밤 9시가 넘은 늦은 시각이었지만 그녀는 요리를 시작했다. 욜란다가 재료를 썰고 튀길 때 나는 처음으로 조리대 옆 스툴에 앉아 자리를 지켰다.

잘 시간이 지났는데도 이웃집 아이들이 정원에 나와있었다. 그 애들은 미끄럼틀과 그네를 두고 서로 밀쳐대면서 싸웠는데, 부모는 아이들을 지켜보지 않고 자기들끼리 떠드느라 바빴다. 나는 이렇게 소리치고 싶은 심정이었다. '비극은 언제 닥칠지 몰라요! 그 주인공이 당신이 될 수도 있다고요.'

욜란다는 소스를 만들기 시작했다. 사테이✤를 하려나 보다. 어차피 난 요리에 젬병이라 그게 뭔지도 제대로 모르지만. 어쨌든 재료는 노란 콩이었다. 욜란다는 크림과 함께 그것을 휘저으면서 말

✤ 땅콩 소스와 함께 내는 동남아시아식 꼬치 요리

했다.

"난 세이디가 우리한테 전화를 하려고 시도했는지가 계속 궁금해. 무슨 말인지 알지? 잡혀 간 게 맞는지… 그리고 전화를 하려고 했는지. 그 대상이 우리였는지."

"당연히 우리한테 전화하려고 했을 거야. 우린 항상… 그런 부모였잖아."

내 목소리는 탁하게 쉬어있었지만 말이 술술 나왔다. 마치 작년으로 돌아간 것 같았다. 매일 하루 종일 네 얘기를 하고 네가 어디에 있을지 머리를 굴려보던 그때로. 최근 데이 경감의 수사가 재개되면서 우리의 상처도 다시 드러났다.

"나도 그렇게 생각해. 걘 우리를 믿었잖아, 그치? 우린 모든 걸 더 좋게 해주고 세이디를 지켜주는 존재였으니까."

"과거형으로 말하지 마."

나는 이렇게 말했다. 과거형을 쓰는 건 너에 대한 배신이니까.

욜란다는 한숨을 푹 쉬었다. 따뜻한 주방 공기 속에서 그녀의 숨결은 거의 보이지 않았지만 완전히 사라진 것은 아니었다. 자세히 보지 않으면 알 수 없을 정도로 은은하게 공중에 흩이지고 있었다. 그 숨은 욜란다 옆의 그릇 위쪽으로 증발했다.

"뭐 만들어?"

"커틀릿이야."

나는 잠시 뜸을 들이다가 대뜸 물었다.

"세이디가 살아있을까?"

잠시 동안 난 욜란다가 내 말을 못 들은 줄 알았다. 거품기 소리만이 주방을 채우고 있었다. 욜란다는 미리 썰어놓은 닭고기 한 봉지를 재료 그릇에 넣고 랩을 씌웠다. 한참 동안 나는 그녀가 대답하지 않을 거라고 생각했다.

그런데 마침내 욜란다가 입을 열었다.

"아니."

그녀의 목소리는 잠기고 갈라져 있었다. 슬픔에 커튼이 드리워진 듯했다. 그녀가 나를 바라보자 나는 괜한 질문을 했다고 후회했다.

"그냥… 어떤 시나리오도 납득이 안 돼."

"걘 무사할 거야."

"그럴 수도 있지."

욜란다는 내 말에 수긍했다. 그런데 나를 보는 그녀의 얼굴에 어떤 동정심 같은 게 서려있었다.

"하지만… 루이스, 세이디는 무사하지 않을 것 같아. 해변에서 우리가 얘기했던 거 기억나지?"

"알아. 나도 알지."

정말로 나는 현실을 안다. 네가 살아있다면 내가 모를 리가 없다. 우리 둘 다 알았을 거다. 나는 한숨을 내쉬고 나서, 너 없이 지내게 될 우리의 삶을 상상하며 마음속에서 슬픔을 지워버리려고 애를 썼다.

욜란다가 입꼬리를 살짝 내렸고 그때 나는 갑자기 뭔가를 깨달았다. 그녀는 항상 진실과 믿고 싶은 것을 구별할 수 있었다. 그녀가 열렬한 무신론자인 이유도 바로 그 때문이었다.

"천국은 정말 좋을 거야. 만약 그게 진짜 있다면."

욜란다는 이렇게 말한 적이 있다.

황혼이 내리고 있었다. 창밖의 하늘은 스테인드글라스를 연상시키는 푸른빛이다. 정원을 바라보고 있자니 이웃집에서 아이들을 부르는 소리가 들렸다. 아이들이 뛰어갈 때 그 집의 보안 등이 깜빡였다. 그 애들 앞에는 얼마나 많은 시간이 기다리고 있을지.

"당신은 앤드루 소행이라는 걸 증명하면 세이디가 돌아올 거라고 생각한 것 같아."

욜란다는 단순 명료하게 말했다. 나는 눈을 깜빡이고는 조리대 위에 놓인 닭고기 그릇에 손을 뻗어 그걸 한 바퀴 돌렸다. 도자기 그릇은 욜란다의 체온이 남아 아직 따뜻했다. 지금 이런 말을 하다니 욜란다의 통찰력은 정말 대단하다. 내가 그동안 뭘 하고 있었는지 전부 다 아는 것만 같다.

우리에게 서로가 있어서 천만다행이다. 나는 멀리 해가 진 곳을 바라보았다. 하늘이 새하얗게 보였지만 해는 이미 졌기 때문에 그건 착시 현상이었다. 하지만 눈에 보이지 않아도 해는 어딘가에 계속 존재한다. 무지개처럼, 햇빛처럼, 영혼처럼.

"이리 와."

욜란다는 일어서서 나에게 손을 뻗었고 나는 그 손을 잡았다.

"괜찮으면 우리〈셀링 선셋〉같이 보자. 닭고기 숙성되는 동안."

욜란다의 손을 잡은 나는 평범한 일상을 돌려받은 기분이었다. 기꺼이 일시적인 행복과 잠깐의 평안함을 누리고 있었다. 요즘 우리는 깜깜한 방에 한 줄기 들어오는 빛처럼 이렇게 찰나의 행복을 느끼고 있다. 나는 욜란다의 어깨에 팔을 두르고 그녀를 가까이 끌어당겼다.

"난 세이디를 영원히 사랑할 거야."

내 말은 너무 진실하고 순수해서 어떤 대답도 필요하지 않았다. 욜란다는 내 어깨에 대고 고개를 끄덕였다.

"그리고 당신도."

내가 덧붙이자, 욜란다는 나에게 몸을 기댔다. 항상 하던 대로, 그리고 그날 우리가 엘리베이터에서 구조되기 직전에 했던 대로. 이제 우리는 슬픔 속에서 서로를 구해내고 있다.

편안하고도 가슴 아픈 순간을 우리가 공유하고 있던 바로 그 순간, 갑자기 프루던스를 찾을 방법이 떠올랐다. 회사. 여권 사무실.

실종 373일 째

**JUST
ANOTHER
MISSING
PERSON**

35
줄리아

줄리아는 지금까지 한 번도 사무실에서 잠든 적이 없었다. 하지만 오늘은 책상에 엎드려 팔뚝에 머리를 파묻고 조너선에 대해 생각하다가 잠이 들었다.

"아이 때문이었군요."

줄리아가 모든 걸 털어놓았을 때 조너선은 입술을 깨물며 이렇게 말했다.

"맙소사 경감님, 당연한 일이에요."

"정말 그렇게 생각해?"

줄리아의 목소리는 기침약처럼 끈적했다. 마침내 누군가에게 털어놓은 것, 그리고 그 행동이 결국 **괜찮다고** 이해받은 것 때문에 감정이 요동친 탓이었다.

그리고 조너선은 줄리아가 기대조차 하지 않았던 말까지 했다.

"저라도 그랬을 거예요."

"정말?"

조너선은 눈을 깜빡이더니 거추장스럽다는 듯 안경을 벗고 줄리아를 똑바로 쳐다보았다.

"1초도 망설이지 않았을 거예요."

그는 잠시 멈추었다가 말을 이었다.

"잭이 죽었을 때 경감님이 그 사건을 맡으셨던 거 생각나요. 전 아마… 특별하게 생각하진 않았던 것 같아요. 범죄를 저지르다 죽었겠거니 했죠. 실제로 그런 거 아닌가요? 경감님 딸한테."

"배심원들은 관점이 다를 거야."

"그렇죠."

조너선은 잠시 창밖을 쳐다보았다. 그리고 다시 줄리아를 향해 말했다.

"그럼 이제… 어떻게 해야 할까요?"

"모르겠어. 혹시… 그러니까… 누군가한테 이 일을 말해야 한다고 생각해?"

"경감님의 비밀을 지켜드릴 수 있어요. 하지만 일단 지금은 세이디가 어떻게 됐는지 알아내야 해요."

그래서 오늘 줄리아는 올리비아 사건을 마무리 짓는 척하면서, 실제로는 조너선의 도움을 얻어 세이디 사건을 조사하고 있다. 조너선은 결혼기념일을 맞아 스코틀랜드 여행 중이지만 그곳에서도 계속 일을 하고 있다. 하지만 지금 줄리아는 자기 책상에서 30초의 낮잠을 자는 중이다. 잠에 취해 정신이 오락가락하는 동안 세상은 기이해졌다. 그녀의 몸은 마치 추락하는 것처럼 흔들렸고 의식은 몽롱해져 무엇이 꿈이고 무엇이 현실인지 분간이 가지 않았다. 사무실의 열기, 오래된 커피 냄새, 스탠드의 불빛 속에서 줄리아는 사경을 헤매고 있었다. 1분만 더, 아니 2분, 5분만….

그녀의 꿈에 프라이스가 나타났다. 그에게 부탁한 것들도 전부 나왔다. 줄리아는 프라이스의 집에 있었고 프라이스는 줄리아의 집에 있었다. 여러 장면들이 설명도 없이 휙휙 지나갔다. 그러다가 어둠 속에서 잘 보이지 않는 그의 실루엣이 움직이며 그가 줄리아를 향해 이렇게 말했다.

"실종된 여성이 또 한 명 있어요. 금발이고 이름은 마릴린이에요."

줄리아는 눈을 떴다. 마릴린. 마릴린이 올리비아이기에는 타이밍이 맞지 않는다는 것 때문에 혼란스러웠다. 그리고 진짜 올리비아가 돌아왔기 때문에 그 혼란은 가중됐다. 마릴린을 추적할 수가 없게 된 것이었다. 하지만 만약 마릴린이 세이디라면?

줄리아는 팔뚝에 턱을 받친 채 살짝 고개를 들어 시간을 확인했다. 밤 9시 5분이었다. 30분 넘게 잠들어 있었던 것이다.

마릴린. 만약 세이디가 갱단에 연루되어 있다가 빠져나왔다면? 그런 선택을 한 여성에게 어떤 일이 일어날까? 줄리아는 잠기운을 떨쳐내려고 고개를 세차게 흔들었다. 그녀는 그동안 여기저기 돌아다녔다. 협박범 때문에 정신이 없었고 그를 찾느라, 그리고 자신의 흔적을 덮느라 수사에 집중하지 못했다. 속아서 엉뚱한 여자를 찾으며 곁길로 새기도 했다.

줄리아는 오늘 밤에 신통한 정보를 건질 수 없다는 것, 특히 책상에서 자면서는 아무 소득이 없다는 사실을 인정하며 사무실에서 나왔다. 그리고 아무 생각 없이 자동 반사 행동처럼 아트에게 문자를 보냈다. **집에 가는 중 :)** 줄리아는 자신이 워커홀릭이고 이 기적이라는 것을 인정했다. 그리고 자신 없이도 아트가 가정을 잘 돌보기를 바랐다. 아트는 즉시 답장으로 키스 표시를 보냈다. 줄리아는 휴대폰을 가슴에 꼭 붙이고 잠시 심호흡한 다음 대포폰으로 프라이스에게 전화를 걸었다. 하지만 응답이 없었다. 땅거미가 내려앉은 거리는 평온하고 조용했다. 줄리아는 모든 것이 시작된 그 날 밤을 생각하면서, 문을 닫은 상점들과 골목을 지나 빠르게 걸었다. 프라이스는 전화를 받지 않았다. 뭔가 일하는 중인 것 같았다. 마약을 공급하는지 거래하는지 구매하는지 확실히 모르지만 줄리아는 프라이스가 하는 일의 범위가 정보 제공을 훨씬 뛰어넘는다는 것만 알고 있었다.

자신의 차가 시야에 들어올 때쯤 그녀는 다시 전화를 해봤지만 음성 메시지를 남기는 위험을 감수하지는 않았다. 길거리는 어둡고 비 때문에 미끄러웠다. 밤 풍경은 마치 유화 같았다. 상점가 위의 아파트에서 새어나오는 희미한 빛, 멀리 보이는 선착장. 하지만 줄리아는 마음을 놓을 수 없었다. 할 일이 많았기 때문이다. 세이디의 시체를 찾아야 하고 프라이스가 무슨 생각을 하고 있는지 알아내야 했다. 반드시 세이디를 찾아야 한다.

버스 정류장 불빛이 깜빡이는 모습이 오래전 줄리아의 젊은 시절로부터 비쳐오는 섬광 같았다. 휘적휘적 걷는 자신의 발걸음을 지켜보면서 그녀는 이런저런 상념에 빠졌다. 한 걸음 내디딜 때마다 조명이 켜졌다 꺼졌다 했다. 프라이스에게 세 번째로 전화를 해 보았지만 여전히 받지 않았다.

그녀는 시내 중심가를 뒤로하고 자신의 차로 향했다. 남아있던 빛은 천천히 사라지고 가로등은 점점 멀어졌다. 사람들이 자러 가면서 집집마다 거실의 불이 꺼졌다. 줄리아가 프라이스의 집에 갈까 생각하고 있을 때, 그 일이 일어났다.

몇 미터쯤 뒤에서 가벼운 발걸음 소리가 들렸다. 줄리아는 뒤돌아보지 않았다. 그러나 경찰인 그녀의 귀에는 분명하게 들렸다. 누군가가 최대한 소리를 내지 않은 채 조심스럽게 접근하고 있었다. 줄리아는 누군가가 밤공기를 뚫고 자신을 향해 오고 있음을 확실히 느꼈다. 그 소리는 점점 가까워졌다. 그녀는 어떻게 할지 머리를 굴리며, 겁에 질린 눈빛으로 사방을 둘러보았다. 평소에는 자신이 강하다고 생각하는 줄리아였지만 지금 이 순간만큼은 그렇지 않았다. 루이스 때문일 것이다. 그날 밤 자신의 차 안에서 일어난 최악의 사건을 그녀는 잊을 수가 없었다.

도망칠 곳이 없었다. 줄리아는 휴대폰을 꺼내 들었다. 휴대폰 불빛이 뿌연 안개가 낀 밤을 환하게 밝혔다. 그녀를 따라오는 사람이 뭔가 행동할 수밖에 없는 상황이었다. 그 순간 손 하나가 수갑처럼 단단하고 강하게 줄리아의 손목을 잡았다. 그리고 그녀의 귀에 목소리가 들렸다.

"아무 말도 하지 마."

줄리아는 미동도 못하고 얼어붙었다. 두 번째로 받는 협박이었다. 그녀는 시키는 대로 말없이 시선을 내려 손을 보았다. 상대는 장갑을 끼고 있었다. 또 목소리가 들렸다.

"그 여자를 그만 찾아. 그리고 내가 놓아주면 뒤돌아보지 마."

○

줄리아는 풀려났다. 거리는 똑같아 보였다. 버스 정류장에는 여전히 불빛이 켜져있었다. 줄리아는 남자가 멀어져 가는 발걸음 소리를 듣지 못했다. 그녀는 숨을 내쉬고 20까지 센 다음 뒤를 돌아보았다. 아무도 없었다. 마치 아무 일도 없었던 것처럼 거리는 멀쩡했다.

떨리는 다리로 차를 향해 걸어가는데 차가운 밤공기 때문에 몸에서 열이 나는 느낌이었다. 달리 뭘 해야 할지 몰라 줄리아는 차에 탔다. 등에 닿는 운전석 시트의 냉기를 느끼며 그녀는 생각에 잠겼다.

줄리아는 형사로서 누가, 무엇을, 왜, 라는 의문을 던졌지만, 이내 아무 생각도 하고 싶지 않아 운전대에 머리를 기댔다. 이 불쌍한 실종 여성들과 그들을 그리워하는 사람들에 대해 끝도 없이 생각하는 것을 그만두고 싶었다.

누군가가 줄리아가 세이디를 찾고 있다는 것을 알고 있고, 그걸 멈추기를 원한다. 아마도 세이디를 죽인 자일 것이다. 이유는 짐작이 간다. 하지만 그게 누구일까? 줄리아는 고개를 들어 주황색 가로등 불빛을 쏘아보며 곰곰이 생각해 보았다. 어떻게 정체를 밝혀 낼 수 있을까?

장갑을 낀 강한 손, 그리고 목소리. 줄리아는 그가 누구인지 전혀 짐작할 수 없었다. 루이스도 아니고 매튜도 아니다.

줄리아는 프라이스에게 다시 전화를 걸었고 이번에는 그가 받았다. 10분이 넘게 조용한 목소리로 그와 이야기를 나눈 후 그녀는 운전석의 차가운 가죽 시트에 몸을 기댄 채 다시 생각해 보았다. 방금 무엇을 알아낸 걸까? 이제 상황이 어떻게 달라질까?

무엇을 해야 할지 가늠해보고 있을 때 줄리아의 또 다른 휴대폰이 손안에서 진동했다. 대포폰이 아닌 다른 휴대폰인데도 그녀는 프라이스일 거라고 생각하며 전화를 받았다.

"여보세요."

"데이 경감님?"

루이스였다. 그의 목소리에서 줄리아와 비슷한 상태임이 느껴졌다. 넘치는 아드레날린과 수면 부족, 그리고 뭔가 서두르는 듯한 분위기. 와인을 더도 말고 딱 한 잔 마신 사람 같았다.

"네, 언제든 대기 중입니다."

줄리아는 냉소적으로 들리지 않기를 바라며 말했다.

"정보가 있어요, 제 생각에는요. 뭔가 알아낸 것 같아요."

"말해봐요."

줄리아는 자신이 아무 생각 없이 이렇게 내뱉었다는 걸 알아차렸다. **세이디를 찾아야 해.** 그녀는 차창 밖의 밤 풍경을 응시했다. 줄리아는 자신에게 어떤 위험이 닥쳐도, 어떤 희생을 하더라도, 결혼 생활이 무너지고 어떤 대가를 치르더라도 임무를 완수하기 위해 스스럼 없이 몸을 던질 사람이다. 질리거나 지칠 사람이 아니다. 지금 그녀는 어느 때보다도 더 큰 위험에 처해있지만 줄리아는 세금을 내듯 기꺼이 비용을 지불할 것이다. 보답으로 그 느낌을 얻을 수 있기 때문이다. 그녀가 중독된, 모든 경찰이 중독된 그 느낌 말이다.

"계속해요."

줄리아는 루이스를 재촉했다.

"프루던스 존스가 누구인지 알게 됐어요. 사무실에 가서… 찾아 봤어요."

"듣고 있으니 말해줘요."

그녀는 즉시 응답했다. 나직한 목소리로.

실종 374일 째

36
루이스

차가운 아침 햇살이 비친다. 욜란다는 아직 아무것도 모른다. 나는 차 안에 타고 있고 조수석에는 줄리아라고 불러 달라고 한 데이 경감이 앉아있다. 우린 둘 다 깊은 생각에 잠겨있다. 적어도 나는 그렇다. 너에 대해 생각하고 있는데, 너한테 무슨 일이 생긴 건지 이제 우리는 부분적으로나마 알게되었다.

프루던스 존스는 죽었다. 그녀의 여권이 작년 봄에 '텔 어스 원스✢' 서비스를 통해 사무실에 들어왔다. 친인척이 여권과 함께 사망 진단서를 보내주면 우리는 확인 후 여권을 취소시킨다. 프루던스는 열일곱 살이었는데 젊은 여성에게는 흔치 않은 이름이었다. 사망 진단서에는 사망 원인이 교통사고라고 써 있었다. 그게 만약

✢ 영국에서 여러 정부 기관에 사망 사실을 한 번에 신고할 수 있는 서비스

너였다면 어땠을까 하는 생각에 몸서리를 쳤다.

나는 여기까지 줄리아에게 말해주었다. 그걸 듣고 줄리아는 핀처럼 날카로운 질문을 했다.

"프루던스 존스가 앤드루 가까이에 살았나요?"

"멀지 않은 곳이었죠. 앤드루의 집에서 몇 킬로미터 떨어진 정도였어요."

줄리아는 고개를 끄덕거렸다. 앤드루를 이 실종 여성들과 연관시켜 보려는 게 분명했다.

지금 줄리아는 내가 일하는 곳을 손가락으로 가리키고 있다. 더 많은 정보를 얻기 위해 그녀가 나를 여기로 데려왔다. 아침 햇살을 받은 줄리아의 손이 금빛으로 반짝였다.

"그럼 시작해 볼까요."

줄리아는 손을 들어보이며 말했다. 우리가 곧 뭔가를, 너에게 무슨 일이 생겼는지를 알게될 거라는 사실에 내 몸은 흥분으로 가득 찼다.

"프루던스의 여권이 들어온 직후에 무슨 일이 있었는지 알고 싶어요."

"모르겠어요. 보통은 여권을 취소하는 게 순서죠."

"추적 가능할까요?"

"공식적으로는 안 되죠. 하지만 연줄을 쓸 수 있어요."

"루이스, 정보가 제일 중요한 거 알죠?"

나는 차에서 내리려고 손잡이로 손을 뻗었다. 달은 여전히 떠 있었고 달 주변의 하늘은 창백한 푸른색이었다. 차 안에서 우리 둘의 입김이 퍼져 나가는 게 보였다.

"줄리아?"

내가 부르자 그녀는 아무 말 없이 나를 바라보았다.

"이렇게 해줘서 고마워요."

줄리아가 말했다.

"꼭 해야 하는 일도 아닌데…."

"전 괜찮아요."

나는 솔직하게 말했고 줄리아는 계속 나를 응시했다.

"혹시… 꼭 말해야 한다면요… 확률로 봤을 때…."

나는 몇 달 전 우리가 적이었을 때, 혹은 그렇다고 느끼고 있을 때 처음 물었던 방식대로 똑같은 주제를 언급했다.

"세이디가 살아있을 것 같진 않아요, 루이스."

줄리아는 이렇게 말하면서 나에게 시선을 맞추었다. 솔직하게 말해줘서 고마웠다. 뭔가를 알게 된 걸 후회하는 사람은 없는 법이다. 그것 때문에 아무리 힘들더라도. 인생에서 가장 최악의 일은 거짓말에 속는 것이다.

"하지만 누가 그 애를 죽였는지 찾아낼 순 있을 거예요. 그게 앤드루인지 아닌지도요."

줄리아는 단순하게 말한 다음 손을 머리로 가져갔다.

"일단 프루던스의 여권이 들어온 다음에 무슨 일이 있었는지부터 알아야 해요. 프루던스가 죽었다고 말한 사람이 누구였나요?"

"프루던스가 죽은 게 아니었다고 생각하세요?"

"그 문제는 저한테 맡기세요."

37
줄리아

줄리아는 루이스가 찾아주는 정보들이 도움이 되기를 바라고 있다. 이 일에 대해 누군가와, 아마도 조녀선과 이야기해 보고 싶었지만 그는 아직 멀리 있었다. 그곳에서 매일 밤 세이디의 사건 파일을 뒤지며 단서를 찾는 중이었다.

줄리아는 길 아래쪽의 펍에서 프라이스의 연락책을 만나려는 중이다. 그녀가 아는 한 이곳까지 자신을 미행한 사람은 없었다. 줄리아는 위험한 지인을 또 한 명 만드는 일은 최대한 피하고 싶었지만 이제는 선택의 여지가 없었다. 지금 그녀가 하는 행동은 의식적인 것이 아니라 사자가 사슴을 쫓는 것처럼 거의 본능적인 것이다. 오로지 목표만이 중요했다.

참새라는 뜻의 '스패로우'라는 펍은 줄리아가 좋아하는 스타일이 전혀 아니었다. 밖에 걸린 간판은 바람에 흔들리면서 끽끽 소리를 냈다. 내부 인테리어도 구식이었다. 보기 흉한 카펫에는 얼룩을 감추기 위해 선택한 듯한 갈색과 주황색의 소용돌이무늬가 있었다. 노출된 벽돌 기둥 네 개, 짙은 색 나무로 된 바, 납으로 된 격자가 있는 높은 창문, 조악한 초록색 벨루어 천으로 감싼 스툴. 싸늘한 햇살이 들어와 텅 빈 내부를 데워주는 바람에 카펫에서는 시큼한 냄새가 나기 시작했다. 제너비브라면 '정말 복고풍이네'라고 했을 것이다. '오, 정말 못생겼네'라는 뜻이다. 이 생각을 하자 줄리아는 갑자기 제너비브가 보고 싶어 딸에게 문자를 보냈다. 제너비브는 곧장 답장을 보냈다. '**음, 저라도 저를 보고 싶어 했을 거예요!**' 줄리아의 마음에 애정이 차올랐고, 두 번째 문자를 보자 더욱 찡한 감동이 밀려왔다. '둘이서 행복한 시간을 보낼 수 있는 날이 곧 올 거예요. x'

대낮이었다. 받침대로 고정된 문이 활짝 열려있어 가벼운 산들바람이 불어왔다. 줄리아는 그 남자가 도착했는지 보려고 천천히 몸을 돌렸다. 그리고 한눈에 그를 알아봤다. 뒤쪽의 그늘진 테이블에 앉아있는 남자는 범죄자임이 너무 명백해 보여서 마치 훔친 물건을 담은 가방을 들고 있을 것만 같았다. 추운 날씨가 아닌데도 입고 있는 두꺼운 코트는 안에 뭘 숨기기에 딱이었다. 줄리아를 똑바로 바라보는 시선, 그리고 두 대의 휴대폰.

키가 크고 우아해 보이는 그는 하얗고 긴 손가락과 꼿꼿한 자세, 짧게 깎은 회색 머리를 하고 있었다. 앞에 놓인 잔에는 콜라처럼 보이는 음료가 얼음 없이 가득 들어있었다. 검은 액체는 건드리지도 않은 것처럼 보였고 넘칠 듯 말 듯 위태로웠다. 남자의 옆에는 타임스 지의 십자말풀이 코너가 펼쳐져 있었다.

"만나주셔서 감사해요."

줄리아는 손을 내밀며 인사했다.

"별말씀을요."

남자는 간단하게 답했다. 십자말풀이는 반쯤 푼 상태였다. 그 옆에는 날짜를 적은 것으로 보아 잘라서 보관하려는 것 같았다. 일상적인 습관이군, 줄리아는 생각했다. 제법 괜찮은 사람인걸.

그녀는 휴대폰을 힐끗 보았다. 루이스에게서 문자가 와 있었다. 프루던스 존스의 여권이 취소되지 않았다는 소식이었다. 취소 신청이 되긴 했으나 절차가 완료되지 않았다. 줄리아의 예상대로였다.

줄리아의 눈을 바라보는 남자의 눈에는 색깔이 없었다. 푸른색인지, 회색인지, 연한 갈색인지 명확하지 않았지만 사실 그중 어떤 색깔도 아니었다.

"제 구역에서 물건을 공급하고 싶으시다고요."

"죄송한데, 쓰시는 성함이…?"

"나인스입니다."

그는 브리스톨에서 가장 악명 높은 갱단 '포 플레이스' 소속이었다. 나인스는 마약이나 무기 거래를 하지 않고 인신매매도 하지 않는다. 그는 사람들의 신원을 다룬다.

구름이 해를 가리는 바람에 펍 전체가 어두워졌다. 남자 두 명이 들어왔는데 평일 낮 12시인데도 이미 꽤나 취해있었다. 후줄근한 노인들이 다니는 지저분하고 낡은 펍에서 줄리아는 완전히 이 방인이 된 것 같았다. 언제가 될지는 모르겠지만 줄리아는 집에 가면 샤워기로 뜨거운 물을 틀어놓고 발이 불그레해질 때까지 30분은 서 있을 생각이었다. 그리고 프라이스의 지시를 따라 이 펍에 왔다는 사실 자체를 잊고 싶었다.

"네, 공급하려고 해요."

"해당 서류는 있으십니까?"

그가 말하는 서류는 여권이지만 그는 그 단어를 언급하지 않았다. 줄리아의 직감이 옳다면 나인스가 그녀에게 해답을 가져다 줄 것이다.

"네, 있죠."

"부패한 경찰은 한 번도 본 적이 없는데, 만나 뵙게 되어 반갑습니다."

나인스는 조용히 손을 내밀었고 줄리아는 그 손을 잡고 악수했다. 마치 죽은 사람의 손처럼 뼈만 남은 느낌이었다.

38
엠마

　나는 말없이 우리 앞에 있는 커피 테이블 위에 여권들과 머리카락 뭉치, 그리고 옷들을 내려놓았어. 너는 소파 위에 다리를 접고 앉은 채로 한 손은 상의 안에 넣어 배 위에 올려놓고 있었어. 네 모습은 보석으로 풀려나서 경찰의 추가 수사를 앞두고 있는 스무 살 짜리가 아니라 마치 휴가지에 와 있는 사람처럼 여유로워 보였지. 일요일 아침의 여유를 누리고 있는 사람이나 어제 시험이 끝난 사람 같기도 했어.

　처음에 너는 내가 뭘 하는지 보지 못했어. 그저 눈을 내리깔고 휴대폰을 쳐다볼 뿐이었지. 일부밖에 알아내지 못했지만, 어쨌든 너의 비밀이 숨겨져 있는 그 휴대폰 말이야. 밤 열 시가 되기 직전이라 밖은 어둑어둑해지고 있었어. 지금은 밤이 되어도 완전히 어두워지지 않는 계절이야. 바로 옆의 조명이 네 얼굴의 한 쪽만 비추고 있어서 다른 한쪽은 어둡게 그늘져 있었어. 남색 벽을 등지고 있는 연녹색 소파. 거기에 앉아있는 너는 나에게 가끔 죄책감을 주기도 하지만 내 인생의 사랑이야.

내가 우리 사이에 내려놓은 물건들을 네가 발견하는 정확한 순간을 나는 알 수 있었어. 원래도 별로 움직임이 없는 네 몸은 마치 동물처럼 조용했어. 야생 속에서 토끼가 포식자의 소리에 귀를 기울이며 가만히 멈춰있는 것 같았지. 그리고 잠시 후에 너는 눈동자만 움직여서 나를 올려다봤어. 몸의 나머지 부분은 미동도 없이 그대로였지.

"이것들을 찾았어."

나는 짧게 말하고 너를 보면서 잠깐 기다렸어. 위에서 내려다보니 너의 정수리가 보였어. 네가 아기였을 때 거의 18개월 동안 네 머리는 마치 풍선이 닿아 정전기가 일어난 것처럼 위로 쭈뼛 서 있었지. 그래서 난 너를 아기 고슴도치라고 부르곤 했어. 그걸 아는 사람이 나 말고 아무도 없다니 참 우습지. 너는 당연히 기억을 못 할 테고. 한 부모 가정에서는 아이가 자라는 과정을 직접 목격하는 사람이 더 적을 수밖에 없어. 남은 건 시간이 될 때 찍은 사진들, 그리고 추억뿐이야. 사진은 많지도 않고 전부 흐릿해. 포즈를 잡거나 우리 둘만 찍은 사진은 없어.

"그러네요."

네가 이렇게 말한 순간, 나는 네가 나한테 어떤 설명도 해주지 않을 것임을 알았어. 무슨 일이 있어도. 그런데도 나는 너를 구석구석 살펴봤고 너는 나를 마주 봤어. 그때 갑자기 어떤 생각이 떠올랐어. 이전에도 자주 하던 생각인데, 우리가 너무나 닮지 않았다는 거야. 내가 기억하는 한, 너는 네 아빠를 빼다박았어. 파란 눈과 검은 눈썹.

"'그러네요'라니? 머리카락 뭉치랑 피 묻은 옷이 있으니 나한테 남은 질문은 하나밖에 없어. 시체는 어디 있는 거야?"

소파가 갑자기 뜨거워진 것마냥 네가 벌떡 일어나서 나는 깜짝 놀랐어.

"제가 말할 것 같아요?"

"뭐? 시체가 어디 있는지 말이니?"

난 흠칫 놀라며 너한테서 한 걸음 물러섰어. 넌 내 말을 방금 시인한 거나 다름없잖아. 넌 내가 깜짝 놀란 걸 바로 알아챘지만 화를 내기보다는 내가 너를 두려워한다는 걸 알고 실망한 눈치였어.

"씨발."

너는 욕을 하면서 두 손으로 머리를 감쌌고, 폭풍이 밀려오듯 분위기가 험악해졌어. 천둥, 번개, 분노, 후회. 이 모든 게 우리 집 거실에 가득했지. 어떤 일이 벌어질지 두렵긴 하지만 나는 준비가 돼 있어. 작년부터 바닥에 쏟아져있던 휘발유에 네가 드디어 불을 붙이려고 해.

"아, 씨발!"

넌 소리를 지르고, 소파와 커피 테이블 사이에서 천천히 걸어나왔지.

"말하려고 했어요. 때가 되면…."

"그때가 **언젠데?**"

내 물음에 너는 대답이 없었어. 잭슨 씨가 추천한 아무것도 말하지 않는 전략이 네 몸에 자연스럽게 밴 것 같다는 생각이 들었어. 세이디가 사라진 이후로 너는 침묵을 유지하고 있잖아. 우리 중 누구도 그 이유를 알 수가 없어. 아니, 오히려 우리는 이유가 뭔지 생각하고 싶어하지 않는지도 몰라.

"네가 체포되면? 여자 세 명이 사라지면? 빼도 박도 못할 증거가 연속으로 발견되면? 그때 말하려고 했니?"

나는 필사적으로 거실을 둘러봤어. 내 편을 들어줄 사람이 있으면 얼마나 좋을까 하는 생각이 들었어. 네 아빠 말고, 도움이 될 만한 다른 사람. 서른다섯 살의 내가 자발적으로 임신하고 싶은 마음이 들게 하는 사람. 서류가방을 들고 출근하는 좋은 직장을 가진 사람. 계획이 있는 사람. 그리고 가장 중요하게는, '아니야, 다 잘했어. 당신 때문이 아니고 당신 잘못이 아니야'라거나 '만약 일이 잘못되면 당신만이 아니라 우리 둘 다의 책임이야'라고 말해줄 사람.

"엄마랑 같이 있었던 게 제 알리바이라고 말한 건 엄마가 잘못한 거예요. 저랑 통화할 때 전 밖에 있었어요. 전 위층에 있다고 했지만 사실 집에 막 도착하는 중이었어요."

내 몸의 모든 세포에 몰랐던 정보가 침투해 들어오듯 끔찍한 전율이 온몸을 훑고 지나갔어.

"그 시간에 올리비아가 실종된 거랑 무슨 관계가 있어? 그런데 올리비아는 발견됐잖아."

"일이 어떻게 돌아가고 있는지 엄마가 항상 아는 건 아니라는 거예요."

"세이디는 어디에 뒀니?"

나는 머리카락 뭉치에서 눈을 떼지 못하고 물었어. 정말 소름 끼치는 증거야. 어떻게 보면 옷에 묻은 피보다 더 끔찍해. 세이디가 살아있을 때 네가 머리를 잘라냈을까? 아니면 죽은 후에? 그 생각을 하자 배가 뒤틀리고, 몸속에서 뭔가가 소용돌이치는 느낌이었어. 그러고 보니 내가 가져온 것들을 처음 알아차린 이후로 너는 한 번도 이 물건들에 눈길을 주지 않았어. 너는 말없이 코를 벅벅 문질렀고, 네 눈 주변은 마치 누가 섬세하게 분홍 장밋빛으로 칠해놓은 것처럼 빨개졌어. 넌 아플 때나 피곤할 때, 아니면 울었을 때 그렇게 되지. 화났을 때도. 우습지 않니? 네가 어릴 때 초콜릿 비스킷을 못 먹게 하면 그렇게 떼를 쓰고 눈이 빨개졌는데 지금 네 눈이 그렇게 된 이유는 비스킷 따위와는 비교도 안 되잖아.

"사실 올리비아를 만나기로 돼 있었는데 걔가 안 왔어요."

너는 낮은 목소리로 말했어.

난 고통스럽게 쥐어짜듯 신음 소리를 냈어. 널 낳을 때 진통하면서 냈던 그런 소리.

"제발 나한테 설명해줘. 전부 다."

하지만 너는 입을 열지 않았어.

"이 물건들은 이제 데이 경감님께 보낼 거야."

난 결국 이렇게 말했어. 이제 네 편을 들어줄 이유가 사라졌어. 더 이상 너에게 가장 이익이 되는 행동은 하지 않을 거야. 이제 난 이 여자들, 죽거나 실종된 딱한 여자들을 위한 일을 할 거야. 프루던스 존스. 돌아온 올리비아 존슨. 그리고 어떻게 됐는지 모르는 세이디 오웬.
"좋아요."
곡예사가 줄타기하는 밧줄처럼 네 목소리는 팽팽하게 긴장돼 있었어. 짧은 한마디였지만 그 안에는 어떤 진동이나 떨림, 망설임도 없었어. 확고한 부정을 계속 밀고 나가겠다는 태도였지.
"좋다고? 정말 괜찮다는 거야?"
나는 휴대폰을 집어 들면서 물었어.
"말하고 싶은 거 다 말하세요. 데이 경감님은 빌어먹을 무슨 수를 써서라도 저를 다시 체포하려는 게 분명하니까요."
너는 몇 미터 떨어진 곳에서 나를 쳐다봤어. 주머니에 손을 넣고 어깨는 구부정하게 웅크리고 맨발로 서서 뭔가를 기다리듯이. 그게 뭔지 나는 몰라.
"참 이상하네요. 두 번의 밤 모두 저는 거의 모든 시간을 엄마랑 같이 있었는데도 엄마는 아직도 제가 유죄라고 생각하잖아요."
나는 이미 충분히 의심스러운 정황들을 알고 있어.
"두 번의 체포, 비트코인 송금, 두 개의 여권, 머리카락 뭉치. 대체 이걸 어떻게 생각해야…."
"내 엄마잖아요."
울음을 참느라 네 목소리가 잔뜩 긴장해 있다는 게 느껴졌어.
"그럼 네 입장에서 설명을 해줘."
하지만 너는 돌아서면서 불평하듯 중얼거렸어.
"제가 왜 그래야 하는데요?"

이제 나에겐 선택의 여지가 없어. 근 몇 년 동안 내가 잘못하고 있었던 게 분명해. 널 너무 느슨하게 풀어줬어. 꼭 필요한 건 요구했어야 하는데. 미심쩍은 마음이 들어도 항상 너에게 유리한 쪽으로만 생각했지, 젠장!

넌 몸을 돌려 걸어갔어. 그리고 나는 데이 경감님의 휴대폰 번호를 찾았지. 버튼을 누를 때마다 우리 사이에 삑삑 효과음이 울려 퍼졌어. 너는 걸음을 멈췄지만 뒤돌아보지는 않았지.

"이것도 이상해요. 제가 엄마한테 말할 수 없는 이유를 엄마는 정확히 증명하고 있어요."

"뭐라고?"

네 자리 숫자를 누르고 나서 나는 놀란 마음에 물었어.

"그러니까 저는 엄마를 믿을 수 없어요."

"그래서 네가 그 식당에 그렇게 자주 가는 거니? 집에서 나가고 싶어서?"

난 확인차 이미 그 식당에 가봤지만 특별한 건 없는 평범한 곳이었어.

네 몸은 다시 얼어붙었다가 서서히 나에게로 돌아섰어.

"줄리아 경감님한테 그 식당 얘기는 하지 마세요."

그게 다였어. 그리고 우리 사이에 흐르는 휘발유에 나는 성냥으로 불을 붙였어. 데이 경감에게 전화를 건 거야.

39
줄리아

오늘은 제너비브의 생일이지만 줄리아가 집에 가면 아무도 없을 것이다. 아까 그녀는 아트와 제너비브에게 잘 다녀오라고 인사를 했다. 두 사람은 마지막 저녁 일정으로 실내 골프 게임을 하러 브리스톨로 가는 길에 경찰서에 들렀었다. 아트가 차 안에서 기다리는 동안 줄리아는 제너비브를 데려가서 피시 앤 칩스를 사주었다. 딸의 생일을 위한 가련한 성의 표시였고 이것이 그녀가 할 수 있는 최선이었다.

경찰서 밖의 저녁 하늘이 어두워지기 시작했다.

"피시 앤 칩스는 괜찮은 생일 선물이에요."

제너비브는 이렇게 말했고 줄리아는 그게 딸의 진심이라고 생각했다.

"이것만 사준 건 아니잖아."

줄리아는 그날 아침 배달된 피냐타 케익✢과 레이밴 선글라스, 뷰티 파이✢✢의 화장품을 생각하면서 목소리를 높였다. 모두 온라인으로 급하게 구매한 것들이었지만 사랑이 담긴 선물이었다.

달이 거리를 금빛으로 은은하게 비추고 있었다. 하늘은 시스티나 성당의 이탈리아 르네상스 그림처럼 복숭아빛과 핑크빛으로 물들었다. 함께 걸을 때 제너비브는 평소답지 않게 발을 끌며 터벅터벅 걸었다. 줄리아가 자세히 보니 제너비브는 보통 때와 달라 보였다. 머리는 감지 않았고 옷차림은 이상할 정도로 수수했다. 줄리아는 그때까지 눈치채지 못했었다.

전국적으로 폭풍이 몰아치는 봄날씨였다. 강풍이 불었고 낮에는 햇빛이 강렬했으며 밤에는 몹시 추운 나날들이었다. 제너비브는 추운지 마른 어깨를 웅크리고 있었다. 뒤집어쓴 검은색 후드 안에서 그녀는 줄리아를 가만히 쳐다보았다.

"별일 없어요?"

제너비브는 단도직입적으로 물었다.

"없어."

줄리아는 거짓말을 했다.

"있죠, 지난번에 제 꿈에 대해서 얘기한 뒤로… 잭에 대해서 계속 생각했어요."

"그렇구나."

줄리아는 호기심 어린 눈길로 딸을 바라보며 말했다. 두 사람

✢ 막대기로 깨면 안에서 초콜릿 등이 쏟아져 나오는 축하용 케이크
✢✢ 영국의 온라인 화장품 쇼핑몰

앞의 거리는 구불구불하지만 명확하게 방향을 가리키며 펼쳐져 있었다. 그들이 빠져있는 혼란과는 정반대로, 길은 이쪽저쪽으로 구부러지며 정확히 갈 길을 알려주었다. 태양이 지평선 너머로 졌기 때문에 음악 소리가 서서히 자취를 감추듯 공기가 빠르게 어두워지고 있었다.

"그냥 사실대로 고백했어야 하는 게 아닌가 싶어요."

제너비브는 불쑥 이렇게 말했고 두 사람은 불이 켜지지 않은 옆길로 접어들었다.

"그래서 제가 자꾸 꿈을 꾸나 봐요. 잭이 저한테 한 일이 꿈에 나오는 게 아니라 제가 그 사람한테 한 일이 나오거든요."

"네 잘못이 아니야."

세상이 서서히 어두워지는 동안 두 사람은 몇 분간 아무 말 없이 걷기만 했다. 그러다가 마침내 제너비브가 고개를 돌려 줄리아를 보았다. 제너비브의 얼굴은 깊은 어둠 속에 잠긴 듯 흐릿하고 푸르스름했다.

"넌 해야 할 일을 한 거야."

"아니에요, 하지만…."

"하지만 뭐?"

"우리가 그 일을 덮지 않았다면 지금쯤 뭔가 다른 걸 가졌겠죠."

줄리아는 잠시 대답하지 않다가 마침내 물었다.

"그게 뭔데?"

하지만 줄리아는 지금 이런 이야기를 하고 싶진 않았다. 이미 여기까지 와버린 지금은.

"자유요."

"아니야, 제너비브. 너는, 우리는 자유롭지 못했을 거야."

제너비브는 어깨를 으쓱했다.

"그냥, 무서워서 그래요. 그게 다예요."

"알아. 하지만 약속할게. 다 잘될 거야."

"엄마가 그동안 많은 사건을 맡으면서… 범죄자의 행동을 이해해 줄 수 있었던 적은 한 번도 없잖아요. 그러니까 전 이런 생각이 든 거죠. 나라고 해서 이해받을 수 있을까?"

줄리아는 생각에 잠긴 채 고개를 끄덕였다. 경찰은 담당 사건에 집착하게 된다. 그녀는 불안한 마음으로 과거의 사건들을 천천히 하나씩 떠올리며 스스로에게 물었다. 이 범죄자들 중에 나 같은 사람이 있을까? 없다. 하지만 찾아보면 비슷한 사례가 있을 수도 있다. 지금 다시 생각해 봐도 줄리아는 당시 자신의 행동이 타당했다고 생각했다.

"뭐가 무서워?"

"우리가 상황을 악화시켰을까 봐요."

제너비브가 곧바로 대답했다.

"그렇지 않아."

줄리아는 한숨을 내쉬며 이렇게 말했지만 어깨가 무겁게 느껴졌다.

"장담할 수 있어. 악화시킨 게 아니야."

"정말 그럴까요? 저기… 혹시 우리 정말로 도망칠 수는 없는 거예요?"

제너비브는 간절한 눈빛으로 줄리아를 바라보았다. 최후의 질문이었다. 줄리아는 흠칫 놀랐다. 엄마로서의 죄책감은 익숙했지만 그렇다고 해서 고통이 덜한 것은 아니었다. 어쩌면 더 아플 수도 있었다.

"미안해."

줄리아는 사과했지만 그 말은 무력했다.

두 사람이 남은 칩스를 들고 돌아왔을 때 아트는 어두운 로비에 있었다. 조명은 타이머 설정이 되어있었는데 아무도 오가지 않았기 때문에 전부 꺼져있었다. 제너비브는 로비 뒤의 복도를 따라 걸어갔다. 경찰서 안을 둘러보고 싶기도 하고 방금 줄리아에게 보여준 나약한 감정이 민망해서이기도 했을 것이다.

아트는 연푸른색 데님 셔츠의 소매를 접어 올리고 있었다.

"같이 못가서 미안해."

"괜찮아."

줄리아의 말에 아트가 대답했다. 한 가지 사건을 바라보는 두 사람의 시선이 이렇게 다를 수 있다니 참 우스운 일이다. 줄리아는 아트가 부정을 저질렀다고 생각하고 아트는 줄리아가 자신과 그들의 결혼 생활을 비롯해 모든 걸 무시했다고 생각한다. 두 가지 버전 다 사실이다.

"진짜 진심이야?"

아트가 물었다.

"진심이야."

"만약 미안하면, 그리고 후회하게 될 거라면 같이 가면 되잖아."

아트에게는 하나도 어려울 게 없는 일이다. 어쩌면 줄리아를 제외한 모든 사람에게 마찬가지일 수도 있다. 하지만 줄리아에겐 대수학 문제처럼 너무 복잡했다. 협박범이 누군지 알게 된 순간에 그녀는 신고를 했어야 했다. 수사를 그만두고 자신을 압박으로부터 풀어준 다음, 세이디 오웬과 매튜 제임스에 대해 잊었어야 했다. 하지만 그녀는 그럴 수 없었다.

두 사람 주변의 조명이 꺼지기 시작했다.

"맞는 말이야."

줄리아는 두 사람 사이에 말하지 않은 것들이 얼마나 많은지 생각했다. 불륜 사건에 대한 모든 것, 그 뒤의 일들, 의문에 빠진 그들의 미래, 그리고 이제 이 사건과 관련된 것들까지. 어둠 속에 서 있는 줄리아는 몸 전체가 그림자가 된 것 같은 기분이었다.

"까다로운 사건을 맡고 있어서 그래."

그녀의 목소리는 잠겨있었다.

"알아."

아트가 말했다. 짧은 한마디였지만 그 안에는 모든 것이 담겨있었다. 항상 그랬듯이 줄리아의 옆에서 계속 지켜 본 사람으로서 아트는 그녀를 이해했다. 그는 줄리아를 꿰뚫어보았고 이해했고 그녀의 마음을 알았다. 일을 위해 하는 모든 것이 사실은 아트와 제너비브를 위한 것이기도 하다는 사실을.

줄리아는 곧바로 고개를 끄덕였다. 아무 말도 하지 않았지만 그에게 하고 싶은 말은 사실 너무 많았다. 문자, 이메일, 편지 등 모든 방법으로 그에게 이야기할 기회를 놓쳐서 미안하다고 말하고 싶었다. 작년 크리스마스 때만큼 인생에서 상처받은 적이 없었다고, 그리고 딸을 구하기 위해 최선을 다했지만 제너비브는 어차피 구원받고 싶지 않다고 말했다고. 하지만 줄리아는 그 어떤 것도 말하지 않았다.

마지막 조명이 꺼지고 두 사람은 어둠 속에 남겨졌다. 시간이 지나자 차차 사물의 윤곽이 보였다. 유치장에서 흘러나온 불빛이 수증기처럼 창문을 통과해 바닥에 금색 사각형 모양을 만들었다. 어둠 속에서 아트는 줄리아에게 손을 뻗었다. 그 크리스마스 이후로 그는 한 번도 이런 행동을 한 적이 없었다. 그 뿌연 빛, 결혼 생활 한복판에 아트가 떨어뜨린 지뢰처럼 끔찍한 그 비밀. 갑자기 줄리아는 궁금해졌다. 모든 문제의 시작은 자신이 제너비브의 비밀을 아트에게 숨긴 바로 그 순간이 아니었을까? 자신이 외도의 원인을 제공한 게 아닐까? 아니면 남자들이 바람을 피울 때 여자들이 자신을 탓한다는 게 이런 건가? 그녀는 아트에게 눈길을 주었지만 어둠 속에서 그의 표정을 읽을 수는 없었다.

"저 언제까지 기다려요?"

제너비브가 원래 모습으로 돌아와 전화를 걸어왔다. 잭에 대한 속마음은 어느새 감춰져 있었다. 아트와 줄리아는 황급히 서로 떨어졌다.

하지만 줄리아는 이런 순간이 너무나 그리웠다. 그녀는 아트에게 잠시 기댔지만, 바로 다음 순간 그의 손을 억지로 놓았다. 마치 그런 일이 전혀 없었던 것처럼. 그리고 자신이 속한 일터로 돌아갔다.

지금은 늦은 시각이다. 줄리아는 거의 집에 도착했다. 나인스에게는 일을 맡겼다. 그는 이 일에 딱 맞는 사업, 즉 신분을 거래하는 일을 하고 있었다. 줄리아는 자신이 택한 방식이 도움이 되기만을 바랐다.

줄리아는 집에 도착해서 지친 몸으로 현관문을 열었다. 그때 휴대폰이 울렸고 그녀의 머리는 혼란 속에서 헤엄치기 시작했다.

"줄리아 데이입니다."

그녀는 엠마의 전화를 받으면서 한쪽 눈으로 복도를 힐끗 보았다. 뭔가 이상한 느낌이 들었지만 정확히 무엇인지는 알 수 없었다. 아트와 제너비브는 브리스톨의 골프 게임장에서 집으로 오는 중이었다. 지금 이 느낌은 평소엔 꽉 차 있던 집이 텅 비어있을 때 찾아오는 이상한 기분 탓일 것이다. 딸을 생각하니 슬픔 한 방울이 가슴을 타고 흘러내리는 것 같았다. 줄리아가 사건을 은폐한 것이 모든 걸 악화시켰다는 제너비브의 말은 진심이었을까?

"말씀하세요, 엠마."

줄리아는 상대의 말을 재촉하며, 이 직업이 다른 직업들처럼 평범하면 얼마나 좋을까 잠시 생각했다. 통화가 녹음되고 있을 때도, 지금처럼 공식적인 업무 상황이 아닐 때도 그녀는 전화를 받지 않을 수가 없었다.

"매튜가 물품 보관함을 쓰고 있었어요. 그 안에서 네 가지 물건을 찾았어요."

엠마의 말을 듣자 줄리아는 이것이 범상치 않은 전화임을 깨달았다. 업무를 알리는 전화도 아니고, 경찰이 어떤 이유로든 매튜를 기소할 생각인지 확인하는 전화도 아니며, 올리비아가 어떻게 어디서 발견되었는지 알아내려는 전화도 아니었다.

줄리아는 복도에 서 있었는데 밖에서 들어온 모래가 아직도 발밑에서 유리처럼 서걱거리며 밟혔다. 조명이 꺼져있어 완전한 어둠 속이었지만 상관없었다.

"무슨 물건인데요?"

"여권 두 개요. 하나는 세이디 것이고 하나는 또다른 여성의 것이에요."

줄리아는 몸속에서 어떤 섬광이 지나가는 것을 느꼈다. 의사는 단순히 아드레날린 작용이라고 하겠지만 줄리아에게 이것은 순수한 본능, 그리고 그 이상의 무엇, 즉 확실한 깨달음이었다. 경찰은 수사 기간 중에 세이디의 여권을 찾으려고 무진 애를 썼었다. 한 번도 사용된 적이 없다고 확신하면서도 경찰은 결국 그것을 못 찾았다. 그런데 1년이 지난 지금 여권이 떡하니 나타난 것이다.

"두 번째 여권은 누구 건가요? 프루던스?"

"게일 한나라는 여성이에요."

줄리아는 주방으로 들어가서 휴대폰을 어깨와 턱 사이에 끼운 채 종이에 이 내용을 받아 적었다.

"알겠습니다. 이 사람에 대해서 알아볼게요. 세 번째 물건은 뭔가요?"

"금발 머리카락 뭉치예요."

전화 속 목소리만으로도 줄리아는 엠마가 이것이 사건과 관련이 있다고 생각한다는 것을 알 수 있었다. 엠마로서는 마지막 폭로를 한 셈이었다. 하지만 줄리아는 머리카락이 중요하다고 생각하지 않았다. 이미 마음속에 사건에 대한 이론이 있었기 때문이었다.

"네 번째는요?"

"피 묻은 옷들이에요."

이것은 줄리아의 예상을 벗어난 물건이었다.

"얼마나 심하죠?"

"끔찍해요."

"알았어요. 저한테 가져다 주세요. 이중 포장해서요."

"그리고 매튜는 이 물품 보관 센터 외에도 방문하는 곳이 있었어요. 식당이에요. '탠디의 올 아메리칸 다이너'. 매튜는 저보고 이 얘기는 하지 말라고 했어요."

줄리아는 이것도 기록했다.

"오세요. 와서 같이 얘기해 봐요. 저한테 그 물건들을 보여주시고요."

줄리아는 잠시 망설이다가 한마디 덧붙였다.

"경찰서 말고 저희 집으로 오세요."

또 하나의 선을 넘었다.

엠마는 아무 대답 없이 침묵했다. 판단하는 것일 수도, 단지 이 상황을 이해하려 하는 중일 수도 있었다. 어느 쪽인지 줄리아는 확신할 수 없었다. 그러다 갑자기 줄리아의 마음이 딴 곳으로 향했다. 잠시 전화 때문에 주의가 흩어졌었지만 그전에 했던 생각이 다시 떠올랐다. 집이 평소와 다르게 느껴진다는 것. 텅 빈 게 아니라는 감각. 아무도 없다는 데서 오는 공허한 경외심이 있어야 하는데 오늘 밤은 그런 느낌이 없었다. 줄리아는 본능에 귀를 기울였다. 원하든 원치 않든 본능은 그녀에게 뭔가를 알려주기 때문이다.

복도는 추웠다. 평소보다 더 추웠지만, 집에 아무도 없었고 십 대 청소년이 난방을 트는 법은 없기 때문에 어찌보면 당연했다. 모든 게 제자리에 있었다. 신발은 신발장에, 코트는 난간에 걸려있었다. 라운지 공간에는 조명이 꺼져있었다. 하지만 아트는 대개 조명 하나를 켜 둔다.

"알았어요. 댁이 어디세요?"

엠마가 대답한 순간 줄리아는 뭔가를 보았다. 거실에서 휙 움직이는 형체. 온통 검은색으로 차려입은 사람이었다. 뜨거운 섬광이 팔을 타고 올라왔다가 다시 손으로 내려갔다. 시간이 없었다. 5초나 10초? 이 시간을 이용해 줄리아는 엠마에게 집 주소를 알려줄 수도, 경찰에 신고할 수도, 혹은 자신의 영혼을 구할 수도 있었다. 하지만 줄리아는 그렇게 하지 않았다. 그 형체는 줄리아에게 들킨 것을 눈치채고 그녀를 향해 천천히 다가왔다. 처음 봤을 때와 달리 복면을 쓰고 있지 않았다. 장갑과 검은 옷. 그리고 줄리아가 잘 아는 얼굴. 그는 줄리아의 휴대폰을 낚아채 자기 주머니에 넣고 손으로 그녀의 입을 틀어막아 아무 말도 못하게 만들었다. 그리고 줄리아를 질질 끌고 나가 자기 차에 태웠다. 이 모든 것이 5분도 걸리지 않았다.

실종 1일 째

JUST ANOTHER MISSING PERSON

40
루이스

통화 연결음이 계속 울렸지만 줄리아는 받지 않았다. 그녀가 보낸 문자 메시지는 좋게 봐도 수수께끼 같았고 나쁘게 본다면 의도적으로 오해를 불러일으키는 것 같았다.
'보다폰✢ 메시지 서비스입니다.'
줄리아에게 계속 전화를 걸었지만 이 안내 멘트만 나왔다. 네가 실종된 때를 상기시키는 저 멘트. 물론 비교할 바가 못 되지만.
자정이다. 왜 줄리아는 그 문자 하나만 달랑 보내놓고 묵묵부답인 걸까? 욜란다를 깨우기도 싫고 어떤 결정을 내릴 수도 없어서 나는 주방에 서서 그 문자만 뚫어지게 쳐다보았다.
'탠디의 올 아메리칸 다이너.'

✢ 본사가 영국에 있는 글로벌 이동 통신 기업

검색해 보니 이곳은 브리스톨 반대편에 있는 낡은 미국식 식당이고 여기서 차로 최소한 한 시간이 걸리는 거리였다. 24시간 영업하는 곳으로 트럭 운전사, 항만 노동자, 오갈 데 없는 사람들이 자주 찾는 곳이다. 방문 후기 중에 '커피, 분위기, 음식 모두 형편없음'이라는 내용이 있었는데 사진만 봐도 꽤 정확한 표현 같았다.

지금 거기로 가야 하나? 주방 조리대 주위를 천천히 돌면서 생각해 봤다. 맹세컨대 세이디, 내가 무엇을 할 것인지 알고 있으면서도 먼저 나 자신에게 그걸 정당화해야 하는 상황이었다. 그래서 경찰서에 전화를 걸어 줄리아와 통화해 보려고 했지만 물론 그건 불가능했다. 마치 영국 정보 보안국이나 더 심하게는 영국 의료 서비스 병원✢과의 통화에 성공하는 것만큼이나 거의 가망이 없는 일이었다. 욜란다를 깨우지는 않았다. 뭐라고 말할지 뻔하기 때문이다. '신경 쓰지 말고 거기 가지 마. 문자 메시지는 무시해.' 혹은 더 나쁜 경우, 침착한 사람이 흔히 그러듯 '그냥 기다려 보지 그래?'라고 할 수도 있었다. 하지만 난 그렇게 못한다. 난 그런 사람이 아니다.

그래서 나는 조리대 주위를 두 번째로 돌면서 결정을 내렸다. 의무사항이든 아니든, 지금이 자정이든 아니든 상관없이 나는 탠디의 올 아메리칸 다이너에 갈 것이다. 너를 죽인 살인자를 수사하는 담당 경찰이 나한테 거기에 가라고 했으니까.

✢ 영국 의료 서비스에서 운영하는 병원은 예약하고 진료받기까지 오래 걸리기로 악명이 높다.

그 식당은 브리스톨의 중심가, 강에서 두 블록 떨어진 뒷골목에 있었다. 별로 눈에 띄지 않는 스타일의 가게였다. 이목을 끌지 못할 만큼 구석에 박혀있었다. 숨겨진 명소가 될 만한 곳도 아니고, 반대로 유동인구가 많아서 쉽게 눈길을 끄는 곳도 아니었다. 내가 여기에 온 걸 아는 사람은 줄리아뿐이겠지.

미국식 식당을 표방했지만 사실은 어설프게 흉내낸 수준이었다. 미국 문화를 비슷하게 재현하기는 했지만 현실과는 묘하게 달랐다. 식당은 욕실 자재 상점과 하얀 페인트로 칠한 '스완'이라는 펍 사이에 위치하고 있었다. 빨간색과 흰색이 들어간 차양, 네온사인, 파란색과 흰색 줄무늬 문이 있는 이곳은 식당이라기보다는 무슨 영화 촬영 세트장 같았다.

문을 밀어 열고 들어가면서 생각했다. 만약 줄리아가 그 문자를 보낸 게 아니라면? 나를 함정에 빠뜨리려고 다른 사람이 보낸 거라면? 나는 몸을 떨면서 애써 그런 생각을 지웠다. 그래, 뭐 그렇다면 해 보라지. 어쨌든 난 여기 왔으니까.

머리 위에서 종소리가 딸랑거렸다. 새벽 1시답게 그곳은 텅 비어있었고 나는 전율을 느꼈다. 왜냐고? 뭔지 모를 예감이 들었기 때문이다. 좋은 쪽으로든 나쁜 쪽으로든 곧 중요한 변화가 생기리라는 걸 직감했다. 바테이블 쪽을 훑어보았는데 아무도 없었다. 갈라진 빨간 가죽이 씌워져 있는 스툴 좌석 다섯 개. 주크박스. 아무도 없는데 허연 내용물을 계속 젓고 있는 밀크쉐이크 기계. 선데 아이스크림 유리잔에 담긴 줄무늬 빨대. 열 몇 개쯤 되는 칸막이 자리에는 빨간 테이블 위에 메뉴가 올려져있고 판유리창 밖의 뒷골목에는 사람의 그림자조차 보이지 않았다. 뒤쪽 방이 비어있어서 거기로 가 봤다. 지저분한 업소용 식료품 저장실 같은 곳이었다. 즉석식품들이 가득했다. 미국식 팬케이크, 미국식 밀크쉐이크 믹스, 캔에 담긴 미국식 핫도그, 선반에서 손가락 모양 응원 도구처럼 툭 튀어나와 있는, 셀로판지로 포장된 30센티미터 길이의 미국식 번.

여기엔 정말 아무도 없다. 마치 누군가가 손가락으로 내 척추를 한 번 날카롭게 훑고 내려간 듯 등이 오싹해지기 시작했다. 내가 왜 여기 와 있는 거지? 아무 생각 없이 무심코 줄리아를 믿은 건 아닐까?

그때 뒤에서 쾅 하고 문 닫는 소리가 들렸다. 화장실로 통하는 문이었다. 그리고 발소리. 나는 숨을 참은 뒤 눈을 감고 기다렸다. 가만히 서서 아무것도 하지 않기로 했다. 모든 걸 잃은 사람은 이렇게 된다.

잠시 후 나는 몸을 돌렸다. 그런데, 이건 꿈인가 보다. 내가 죽어서 천국에 간 게 틀림없다. 내 눈앞에 네가 있었다.

너다. 바로 너야. 맞아, 너잖아. 그런데 나는 여기에 깨어있다. 넌 진짜다.

너를 향해 비틀거리며 걸어갈 때 마치 내 영혼이 몸에서 빠져나와 열기구처럼 이쪽저쪽으로 흔들리면서 행복하게 떠다니는 것 같았다. 그리고 오 하느님, 네 팔의 살은 진짜다. 네 눈에서 흐르기 시작한 눈물도 진짜다. 따뜻한 몸을 가진 살아있는 너.

"아빠."

네가 가늘고 울음 섞인 목소리로 말했다. 너는 전보다 더 말랐고 머리는 검게 염색한 상태였다.

"너구나."

내가 할 수 있는 말은 이것뿐이었다.

"네, 저예요."

나는 대답 대신 그저 바닥에 무너지듯 무릎을 꿇으며 너를, 순순히 안겨오는 너의 놀라우면서도 진짜인 몸을 안았다. 하늘에 떠 있는 행운의 별들 하나하나에 감사를 드렸다. 네가 여기 돌아와서, 네가 내 품에 있어서, 네가 너라서.

41
엠마

"경감님이 뭐라고 했어요?"

네가 나한테 물었어.

"제가 곧 체포되나요?"

나는 손안에 있는 휴대폰을 들여다봤어.

"경감님은… 사라졌어."

나도 상황을 이해할 수 없었어. 휴대폰에는 통화 실패 알림 문구가 떴어. 다시 통화 버튼을 눌러봤지만 곧장 음성 메시지로 연결되었지.

"사라졌다고요?"

"나도… 잘 모르겠어. 경감님이 그냥… 없어졌어. 내가 찾은 것들이랑 그 식당 얘기를 하고 있었는데… 경감님이… 사라져 버렸어. 전화를 끊고서. 무슨 일이 있었던 것 같아. 잘 모르겠지만 뭔가 실랑이하는 듯한 소리가 들렸어."

놀랍게도 너의 분노와 절망이 흔적도 없이 사라진 것 같았어.

"실랑이요? 무슨 일인데요?"

너는 내 쪽으로 성큼 다가왔어. 밖에서 차 한 대가 지나가면서 거실에 하얀 섬광을 한순간 드리웠어.

"모르겠어. 통화 중이었는데 갑자기 전화가 끊어진 거야."

너는 엄지손톱을 입에 물고서 거실 이쪽저쪽을 초조하게 왔다 갔다했어. 세이디가 사라지고 네가 처음으로 조사를 받고 그다음에 올리비아 사건이 터지고 네가 두 번째로 체포될 때까지, 이 모든 과정에서 네가 이렇게 불안해하는 모습은 처음이었어. 넌 그동안 짜증을 내고 가끔 힘들어했지만 이 정도는 아니었지. 지금 네 모습은 마치 칼 위에서 아슬아슬하게 걷는 사람 같았어. 걸음걸이가 이상하고 움직임은 재빨랐어.

"경감님은 괜찮아요?"

"나도 몰라."

난 분명하게 사실대로 말했어. 데이 경감보다는 너한테 신경 쓰고 있기 때문이지. 말도 안 되지만 부모란 존재는 원래 이런 식이야. 네가 누구든, 뭘 했든, 내가 널 경찰에 넘겼든 아니든 그건 중요하지 않아. 나는 항상 너를, 내 몸속에서 키운 아이를 사랑할 거야.

너는 거실 건너편에서 나를 힐끗 보았어. 이 느낌을 설명 못하겠는데, 몇 달 만에, 어쩌면 1년 만에 처음으로 우리가 눈을 마주친 것 같아. 내 눈을 보는 너의 파랗고 강렬한 눈빛은 마치 레이저 같았어.

"저는…."

넌 나를 계속 주시하면서 입을 열었지.

"그래, 말해봐."

나는 너를 겁주지 않으려고 작은 소리로 속삭였어. 밖에서 차 한 대가 또 전속력으로 지나갔어. 우리는 브레이크 등이 저 멀리 사라지는 것을, 그리고 다시 어둠이 내리고 떨어지는 빗방울이 가로등 불빛에 비치는 모습을 같이 지켜봤어.

"데이 경감님은 그 식당에 가면 안 돼요."

"왜?"

"위험하거든요. 우리 모두 다요. 알고 있는 사람은 다 위험해요."

"무슨 말이야?"

나는 그 자리에 서서 동물처럼 재빠른 몸놀림으로 너를 지키기 위한 방어 태세를 갖추었어. 이제 드디어 때가 온 건가? 나는 대답을 들을 준비가 됐어.

너는 잠시 멈추고 나를 보면서 침을 삼켰어.

"세이디는 그 식당에 있어요. 그리고 데이 경감님이 만약 세이디를 찾으면…."

나는 입을 떡 벌린 채 할 말을 잃었어. 사람들이 가끔 쓰는 표현이지만 나한테는 이런 일이 일어난 적이 없었는데, 단어를 찾는 능력 자체를 잃어버렸어. 할 수 있는 거라곤 너를 멍하니 쳐다보는 것뿐이었지. 온몸이 차갑게 식고 치아가 덜덜 떨리기 시작했어.

"세이디가 살아있다고?"

"데이 경감님이 세이디를 찾으려고 하면 감시를 당할 거예요."

"세이디가 왜 거기 있는 거야?"

난 아직도 이해할 수가 없었어. 이렇게 긴 시간이 지났는데, 이제 와서 살아있다니. 게다가 이건 나한테만 놀라운 소식임이 분명했어. 넌 알고 있었으니까.

"잘 들어보세요."

네 목소리에는 절망과 불안이 가득했어.

"제가 장담하는데 이건 목숨이 달린 문제예요. 데이 경감님이 거기 가면 누군가가 뒤쫓을 거예요."

"그게 누군데?"

넌 이제 나를 똑바로 쳐다봤어.

"경감님이 집에 있었어요?"

"맞아."

"주소를 아세요?"

"아니, 거의 몰라… 경감님이 나한테 주소를 말해주려는 참이었어."

"경감님이 그 식당으로 가려고 했어요?"

네가 물었지만 우린 둘 다 답을 알고 있었어. 줄리아는 당연히 그 식당을 확인하러 갈 거야.

"나한테 전부 설명해 줘야 할 거야."

"시간이 없어요."

너는 서둘러 복도로 달려가더니 운동화를 신기 시작했어. 잠시 신발끈과 씨름하더니 짜증을 내며 운동화의 발등 덮는 부분을 잡아당겼지.

"경감님 집이 어딘지 알아야 해요."

"해변에서 가깝다고 말해준 적이 있어. 아마도… 경찰서에서 알려주지 않을까?"

"그럼 가는 길에 주소를 물어보면 되겠네요."

넌 급하게 말했어. 눈빛이 다시 레이저처럼 강렬해졌지.

"앤드루?"

나는 눈물을 참으며 눈을 깜빡였어. 난 아직 이 말을 해야겠어. 너를 따라가기 전에, 네 계획에 동참하기 전에.

"네가 죽이지 않았구나."

나는 작은 목소리로 말했어. 너는 코트를 입다가 멈추고 돌아섰어. 그리고 다시 나를 바라보았지.

"네."

넌 바닥을 쳐다보면서 코트를 다시 입기 시작했어.

"전 아무도 안 죽였어요."

너는 힘이 빠진 듯 말했고 나는 너한테 손을 뻗었어. 이걸로 충분한지는 모르겠지만. 이 몸짓, 이 작은 화해의 제스처 하나로 네가 그간 받아온 의심이 덜어질 수 있을까? 그리고 내가 왜 그럴 수밖에 없었는지 네가 이해할 수만 있다면, 내가 너를 잘못 키워서 이렇게 된 게 아닐까 나 자신을 의심했기 때문에 너를 못 믿게 된 거라고 네가 알아줄 수만 있다면 얼마나 좋을까?

"저는 세이디를 지켜주려고 한 거예요. 너무 위험했으니까."

너는 팔을 내저었지만 나는 그 몸짓이 무얼 뜻하는지 알 수 없었어.

"제 의도는 그거였어요."

네가 작게 한마디 더 했어. 이제 네 눈이 생기 없이 흐릿하다는 걸 알 수 있었어. 나는 눈을 감고 내 피에 쏟아져 들어오는 너무나 영광스러운 느낌, 그 평온함에 잠시 기댔어. 너는 아무도 죽이지 않았어. 그리고 무엇보다 너는 착한 애야. 오직 그 애를 지키기 위해서 그 모든 혐의를 받아들이고 기꺼이 감수했잖아.

"경감님을 감시하는 게 누구야? 세이디를 감시하는 사람이?"

"나쁜 사람이죠."

너는 운동화를 신고 한쪽 팔을 코트 안에 넣은 채로 눈을 깜빡였어.

"그게 누군데?"

"경찰이요."

42
루이스

우리는 팬케이크 소스와 통조림 핫도그가 가득한 뒤쪽 방 안에 있다. 내가 한 시간 전에 여기 도착한 이후로 손님이 하나도 오지 않아서 다행이다. 나는 멈추지 못하고 계속 울었으니까. 너는 쇄골이 드러날 만큼 말라서 어깨가 완벽히 옷걸이 모양 같았다. 살이 너무 많이 빠졌고, 검은색이 된 머리카락에는 윤기가 사라졌다. 뺨도 움푹해졌지. 하지만 넌 여기 있다. 현실로 느껴지지 않지만 정말로 넌 여기에 존재한다.

너는 검은색 발레 플랫슈즈를 신고 깡마른 무릎까지 오는 치마를 입고 있다. 네가 태어난 후 처음으로 네 모습 안에서 내가 보인다. '애니의 맥 앤 치즈' 상자 위에 앉은 너는 한쪽 발을 불안하게 위아래로 까닥거렸는데 나도 똑같은 습관이 있다. 너는 나를 보고 있다. 정말 너 맞구나. 어떻게 이런 일이 있을 수 있지? 이렇게 운이 좋은 사람은 없지 않나? 지금까지 한 번도 꿈을 꾸고 있다고 생각한 적이 없었는데, 오늘은 정말 꿈꾸는 것 같다. 내 팔에는 꼬집은 자국이 생겼다. 욜란다한테 말하기가 너무 두렵다. 네가 다시 사라질까 봐 무서워서 아무것도 못하겠다. 네가 나한테만 보이는 신기루일까 봐.

"맞아요, 저예요."

이렇게 말할 때 네 입은 내가 그토록 그리워했던 작은 '오o'모양을 만들었다.

"도대체 어떻게 된 거야?"

나는 너에게 손을 뻗으면서 말했다. 내 손안에 들어온 네 손은 마치 작고 따뜻한 행복 주머니 같다. 나는 그레이엄 크래커✤ 상자 위에 앉아 있었는데 내 몸무게 때문에 천천히 기울어지고 있던 상자가 넘어지려 해서 급하게 막고서, 그 상자를 네가 앉은 상자 옆으로 옮겼다. 우리는 여기에 손을 잡고 함께 있다. 그리고 세이디, 나는 어떤 말도 들을 준비가 되어있다. 무슨 말을 듣더라도 네가 무사히 돌아왔다는 기쁨을 망칠 수는 없을 거다.

너는 전보다 창백해졌다. 피부의 촉감도 전과 달리 건조해졌고 마치 흡연자처럼 입 주위에 잔주름이 생겼다.

"지금 위험에 처해있니?"

"네."

넌 우리가 열고 들어온 문을 확인하듯 바라보다가 또 다른 문인

✤ 목사인 실베스타 그레이엄 박사가 1829년경 미국에서 개발한, 달콤한 맛의 크래커

넓은 금속 손잡이가 달린 방화문으로 시선을 옮겼다.

"누가 널 위협하는데?"

"이런 일이 생길 줄 알았어요. 저는…."

너는 나를 쳐다봤다. 그리고 다시 눈길을 돌리고 어깨를 턱 높이까지 올린 채 네 머리 바로 위쪽에 있는 초콜릿 푸딩 통조림들을 만지작거리기 시작했다. 네 행동은 너무나도 너다워서 내 눈이 아플 지경이다. 너무 생생해서 거의 총천연색처럼 보인다. 나는 1년 동안 너의 아바타인 올리비아와 함께 지냈다. 네가 사용한 적이 있는 표현들을 어설프게 흉내낸 소셜 미디어 게시물을 올리면서 너와의 유일한 연결고리로 삼았던 거다. 그런데 이제 네가 여기 있다.

"저는 돌아갈 수 없어요."

너는 재빨리 말했다.

"그건 안 돼요."

너는 내 눈을 똑바로 쳐다봤다.

"어째서?"

힘주어 말했지만 별로 걱정스럽지 않았다. 당연히 넌 돌아올 수 있으니까. 하지만 넌 눈을 감고 말했다.

"그냥 안 돼요."

"세이디."

나는 갑자기 다시 부모 역할로 돌아왔다. 욜란다에게 우리는 항상 세이디의 부모일거라고 말한 것처럼.

"네가 무슨 일을 했든 우린 상관 없어. 엄마 아빠는… 절망에 빠졌다가 겨우 마음을 추스른 상태야."

혹시 너를 탓한다고 느낄까 봐 덧붙였다. 나는 너를 비난할 생각이 없다. 네가 뭘 했든 정말 상관없다. 난 지금 사랑에 푹 빠져서 아무것도 개의치 않는 남자니까.

"알아요."

"계속 여기에 있었던 거니?"

너는 고개를 끄덕였다.

"형편없는 쉐어 하우스에서 지내고 돈은 현금으로 썼어요."

너는 검은 머리카락을 귀 뒤로 넘겼다. 머리 뿌리에 연한색이 조금 자라있었다. 1년도 넘었으니 너도 모르게 변장에 대해 느슨해졌을지도 모른다. 익숙해졌겠지.

"왜?"

넌 이마를 문질렀다.

"아빠는 저를 지켜줄 수 없어요."

"할 수 있어."

나는 너를 찾으려고 온갖 일을 마다하지 않았던 시간을 떠올리면서 단호하게 말했다. 앤드루를 추적하고 가상의 인물을 만들고 경찰을 매수해서 비공식 수사를 하게 만들고 결국 오늘밤 여기까지 온 거다. 줄리아가 여기를 어떻게 알았을까? 알 수도 없겠지만, 알고 싶지도 않다. 너를 지킬 수만 있다면 이 사건이 영원히 미결인 채로 남아도 좋다.

너를 돕기 위해 못할 일은 하나도 없다. 난 뭐든지 할 수 있다. 그렇게 때문에 모든 부모는 슈퍼 히어로인 거다.

"제가 실종되기 전 여름에 있었던 일이에요."

"그래."

"아주 더운 날이었는데, 보도 블록이 녹아내릴 정도라고 뉴스에 나오는 그런 날이었어요. 그 폭염 생각나세요? 그날 일찍 퇴근했는데 에어컨이 고장나서 다들 나오게 된 거거든요."

"당연히 기억하지."

"밖에 어떤 여자가 아이 두 명을 데리고 있었어요. 아직 어린애들이었는데 곧 강제 추방될 상황이었죠."

그때 문 가까이에서 발소리가 들렸고 너는 소스라치게 놀랐다. 나는 자동으로 일어나서 문 앞을 가로막았다. 경계심으로 가득한 내 등이 떨리는 게 느껴졌다. 너는 뒤를 힐끔 돌아봤다.

"너 여기에 혼자 있어?"

하지만 너는 겁에 질려서 대답을 못하고 마른 어깨 너머로 자꾸 뒤를 보기만 했다.

"여기 누구랑 같이 왔어요?"

넌 속삭이며 말했고 나는 갑자기 숨어 지낸 지난 1년이 너에게 어떤 시간이었을지 깨달았다.

"아니야. 나 혼자 왔어. 근데 여기서 혼자 일하니?"

"보통은 그렇지 않죠. 근데 오늘은 제 상사가 집에 갔어요."

너는 미동도 없이 밖을 향해 귀를 기울였다. 그리고 내 쪽을 한 번 더 힐끗 보았다. 나는 너한테 손을 뻗었다.

"같이 가자."

넌 내 손을 잡았고 우리는 방화문 밖으로 나왔다. 주차장은 텅 비어있었고 바람이 불어왔다. 우리는 차를 향해 발걸음을 재촉했다. 너는 끊임없이 뒤를 돌아보았지만 나는 한 번도 뒤를 보지 않았다. 내 눈은 오로지 너를 안전한 곳으로, 안으로 데려가는 데에만 집중했다.

"고마워요."

차에 도착하자 너는 문에 손을 올리고 말했다. 가로등 불빛이 네 눈에 드리워졌는데, 문득 너와 율란다가 정말 닮았다는 생각이 들었다.

차 안은 조용하고 어두웠다. 나는 1년 전으로 돌아가서, 과거의 나 자신에게 이번 봄에 네가 돌아온다고 말해주고 싶은 심정이었다. 넌 지금 조수석에 앉아있다. 네가 있어야 할 곳으로 돌아왔다.

너는 네게 있었던 일을 이야기하고 싶어하는 것 같았다. 어둠 속에 숨는 것이 몸에 밴 사람처럼 너는 실내등을 끄고서 심호흡을 한 다음 입을 열었다.

"빈 여권이 필요하다고 했어요. 뭔지 아시죠?"

"그 여자가?"

"네. 그래서… 우리 집에 좀 있었잖아요."

넌 늘 하던 대로 두 발목을 X자로 꼬았다.

"못 쓰는 여권들 말이지?"

"맞아요."

어둠 속에서 나를 보는 네 눈이 한순간 반짝 빛났다.

"우리 집에 그런 여권들이 있었으니까, 쉬운 일이었어요. 어쨌든 다음 날 그 여자가 또 왔고, 그 다음 날도, 그 뒤로도 계속… 그래서 결국 제가 도와줬어요."

넌 어깨를 살짝 으쓱했다. 드디어 넌 모든 걸 고백했다.

"불법 이민자들한테 신분증을 줬구나."

"네. 처음에는 그 여자 것 하나였어요. 그리고 다음은 여자의 아이들 차례였죠. 저는 각자에게 맞는 여권을 주려고 신경을 썼어요. 인종이나 그런 게 최대한 잘 맞아야 하니까⋯ 나중에는 그 **여자가** 지인들의 여권을 의도적으로 인쇄해 주기 시작했어요. 스스로 위험을 자초한 거죠. 정말 어리석었어요."

너는 손으로 코를 쓱 문지르면서 말을 이어갔다.

"하지만 덕분에 그 사람들은 너무 행복해했어요."

너는 내 반응을 살피듯 다시 나를 보았다.

"그래서 멈출 수가 없었어요."

네가 옆으로 손을 내밀었고 그 손은 기어 손잡이 위로 툭 떨어졌다.

"저는 항상 좌파였잖아요."

나는 반쯤 미소를 지었다. 넌 정말 그랬지. 그리고 세이디, 넌 정말 모를 거야. 난 진심으로 아무 상관없다는 거. 너만 괜찮다면 너를 위해서 나는 평생 감옥에 갈 수도 있어. 난 진짜 괜찮아. 네가 한 일을 내가 했다고 하면 되잖아.

"그런데 어떻게 여기까지 오게 된 거야?"

"누가 이 일을 알게 됐어요."

너는 속삭였다.

"제 생각에 누가 그 얘기를 온라인에 올린 것 같아요. 다크 웹 같은 데였겠죠. 누군가가 알아낸 거예요. 진짜로 찾아와서 애걸하는 사람들한테만 해주고 있는데. 어떤 사람이 집 앞까지 나타나서 한 몫 잡으려고 저를 협박하기 시작했어요. 여권 20개를 내주지 않으면 신고하겠다고 했죠. 이게 계속되다 보니까 제가 공급망이 돼버렸어요."

너는 다시 바닥으로 시선을 내렸다. 네 발목은 너무 가늘었고 양쪽에 튀어나온 복숭아뼈는 마치 탁구공 같았다. 오, 세상에⋯ 욜란다가 널 잘 먹일 수 있는데. 도넛, 추로스, 네가 원하는 건 무엇이든 줄 수 있어.

"졸업 후 첫 직업으로 이런 일을 할 생각은 아니었어요."

넌 이 상황에서도 블랙 유머를 잊지 않았다.

"그 일당은 저한테 온갖 협박을 했어요. 제가 순순히 따르지 않으면 아빠가 그 일을 한 것처럼 만들겠다고요. 결국 통제 불가능한 상태가 됐어요. 여권 주문이 50개, 100개 한도 끝도 없이 쏟아졌죠. 어떻게 이렇게 됐는지 걷잡을 수 없을 때 있잖아요."

너는 어처구니없다는 듯 씁쓸하게 웃었다. 그런데 그 작은 숨결 안에 네가 어떤 사람인지 알려주는 작은 조각 하나가 들어있었다. 내가 올리비아를 만들어낼 때 사용한 그 조각은 찰나의 순간에 빛을 포착해서 무지개색을 만들어내는 다이아몬드 같은 거다.

"알지."

난 네가 하는 말을 너무나 잘 이해했다.

"그러다가 죽은 사람들의 여권이 들어왔을 때 그걸 만료 처리하는 대신 팔 수 있다는 걸 알게 됐어요. 정말 그러면 안 됐는데."

너는 이마를 문질렀다.

"진짜 바보 같았죠. 시스템을 찾아보면 누구라도 제가 뭘 하는지 알 수 있었을 거예요. 죽은 사람들의 신분을 가지고 살아가는 사람이 전국에 깔려 있을 거라고요, 아빠."

나는 프루던스를 떠올렸지만 입 밖에 내지는 않았다. 여권 만료 신청을 취소해 버린 게 너였던 거다.

"근데 너를 협박한 사람이 누구야? 갱단 일원?"

그 대신 나는 다급하게 물었다. 너는 아무 말 없이 입술을 깨물었다.

"말할 수 없어요."

네 시선은 갈 곳을 찾지 못하고 다시 식당 쪽으로 향했다. 나는 네 어깨로 손을 뻗었다. 이제 다시는 너를 보내지 않을 거야.

"이제 때가 됐어."

"하지만, 아빠."

넌 숨을 가다듬었다.

"절 죽이겠다고 했어요."

"누군데? 세이디. 알려줘야 돼. 경찰한테 말해야 한다고."

"그 **사람이** 경찰이에요. 이름이 조너선이라고 했어요."

43
줄리아

줄리아는 차 트렁크에 갇혀있었다. 범인은 어딘가에 차를 세웠지만 줄리아는 자신이 어디에 있는지 알 수 없었다. 집에서 2~3킬로미터 지점까지는 위치를 추적해보려고 했으나 그 뒤로는 방향 감각을 잃었다. 그녀의 오랜 동료이자 친구인 조너선은 뻔한 짓을 하지 않았다. 재갈도 물리지 않았고 몸을 묶지도 않았다. 그가 한 일은 브루투스가 카이사르에게 했듯이 줄리아를 배신한 것뿐이다. 도난 여권을 매개로 한 사업과 돈, 다크 웹의 연합체를 운영하기 위해 아무렇지 않게 그녀를 없애기로 했다. 그동안 조너선이 줄리아에게 순순히 협조한 데는 이유가 있었다. 루이스가 한 일을 덮고 조용히 넘어가도록 도운 것도, 올리비아 사건을 조용히 마무리 지은 것도 마찬가지였다. 조너선은 줄리아가 지금까지 세이디 사건을 손에서 놓지 않았다는 것을 알고 있었다.

줄리아는 소용없다는 걸 알면서도 아직 포기하지 않았다. 그녀는 처음으로 태풍의 눈에 들어간 채 두려움에 사로잡혔다. 더 이상 평온함은 없었다. 자신이 발견되지 않을 것임을 알았기 때문이다. 그들이 도착한 곳은 어딘지 몰라도 개미 소리도 나지 않을 만큼 완벽히 고요했다. 들리는 거라고는 한밤중 자연에서 나는 소리뿐이었다. 먼 바다에서 나는 소리일 수도 있고 강이나 바람 소리 같기도 했다. 어느 쪽이든 줄리아는 자신이 어떻게 될지 너무나 잘 알고 있었다. 솜씨 좋은 전문가의 손에 죽은 다음 감쪽같이 처리될 것이다. 그것도 이런 일을 20년 넘게 해온 남자의 손에.

줄리아는 발밑에서 돌멩이가 부딪히는 소리를 들었다. 귀가 아플 정도로 집중해서 귀를 기울였다. 자갈일까? 뭔가가 헐겁게 흔들리는 소리였다. 자갈이 깔린 해변인가? 더 이상 잃을 것이 없는 그녀는 그의 이름을 불렀다.

"조너선?"

발소리가 멈추었다. 그가 듣고 있다.

"어떻게 이럴 수 있어?"

간단하지만 동시에 무거운 질문이었다.

"개인적인 감정은 없어요."

그의 목소리는 차가웠다.

"하지만 이건 아니잖아. 나라고. 우린… 동료 사이야. 난 정말…"

줄리아는 왜 자신이 조너선과 흥정을 하고 있는지 이해할 수 없었다. 전부 착각이었다. 그들의 관계는 한번도 진짜였던 적이 없다. 범죄자와는 논쟁을 벌여봤자 아무 소용이 없다는 걸 그녀도 알고 있었다.

"사업 기회가 생겼을 뿐이에요. 약간만 삐딱해지면 되는 거죠."

"이럴 필요는 없잖아."

"줄리아, 당신이 상관할 바가 아니에요."

"하지만 어떻게 신분 세탁을 해주게 된 거야? 다른 것도 했어?"

"일하는 내내 저는 여러 가지 작은 사업들을 했어요."

조너선의 목소리는 어딘지 알 수 없는 곳에서, 차 밖의 어딘가에서 들려왔다. 그의 목소리에서 묻어나는 흡족함 때문에 줄리아는 그가 자신을 죽이려고 한다는 것을 알 수 있었다.

줄리아는 눈을 깜빡이며 조너선의 목소리를 외면했다. 도저히 더 이상 들을 수가 없었다. 형사로서의 직감을 가지고 있다고 생각했는데 자신의 오른팔에게 속아 넘어가다니.

조너선이 어딘가로 걸어가는 소리가 들렸다. 줄리아는 차갑고 딱딱한 트렁크에 누워, 사건의 전말을 알아냈던 순간을 생각했다.

"전에 물어봤던 건데,"

프라이스가 마침내 전화를 받자 줄리아는 이렇게 물었었다.

"이번엔 다른 의미로 묻는 거야. 목숨 하나에 얼마면 돼?"

"청부 살인 비용이요?"

프라이스는 지난번과 똑같이 말했다.

"목숨 사는 값 말이야."

매튜를 의심할 수도 있었지만, 줄리아가 간과할 수 없었던 중요한 사실이 있었다. 세이디가 여권 사무소에서 일했다는 것이었다. 프루던스 존스의 여권은 그곳으로 보내졌다. 줄리아의 형사 본능은 그 정보 한 조각을 계속 예의 주시했다. 단순한 우연이라고 보기엔 절묘하게 맞아떨어졌다. 뭔가 의미가 있지 않은 한 수사 과정에서 그런 우연의 일치가 발생하는 경우는 별로 없었다.

"정말 이상하네요."

프라이스는 사연을 듣더니 이렇게 말했었다. 그는 줄리아가 아는 사람 중에서 모호한 단서에 답답해하기보다 오히려 흥미를 느끼는 몇 안 되는 사람 중 하나였다.

"여권이 포함된 목숨 하나의 값은 시장에서 얼마 정도 할까?"

"아, 풀즈Fullz 말씀이시군요."

프라이스는 뭔지 알겠다는 듯 바로 답했고, 줄리아는 고개를 뒤로 젖히고 눈을 감은 채 범인에 대해서는 잊어버렸다. 이것이 그녀가 프라이스와 일하는 이유였다. 그는 전문가다. 단지 줄리아가 범죄를 막는 동안 그는 범죄를 저지르고 있을 뿐이다.

"풀즈?"

"풀 아이덴티티Full identity, 즉 위조 신분 종합 세트를 말하죠. 바로 사용할 수 있을 정도로 모든 정보가 갖춰진 신분이요. 아마 1천 파운드 정도 될 걸요?"

"꽤 돈벌이가 되는 거네. 두 번째 질문. 이 신분들에 접근 가능한 어떤 여자가 이걸 공급하다가 갑자기 멈춘다면 어떻게 될까?"

"무조건 죽음이죠. 갱단에서 배신은 최악의 행동이에요."

프라이스는 전화를 끊기 전에 이렇게 말했다.

줄리아는 자신이 옳았음을 알았다. 세이디는 여권을 거래하고 있었다. 매튜는 세이디를 보호하기 위해서 기꺼이 누명을 썼다. 그는 사실 그녀의 불법 행위를 막으려고 했다. 두 사람이 싸웠던 이유는 이 때문이었다. 비트코인 송금도 이와 관계된 것이고, 프루던스가 실종되거나 국립 경찰 컴퓨터에 기록되지 않은 것도 같은 이유였다. 프루던스는 판매된 신분이었을 뿐이다. '**준비된 사람은 프루던스 존스입니다**'라는 문구도 이래서 나왔다. 프루던스는 실종된 여성이 아니고 여권이 거래된 인물이다. 실종 여성의 절반은 환상이었고 절반만 진짜였다.

매튜는 세이디를 위해 증거물을 기꺼이 가져가 주었다. 못 쓰는 여권과 비트코인 송금 내역, 그리고 세이디가 위장한 신분, 즉 게일 한나의 여권말이다. 매튜가 세이디의 물건들을 가지고 있었다는 건, 세이디가 죽은 게 아니라 어딘가에서 이것들을 기다리고 있다는 뜻이다. 그건 살인자의 흔적이 아니라 연인이 간직한 부적 같은 것이었다. 그리고 매튜는 조용하고 눈에 띄지 않는 식당들을 계속 찾아가봤다. 시도해 볼만한 가치가 있었다. 현금으로 돈을 받으면서 위조 여권의 신분으로 살아가기에 식당은 적절한 장소였다.

줄리아는 루이스가 프루던스의 여권이 만료되지 않았다는 것(신분위조가 일어나고 있다는 명백한 증거)을 말해주기도 전에 이것들 중 일부를 알고 있었다. 하지만 자신이 갖고 있는 일말의 희망을 루이스에게 알려줄 수 없었다. 줄리아는 세이디가 살아있을지도 모른다는 희망을 가지고 조사를 계속했지만, 루이스가 세이디의 살인자를 찾고 있다고 믿게두었다. 줄리아는 지금쯤 루이스가 세이디를 만났기를 바랐다.

엠마와 통화하기 전과 통화 중에 줄리아가 모든 것을 알아냈을 때, 조너선에게 휴대폰을 뺏기기 전 마지막 문자 메시지를 보낸 것은 이 때문이었다. 도움을 청하는 문자도, 아트나 제너비브에게 보내는 문자도 아니었다. 줄리아는 최선을 다해 제너비브를 지켰다. 그리고 최후의 한마디를 루이스에게 남겼다. 자신의 직업 때문이기도 했지만 아버지와 딸을 재회시키는 것이야말로 마지막 순간에 할 수 있는 최선의 행동이라고 생각했기 때문이었다. 자신은 최후를 맞을지라도.

그리고 지금 여기, 나쁜놈의 차 트렁크에서 줄리아는 운명을 맞게 됐다. 그녀는 마음의 준비를 하며 눈을 감았다. 조너선은 돈에 민감했고 그것을 지키려고 애쓰는 사람이었다. 당연히 또다른 사업 기회를 찾았을 것이다.

처음에는 환각일 거라고 생각했다. 시원한 밤공기가 느껴지더니 시끄러운 소리가 들렸다. 줄리아는 망상이라고 여겼다. 이 모든 게 환영에 불과하다고.

하지만 아니었다. 트렁크에서 쾅 하는 소리가 났다. 줄리아는 흠칫 놀라 눈을 계속 감은 채 조너선이 빨리 일을 끝내기를 기다렸다. 또 한번 소음이 들렸다. 그래도 루이스와 세이디는 만났을 것이다. 엠마는 매튜가 착한 애라는 걸 알게 될 것이다. 이 정도면 해피 엔딩 아닐까? 결국에는 줄리아가 모든 것을 바로잡지 않았나? 그녀는 가족을 위해 이 긴 여정을 시작했지만 마지막에는 자기 생명을 바쳐 직업인으로서의 의무를 다하고 가족과 작별하게 되었다. 어느 쪽도 옳다고 할 수 없다. 그녀는 평생 이런 위치에 있었다.

바깥공기의 냄새가 난다. 트렁크 문이 천천히 올라간다. 헬륨

풍선이 위로, 위로 떠오르듯. 조녀선이 보인다. 그리고 밤공기를 가르는 한 발의 총성. 바로 앞에서 천둥이 치듯 커다란 두 음절의 총소리와 메아리가 들렸다. 그 소리가 지나간 후에 남은 것은 침묵 뿐이었다.

19개월 후

**JUST
ANOTHER
MISSING
PERSON**

44
줄리아

"모두 일어나세요."

판사가 말을 마치자 줄리아는 자리에서 일어섰다. 브리스톨 크라운 법원의 1번 법정 안이었다. 법원은 외부에 발코니가 있는 웅장하고 창백한 석조 건물로 재판보다는 왕실의 결혼식에 더 어울릴 만한 곳이었다.

줄리아는 예전부터 어쩌면 여기서 모든 게 끝날 수도 있다고 종종 생각해왔다. 비극적 사건들이 대부분 이곳에서 암울한 결말을 맞았고, 줄리아 자신의 사건도 같은 운명에 처할 터였다. 드디어 잭 살인사건에 대한 줄리아의 재판이 열리게 되었다. 줄리아는 제너비브의 범죄를 뒤집어썼다.

한겨울, 12월 초였다. 바깥 풍경은 해가 방금 뜬 것인지 아니면 다시 지려고 하는지 분간하기가 어려웠다. 크리스마스가 가까워지면 일출과 일몰이 합쳐져 세상은 영원한 새벽이자 황혼이 된다.

재판은 줄리아가 원했던 것보다 늦게 시작되었다. 일정 문제와 결석한 배심원들까지, 이 재판은 시작부터 난관의 연속이었다.

줄리아는 벤치를 바라보았다. 판사 한 명이 연보라색 법복을 입고 우스꽝스러운 빨간 장식띠를 두르고 있었다. 법정 한가운데에는 변호사들이 앉아있었다. 최악의 상황을 변호하거나 기소하는 역할을 맡은 사람들이었다. 피고측 변호인은 줄리아의 동생 빌이었고 가발과 법복을 착용하고 있었다. 빌은 그날 아침 줄리아에게 문자를 보내 새 법복을 샀는데 3XL사이즈라고 말했다.

"영광이네."

새 법복까지 준비할 정도로 진지하게 재판에 임하는 동생에게 줄리아가 건넨 답변은 진심이었다.

"판사석으로 가까이 와주시기 바랍니다."

판사가 변호사들에게 말했다. 줄리아는 제너비브와 아트가 앉아있는 방청석을 올려다보았다. 두 사람의 얼굴은 무표정했다.

판사는 '다니엘 데버'라는 순회 재판 판사였는데 이름을 '디바'라고 발음했다. 재미있는 이름에도 불구하고 줄리아는 그가 한 번도 유머를 발휘하는 것을 보지 못했다. 하지만 줄리아는 오늘 정말로 유머가 필요했다.

"시작해도 되겠습니까?"

검사 측 변호사가 일어서며 말했다. 패트리샤였다. 법정에서 발언할 권리를 가지고 있는 그녀는 늘 법정 변호사를 쓰지 않고 직접 변론에 나섰는데✝, 법정에 있을 때는 평소와 전혀 다른 사람처럼 변했다. 목소리는 낮고 단호했으며 몸가짐은 평소보다 더 꼿꼿했다.

"시작해 주십시오."

판사는 짧게 말했다.

빌이 고개를 들었다. 줄리아는 가슴 속에서 희망이 차오르는 것을 느꼈다. 그녀는 빌을 신뢰했다. 거의 아무도 믿지 않지만 빌만은 자신에게 자유를 줄 것이라고 믿었다.

아트와 제너비브가 앉아있는 방청석은 높은 곳에 있었다. 나무 패널로 된 박스형 좌석이 다른 사람들의 머리 위로 나와있었다. 그리고 저 위에, 청중과 경찰, 기자들이 있는 가장 높은 좌석 옆에 창문이 나 있었다. 중심가를 벗어난 창밖의 골목길에서 크리스마스 조명이 켜지기 시작했고, 추적이며 내리는 겨울비 때문에 흐릿해진 풍경은 만화경 속 같았다.

줄리아는 문득 가족이 자신을 수치스러워하는지 아니면 그들의 말대로 정말 자랑스러워하는지 궁금했다. 어느 쪽인지 확실히 알 수 없었다.

심문을 받고 돌아온 날 밤, 모든 것이 변한 그날 밤, 줄리아는 항상 그랬던 것처럼 아트에게 이메일을 보냈다. 1분도 안 되어 아트는 그것을 읽고 줄리아를 부르며 자기 방으로 오라고 했다. 줄리아는 그 강도 사건에 대해 아트에게 말해주었다. 비록 자신의 입장에

❖ 영국의 변호사는 법률 상담과 문서 작성을 담당하는 사무 변호사와 법정에서 변론할 권리가 있는 법정 변호사로 나뉜다. 사무 변호사도 상급법정 출석권 자격을 획득하면 법정에서 변론할 수 있다.

서 정리한 버전이었지만. 낡고 작은 손님방에서 두 사람은 나란히 침대 위에 앉았다. 그리고 아트는 자신만이 할 수 있는 방식대로, 온전히 줄리아의 말에 귀를 기울였다.

"방금 뭐라고 했어?"

줄리아가 이야기를 마쳤을 때 아트가 되물었다. 처음에 그는 정말로 이해하지 못하는 것 같았다.

"주차빌딩 안이었어. 그 사람이 갑자기 나타났고 내가 폭력을 너무 세게 썼어."

줄리아의 입에서 거짓말이 술술 흘러나왔다. 그녀는 이것이 제너비브를 위한 해결책이 되길 바랐다. 제너비브 스스로가 대가를 치르는 것은 아니지만 나름의 방식으로 책임을 지는 것이라고 믿었다. 아트는 턱을 살짝 들고 줄리아를 바라보면서 이 사건을 이해해보려고 애썼다.

"너무 수치스러워서 당신한테 말을 못했어."

아트가 고개를 숙이고 머리를 문지르는 것을 보니, 줄리아의 감정 표현이 그의 마음을 움직인 게 분명했다.

"그래도 이건…."

"당신은 내 직업을 싫어하잖아."

"당신을 너무 많이 빼앗아가서 그런 것뿐이야."

아트의 순수한 정직함이 맑은 봄 햇살처럼 줄리아의 마음을 비추었다.

"당신을 위해 남겨둔 몫도 많아."

줄리아가 말했다.

"그런데 왜 하필 지금 이런 말을 하는 거야?"

"말하고 싶었어. 계속 내 마음의 숙제로 남아있었거든. 그 일을 나 혼자만 알고 있는 게 아니었으니까."

"그랬구나."

아트는 항상 그랬던 것처럼 조용히 말했다.

줄리아는 아트를 보지 않은 채 그의 가슴에 머리를 기대고 말했다.

"당신이 그 여자랑 잤다고 해서 말 안한 건 아니야."

아트가 한숨을 내쉬었고 줄리아의 머리는 살짝 올라갔다가 내려갔다.

"알아."

"그 여자가 누군지가 문제였어."

"알고 있어. 내가 가장 후회하는 게 바로 그거야. 그 행동도 문제지만 상대가 그 사람이었다는 거."

"고마워. 그렇게 말해줘서 고마워."

"상대가 누군지는 중요하지 않았어. 난 너무 취해있어서… 아마 대걸레랑도 할 수 있었을 거야."

줄리아의 입에서 갑작스레 터져나온 웃음이 불꽃처럼 방 안에 번졌다.

"어떻게 그럴 수가 있지?"

"꼭 그 사람이어야 할 이유는 없었어."

대화가 끝난 뒤 줄리아는 곧 그의 방에서 나왔다. 말하지 않아도 전해지는 것들이 있었다. 하지만 다음 날 밤, 줄리아는 그곳으로 다시 돌아갔다. 그 다음 밤에도. 그 이후로 매일 밤 그곳으로 돌아간 줄리아는 자신이 감옥에 갇혀서 더 이상 갈 수 없을 때까지 계속 그렇게 하고 싶었다.

줄리아는 다시 패트리샤에게 시선을 돌렸다.

"주정부가 제출하고자 하는 의견이 있습니다."

패트리샤는 일어서면서 말했다. 줄리아는 놀라서 눈을 깜빡거렸다. 재판이 시작할 때 의견 진술이 나오는 것은 이례적인 일이다. 줄리아는 무릎에 얹은 손에 힘을 주고 숨을 참았다. 그리고 변호사들을 바라봤다.

"계속하세요."

판사가 친절한 태도로 말했다.

"주정부는 사건을 철회하고자 합니다. 줄리아 데이에 대한 혐의도 함께요."

45
엠마

서늘한 12월의 어느 날이야. 공기는 살을 에는 듯 날카롭고 비가 추적추적 내리는 밖은 어두워. 하지만 우리는 여기 함께 있어. 우리 둘이서만, 타파스와 맥주 두 캔을 앞에 두고. 너는 좋은 대화 상대야. 네가 어릴 때 나는 언젠가 이렇게 마주 앉아 이야기하는 날이 올 거라고 상상하곤 했어. 내가 내 몸 안에서 만들어냈고 세상 밖에서도 계속 키운 너에게서 그 모든 이야기가 나오는 경이로운 장면을 말이야. 가끔은 사람들이 아이를 낳는 이유가 바로 이런 순간 때문일지도 모른다고 생각해. 우리는 해냈어. 우린 모든 걸 통과했지. 너는 아직 나를 필요로 하지만 네가 어릴 때처럼 절대적이지는 않아. 이제는 다른 방식이야. 더 좋은 방식이지.
웨이터가 우리가 주문한 음식을 가져다줬어.
"엄마, 대체 어떻게 된 거예요?"

너는 음식을 늘어놓으며 말했어.

"이건 열 명이 먹고도 남겠어요."

나는 손사래를 쳤지. 우리는 쿠퍼스로 돌아갔고 다시 풍족한 돈이 흘러들어오기 시작했어. 드디어 페이스북 중고장터에서 산 침대를 처분했어. 필요해 보이는 사람에게 무료 나눔했지.

너는 위험을 감수하면서도 세이디를 지키려고 마음먹었어. 조너선이 세이디를 두들겨 패고 그녀의 옷에 핏자국을 남겼음에도 불구하고 나서기로 한 거지. 그 뒤로 세이디는 있던 곳을 떠나서 가짜 여권을 가지고 살아가기 시작했어. 그리고 언젠가 돌아오겠다는 약속의 뜻으로 자기 머리카락 한 뭉치를 너에게 남긴 거야.

있잖아, 이 사실을 알게 된 나는 안도의 한숨을 내쉬었어. 네가 나쁜 애가 아니어서 정말 다행이었어.

세이디가 실종된 후 1년이 됐던 지난 봄에, 너는 과거의 잘못된 일에 대해 보상하고 되돌리느라 바빴어. 언론과 세이디의 아버지가 너를 유죄라고 확신했기 때문에 너는 스스로를 나쁜 사람이라고 여기게 됐었지. 네가 그 얘기를 했을 때 내 가슴은 찢어지듯 아팠어. 시간이 흐른 후 너는 너에 대해서 오해하고 있었던 사람들에게 손을 내밀고 다가갔지. 그중에는 온라인 채팅을 하다가 네가 잠수를 타버리면서 멀어진 올리비아도 포함되어 있었어. 너는 무례한 행동에 대해서 사과하려고 많은 사람들에게 다시 연락을 했어. 그 봄에 너는 수많은 사람들에게 사과를 했지.

하지만 너는 나쁜 사람이 아니야. 루이스가 문제 삼았던 너의 모든 행동은 세이디를 보호하기 위한 것이었어. 세이디가 여권을 파는 걸 멈추게 하려고, 브리스톨의 갱단과 어울리는 걸 막으려고 한 일이었지.

"이제 상담은 그만뒀어요."

넌 갑자기 이렇게 말했어. 네가 내놓은 모든 고백, 작은 정보들과 마찬가지로 나는 그 말도 기쁜 마음으로 환영했어.

"왜?"

너는 어깨를 으쓱하며 말했지.

"이렇게 되면 치료가 별로 필요 없거든요. 뭐랄까…."

나는 네가 말을 이어갈 때까지 기다려 주었어.

"삶을 다시 찾으면요."

넌 이렇게 말을 끝맺고 미소를 지었지. 그리고 작고 비밀스러운 웃음을 지었는데 그건 너한테만 특별한 의미가 있는 미소, 다시 돌아와 온전히 네 것이 된 세이디를 위한 미소였어. 사실 세이디는 네 것이 아닌 적이 없었지.

"무슨 말인지 알죠?"

너는 파타타스 브라바스✢를 입에 넣으며 말했어.

"그럼 알지."

"근데 엄마 괜찮아요? 뭔지 모르겠지만 좀 이상해 보여서요."

넌 고개를 살짝 세우면서 물었어.

"왜, 난 아무 문제 없는 거 같은데?"

네가 멀리 이사가고 싶어하지 않은 이유가 세이디 때문이라는

✢ 감자를 튀겨 매운 소스를 뿌린 스페인의 대표적인 타파스 요리

걸 생각하면서 난 대답했어. 너는 네 자신의 안전 따위는 안중에도 없었지. 넌 세이디를 위해 이곳에 머물렀던 거야. 내 아들.

 너의 웃음, 입안에 감자가 가득한 채 천진난만한 아이처럼 웃는 널 보면서 나는 이렇게 생각했어. 그 전에 너무 긴 터널을 건너왔기 때문에 지금 이런 평범한 순간도 잠시 시간이 멈춘 것처럼 특별하게 느껴진다고. 그러다가 멈췄던 시간을 깨고 네가 테이블 너머로 손을 뻗어 내 손을 잡았지. 네 손이 있어야 할 곳은 바로 여기야.

46
루이스

너는 집으로 다시 돌아와 소파에 앉아있다. 다시 같이 살게 된 우리는 매일 밤마다 이렇게 한다. 너는 소파 왼쪽에, 나는 오른쪽에, 욜란다는 의자에 앉아서 텔레비전을 작게 틀어놓고 보는 거다. 가끔 앤드루가 함께하기도 하지. 앤드루는 언제나 환영이다. 사람들은 아직도 앤드루나 너에 대해서 쑥덕거리지만 너희 둘은 서로에게 든든한 울타리가 되어주고 있다. 그래서 넌 신경쓰지 않는다. 세상에 맞서는 갑옷처럼, 사랑이 너를 지켜주고 있으니까. 조너선이 살해된 후 갱단은 무너졌다. 신분을 훔치고 파는 일에 예전과 같은 대가를 치르고 싶어하는 사람은 이제 아무도 없다.
"〈컴 다인 위드 미✣〉, 저건 말도 안 돼요. 해설자가⋯."

✣ 영국의 TV 예능 프로그램. 참가자들이 디너 파티를 열고 서로 점수를 매겨서 상금을 탄다.

너는 무릎 위에 팝콘 그릇을 올려 놓고 리모콘을 손에 쥔 채로 이렇게 말했다.

"왜 그래, 재밌기만 한데!"

내가 큰소리 치자 욜란다가 깔깔거렸다. 12월이고 날씨가 추운데도 우린 뒷문을 열어놓았다. 세상을 향해 다시 문을 열기까지, 안전하다고 느끼기까지 참 오래 걸렸다. 하지만 오늘밤 우리는 그렇게 하고 있다. 겨울 공기가 눅눅한 냄새를 몰고 와 커튼을 살랑살랑 흔들지만 우린 좋다. 이 모든 게 자유롭게 느껴진다.

너는 자세를 살짝 바꾸고 맨발을 소파 위로 쭉 뻗었다. 오븐 타이머가 꺼지는 소리가 났고 욜란다는 일어나서 부엌으로 갔다. 그러더니 몇 분 후에 우리가 다 해치워 버릴 음식을 세 접시 가득 가져왔다. 욜란다는 항상 음식을 나르던 방식대로 양 손에 접시 하나씩, 그리고 손목 위에 접시 하나를 올린 채 문간에서 잠시 멈춰 서 있었다. 난 그녀가 무슨 생각을 하는지 알았다. 나도 너를 볼 때마다 같은 생각을 하기 때문이지. 우리는 가만히 서서 도대체 우리가 얼마나 운이 좋은지 경탄할 뿐이다.

"해설자가 너무 비웃는 투로 말해요."

나는 우리가 무슨 얘기를 하고 있었는지 잊어버렸지만 네가 화제를 이어갔다.

"조롱이나 냉소는 이제 유행이 지났어요. 요즘엔 진지함이 대세예요."

"접수했어. 또다른 의견이네. 인스타그램에서 나온 거야?"

너는 감탄했다는 듯 나를 재빨리 쳐다보았다. 욜란다는 아직 올리비아에 대해 아무것도 모르지만, 우리는 이 상태를 유지할 생각이다.

"아빠 의견은 아빠가 올리세요."

너는 번개처럼 빠르게 스치듯 말했다. 네 얼굴은 그 유쾌한 '리틀 오' 모양을 만들었다. 그리고 미소가 떠올랐다. 드디어, 마침내, 우리에게도 이런 시간이 왔다.

47
줄리아

"답변할 사건이 없다✣는 것이 오늘 여기서 말씀드리는 검찰의 견해입니다."

패트리샤가 교과서적으로 설명하자 법정 곳곳에서 사람들이 놀란 듯 술렁이기 시작했다. 줄리아의 가슴은 충격적인 안도감으로 터질 것만 같았다. 답변할 사건이 없다니. 어떻게 그럴 수가 있을까? 검찰은 신뢰하지 않는 사건을 법정으로 가져오지 않는다. 무슨 계기가 있었음이 틀림없다. 줄리아는 어떻게 된 일인지 머릿속에서 온갖 가능성을 떠올려보면서 패트리샤를 뚫어져라 바라보았다. 어떻게 총알이 줄리아를 맞히지 않고 스쳐지나갔을까? 줄리

✣ 영미법 국가에서 검찰 측 증거조사가 종료된 시점까지 제출된 증거만으로는 공소사실을 인정할 수 없다고 판단될 경우, 피고인 측의 반대 증거조사 없이 약식의 무죄판결을 내릴 수 있다. 이를 '답변할 사건이 없다 no case to answer'라고 한다.

아는 그것을 볼 수 있을 만큼 운이 좋았고, 총알이 지나갈 때 전율을 느꼈다. 그녀는 눈을 깜빡이며 고개를 흔들었다.

밖은 이미 칠흑같이 어두웠고 오후 4시 반쯤인데도 이미 완전한 밤이었다. 법정 안의 공기가 후끈해서 숨이 턱턱 막혔다. 줄리아는 검찰 측이 다시 한번 입장을 확인해 주기를 기다렸다.

"피고에 대한 증거가 불충분하다는 것이 검찰의 견해입니다."

패트리샤는 발언을 이어나갔고 줄리아는 눈을 깜빡거렸다. 이건 꿈이 아니다. 정말로 일어나고 있는 일이다.

"피고의 완전한 자백과 피해자의 형이 제시한 증거에도 불구하고 피고측 변호인이 마지막에 답변할 사건이 없다고 할 가능성이 높기 때문에, 주정부는 배심원의 시간과 모든 사람들의 비용을 절약하기 위해 같은 견해를 지금 밝히고자 합니다."

줄리아는 긴장한 듯 턱이 딱딱하게 굳었다. 그녀는 고개를 살짝 갸우뚱한 채 패트리샤를 보며 생각에 잠겼다.

"저한테는 증거가 충분해 보이는데요."

판사가 말했다.

"그렇지 않습니다. 자백은 증거로 채택되지 않을 것이고 다른 목격자도 없습니다. 증거인 잭 존스 씨의 패혈증은 부실한 상처 치료와 뒤이은 약물 남용에 부분적 원인이 있습니다."

"하지만 본인이 직접 이 사건을 재판에 회부했잖습니까."

판사가 온화한 태도로 말했다.

"이 시점에서 검찰은 모든 합당한 의심을 넘어 배심원을 설득하기에 증거가 충분하지 않다고 보고 있습니다."

하지만 이렇게 말하는 패트리샤의 표정은 언짢아 보였다.

"그렇다면 주정부가 이제 피고에 대한 모든 혐의를 기각한다는 뜻입니까? 인과관계가 명확하지 않다는 이유로?"

"그렇습니다."

패트리샤가 분명하게 대답했다.

"좋습니다."

판사는 이렇게 말하고 안경을 벗었다.

"그래도 우리가 왜 이 사건을 여기까지 끌고 왔는지 의아해하는 사람이 있을 겁니다."

"존경하는 재판장님, 때로는 눈앞에 직면해야만 모든 것이 명확해질 때가 있습니다. 많은 피고인들이 법정 문 앞에서 진술 내용을 바꿉니다."

"알겠습니다."

판사는 빨간 장식띠 끝부분으로 안경을 닦으며 천천히 말했다. 그리고 이렇게 한마디 추가했다.

"그렇게 합시다."

줄리아도 논리적으로는 말이 된다고 생각했다. 실제로 많은 피고인들이 재판 당일에 유죄를 인정하고 그렇게 함으로써 형량의 10퍼센트를 감면받으니까. 하지만 오늘 줄리아는 아무 말도 하지 않았다. 사실 이 모든 상황은 줄리아에게 금시초문이었다.

"줄리아 데이, 이제 가도 좋습니다."

판사의 분명한 선언에, 마치 누군가가 머리를 지탱하고 있던 줄을 끊어버린 듯 줄리아는 머리를 아래로 툭 떨구었다. 논리도, 이유도 중요하지 않았다. 애초에 제너비브의 범죄에서 시작하여 프라이스의 범죄로 끝난 이 혼란 속에는 논리라는 것이 없었다. 줄리아는 자신의 냉소주의와 고집에도 불구하고 좋은 소식이 있을 때 그것을 믿으려 애쓴다. 친구처럼 대하고 의심 없이 받아들이는 법을 배우려고 한다.

모든 것이 해결된 그날 밤에 프라이스가 사건 현장에 나타났다. 그는 암시장에서 위조 신분을 파는 갱단원 나인스와 엮인 줄리아가 걱정되어 계속 그녀를 따라다니고 있었다. 줄리아는 나인스를 통해 사건의 배후에 있는 인물을 알아낼 수 있을 것이라고 확신하고 있었다.

프라이스는 기습적으로 조너선의 총을 빼앗은 다음 그 자리에서 바로, 근거리에서 그의 머리를 쏘았다. 그곳은 해변에 있는 조너선의 집 근처였고, 총을 쏜 것이 프라이스라는 사실을 아는 사람은 줄리아 뿐이었다. 경찰은 자살이라고 추정할 것이다. 프라이스는 조너선의 총을 사용한 다음 자신의 지문을 지우고 조너선의 오른손 옆에 놓아두었다. 경찰은 조너선이 자신의 범죄 사실을 줄리아에게 들킨 것을 알고 감옥에 가는 대신 죽음을 택했다고 결론내릴 것이다.

줄리아가 자신을 배신했다는 건 프라이스에게는 문제가 되지 않았던 것 같다. 줄리아가 위험에 처했다는 것을 알게 되자 프라이스는 그녀를 구하고 집까지 안전하게 데려다 주었다. 줄리아가 거기에 있었다는 사실은 아무도 알 수 없을 것이다. 프라이스가 진심에서 우러나온 태도로 충성스럽게 줄리아 곁을 지켰다는 것

역시 절대 드러나지 않을 터였다. 줄리아가 도덕적으로 자신의 부패에서 빠져나오는 것은 쉬웠을 것이다. 그녀는 자신이 세이디를 찾았다는 것을 알았다. 조녀선이 세이디와 연관되었다는 많은 증거를 찾을 수 있었고, 조녀선이 죽었으니 매튜도 증언을 해줄 것임을 알았다.

하지만 쉬운 길을 선택하는 것은 줄리아에게 자연스럽지 않았다. 그날 밤 줄리아는 계속 잠을 이루지 못하며 세이디나 루이스, 앤드루, 엠마가 아니라 잭에 대해 생각했다. 그리고 그녀는 이제 충분하다고 생각했다. 줄리아는 약점을 잡힐 수 있는 사람이었고, 부패할 수 있는 정직하지 못한 사람이었다. 이런 일이 다시 일어나선 안 되었다. 다시는 그렇게 많은 것을 잃을 위험을 감수할 수 없었다.

"솔직하게 다 말해야겠어."

그날 밤 줄리아는 침대 위에서 아트에게 간청하듯 말했다. 그건 진심이었다. 그녀의 죄는 자기 자신이 아니라 딸을 지키려다가 생긴 것이었다. 놀랍게도 아트는 줄리아에 대해 판단하지 않았다. 그녀의 직업이 마침내 그녀 자신이 20년간 싸워 온 지하 세계로 그녀를 인도했다고 말하지도 않았다. 그는 이렇게만 말했다.

"알아. 사랑해. 이제 뭐든지 나한테 말해줬으면 좋겠어."

줄리아도 같은 말을 했다. 사실 두 사람의 결혼 생활은 아트가 바람을 피우기 훨씬 전부터 금이 가기 시작했다. 줄리아의 일과 그것에 대한 아트의 반감에서 비롯된 균열이, 그다음에는 줄리아가 진실을 숨긴 것 때문에 계속되었다. 줄리아는 여전히 이 문제에 대한 해답을 알지 못했지만 아트는 알았던 것 같다. 그래서 줄리아는 자수하면서 자신이 잭을 찔렀고 협박했다고 말했다. 그 일을 저지른 사람이 줄리아인지 제너비브인지 잭의 형은 상관하지 않을 것임을 알았다. 어쨌든 그의 진정한 적이 줄리아라는 건 분명했다.

이제 줄리아는 여기 피고석에 앉아있고, 가족은 저 위 방청석에 와 있었다. 아트는 줄리아를 내려다보고 있었다. 재판이 시작되기 전 어젯밤에 아트는 두 사람의 침실을 위해 주문한 것을 보여주었다. 예전 집에 있었던 것과 같은 천창이었다.

"그 밑에서 자고, 그 밑에서 걱정도 해야지. 다음 주에 공사 시작할 거야."

아트가 이렇게 말하자 줄리아는 다리에 힘이 하나도 없는 아기 동물처럼 그에게 몸을 기댔다. 결혼 생활을 지키려는 노력, 그리고 줄리아가 무죄판결을 받을 것이라는 믿음 덕분에 두 사람은 곧 다시 침실에서 함께 잘 수 있을 것이다.

"난 달라지지 않을 거야."

아트의 손을 잡은 채로 줄리아가 말했다.

"이 사건에서 벗어나더라도 내가 경찰 일을 계속하는 한 달라지는 건 없을 거야. 나랑 결혼한 건 결국 경찰과 결혼한 거니까."

"난 상관없어."

아트가 말했고 줄리아는 그가 진심이라고 생각했다. 그 순간 그녀는 둘 사이에 변화가 생길 것임을 깨달았다. 아트는 세이디에게 무슨 일이 있었는지, 그리고 줄리아가 그걸 밝혀내는 데 어떤 역할을 했는지에 대한 모든 신문 기사를 읽었다. 그리고 루이스가 줄리아에게 감사를 표하러 왔을 때 그 남자의 행복한 모습을 직접 목격했다.

그날 밤 아트는 마침내 그녀를 이해하게 됐다고 말했다. 줄리아가 어떤 사람인지, 그리고 그녀가 무슨 일을 하는지 알게됐다고. 자기 자신과 일, 줄리아에게 그 둘은 다르지 않은 하나였다. 그녀가 다른 일을 할 수 없는 이유, 계속 이 일을 해야만 하는 이유, 영원히 경찰이고 싶은 이유도 바로 그것이었다. 아트는 드디어 그 마음을 이해한 것 같았다.

줄리아는 후들거리는 다리로 법정에서 나왔다. 로비에서 기다리고 있던 아트와 제너비브가 그녀를 향해 서둘러 다가왔고 그녀는 두 사람을 지그시 바라보았다. 제너비브는 줄리아가 자신의 범죄를 덮어주기를 원한 적이 한 번도 없다. 그녀의 말에 따르면 처음에도 그랬고 그 다음에도 마찬가지였다. 하지만 줄리아는 언젠가 제너비브가 자신을 이해할 것이라고 생각했다. 만약 제너비브가 아이를 갖기로 선택한다면.

제너비브는 부모님이 다시 서로 대화를 나누고 침대를 같이 쓰고 모닝 커피를 마시며 깔깔거리는 모습을 보면서 행복해하는 것 같았다. 제너비브는 젊은이다운 단순한 방식으로 이 상황을 받아들였다. 불과 몇 주 전, 그녀는 줄리아에게 이렇게 말했었다.

"저는 아빠 편이 아니었어요. 알죠? 그냥 농담으로 해본 말이었어요. 전 아빠 편이 아니에요."

"알아."

줄리아는 사실 알지 못했지만 이렇게 말했다.

"이제 악몽을 안 꿔요. 엄마 덕분인 것 같아요."

줄리아는 웃음을 지을 수밖에 없었다. 그녀는 자신이 옳은 일을 했기를 바랐다. 아무리 불완전할지라도 자신이 딸에게 롤 모델이 되기를 바랐다.

아트와 제너비브가 자동문을 통과하려고 할 때 그 문은 불안정하게 흔들리며 천천히 열렸다. 세 사람이 서로에게 손을 뻗고 거기에 함께 자유롭게 서 있을 때, 12월의 찬 바람이 훅 들이쳤다. 이제 자유다.

"시미셰이커."

제너비브가 중얼거렸다.

"그리고 고마워요."

줄리아는 사무실 책상으로 돌아왔다. 강등되었기에 예전에 쓰던 책상은 아니었지만, 너무나 오랜 부재 끝에 진짜 자기 모습을 되찾은 느낌이었다. 오랜 친구나 연인을 그리워하듯 줄리아는 이곳에 다시 돌아오기를 갈망해왔다.

미해결 사건 파일이 책상 위에 산더미처럼 쌓여있다. 줄리아는 이보다 아름다운 것을 마지막으로 본 게 언제였는지 기억나지 않았다. 말려 올라간 페이지들, 파일 위의 커피 자국, 빛바랜 서류철들. 행복의 불꽃이 폭죽처럼 하늘로 솟아올라 터지는 것 같았다. 증거물 상자와 법의학 보고서, 범죄현장 세부사항 메모가 눈앞에 있었다. 앞뒤가 맞지 않던 퍼즐이 마침내 서로 맞물리면서 아름다운 결과물을 만들어내는 곳. 줄리아는 다시 집에 돌아온 것이다.

그녀는 자료들을 열정적으로 한 장 한 장 넘겨보기 시작했다. 그 안의 미해결 사건들을 하나하나 떠올려보았고 자신의 추리가 맞기를 바랐다.

첫 번째 파일의 첫 페이지는 실종된 여성이었다. 2년 전 실종되었고 경찰의 수많은 미해결 사건이 그렇듯이 아직 찾지 못했다. 두 번째 파일의 첫 페이지는 실종된 남성이었다. 3년 전 실종되었고 아직 찾지 못했다. 두 번째 페이지는 2년 전 실종된 '나지마 다우드'라는 사람이었다. 모든 실종자마다 가족, 친구, 배우자, 형제자매, 딸, 아들, 부모님 등의 관계도가 도표로 그려져 있었다. 이미 피곤해진 줄리아는 얼굴에 흘러내린 머리카락을 뒤로 넘겼다. 이제 앞으로 나아가보자. 한 번에 하나씩.

문제는 조너선이 이 모든 사건들을 담당했었다는 것이다. 이것들은 하나의 파일도 아바타도 사건 번호도 아니었다. 한 사람 한 사람이 완전한 몸을 가진 개인이었고 여전히 누군가의 그리움 속에 남아있는 사람들이었다. 그들을 찾는 것이 줄리아가 할 일이었다. 줄리아는 신발을 벗어던지고 일에 뛰어들었다.

**JUST
ANOTHER
MISSING
PERSON**

48
루이스

루이스는 어두운 길모퉁이에서 프라이스를 만났다. 재판 전날 저녁, 조금 늦은 시각인 9시다. 크리스마스의 서리가 내린 공기는 빚진 은혜와 충성심에 대한 질문으로 가득했다.

"이 집이에요?"

프라이스가 손짓으로 가리키며 물었다.

"맞아."

"알았어요. 전 준비됐어요."

루이스는 프라이스의 얼굴에 살짝 스치는 두려움을 보았다. 그에게 일을 시킨 것이 후회되었지만 취소하고 싶을 만큼은 아니었다. 프라이스는 줄리아를 위해서라면 무엇이든 한다. 줄리아가 루이스에게 은밀히 말해 준 바에 따르면, 그녀를 위해 살인도 저질렀다. 루이스는 오늘밤 자신이 원하는 바를 이루기 위해 프라이스의 아킬레스건을 기꺼이 이용하고자 한다.

"그런데, 프라이스? 왜 이 일을 하지?"

"뭘 말이에요?"

"정보원 일 말이야. 너도 알겠지만 이걸 하다 보면 결국….'

"온갖 고생을 다 하죠. 맞는 말씀이에요."

프라이스는 이렇게 말하면서도 목소리에는 활기가 담겨있었다. 그는 루이스를 잠시 쳐다보며 다시 말했다.

"줄리아는 저한테 그런 질문을 한 번도 한 적 없어요."

"줄리아는 네가 지적인 도전을 즐긴다고 생각해."

프라이스가 입을 왼쪽으로 씰룩이며 애매한 웃음을 지었다.

"그럴지도 몰라요. 하지만 사실 어머니께 돈을 보내드리기 위해서예요. 독일에 계시는데 어렵게 사시거든요."

루이스는 곧바로 이해하며 고개를 끄덕였다. 사람들은 가족을 위해서 무엇이든 한다.

"그럼 들어갈게요."

프라이스는 복면을 썼다.

"들어가요."

그는 루이스에게 시선을 던지며 다시 말했다. 눈이 마주치자, 루이스는 문득 프라이스가 자신이 그동안 해온 일, 자신이 선택한 일에 대해 한번이라도 회의를 품은 적이 있을지 궁금했다. 아니면 그저 담담히 받아들이며 살아왔던 걸까.

"패트리샤라고 했죠?"

"맞아."

루이스는 나직하게 말하고서 주먹을 내밀었다. 프라이스는 망설임 없이 자기 주먹을 맞부딪혔다.
"줄리아를 위해. 저의 가장 큰 비밀을 지켜주고 있으니까요."
"줄리아를 위해."
루이스도 똑같이 읊었다.
"어떤 경우에도 패트리샤가 내일 재판을 진행시키는 일이 있어서는 안 돼. 어떻게 하든 너의 자유야. 패트리샤가 이 상황을 이해하고, 나나 줄리아가 개입돼 있다는 걸 모르게만 해줘."
"단순한 협박이면 될 거예요."
프라이스의 말에 루이스는 고개를 끄덕였다. 프라이스는 패트리샤가 조녀선의 갱단 일을 돕고 있었으며 기소하지 않는 대가로 이익을 챙겼다는 것을 이미 알고 있다. 그동안 기꺼이 입을 다물고 있었지만 이제는 그럴 생각이 없다.
루이스는 프라이스에게 경례를 하고 그곳을 떠났다. 다시 또 한 번 잘못된 일, 하지만 옳은 일을 한 것이다.

감사의 말

지금까지 여덟 권의 소설을 펴내면서 이 '감사의 말'은 일종의 이상한 개인적 일기 같은 역할을 해왔다. 이 글은 올해의 일기가 될 것이다. 지난 해에 나는 결혼식 전날 밤에 감사의 말을 썼고, 올해는 임신 37주의 몸으로 이 글을 쓰고 있다. 오랫동안 부모됨의 의미를 소설의 소재로 써 왔는데 부모의 삶이 정말 내가 생각했던 대로인지 이제 곧 알게 될 참이다.

이 소설을 쓰는 동안 나에게는 많은 일이 있었다. 두 번의 임신과 그중 한 번의 실패, 책 홍보 투어, 이사, 뒤늦게 치른 결혼 파티와 이전 작품의 베스트셀러 등극. 이 책을 쓰면서 어느 때보다도 많은 초안 작업을 했는데, 앞서 말한 많은 일들 때문이기도 하지만 무엇보다 내가 완성시키기 위해 심혈을 기울인 소설 중간 부분의 반전 때문이다. 내가 성공했기를 바란다. 나는 항상 성공을 바란다. 이 플롯을 구성하기 위해 엄청난 노력을 했는데 독자 여러분들이 부디 그 열매를 누리실 수 있길 바란다.

항상 내 에이전트들에게 큰 신세를 지지만 올해만큼 많은 도움을 받은 적이 없다. 펠리시티 블런트와 루시 모리스는 그 누구보다 내 인생에서 중요한 사람들이다. 우리는 지난 4년 동안 이루 말할 수 없을 만큼 함께 노력했다. 작년 이맘때《잘못된 장소 잘못된 시간》을 그들에게 보낸 뒤, 우리는 뭔가 큰 일이 벌어질 것을 예감했다. 이 글을 쓰고 있는 지금 이 책은 선데이 타임스와 뉴욕 타임스 베스트셀러, 캐나다 베스트셀러에 올랐고 31개국에서 출간되었으며 지금도 그 숫자가 늘어나는 중이다. 두 사람이 없었다면, 그들의 세심하고 순수하며 진심을 담은 지도 편달이 없었다면 이 중 어느 것도 이뤄지지 않았을 것이다. 그들 덕분에 이 소설이 존재할 수 있었다. 그들은 이 책을 나와 함께 편집했으며 그들이 있기에, 그리고 그들의 정직함과 때로는 신랄하지만 인간적인 면 덕분에 나는 함량 미달의 소설을 쓸 일이 절대로 없다는 것을 자신있게 말할 수 있다. 그들은 수준 이하의 책을 절대로 용납하지 않는데, 그건 나에게 무엇보다 중요한 의미다. 또한 커티스 브라운 출판사의 제이크 스미스 보잔켓, 탄자 구센스와 루크 스피드에게도 큰 감사를 전한다. 이들이 내 인생을 바꾸었다.

마이클 조셉 출판사의 맥신 히치콕과 레베카 힐스돈, 그리고 그들을 둘러싼 마케팅팀 젠 브레슬린과 홍보팀 엘리 휴즈, 영업팀과 클레어 보우론에게도 똑같은 신세를 졌다. 우리는 출간작 전권의 베스트셀러 등극, 50만 부의 판매고, 리처드 앤 쥬디 선정 도서, 라디오2 북클럽 선정 도서, 책 홍보 투어(임신 초기에 나를 보살펴 준 엘리에게 감사한다! 덕분에 엄청나게 많은 크레페를 먹고 호텔 방에서 실컷 낮잠을 잔 이상하고도 좋은 추억을 갖게 됐다.) 등등을 함께 해냈다. 이렇게 성공적인 편집과 판매라니!

ICM 에이전시의 조 샌들러와 윌리엄 모로 출판사의 담당 팀에게도 감사를 표한다. 나의 편집자인 리사 코위슈, 리사 매콜리프, 제이미 레쉬트. 그들은 보잘것 없는 작가의 책을 갑자기 가져가더니 별일도 아니라는 듯 뉴욕 타임스 베스트셀러 2위에 올려 놓았다. 늦은 밤에 걸려온 그 전화를 나는 평생 잊을 수 없을 것이다.

이렇게 말하면 내가 무슨 유명인사라도 된 것 같지만, 리즈 위더스푼과 리즈 북클럽 팀에 대한 감사도 빼놓을 수 없다. 지난 여름 내 책《잘못된 장소 잘못된 시간》에 일어난 일은 너무나 굉장했다. 내 인생에서 가장 행복한 시간이었던 같다.

이 소설을 위한 자료 조사를 하면서 많은 사람들에게 도움을 받았지만 그중 가장 큰 도움을 준 닐 그리너에게 이 책을 바치고 싶다. 경찰 업무에 대해 밤낮없이 해대는 내 질문에 그는 항상 곧바로 답을 해주었다. 그를 만난 것은 나에게 너무 큰 행운이었다. 왓츠앱으로 '총은 어떻게 사요?'라고 물어볼 수 있는 상대로, 내가 범죄자가 아님을 알고 있는 전직 경찰관보다 더 나은 선택지는 없을 것이다.

무엇보다 올해에는, 나 자신 그대로를 사랑해 주는 내 주변 사람들에게 크나큰 감사를 하고 싶다. 리아 루이스, 홀리 세돈, 루시 블랙번, 베키 하틀리, 베스 오리어리, 더 웨이드, 필 톨스와 린지 데이비스. 임신 중인 여성이라면 감정을 지탱해 줄 사람들의 네트워크가 필요한데 내 주변에는 이렇게 든든한 사람들이 많았다.

다른 많은 것들처럼 이 소설의 반전도 최소한 부분적으로는 나의 아버지 덕분이다. 아버지는 저녁 식사 자리에서 가볍게 이렇게 말씀하셨다.

"그 여성 캐릭터가 실제로 존재하지 않는다고 설정해도 재밌을 것 같아."

확정짓기까지 검토한 여덟 개의 초안, 머리가 지끈지끈했던 한 해, 내 에이전트들이 했던 잔인한 편집을 견뎌 준 톤에게도 너무 고맙다. 앞으로도 잘 부탁한다. 소설 속에 등장한 '탠디의 올 아메리칸 다이너' 식당 주인이 바로 톤이며 식당 이름은 그의 새로운 반려견의 이름에서 따 왔다.

원래 내가 마지막으로 감사를 전하는 사람이었는데 이제는 끝에서 두 번째가 된 사람은 데이빗이다. 나를 제외한 대부분의 사람이 이해하지 못하는 남자이며 내 남편이자 우리 아이의 아버지이기도 하다. 당신을 못 만났을 확률이 매우 높았다는 생각을 하면 나는 온몸이 떨린다. 그랬다면 내 삶은 상상할 수 없을 정도로 훨씬 나빠졌을 것이다.

나의 마지막 감사와 인사는 우리 아기에게 하고 싶다. 아직 태어나지 않았지만 빨리 만나기를 고대하고 있다. 우리 이제 시작해 볼까? (잠을 잘 자준다면 너무 고마울 거야. 새로 써야 할 책이 있거든….)

또 다른 실종자

초판 1쇄 인쇄 2025년 9월 17일
초판 1쇄 발행 2025년 9월 25일

지은이 질리언 매캘리스터
옮긴이 이경

책임편집 이현지
디자인 어나더페이퍼
책임마케팅 최혜령, 박지수, 도우리, 양지환
마케팅 콘텐츠 IP 사업본부
해외사업 한승빈, 박고은
경영지원 백선희, 권영환, 이기경, 최민선
제작 제이오

펴낸이 서현동
펴낸곳 ㈜오팬하우스
출판등록 2024년 5월 16일 제2024-000141호
주소 서울시 강남구 테헤란로419, 11층 (삼성동, 강남파이낸스플라자)
이메일 info@ofh.co.kr

ⓒ 질리언 매캘리스터

ISBN 979-11-94979-10-4(03840)

반타는 ㈜오팬하우스의 출판 브랜드입니다.

- 이 책은 저작권법에 따라 보호받는 저작물이므로 무단전재와 무단복제를 금지하며, 이 책 내용의 전부 또는 일부를 이용하려면 반드시 저작권자와 ㈜오팬하우스의 서면동의를 받아야 합니다.
- 책값은 뒤표지에 표시되어 있습니다.
- 잘못된 책은 구입하신 서점에서 바꿔드립니다.